Anthologie
de l'Amour sublime

Benjamin Péret

Anthologie de l'Amour sublime

Albin Michel

Collection «Bibliothèque Albin Michel»

22, rue Huyghens, 75014 Paris

ISBN 2-226-03261-4
ISSN 0298-2447

Benjamin Péret est né à Rézé en 1899, de famille modeste. Il fait une bonne partie de la guerre de 14-18, s'étant engagé sur les instances de sa mère. Celle-ci lui offrira un jour un numéro de «Littérature» et peu de temps après, en 1919, il rencontre Breton, Aragon, Eluard et les autres. En 1921, il publie des poèmes, *Le Passager du Transatlantique,* puis en 1923, un conte, *Au 125 du boulevard Saint-Germain.* Il participe aux séances de «sommeils hypnotiques» aux côtés notamment de Crevel et Desnos. En 1924, il dirige avec Pierre Naville «La Révolution Surréaliste» et publie les poèmes d'*Immortelle Maladie.* En 1925, ce sont *152 proverbes mis au goût du jour,* en collaboration avec Paul Eluard. Il poursuit parallèlement l'écriture de ses contes. En 1927, il épouse une cantatrice brésilienne, entre au Parti communiste (pour peu de temps) et publie *Dormir, dormir dans les pierres.* En 1928 paraît *Le Grand Jeu.* En 1934, *De derrière les fagots.* Il gagne l'Espagne dès le début de la guerre civile et lutte contre Franco. Il publie en 1936 *Je ne mange pas de ce pain-là* et *Je sublime.* Trotskiste militant, il est incarcéré à Rennes en mai 1940. Libéré au moment de la défaite, dénoncé par la presse collaborationniste, il rejoint Breton à Marseille avant de trouver un bateau pour le Mexique. Il y vivra près de huit ans, s'y remariant avec une femme peintre. En 1945 paraissent *Dernier malheur dernière chance* et *Le Déshonneur des Poètes,* qui provoque un tollé général. Suivront *Un point c'est tout* (1946), *Air mexicain* (1952), *Le Livre de Chilam Balam* (1955) et l'*Anthologie de l'amour sublime* (1956). Benjamin Péret meurt en 1959. Son *Anthologie des mythes, légendes et contes populaires d'Amérique* paraît en 1960.

LE NOYAU DE LA COMÈTE

De tout temps, l'amour, même considéré sous son aspect le plus élémentaire, a été l'axe de la vie humaine. Il le demeure, qu'il soit source d'exaltation et de lyrisme ou sublimé au plus haut degré jusqu'à perdre tout contact direct avec l'homme pour acquérir une signification cosmique ou prendre une valeur mystique. Tout a-t-il donc été dit de l'amour ? Assurément non. Il ne pourrait en être ainsi qu'au cas où, l'humanité n'étant plus susceptible d'évolution, les rapports entre les êtres devraient rester à jamais figés. Au contraire, l'homme continue d'obéir au mouvement hélicoïdal qu'il a lui-même engendré. Du point qu'il a atteint aujourd'hui, il découvre un panorama différent de celui que scrutaient ses ancêtres, autant parce qu'il le voit sous un nouvel angle qu'à cause des modifications de structure que ce panorama a subies. La plupart des fleurs, la veille dans tout leur éclat, ne sont plus que difficilement reconnaissables. Elles ont perdu leurs corolles qui commencent à fertiliser le sol, d'où s'élèvent d'autres tiges dont les fleurs vont éclore. Sans doute certaines avaient déjà percé l'humus, mais hier elles étaient fragiles et insignifiantes encore et dissimulées aux regards par celles dont la splendeur retenait toute l'attention.

Ainsi Stendhal attend de l'amour autre chose que les Précieuses, quoi qu'il semble partir du même point qu'elles.

Il distingue diverses sortes d'amour et énumère ceux qui l'ont éprouvé. C'est même en vertu de ces cas exemplaires que la nature de cet amour nous apparaît, car à aucun moment Stendhal n'en a dévoilé le contenu profond. Son grand mérite consiste donc à avoir isolé de tout ce qui lui faisait ombre une forme de rapports amoureux qu'il estime supérieure à toute autre. Et ce n'était pas peu, au moment où le romantisme français n'avait pas encore élevé la voix ! Cependant ce lien amoureux reste insuffisamment défini par ses manifestations extérieures qui lui confèrent l'aspect d'un amour porté à son comble. Pour Stendhal, l'amour-passion semble même un prolongement particulièrement exalté de l'amour-goût, dont il ne le distingue guère que quantitativement, parce qu'il n'en perçoit que les apparences. Celles-ci l'autorisent à le nommer amour-passion. Ce terme, qui fleure quelque peu la tautologie, ne manque pas d'imprécision. Suivant le sillage des Précieuses, Stendhal comme elles, s'en tient au fait, sans tenter d'en découvrir les mobiles. De l'amour-passion, n'apparaissent ainsi que le caractère d'impérieuse nécessité, la ferveur sacrée et une ombre de douleur qui ne lui appartient pas en propre, mais lui est jetée par le monde où l'amour-passion est appelé à surgir.

On sait que *De l'Amour* est le fruit des méditations auxquelles Stendhal avait été amené par son amour malheureux pour Mathilde (ou Métilde) Dembowski. Or, il est peu probable que Stendhal ait jamais éprouvé autre chose que l'amour de vanité et l'amour-goût, son penchant à l'analyse lui interdisant l'abandon complet sans lequel aucun amour véritable n'est concevable. C'est en vain qu'il assiégea Mathilde pendant quelque deux ans. Cet échec ne put manquer d'infliger de cuisantes blessures à sa vanité et, porté comme il l'était à s'examiner avec complaisance, il n'est pas étonnant qu'il ait attribué à la passion certains traits qu'il avait pu à ce moment observer sur lui-même. Néamnoins, ce n'est pas sans hésitation que je me suis résolu à abandonner l'expression de Stendhal, déjà consacrée par plus d'un siècle d'usage. D'autres termes s'offrent à lui succéder : amour absolu, par exemple. Mais s'il indique bien que toute la faculté d'amour de l'être humain est mise au service d'un objet, il offre l'inconvénient majeur d'impliquer une idée de transcendance inconnue dans l'amour humain et d'avoir été employé par Jarry dans cette acception même. D'autres expressions (amour total, amour-limite, etc.) présentent également des désavantages certains en ne rendant qu'un compte mathématique des composantes de l'amour. Je ne vois que l'amour sublime pour exprimer le sens réel de ce lien. Il implique le plus haut degré d'élévation, le point-limite où s'opère la conjonction de toutes les sublimations, quelque voie qu'elles aient empruntée, le lieu géométrique où viennent se fondre en un diamant inaltérable, l'esprit, la chair et le cœur. Certes, il advient que ce diamant soit tout ténèbres et qu'un appel de mort en émane, mais il n'en brûle pas moins d'une flamme aussi pure. Que ce soit chez Héloïse, le duc de Nemours, Ambrosio ou Baudelaire, l'amour sublime apparaît comme un sentiment qui comble toute la vie du sujet reconnaissant dans l'être aimé l'unique source de bonheur. L'objet d'amour est devenu aussi essentiel au cœur que l'air à la vie physique. Rien de semblable dans les autres formes du lien amoureux. Ni dans l'amour physique où n'apparaît, au mieux, qu'une sublimation embryonnaire, ni dans aucune autre sorte d'amour l'être aimé n'a le pouvoir d'accuser ainsi le vide qui lui préexistait, en sorte que toute vie dont il serait absent devient impensable. Le besoin de l'objet aimé n'est cependant pas éprouvé sous un aspect sexuel immédiat. La sexualité subit au contraire une métamorphose dès qu'elle s'inscrit dans un complexe, dont le cœur devient l'élément catalyseur. L'érotique qui en résulte n'a presque rien de commun avec ses états antérieurs. La sexualité, sous divers déguisements, jouait tous les rôles d'une pièce de sa composition. Désormais, elle s'estime satisfaite que le cœur lui accorde une place de premier plan dans une œuvre, de l'action de laquelle ce dernier contrôle tous les ressorts. Si les autres formes d'amour s'accommodent d'êtres successifs et même les requièrent, l'amour sublime, une fois découvert l'objet de sa quête, s'y fixe à jamais, illustrant ainsi les concepts chinois de *yin et* de *yang* qui, inopérants l'un sans l'autre, s'appellent et se complètent : « Le ciel et la terre unis ensemble, la rosée tombe douce », dit le *Taô*. C'est en effet sur cette complémentarité parfaite, perçue intuitivement, que repose l'amour sublime et c'est de la possession de l'être complémentaire que découle le bonheur mutuel.

Esquissé dans l'amour-passion stendhalien, l'amour sublime ne prend tout son sens qu'avec le romantisme. La tâche de celui-ci, dans ce domaine, a précisément consisté à en faire apparaître le contenu réel. A partir du moment où ce contenu devient évident, le terme stendhalien éclate.

De l'Amour est publié en 1822. Cet ouvrage a si peu d'écho à l'époque que, dans sa dernière préface, publiée après sa mort, Stendhal avoue n'avoir trouvé que dix-sept lecteurs de 1822 à 1833. Autant dire que son œuvre est restée ignorée de la génération romantique, alors en plein combat. A première vue, on peut à bon droit s'en étonner, puisqu'une véritable mécanique de l'amour y est exposée. Mais si l'on tient compte de la place primordiale qu'occupe le cœur dans le romantisme on est amené à penser que l'échec de Stendhal est justement dû à ce que son œuvre se borne à n'être qu'une mécanique ou, de son aveu, une « physiologie », terme qui suppose en outre une certaine soumission à la mode de l'époque. Stendhal, dans *De l'Amour*, s'avoue un homme formé par l'Encyclopédie. Il est à la charnière de deux siècles, l'un enivré de connaissance positive et de raison qui pense le monde en termes de mécanique, l'autre qui va libérer la sensibilité en plaidant en faveur du merveilleux et de l'amour, ce qui revient à proposer un irrationnel jusque-là nié et moqué. Stendhal dresse un bilan de la sensibilité humaine, comme s'il voulait fournir aux générations suivantes les éléments nécessaires à la liquidation du passé.

La cristallisation que propose Stendhal ressortit également à l'esprit du siècle antérieur. C'est « l'opération de l'esprit qui tire de tout ce qui se présente la découverte que l'objet aimé a de nouvelles perfections ». Il la compare à la branche jetée dans les mines de sel de Salzbourg et retirée plus tard, si bien recouverte de cristaux qu'on « ne peut plus reconnaître le rameau primitif ». Le résultat nous apparaît ici dans tout son scintillement, mais, là non plus, rien n'est révélé des phénomènes internes qui président à cette opération. Les forces cachées qui concourent à la cristallisation n'avaient cependant aucun secret pour Stendhal : son œuvre romancée l'atteste avec éclat. Son dessein avoué est de donner une « idéologie » de « tous les sentiments qui composent la passion nommée *l'amour* ». En un mot, il veut conférer à son essai un caractère documentaire, voire scientifique[1]. Stendhal entend donc n'exposer que des phénomènes vérifiables par tous, et la cristallisation est un des plus directement observables. Son mérite a justement consisté, là aussi, à l'isoler et à montrer son rôle dans le développement de l'amour.

Cette notion de cristallisation participe, chez lui, à la fois des données positives et de l'image poétique, quand ce ne serait qu'en vertu de l'analogie à laquelle il doit recourir pour la rendre sensible. En outre, quoi qu'il en ait contre l'imagination dans cet ouvrage, c'est à elle qu'il est obligé de faire appel à tout instant. La cristallisation, telle qu'il la présente d'abord, est une opération de pure imagination. Elle ne se produit, comme il le dit lui-même, que sous la poussée du désir aspirant à sa satisfaction. Cependant, si cette cristallisation se produit avec plus ou moins de netteté et de force dans toutes les sortes d'amour pour orner l'être aimé de mérites illusoires, dans l'amour sublime la nature de l'objet aimé est soudain reconnue par le sujet, en réponse directe à un désir qui attendait seulement l'apparition de son objet pour devenir impérieux. Il le dit : « L'âme [...] s'est fait sans s'en apercevoir un modèle idéal. Elle rencontre un jour un être qui ressemble à ce modèle, la cristal-

1. « Je fais tous les efforts possibles pour être sec. » *De l'Amour*, ch. IX.

lisation reconnaît son objet au trouble qu'il inspire et consacre pour toujours au maître de son destin ce qu'elle rêvait depuis longtemps. » Le contenu de la cristallisation a donc changé. Tandis qu'elle agissait jusque là dans l'imaginaire (encore que celui-ci soit, dans l'instant éprouvé comme une réalité, l'imaginaire ne devenant ainsi réel que fugitivement), elle mène maintenant à une constatation dont l'expérience révélera le bien-fondé : elle a découvert l'objet qui répond à son désir profond. Le mirage est devenu un phénomène qu'on peut apparenter à la télépathie. La cristallisation à effets fugitifs et illusoires n'avait besoin, pour se manifester, que d'une distinction relative entre les objets aimables. Dans sa seconde acception, elle ne peut se produire qu'en présence d'un seul être dont l'existence était antérieurement soupçonnée. C'est bien le même prodige en apparence, mais il est produit par des agents différents et donne des résultats qui ne sont que superficiellement similaires. En réalité, ce n'est plus le même œil qui voit l'objet aimé. L'imagination hésitante a cédé le pas à l'intuition sûre d'elle. Mais Stendhal ne peut accorder aucune place à la télépathie par exemple puisque ce phénomène est soumis à des conditions de vérification qui excluent toute reproduction expérimentale et le rendent ainsi irréductible à la science de son époque. Stendhal se borne donc toujours à décrire ce qu'il voit, comme il le voit. Lorsqu'il est amené à combler les lacunes de son observation personnelle, il recourt à celle d'autrui. Ainsi, il reconnaît sept phases dans le développement de l'amour et leur assigne une durée. Il n'a pu aboutir à ce résultat qu'en corroborant sa propre observation par une enquête menée dans son entourage. Son œuvre a donc la valeur d'un document. C'est « l'amour en 1820 » ; mais il ne s'interroge jamais sur la nature de cette passion. C'est sans doute pourquoi *De l'Amour* est passé inaperçu lors de sa publication, le romantisme devant aussitôt explorer l'amour dans ses retraites les plus cachées et exposer le fonctionnement de ses ressorts intimes. Il revendique en effet des idéaux nouveaux, dans un monde issu de la révolution. Au cœur dominé par la raison, il oppose la raison soumise au cœur et va même jusqu'à soupçonner que leur accord est possible.

★

Personne n'a jamais exprimé l'amour sublime avec l'éclat et l'intensité que révèlent les lettres de Baudelaire à Mme Sabatier et les poèmes qu'il a composés en son honneur[1]. Il est même aisé de suivre l'évolution de son amour à travers ces lettres et les cinq poèmes qu'elles accompagnaient. Quelle distance, en effet, entre *A celle qui est trop gaie*, envoyé le 9 décembre 1852, et *Hymne*, qu'il lui communique le 8 mai 1854 ! Dans le premier, un accent charnel transparaît :

Ainsi, je voudrais une nuit,
Quand l'heure des voluptés sonne,
Vers les trésors de ta personne,
Comme un lâche ramper sans bruit.

De même, dans *Réversibilité*, qu'il lui adresse le 3 mai 1853 :

David mourant aurait demandé la santé
Aux émanations de ton corps enchanté.

Par contre, la sensualité est en quelque sorte distillée dans les pièces postérieures, le désir y est transmué en adoration. Ses ardeurs deviennent « presque religieuses » (lettre du 8 mai 1854), dans *Hymne*, ce poème inégalé de l'amour sublime. Entre lui et l'objet aimé s'établit un rapport mystique analogue à celui qui unit le fidèle à la divinité. Baudelaire reprend même, mais en sens inverse, la démarche de Thérèse d'Avila retrouvant l'homme dans le Christ puisque, pour lui « il y a quelques jours tu étais une divinité, ce qui

1. Voir pp. 283 et suivantes.

est si commode, ce qui est si beau, si inviolable. Te voilà femme maintenant ». (Lettre du 31 août 1857.) Si l'idole inclut la femme, dont elle procède, il aurait fallu qu'elle se réincarnât pour que Baudelaire pût la retrouver ; mais il ne veut pas risquer que le météore lumineux, en touchant terre, perde si peu que ce soit de son éclat.

L'idole s'est fondue en lui, s'est intégrée à son esprit et à son cœur : « Je ne sais si jamais cette douceur suprême me sera accordée de vous entretenir moi-même de la puissance que vous avez acquise sur moi et de l'irradiation perpétuelle que votre image crée dans mon cerveau. » (Lettre du 16 février 1854.) Baudelaire ne souhaite même pas qu'elle sache le nom de celui qui lui voue cet amour céleste : l'aimer lui suffit. Ne déguise-t-il pas son écriture pour lui adresser lettres et poèmes ? Il a tant orné, tant « cristallisé » qu'il métamorphose la femme en un diamant scintillant dans son esprit, sans toutefois la parer de vertus illusoires. Elle est divinisée surtout parce qu'elle engendre, du seul fait de son existence, un lien à l'extrême exaltant entre elle et lui. C'est en tant que pôle nécessaire à la production d'un courant magnétique qu'elle est idolâtrée, parce que, seule, par rapport à lui, elle en permet le passage. Ce courant magnétique le comble de bonheur tout autant que la possession de celle qui en est responsable. Il ne lui demande d'ailleurs que la permission de l'aimer en secret : « Je suis simplement heureux de vous jurer de nouveau que jamais amour ne fut plus désintéressé, plus idéal, plus pénétré de respect que celui que je nourris secrètement pour vous et que je cacherai toujours avec le soin que ce tendre respect me commande. » (Lettre du 16 février 1854.) Plus tard, lorsqu'il renonce à elle, Mme Sabatier, passés les premiers instants de déception et même de jalousie, semble pressentir la nature de l'amour que Baudelaire lui voue. Loin de lui tenir rigueur, elle lui garde son affection et, qui sait ! son amour. N'a-t-on pas affirmé que dix ans plus tard, elle le visitait chaque semaine à la maison de santé où, hémiplégique, il agonisait lentement ? Mme Sabatier a, en effet, aimé Baudelaire. Une phrase d'elle, qu'il cite dans sa lettre du 31 août 1857, ainsi que les quelques lettres déçues qu'on connaît d'elle, ne laissent aucun doute à ce sujet.

Tout ce qu'on sait de Mme Sabatier, à travers les souvenirs des habitués de ses dîners du dimanche, concourt à nous la montrer parfaitement belle, respirant la santé et la joie de vivre. Chacun — hormis les Goncourt bassement vipérins — célèbre à l'envi sa « lumineuse gaîté », son sourire, son esprit qui lui permettait d'être une des « rares femmes devant lesquelles on peut tout dire sans les rebuter », une femme qui a le goût de la poésie et de l'art. Bref, on nous en donne un portrait tout opposé à celui de Baudelaire angoissé maladif, mélancolique, les nerfs toujours irrités au point de recourir à l'opium ou au haschich. Cette angoisse, cette mélancolie et cette constante surexcitation nerveuse me paraissent d'ailleurs être l'indice, chez Baudelaire, d'un sentiment aigu de la condition humaine. La misère de celle-ci devait lui être particulièrement sensible dans le domaine des rapports entre l'homme et la femme où le manque essentiel de l'humanité se révèle le plus crûment.

Jeanne Duval, « fille de couleur de très haute taille, qui portait bien sa tête ingénue et superbe, couronnée d'une chevelure violemment crespelée, et dont la démarche de reine, pleine d'une grâce farouche avait quelque chose à la fois de divin et de bestial » (Théodore de Banville), Jeanne Duval aussi s'opposait étrangement au poète. Un trait dominant unissait les deux femmes : l'appétit de vie, dont Baudelaire était privé. Chez l'une comme chez l'autre c'était ce débordement de puissance vitale — sous le signe de la terre et du feu chez la première, de l'air et de l'eau chez la seconde — qui l'avait attiré. Le peu qu'on sait de Jeanne Duval suffit à nous la montrer comme une créature violemment sensuelle, étrangère aux choses de l'esprit qui étaient justement toute la vie de Baudelaire.

Il en allait tout autrement avec Mme Sabatier. Elle était capable de prendre finement part à toute discussion, pour abstraite qu'elle fût, de s'enthousiasmer pour un poème, une œuvre d'art et de peindre des miniatures, sans rien perdre de son charme, de sa gaîté et de sa joie de vivre.

Banville, qui connut Baudelaire à son retour de l'île Bourbon, nous le montre « un incomparable charmeur, sachant amuser les femmes, les toucher par son respect », alors que *Mon cœur mis à nu* et *Fusées*, écrits beaucoup plus tard, révèlent des tendances misogynes. Ne peut-on pas attribuer la responsabilité de ses réflexions désabusées à Jeanne Duval, dont la vie déréglée et le goût immodéré pour l'alcool ne pouvaient manquer de heurter la sensibilité toujours surexcitée de son amant ?

Hélas ! et je ne puis, Mégère libertine,
Pour briser ton courage et te mettre aux abois,
Dans l'enfer de ton lit devenir Proserpine !

(SED NON SATIATA)

Infâme à qui je suis lié
Comme le forçat à la chaîne
. . . .
— Maudite, maudite sois-tu !

(LE VAMPIRE)

Être maudit à qui, de l'abîme profond
Jusqu'au plus haut du ciel, rien, hors moi, ne répond !

(JE TE DONNE CES VERS...)

dit Baudelaire à Jeanne Duval en même temps qu'il célèbre sa beauté et sa sensualité dans tous les poèmes qu'il lui à consacrés. Ainsi illustre-t-il la remarque d'Anna Freud : « La position empreinte de dualité de l'homme en face de la vie sexuelle — aversion constitutionnelle et en même temps désir violent »[1], qui caractérise à des degrés divers

1. Anna Freud : *Le moi et les mécanismes de défense.* Presses Universitaires, Paris, s. d.

l'humanité en Occident. Cette constante ambivalence de Baudelaire, en même temps qu'elle prouve son attachement pour Jeanne Duval, montre la distance qui l'en séparait et dévoile une tendance à s'écarter des femmes dans la mesure où il leur reconnaissait des traits communs avec elle. Il lui faudra aimer Mme Sabatier pour s'écrier au contraire :

Que diras-tu ce soir, pauvre âme solitaire,
Que diras-tu mon cœur, cœur autrefois flétri,
A la très belle, à la très bonne, à la très chère,
Dont le regard divin t'a soudain refleuri ?

L'ambivalence de sentiments qui apparaît avec une acuité particulière chez Baudelaire, ne pouvait être surmontée que dans un amour extrême, réconciliant désir et aversion, salut et perdition. Il n'atteint la passion que fugitivement et par une voie sensuelle dans les poèmes à Jeanne Duval. Lorsqu'il y parvient, cela tient plus à coup sûr à son propre appétit d'amour qu'à la nature de son attachement pour elle. Les impulsions contradictoires sont incompatibles avec l'amour sublime qui suppose justement leur conciliation dans un accord parfait. Jeanne Duval semble quelque peu jouer pour lui le rôle du modèle pour le peintre. Il en use avec elle comme celui-ci, qui l'habille et le déshabille au gré de son désir. Il aspire à aimer Jeanne Duval d'un amour sublime car elle est « un morceau de la femme *essentielle* »[1], mais n'y parvient pas. Une comparaison des poèmes écrits pour elle avec ceux consacrés à Mme Sabatier est si édifiante qu'elle emporte la conviction. En effet, il n'est pas un de ces derniers où ne passe, frémissant, le souffle embrasé d'un amour si intense qu'il a d'un seul élan sublimé le désir charnel[2]. Il est même devenu

1. *Choix de maximes consolantes sur l'amour.*
2. L'hypothèse de MM. Crépet et Blin (Édition critique des *Fleurs du mal*, p. 256) selon laquelle Baudelaire aurait maintenu sa liaison avec Marie Daubrun jusqu'en 1860, me semble faiblement étayée par les interventions du poète tendant à faire obtenir des rôles à cette actrice. Baudelaire devait considérer ces démarches comme une obligation envers une femme jadis aimée. Ne se préoccupe-t-il pas sans cesse du sort de Jeanne Duval jusqu'en 1864 ?

inutile au développement d'une sublimation qu'il a cependant déclenchée : celle-ci se poursuit automatiquement. Le point le plus élevé du sublime est atteint et tout retour en arrière consisterait en une descente qu'il craint de voir se transformer en chute : « Songez donc que, quand j'emporte le parfum de vos bras et de vos cheveux, j'emporte aussi le désir d'y revenir. Et alors quelle insupportable obsession ! » (Lettre du 31 août 1857.) Cette obsession, il l'a connue avec Jeanne Duval, mais elle est dépassée avec Mme Sabatier. Craint-il de voir dans celle qui est sa « superstition » quelques traces de la sensualité de la quarteronne ? Elle lui avoue « un manque absolu de pudeur ». Va-t-il de nouveau connaître, même amortis, les cahots et les heurts qu'il a déjà éprouvés ? « Mais je sais bien, lui dit-il, c'est que j'ai horreur de la passion, — parce que je la connais avec toutes ses ignominies ; — et voilà que l'image bien-aimée qui dominait toutes les aventures de ma vie devient trop séduisante. » (Lettre du 31 août 1857.) Voici encore l'ambivalence de Baudelaire qui, aspirant de tout son être à la passion, semble soudain s'y refuser ; mais ne serait-ce pas à son aspect purement charnel qu'il s'en prend ? « Les poètes, dit-il encore, sont des IDOLÂTRES. » Plutôt que de permettre à l'idole de descendre de l'autel sur lequel il l'a hissée, Baudelaire renonce à la femme qui a fait apparaître l'idole. Sa lettre du 31 août 1857 ne permet aucun doute.

Dans une lette de Baudelaire à une de ses précédentes maîtresses, l'actrice Marie Daubrun, on observe déjà une démarche similaire ; « Je vous aime, Marie, c'est indéniable ; mais l'amour que je ressens pour vous, c'est celui du chrétien pour son Dieu... J'étais mort, vous m'avez fait renaître. Oh ! vous ne savez pas tout ce que je vous dois ! J'ai puisé dans votre regard d'ange des joies ignorées ; vos yeux m'ont initié au bonheur de l'âme, dans tout ce qu'il a de plus parfait, de plus délicat... vous êtes la partie de moi-même qu'une essence spirituelle à formée. » On sait fort peu de choses de cette « femme aux yeux verts », sinon qu'elle était belle et légère et que Baudelaire, puis Banville l'aimèrent.

Dans la vie affective du poète, elle me semble le chaînon qui unit l'époque de Jeanne Duval au temps de Mme Sabatier. S'il est vrai que l'*Invitation au voyage* lui fut consacrée, comme MM. Crépet et Blin[1] tendent à le croire, elle aurait permis à Baudelaire de pressentir le bonheur attaché à l'amour sublime auquel il aspirait de tout son être et aurait ainsi facilité ou hâté chez lui l'éclosion de cet amour.

Le double aspect de l'amour sublime, à la fois charnel et spirituel, apparaît baigné d'une vive lumière chez Baudelaire, bien que les deux termes semblent d'abord dissociés : chair exaltée avec Jeanne Duval et esprit magnifié chez Mme Sabatier. Mais, que pouvait-il exalter chez la première, sauf la sensualité débordante ? Lorsqu'il s'adresse à elle il n'atteint que par exception une expression éthérée, tandis que le désir charnel ne se montre que dans le premier des poèmes à Mme Sabatier. Aussi peut-on dire que si la communion sexuelle est évidente avec Jeanne Duval, la communion spirituelle ne demeure qu'une aspiration. A l'inverse, cette communion charnelle est réduite, avec Mme Sabatier, à ce qui est essentiel pour atteindre une communion spirituelle complète. L'amour sublime est là, élevé au plus haut point qu'il ait jamais atteint.

★

Tous les mythes reflètent l'ambivalence de l'homme devant le monde et lui-même, cette ambivalence résultant à son tour du profond sentiment de dissociation éprouvé par l'homme et inhérent à sa nature. Il se voit faible, désemparé, en face des forces naturelles qui le dominent. Il pressent qu'il pourrait mener une existence moins précaire et se sentir plus heureux. Mais il ne discerne pas le chemin du bonheur dans les conditions de vie que la nature et la société lui imposent et s'en console en le situant dans un âge d'or périmé ou dans un avenir extra-terrestre. L'important,

1. *Les Fleurs du mal, édition critique* par G. Blin et J. Crépet. Corti, Paris.

dans les mythes, réside donc dans l'aspiration au bonheur qui y gît, le sentiment de sa possibilité et des obstacles qui se dressent entre l'homme et son désir. Bref, ils expriment le sentiment d'une dualité dans la nature, dont l'homme participe et dont il ne voit pas la résolution possible au cours de son existence.

Les mythes religieux reflètent cette démarche ; mais au lieu de tenter de résoudre cette dualité initiale, ils s'emploient à l'accuser à l'extrême. C'est pourquoi leur fonction consiste à protéger la structure de la société qui s'en réclame ou les accepte. Les mythes primitifs tendent au même but, mais dans une mesure d'autant plus réduite que la société est plus homogène, ce qui en retour, valorise dans la même proportion les éléments d'exaltation inhérents à ces mythes. Tous présentent à divers titres ce double aspect de consolation et d'exaltation, l'accent étant presque toujours placé sur le premier. Ils expriment donc le désir humain et le sentiment des obstacles qu'il doit franchir pour atteindre son objet.

Jusqu'ici l'humanité n'a conçu qu'un seul mythe de pure exaltation, l'amour sublime, qui partant du cœur même du désir, vise à sa satisfaction totale. C'est donc le cri de l'angoisse humaine qui se métamorphose en chant d'allégresse. Avec l'amour sublime, le merveilleux perd également le caractère surnaturel, extra-terrestre ou céleste qu'il avait jusque-là dans tous les mythes. Il revient en quelque sorte à sa source pour découvrir sa véritable issue et s'inscrire dans les limites de l'existence humaine.

Partant des aspirations primordiales les plus puissantes de l'individu, l'amour sublime offre une voie de transmutation aboutissant à l'accord de la chair et de l'esprit, tendant à les fondre en une unité supérieure où l'une ne puisse plus être distinguée de l'autre. Le désir se voit chargé d'opérer cette fusion qui est sa justification dernière. C'est donc le point extrême que l'humanité d'aujourd'hui puisse espérer atteindre. Par suite, l'amour sublime s'oppose à la religion, singulièrement au christianisme. C'est pourquoi le chrétien ne peut que réprouver l'amour sublime appelé à diviniser l'être humain. Par voie de conséquence, cet amour n'apparaît que dans les sociétés où la divinité est opposée à l'homme : le christianisme et l'Islam, encore que, dans ce dernier, le poids de la théologie l'ait, dès sa naissance, empêché de s'intégrer à l'être humain[1]. L'amour sublime représente donc d'abord une révolte de l'individu contre la religion et la société, l'une épaulant l'autre.

C'est le « *Grand Désir* qui unit le Corps à l'Esprit, longtemps au-delà de l'union des corps dans le *petit désir* »[2]. Le « Grand Désir » enraciné dans la condition humaine, exprime cette tension de l'homme vers le bonheur total qu'il attend de la suppression de son déchirement, celle-ci ne devenant possible que si les causes en ont été découvertes. L'amour sublime seul satisfait ce « Grand Désir », alimenté et grandi par la satisfaction du « petit désir » charnel. La reconnaissance de l'universalité du désir, de sa signification cosmique et de ses manifestations chez l'homme réclame à la fois sa sublimation et celle de l'objet de ce désir. Tandis qu'en dehors de l'amour sublime l'être humain — l'homme surtout — ne s'abandonne guère au désir que dans la mesure où il le ramène à son état le plus primitif, dans l'amour sublime les êtres saisis par son vertige n'aspirent qu'à se laisser emporter le plus loin possible de cet état. Le désir, tout en demeurant lié à la sexualité, se voit alors transfiguré. Il s'incorpore, en vue de son assouvissement, tous les bénéfices que sa sublimation antérieure, même la plus complète, lui avait procurés et qui provoquent sa nouvelle exaltation. Hors de l'amour sublime, la sublimation du

1. Les *çoufis* arabes semblent, au premier abord, recéler une aspiration à l'amour sublime ; mais il s'agit en réalité d'un amour qui a rejeté tout objet humain au profit de la divinité à laquelle des attributs humains, voire charnels, sont conférés. Cf. *Les plus beaux textes arabes*, présentés par Émile DERMENGHEM, Éd. La Colombe, Paris.

2. R. SCHWALLER DE LUBICZ, *Adam l'homme rouge*. Librairie Le Soudier, Paris, s. d. Dans cet ouvrage consacré à l'ésotérisme de l'amour, que me signale André Breton, l'auteur exalte une conception des rapports amoureux qui, sur plus d'un point, coïncide avec l'amour sublime.

désir entraîne en quelque sorte sa désincarnation puisque, pour obtenir satisfaction, il doit perdre de vue l'objet qui l'a suscité. Ainsi se maintient chez l'homme un état de dualité, à la faveur duquel la chair et l'esprit restent opposés. Au contraire, dans l'amour sublime, cette sublimation n'est possible que par le truchement de son objet charnel et tend à rétablir chez l'homme une cohésion inexistante auparavant. Le désir, dans l'amour sublime, loin de perdre de vue l'être de chair qui lui a donné naissance, tend donc, en définitive, à sexualiser l'univers.

★

Si l'homme est un être social, c'est de toute évidence parce qu'il a le sentiment inné de son insuffisance individuelle dérivée de la condition humaine proprement dite. De là découle son angoisse. Il est ainsi porté, dès l'origine, à chercher hors de lui ce qui lui fait défaut puisque « le besoin d'amour révèle déjà en nous une dissociation »[1]. Si l'être humain était complet et parfait il n'aurait nulle tendance à s'unir à ses semblables, ni même à rechercher leur société dans quelque but que ce soit. Aucune évolution ne serait possible. On ne pourrait concevoir qu'une harmonie individuelle dans un univers à jamais figé, tandis qu'Héraclite voyait déjà dans le monde « une harmonie de forces opposés », une « harmonie de tensions tour à tour tendues et détendues », puisque « la discordance crée la plus belle harmonie ». Cependant Platon, dans le *Banquet*, remarque que le grave et l'aigu n'atteignent à l'harmonie que s'ils s'accordent. Pour que cet accord soit possible, il faut qu'à partir du point où le grave et l'aigu se confondent, soit reconnue la gamme de l'un et de l'autre jusqu'au plus haut de l'aigu et jusqu'au plus bas du grave. En un mot, il est nécessaire d'atteindre la plus grande différenciation des sons pour pouvoir ensuite rechercher leur

1. NOVALIS, *Journal intime : Psychologie.* Stock, Paris, 1927.

accord. Il en va de même pour l'homme et la femme. C'est seulement lorsque cette différenciation est entièrement accomplie, à savoir lorsque l'homme a développé toutes ses possibilités viriles et la femme toutes ses virtualités féminines, que leur accord parfait devient possible. Chacun possédant en outre une individualité nettement accusée, peut alors songer à l'être qui lui manque pour que l'harmonie règne en chacun d'eux, autrement dit pour connaître le bonheur. L'amour sublime est précisément cet accord parfait entre deux êtres harmonieusement appariés. C'est à cette harmonie nouvelle qu'aspire l'Occident sans en avoir une claire conscience. De là vient que, dans notre monde, l'amour sublime reste asocial et parfois même antisocial, puisque ce monde, de nos jours, porte à son comble un dualisme dont il tire tout son pouvoir oppressif perceptible jusque dans les moindres détails de la vie quotidienne.

★

Si, à chaque homme, ne peut correspondre qu'une seule femme — devenant, selon l'expression aussi vulgaire que précise sa « moitié », ce qui suppose que, réunis, ils forment un tout — il ne s'ensuit pas qu'ils se rencontreront d'emblée. Le risque, dans les conditions présentes, est, au contraire, qu'ils traversent l'existence sans se reconnaître ni même pouvoir se rencontrer. Ils ne savent rien l'un de l'autre et c'est à tâtons qu'ils doivent se chercher, dans un état de vacance qui multiplie les aléas de leur quête. Les causes d'erreur sont d'autant plus nombreuses que le désir attend pour prendre son vol la simple occasion d'un sourire, tel geste balayant jusqu'aux plus légers nuages ou le timbre d'une voix parlant comme du fond d'un rêve. L'homme, soulevé alors par la vague déferlant du plus profond de sa nuit, apparaît un instant au sommet de la lame, face au ciel, et souvent retombe au creux de la houle qui continue de l'entraîner, vers quels rivages ! S'il s'abandonne au flot, il est perdu. Bientôt son fantôme reviendra se mêler à

Des ombres sans amour qui se traînaient par terre.

Il lui faut, à tout prix, nager dans ces eaux, sans direction, vers l'île ensoleillée, quelque part, au milieu des flots, où le bonheur l'attend. Mais tous ces mirages ? Rien ne permet de les identifier d'emblée. Au contraire, tant qu'ils persistent, l'île lumineuse semble atteinte et c'est en se dissolvant qu'ils dévoilent des déserts glacés sous un ciel bas. Le mirage est même le risque qu'il faut courir, quitte à répudier son enchantement lorsqu'on s'y est laissé prendre. Et il est presque inévitable qu'il en soit ainsi.

A peine peut-on parler de choix puisqu'un seul être est nécessaire en l'occurrence[1]. L'homme doit se borner à le reconnaître, à le confronter à l'image qu'il porte en lui sans en rien savoir, recouverte d'un lourd voile de nuit qui se déchirera soudain à la faveur de la rencontre. Mais cette image se tient si profondément en lui, dans un réduit si secret et si obscur, que son être raisonnable n'y a aucun accès. Au moins ne doit-il pas ignorer l'existence de ce réduit et laisser le champ libre aux génies de la lumière qui tentent de l'ouvrir. Mais, combien peuvent en soupçonner l'existence ? La plupart des hommes dans le monde présent se bornent à un tri sommaire à partir de considérations à peine tangentes à l'amour, quand elles ne lui sont pas étrangères. Le sort qui leur a été réservé ne leur permet rien d'autre : l'homme social s'oppose à l'être humain, à mesure que se développe la société qui engendre sans cesse de nouvelles contraintes. L'amour sublime doit donc livrer un combat tout à fait inégal à la société qui l'écrase. C'est pourquoi ses cris se confondent si souvent avec les gémissements du désespoir. L'amour sublime ne saurait, en effet, admettre la moindre restriction : *tout ou rien !* L'amant ne peut s'offrir en don total à l'aimée que s'il reçoit le sien,

1. Lamartine traduisait : « Un seul être vous manque et tout est dépeuplé. » *(Le lac)*.

afin que tous deux puissent s'abîmer l'un en l'autre. Au fond, « tout ou rien » traduit simplement la vie ou la mort, la vie totale ou la mort s'il est démontré que cette vie est impossible, pour quelque raison que ce soit ; et la société, en dernière analyse, en porte la responsabilité. La presse elle-même nous apporte chaque jour son tribut d'amour avec tous les enthousiasmes qu'elle comporte et les errements dramatiques auxquels le monde l'accule. C'est ce que Denis de Rougemont[1] n'a pas vu puisqu'il estime la tragédie inhérente à la passion. Il oublie que son triomphe nous reste le plus souvent ignoré, les amants, tout à leur bonheur, n'éprouvant aucun besoin de nous en faire part. S'il est vrai que la description d'un champ de bataille, au soir de la mêlée, reste incomplète sans l'évocation du sang et des gémissements des blessés, nul n'a jamais songé à exalter les soupirs de satisfaction des combattants que la mitraille a épargnés.

★

Le coup de foudre, pour populaire que soit devenue cette expression — aujourd'hui quelque peu décriée — précise avec netteté la nature aveuglante du phénomène de reconnaissance de l'être désiré dont la complémentarité a été soudain entrevue. Une démarche de fée, un battement de cils, si peu de choses a suffi en apparence pour que la foudre tombe, déchirant le voile qui recouvrait l'image intime ; et l'évidence s'est imposée. Non seulement le coup de foudre n'est « pas toujours conscient », comme le pense le Dr Balvet[2],

1. *L'amour et l'Occident.* Plon.

2. Cité par Claude Elsen, *Homo eroticus.* Gallimard, s. d., note 1, pp. 23-24. Claude Elsen combat l'amour-passion au nom d'un « autre amour » dont il dit : « La forme évidente et idéale de cet amour est l'amour conjugal — qui exclut aussi bien la passion que la chasse « érotique » (p. 132). L'amour conjugal exclut à coup sûr l'amour sublime, mais c'est justement dans la mesure où ce dernier constitue l'aspiration humaine la plus élevée qu'il s'oppose à l'amour conjugal. En vérité, celui-ci n'est autre que l'amour bourgeois, sanctionné ou non par l'Église, où la sexualité n'a que la part la plus triste, entre les soins du ménage et le biberon de bébé. L'auteur est obligé de convenir : « Répétons qu'il n'a (l'érotisme) avec l'amour aucun lien nécessaire » (p. 134). Avec cette sorte

mais il ne peut pas l'être dans l'instant où il a éclaté, le sujet n'en prend conscience qu'avec un certain retard. Stendhal avait déjà révélé l'essentiel du mécanisme du coup de foudre et montré qu'il dissimulait le phénomène de reconnaissance instantanée d'un « modèle idéal » que le sujet avait élaboré à son insu ou quasi. L' « idéal » de ce modèle ne contient rien autre que sa complémentarité soupçonnée. L'exemple stendhalien comporte des détails qui le font pressentir, bien que sa description des deux caractères reste trop sommaire pour qu'ils puissent prendre toute leur signification : une jeune et riche princesse allemande, belle, intelligente et d'une vertu modeste mais inébranlable, s'éprend au premier coup d'œil d'un officier de la garde du palais, pauvre, plein d'assurance, à peine noble et « vivant des filles ».

Si le sujet a élaboré, sous l'empire d'une impérieuse aspiration à l'être complémentaire, une image répondant à son désir, celle-ci s'est constituée d'elle-même, sa conscience n'intervenant à peu près pas au cours du processus de formation. Résultant en partie des imaginations de l'enfance, elle n'a pu prendre consistance qu'à l'époque de la puberté, alors que l'adolescent est soumis à de multiples impulsions souvent contradictoires. L'image qui s'imprime dans ces conditions reçoit ses traits aussi bien de l'enfance — où la mère sert

d'amour, aucun doute ! Aussi l'*homo eroticus* doit-il être une espèce de don Juan car « celui qui ignore l'amour, la grâce d'aimer, et le sait, et l'accepte lucidement, est en fin de compte plus près de Dieu que celui qui confond avec l'amour le dérisoire emportement de la passion » (p. 67). C. Elsen a certainement raison, puisque don Juan n'a qu'à se confesser pour être en règle avec l'Église, tandis que le véritable amant ne reconnaît qu'une divinité de chair — la femme aimée — et, par là, rejette le fantôme de la divinité judéo-chrétienne. Le modèle de M. Claude Elsen n'est en définitive que don Juan, mais un don Juan assagi, prêt à goûter aux joies du pot-au-feu, dont le comportement est à « égale distance de celui de l'amant passionné et de celui du pur jouisseur », à qui il ne manque plus « qu'une certaine Grâce — celle de l'*autre* amour » (p. 135), dont on sait qu'il est opposé à l'amour sublime. Bref, l'*homo eroticus* est un pantin que M. Claude Elsen forme d'une tête de chrétien, d'un cœur de bourgeois et d'un sexe de trousseur de cotillons. Les morceaux voudraient bien tenter de former un ensemble cohérent, le malheur est que chacun tire à soi toute la couverture. Et comme l'on comprend que cet être hybride, ce monstre crache sur l'amour sublime !

à la fois de modèle et de repoussoir — que des détails de la vie courante de l'adolescent. Ces traits sont les premiers à apparaître à la chambre noire, sur le négatif, mais le révélateur est ici la vie qui, trop peu éprouvée, ne laissera qu'une image grise ou, trop intense, « mangera » l'image.

★

Deux types de femmes me paraissent aptes à éprouver l'amour sublime, parce qu'elles incarnent deux aspects de la féminité aux traits nettement discernables les isolant de tous les types possibles : la femme-enfant et la sorcière, la première figurant l'expression optimiste de l'amour, la seconde sa face pessimiste. Leur personnalité aux contours parfaitement accusés les oppose seulement à des hommes dont la virilité a acquis des caractères distinctifs aussi précis.

La femme-enfant suscite l'amour de l'homme totalement viril car elle le complète trait pour trait. Cet amour la révèle à elle-même en la projetant dans un monde merveilleux, aussi s'y abandonne-t-elle entièrement. Elle figure la vie qui s'éveille au grand jour, le printemps éclatant de fleurs et de chants. Instrument idéal de l'amour sublime qui a su vaincre tous les obstacles, elle se montre seule apte à exalter son amant car l'amour l'a éblouie. Elle est poussée par son cœur sans effort et sans y prendre garde « de l'autre côté du miroir ». Elle attendait l'amour comme le bourgeon le soleil et elle l'accueille en présent inespéré, mais plus somptueux qu'elle ne l'avait rêvé. Elle porte l'amour sublime en puissance, mais il faut qu'il lui soit révélé. Elle est tout bonheur dans quelque condition que son amour la place car il comble sa vie : elle est l'amour sauveur.

En triomphant des obstacles que la société dresse devant l'amour sublime et dont elle n'a qu'une conscience imprécise, la femme-enfant offre une image quasi prophétique de la femme dans un monde rénové. Elle a donc une valeur de révolte, puisque son bonheur accuse le présent et lui dénie tout droit à l'existence. Du seul fait qu'elle se dresse en présage d'un autre temps, elle montre que les obstacles rencontrés par l'amour sublime sont inhérents à la structure sociale actuelle et, par suite, extérieurs à l'amour. Son comportement dans l'amour sublime représente donc, en dernière analyse, un appel indirect et comme susurré à la subversion. Elle souligne l'élément mythique de l'amour sublime en lui affectant le plus haut coefficient d'exaltation.

Tout au contraire, la sorcière est la femme fatale qui déchaîne la passion, non pour exalter la vie, mais pour s'élancer vers la catastrophe et y mener son amant. Elle n'est qu'amour contenu aspirant à exploser. Souvent même elle entraîne l'homme de son choix. Elle possède donc certains traits virils, à l'encontre de la femme-enfant. C'est ce double aspect qui fascine tant d'hommes. Elle tire son pouvoir de l'écho reçu par son appel adressé à l'élément féminin qui gît en tout homme. Mais tandis que chez l'amant de la femme-enfant cet élément a été réduit à sa plus simple expression et soumis à la virilité, chez l'amant de la sorcière il reste puissant bien qu'assoupi. Elle l'éveille et le fortifie, développant ainsi une sorte d'androgynat psychique correspondant à sa propre structure mentale. Ils sont donc bien complémentaires mais anormalement puisque chez chacun d'eux préexiste dans toute son ampleur un caractère constitutif de l'autre. Leur complémentarité instable est sans cesse remise en question et presque toujours marquée d'un signe morbide engendré par cette instabilité foncière. Pour que leur amour triomphe du monde, il faut en effet, afin que leur union soit complète, qu'il réduise chez chacun d'eux l'ampleur des éléments psychologiques propres à l'autre sexe afin d'aboutir à leur stabilisation. Mais la sorcière renoncerait alors à son type. Cette évolution est donc des plus malaisées puisque chacun porte en soi un germe de dissociation et que chacun exalte chez l'autre des forces de destruction qui se conjuguent. Elle se meut ainsi dans un complexe de défaite.

Bien que certaine de son pouvoir sur les hommes, elle doute toujours que son amant réponde pleinement à son amour, même lorsque la passion de celui-ci est portée à son comble. Toujours inquiète, insatisfaite, angoissée, elle est l'image de l'inaptitude au bonheur auquel elle aspire cependant, pour elle comme pour l'objet de son amour. Elle est l'amour de perdition : Anna Karénine qui brise la carrière de son amant, le soustrait à son milieu, ruine sa propre existence et, hallucinée par la jalousie et le désespoir, se jette sous un train. Elle porte tout le poids du monde extérieur. Elle incarne l'intuition des obstacles que le monde oppose à l'amour. Son caractère empreint de virilité lui permet de jouer un rôle d'accusatrice du monde présent.

Si la femme-enfant offre un but immédiat aux rapports de l'homme et de la femme, la sorcière montre l'impossibilité d'atteindre ce but dans les conditions actuelles. Tout en déployant les plus grands efforts pour que son amour triomphe, elle agit comme si elle pensait qu'il n'était pas destiné à ce monde, mais à un autre par-delà la mort. Elle est donc encore imbue de christianisme et peut-être le reflet en elle de ce conflit entre l'amour humain et cette religion n'est-il pas étranger à son caractère tragique. Elle représente une forme de révolte imprégnée de désespoir. Ce désespoir contribue d'ailleurs à ce qu'elle multiplie à son insu les obstacles qui s'opposent au triomphe de son amour, afin de justifier à ses propres yeux son complexe d'échec. La sorcière souligne donc à sa manière les éléments mythiques de la passion, mais en les parant de sombres couleurs. Elle est le présent de la condition humaine, sans issue et sans perspective, qui appelle la consolation d'un mythe aux exigences impossibles à satisfaire dans les conditions actuelles du monde.

★

Tant que le processus de différenciation s'est poursuivi entre les êtres et les sexes, l'amour ne pouvait être envisagé. Pendant des millénaires, les êtres humains n'ont pu obéir qu'à des impulsions sexuelles primordiales, la femme subissant passivement l'homme. Si son infériorité physique a valu à celle-ci de connaître une condition des plus précaires[1], c'est aussi à sa faveur que s'est opérée la première différenciation, l'homme accusant sa force et en abusant, tandis que la femme exagérait sa faiblesse et en usait pour se protéger. L'homme assurait aussi la vie quotidienne de la famille par la chasse, la pêche et la cueillette, donc en supprimant la vie, tandis que la femme assumait la charge de perpétuer l'espèce, afin que le cycle de vie et de mort pût se poursuivre.

Cette évolution, loin d'être traduisible par une ligne droite et continue, a été sujette, au contraire, à bien des reculs et des avatars de toutes sortes. Elle a connu des paliers où une conciliation provisoire, fragmentaire ou illusoire a été tentée. Tant que la femme a subi passivement l'homme aucun accord n'était possible puisque ses simples nécessités physiques élémentaires n'étaient pas satisfaites. Certains Indiens d'Amérique[2] en sont encore là et interdisent à leur compagne toute manifestation d'orgasme, celui-ci étant à leurs yeux un signe de libertinage. L'homme a dû longtemps

1. Il suffit de la guerre pour qu'elle la retrouve : des télégrammes d'agences de presse rapportaient en 1945-46, que lors des premières semaines de l'occupation russe, les autorités civiles de Vienne avaient reçu 160.000 plaintes de femmes violées.

2. Marquis de Wavrin, *Mœurs et coutumes des Indiens sauvages de l'Amérique du Sud.* Payot, Paris, 1937, p. 176, et *Les Indiens sauvages de l'Amérique du Sud.* Payot, Paris, 1948, p. 138.

J'ai tout lieu de croire que dans nos sociétés, la femme ignore souvent l'orgasme pendant toute sa vie. Une enquête menée dans la paysannerie française serait sans doute des plus révélatrices sur ce point. Le rapport Kinsey sur les femmes américaines nous apprend par ailleurs que seulement 40 à 50 % de ces femmes atteignent l'orgasme à chaque étreinte et que 10 % d'entre elles n'y arrivent jamais. On y voit aussi que 25 % sont frustrées pendant leur première année de mariage et que 14 % doivent attendre 10 ans pour connaître l'orgasme. On y note même le cas d'une femme qui y est parvenue seulement après 29 années de mariage et d'une autre qui ne l'a atteint qu'avec son cinquième époux. En échange, la plupart d'entre elles ont pratiqué le « petting » (pelotage où tout est permis sauf le coït) depuis l'âge de 12 ans. Ainsi une époque d'involution a pour résultat de ramener la femme à l'état qu'elle avait connu en des temps primitifs, où sont demeurés des groupements humains attardés.

voir dans l'orgasme un privilège de sa virilité. Une distinction nouvelle était ainsi établie entre homme et femme qui consolidait la division de l'humanité en deux groupes bénéficiant, chacun pour son compte, d'une solidarité interne, chacun étant, face à l'autre, objet à la fois de défiance et de désir. Lorsque l'homme a été contraint de renoncer à ce privilège — au sens le plus fort du terme — qu'il s'était attribué, il n'a pu faire autrement que de se reconnaître le mérite de ce qu'éprouvait sa compagne, son comportement à cet instant devant d'ailleurs l'y inciter. Il ne pouvait pas y voir le simple résultat des aptitudes normales de la femme puisque celles-ci restaient inchangées ; mais dans le monde magique qui était alors le sien, l'orgasme féminin ne pouvait lui apparaître que comme le produit de sa propre capacité de communication avec un monde surnaturel. L'orgasme féminin a ainsi pris un caractère magique dès l'origine, ce qui constitue la première sublimation de la sexualité, mais sur un plan qui lui demeure étranger. Cette origine magique n'était pas encore oubliée dans l'antiquité classique, puisque le paganisme connaissait des rites orgiaques. Elle n'est d'ailleurs même pas tout à fait perdue de vue aujourd'hui[1].

Cette communion sexuelle revêt une importance décisive, eu égard aux rapports de l'homme avec la femme, en ce sens qu'elle montre une première possibilité d'accord, certes très restreinte, mais indispensable à un accord futur plus complet. Elle indique aussi que cette conciliation se produit à la faveur d'une sublimation — ici artificielle — de la sexualité et d'une portée d'autant plus limitée que l'homme seul y prend part. Pour que l'homme et la femme atteignent un accord total, il faudra que leur sublimation, de sens convergent, se produise simultanément sur le plan humain le plus essentiel, et non plus dans un monde imaginé par l'homme seul.

A la longue, à mesure que la communion sexuelle passait du sacré au profane et s'intégrait aux mœurs, l'homme ne

1. Geyraud (*L'occultisme à Paris, les Religions secrètes de Paris*) montre que la magie sexuelle est encore en faveur de nos jours.

pouvait manquer d'être amené à reviser son appréciation de la femme. Ce point n'était pas encore atteint à l'époque de Platon puisque, dans le *Banquet*, l'amour homosexuel prime l'amour hétérosexuel, au point que l'auteur ne reconnaît d'autre rôle à la femme que la conception. Seul, le vulgaire peut, selon lui, aimer une femme, aussi ne voit-il dans ce sentiment qu'un amour « populaire », grossier et sensuel. Le sage aime les jeunes gens, non pour les satisfactions sexuelles qu'il peut en obtenir — elles restent secondaires — mais pour les jouissances spirituelles que comporte leur commerce, car la femme est intellectuellement inférieure à l'homme. L'amour homosexuel devient ainsi un amour « céleste ». La communion purement sexuelle avec la femme s'accompagne d'une communion spirituelle avec l'homme, à conséquences sexuelles, ouvrant une nouvelle phase dans le processus alternatif de dissociation et de conciliation entre l'homme et la femme. La simple communion sexuelle est alors estimée insuffisante, voire grossière. L'homme et la femme n'atteignent ainsi qu'à un accord fugace qui les laisse ensuite étrangers l'un à l'autre. L'homme évolué de cette époque est amené, en vertu des postulats platoniciens, à voir dans l'intelligence un privilège de la virilité (comme il s'était attribué naguère le bénéfice exclusif de l'orgasme), à sous-estimer la femme, quand il ne la méprise pas, et à n'entretenir qu'avec des hommes un commerce spirituel d'où découlent des rapports sexuels. Par voie de réciprocité, la femme est entraînée à préférer la sensibilité et la douceur des êtres de son sexe à la violence masculine. Ainsi est accusée plus que jamais la séparation entre hommes et femmes. C'est aussi pourquoi « la distinction entre notre vie érotique et celle de l'antiquité consiste en ce que, jadis, c'était la tendance qui importait surtout, tandis qu'aujourd'hui c'est l'objet »[1]. En même temps sont données les conditions d'une conciliation supérieure entre l'homme et la femme, une fois reconnue illusoire l'inégalité imaginée par

1. FREUD, *Trois essais sur la sexualité.*

Platon et découverts les trésors du psychisme féminin. Plutarque[1] le premier, les perçoit, mais le christianisme est déjà là.

Il était réservé à cette religion d'opposer à la sexualité un amour entièrement désincarné, reporté sur la seule divinité. La morale chrétienne enseigne que la femme est soumise à l'homme (au mari) ; et le seul but qu'elle assigne à la sexualité est la conception dans le mariage. Cette soumission à l'homme est accusée jusque dans la forme de coït prescrite par l'Église. Au libre exercice de la sexualité, sans autre but initial que sa satisfaction, l'Église impose une tâche inéluctable. Elle canalise l'impulsion sexuelle sans s'efforcer de la dépasser sur le plan affectif et se borne à orienter vers la divinité les forces spirituelles qui tendaient obscurément à la métamorphose de l'amour. L'être humain n'y trouve donc pas plus son compte qu'auparavant. Il n'y gagne qu'une possibilité d'évasion. La femme reste simple mère, dont la vie affective ne trouve d'issue que dans l'exercice de la maternité et la tendresse qu'elle peut espérer de ses enfants. C'est le seul amour charnel dont le christianisme lui reconnaisse le bénéfice légitime et, s'il ne lui impose aucune borne, c'est parce qu'il y trouve son profit. Avec le christianisme l'homme, et plus encore la femme, vont connaître l'angoisse permanente du péché. L'affectivité féminine est contrainte de suivre deux voies divergentes quand elles ne sont pas opposées : l'amour maternel et l'amour spirituel issu de l'amour sexuel refusé à l'humanité et dont elle est invitée à reporter les élans sur la divinité.

1. « Mais l'amoureux honnête, pudique et chaste, fait bien autrement car il élève son désir vers la divine, spirituelle et intellectuelle beauté, et, rencontrant la beauté d'un corps visible, s'en sert comme d'un instrument de sa mémoire, l'aime et la caresse, et en conversant et hantant avec elle, d'aise et de joie enflamme encore sa pensée davantage. Tels amoureux étant par deçà avec les corps, ne s'y arrêteront pas à les désirer ni admirer.

« Car celui qui véritablement est amoureux, et ayant approché les vraies beautés, autant qu'il est loisible à l'homme, prend des ailes, devient sanctifié et demeure par tout jamais là sus, ballant et se promenant alentour du dieu, jusqu'à ce que parvenant derechef aux vergers de la lune et de Vénus, il s'y endort et repose et recommence à reprendre une autre génération. » PLUTARQUE, *Œuvres morales*, traduites par Amyot, imprimerie de Cussac, Paris an XI, t. V, *De l'amour*, p. 68.

Le péché est inhérent au christianisme qui en a trouvé le germe dans la loi mosaïque. Divinité terrible, le Jéhovah d'Israël punit ses fidèles lorsqu'ils ont transgressé ses commandements. Le christianisme n'a eu qu'à établir l'échelle des fautes quotidiennes méritant châtiment et à doser celui-ci. Le dieu des chrétiens prétend régler toute la vie des fidèles qui ne peuvent s'écarter d'un étroit sentier s'ils entendent mériter les illusoires félicités célestes. Le christianisme devient ainsi une religion de répression comme aucune autre. Il est vrai qu'il doit en partie ce caractère aux circonstances qui l'ont vu naître. Il est apparu dans l'empire romain — où toutes les valeurs culturelles étaient en voie de dissolution — en prétendant s'opposer à ce processus et même en renverser le sens. A la loi civile de l'époque, il superpose une loi morale incomparablement plus efficace, grâce à l'invention de l'enfer. Avec cette religion, l'homme est doté d'œillères qui réduisent son horizon à l'ombre de la croix. Toutes ses aspirations vitales sont niées ou ramenées à leur expression la plus élémentaire. L'individu n'existe plus qu'en fonction de ses fautes et de leur expiation. Son existence même est une faute, puisqu'il est né porteur du péché originel. Toute sa vie ne sera pas de trop pour s'en racheter. Sans parler des péchés qu'il est appelé à commettre chaque jour ! C'est l'univers de la faute innombrable et permanente. L'homme ne peut y échapper — et encore ! — que par la prière et la contemplation.

Il va sans dire que l'amour humain, dans cet impitoyable monde chrétien, est un péché, la femme, image du péché originel, devient source permanente des pires errements, le péché personnifié[1]. Mieux encore, à l'inverse des Indiens Cora pour lesquels la beauté est le bonheur, aux yeux de saint Augustin, elle incline au péché[2]. Même à cette époque, la

1. « Souveraine peste, porte de l'enfer, arme du diable, sentinelle avancée de l'enfer, larve du démon, flèche du diable. Telles sont les épithètes de saint Jean Chrysostome, saint Antoine, saint Jean de Damas et saint Jérôme », adressées à la femme, rappelle M. J. Lafitte-Houssat, *Troubadours et cours d'amour.* Éd. Presses Universitaires, Paris, 1950.

2. « Il faut détourner l'esprit des images corporelles. »

prohibition que le christianisme oppose aux rapports sexuels prend une valeur entièrement régressive, puisque la simple communion sexuelle est refusée aux êtres humains qui n'ont pas le droit de la rechercher sous peine de péché. On aurait tort aussi de croire que la loi chrétienne exprime un souci de moralité. Celui-ci n'est que le contenu manifeste de cette loi, le contenu latent est tout autre. En transformant la femme en tentatrice diabolique et la sexualité en péché suprême, le christianisme se proposait avant tout de protéger son dogme, et l'Église de fortifier son pouvoir. L'antiquité classique lui offrait de nombreux mythes directement issus du désir et de la femme où elle reconnaissait la source intarissable d'élans, dont la transmutation était susceptible de faire échec au christianisme. Il était donc nécessaire de le préserver par un rigoureux tabou de la femme et de la sexualité. Celui-ci ne pouvait être levé, en apparence, que dans les sévères conditions du mariage chrétien et sous la surveillance hypocrite et méfiante du confesseur. L'Église soupçonnait que la femme seule pouvait vaincre son dieu. C'est pourquoi elle a dressé, entre l'homme et elle, la montagne du péché et tenté, plus tard, de donner une issue aux impulsions humaines dans le mythe de Marie.

Il faut toutefois reconnaître que le christianisme de saint Augustin, en faisant du cœur la source de l'esprit exalté et opposé à la chair, a développé la seule force qui était susceptible de miner son enseignement, mais il fallait d'abord que l'esprit se ressaisît et s'incarnât dans un corps de femme pour dissoudre la terreur du péché. Les derniers siècles de Rome avaient vu le triomphe de la chair sur l'esprit dégradé, mais non réprimé. Le christianisme est allé plus loin : il réprime la chair et corrompt l'esprit avant de l'exalter dans son avilissement. L'humanité se trouve donc beaucoup plus écrasée qu'auparavant car elle aspire à une vie totale où chair et esprit, loin de se combattre, se concilient en une unité supérieure, se complètent et s'engendrent mutuellement. Le christianisme a ainsi concentré sans s'en douter, contre la mort de la chair et la mutilation de l'esprit, toutes les forces de l'humanité aspirant à la vie.

La régression culturelle et sociale produite par la conjonction du christianisme occidental avec les invasions barbares atteint son comble au haut moyen âge. L'homme et la femme sont non seulement séparés mais ennemis, puisque la femme est responsable du péché originel et source de damnation. L'Église pèse de tout son poids pour les maintenir éloignés l'un de l'autre, sachant que leur accord sera un signe avant-coureur de sa déchéance. Le monde occidental réagit dans la seule voie qui lui reste permise : la religion. Il est significatif que les doctrines hétérodoxes qui surgissent alors accordent pour la plupart, à la femme, une place que le dogme officiel lui refuse. Mieux encore, si ces doctrines ne tiennent pas explicitement compte de la femme, le peuple complète l'enseignement des docteurs. Joachim de Flore annonce, au XIe siècle, l'avènement du règne de l'Esprit Saint qui doit succéder, en 1260, à celui du Père et du Fils. Le peuple n'hésite pas à conclure qu'il s'incarnera dans une femme. Les Cathares — qui apparaîtront au grand jour au XIIe siècle — enseignent de leur côté que l'amour de la femme est un moyen de s'élever à l'amour des âmes, que l'amour charnel est la voie d'accès à l'amour spirituel et placent l'accent sur une féminité idéale renouvelée de la Gnose. C'est une véritable réhabilitation de la femme que les peuples d'Occident entreprennent alors et ce sont les premiers signes visibles d'une transformation complète de la sensibilité qui apparaissent dans les couches profondes de ces populations. À son tour, cette transformation est liée à une lente évolution des conditions matérielles de la vie en Occident.

Passées les terreurs de l'an Mil — où il est aisé de voir l'expression d'une crise religieuse latente — l'Occident entre dans une période de transformation économique et sociale profonde. Les grandes invasions sont loin. Une sécurité relative renaît. Le trafic, jusque là presque inexistant, reparaît et s'accroît rapidement ; le commerce international reprend à travers la Méditerranée ; la monnaie circule de nouveau, facilitant l'accumulation des capitaux et le salariat[1]. Dans le sud de la France où cette évolution est particulièrement précoce et nette, le servage a presque totalement disparu tandis que villes et bourgs ont obtenu leurs franchises, par la négociation ou la lutte. Un nouveau monde va surgir de la barbarie qui régnait aux siècles précédents. Trois groupements sociaux sont alors en présence. L'Église tentaculaire, qui a accaparé d'immenses domaines, est devenue une des plus grandes puissances féodales. Elle est en mesure de courber sous son autorité la société tout entière y compris le roi. Près d'elle, la soutenant et la combattant tour à tour, se tient une multitude de seigneurs féodaux qui jalousent sa puissance matérielle. Enfin, les marchands et artisans en nombre croissant ne se trouvent pas à leur place dans ce monde de routine où ils représentent les seuls éléments dynamiques. La culture est dispensée par l'Église qui la limite, pour le vulgaire, à la connaissance du dogme. C'est donc à travers la religion que se manifeste la discorde latente qui règne entre les trois couches de la société, l'Église étant l'ennemi commun.

C'est dans ce monde que le catharisme apparaît, au sud de la France et au nord de l'Italie, au début du XIIe siècle. Lointain prolongement, à travers le manichéisme bogomil, de la Gnose primitive, le catharisme se répand à travers tout l'Occident — excepté la péninsule ibérique alors soumise à l'Islam. Il transpose la pensée zoroastrienne présente dans les mythes celtiques[2], qui postule une bonne et une mauvaise création issues, la première, d'Ahura Mazda, le seigneur étincelant et la seconde, d'Ahriman, le maître des ténèbres. Mais l'une et l'autre proviennent de Zervan, le temps sans bornes, et après de longs combats, Ahura Mazda l'emporte et contraint le mal à rentrer dans la bonne création.

Les Cathares estimaient que l'amour humain, bien que

1. BLOCH, *La société féodale.*

2. Denis DE ROUGEMONT, *L'amour et l'Occident.* Plon, Paris, s. d. L'auteur soutient que le manichéisme n'était qu'un aspect d'une religion alors commune à tous les peuples vivant de l'Indus à l'Atlantique. Les mêmes éléments se seraient retrouvés, selon lui, chez les Celtes et n'auraient été recouverts que d'un vernis chrétien.

nécessaire pour atteindre l'amour chrétien, était pénétré de l'influence de Lucifer et ils voulaient l'empêcher de dévier vers la matière et le péché satanique. « Libérer l'amour humain ainsi que Lucifer lui-même par l'amour chrétien était l'idéal des Cathares[1]. » Il ne s'ensuivait pas un refus de la sexualité, comme on l'a affirmé, car les Cathares enseignaient une doctrine de réincarnation qui ainsi eût été en contradiction flagrante avec cette attitude de refus. Seuls les « Parfaits » y souscrivaient et ce refus ne devint général qu'à l'agonie du catharisme. Ainsi l'amour humain restait un péché pour les Cathares, mais ce péché était absous par le *consolament*, ce sacrement que le fidèle recevait à l'heure de la mort et qui faisait de lui un « Parfait », si bien que l'angoisse lancinante du péché disparaissait et la vie humaine retrouvait un cours naturel.

La lutte qui oppose à l'Église les deux autres couches de la population apparaît au grand jour avec le catharisme. Il avait pris racine chez les marchands et artisans. Ceux-ci se sentaient étrangers au monde agraire-féodal qui les emprisonnait et nuisait à leurs intérêts. Le représentant direct de ce monde était l'Église omniprésente qui régissait jusqu'à la vie quotidienne. L'hérésie prend ainsi la valeur d'une rébellion contre l'Église et son pouvoir temporel. Mais la petite et la moyenne noblesse provinciales ne voyaient pas l'Église d'un meilleur œil, en sorte qu'elles rejoignirent rapidement l'hérésie. Les grands féodaux, à leur tour, n'étaient pas fâchés des difficultés que connaissait l'Église et qui leur permettaient de consolider leur pouvoir. Ils n'opposèrent aucun obstacle à la propagation de l'hérésie à laquelle, en secret, ils étaient souvent plus ou moins favorables. Parfois même ils lui apportèrent leur appui et ils ne rallièrent la croisade qu'au moment où l'hérésie était virtuellement vaincue. Ils profitèrent ainsi de la victoire de l'Église comme ils avaient profité de ses difficultés antérieures, car ce triomphe était purement matériel. Le prestige de l'Église fut

1. Déodat Roché, *Les cathares et l'amour spirituel*, dans le numéro spécial des « Cahiers du Sud » : *Le génie d'Oc et l'homme méditerranéen.*

définitivement ruiné dans toutes les couches de la population languedocienne.

★

Au début du XIIe siècle, l'amour courtois est en faveur dans toutes les cours féodales de France. Son point de départ doit donc être situé loin en arrière, mais c'est à coup sûr la fermentation religieuse antérieure et la transformation qui s'est opérée dans la sensibilité au siècle précédent qui ont facilité son expansion. Il apparaît ainsi comme une réplique du catharisme surgie dans un milieu différent, mais attestant également l'hostilité de ce milieu à l'Église.

Les troubadours du Midi rencontrent très tôt dans le XIIe siècle les conteurs bretons qui colportent de cour en cour la légende du roi Arthur. Ceux-ci ne tardent pas à ajouter l'amour courtois au merveilleux de leurs légendes, issues de la tradition celtique et de l'épopée bretonne. C'est la comtesse de Champagne qui fait rédiger par Chrétien de Troyes le premier conte du Graal, « revêtu de la couleur courtoise et chevaleresque »[1]. Peu après, André, chapelain du roi Louis VII, rapporte une légende relative à la découverte du code de l'amour courtois. Selon cette légende, un chevalier breton s'était enfoncé dans la forêt pour y chercher le roi Arthur. Il y avait trouvé une fée qui lui avait dit : « Je sais ce que vous cherchez ; vous ne le trouverez qu'avec mon secours. Vous avez requis d'amour une dame bretonne et elle exige que vous lui apportiez le célèbre faucon qui repose sur une grosse perche dans la cour d'Arthur. Pour obtenir ce faucon, il faut prouver par le succès d'un combat que votre dame est plus belle qu'aucune autre des dames aimées des chevaliers qui sont dans cette cour[2]. » Après de nombreuses aventures merveilleuses, le chevalier avait trouvé le faucon sur une perche d'or. Une petite chaîne pendait à sa patte et, à l'extrémité de celle-ci, était un manuscrit : le code d'amour[3]. La légende établit donc

1. Jean MARX, *La légende arthurienne et le Graal*. Presses Universitaires, Paris.
2. Antony MÉRAY, *La vie au temps des cours d'amour*. Paris, 1876.
3. Code d'amour du XIIe siècle :

   1. L'allégation de mariage n'est pas une excuse légitime contre l'amour.

un lien étroit entre l'amour courtois et les romans de la Table Ronde. Peu importe si, en l'occurrence, elle renverse les rôles. Son existence atteste en tout cas que le code d'amour était déjà assez ancien pour que son origine réelle pût s'effacer et faire place à une origine mythique.

L'amour courtois prend-il sa source dans une réaction de défense de la femme ? Les seigneurs féodaux étaient plus souvent hors de leurs domaines que près de leur épouse. Leur vie se passait en aventures belliqueuses, en entreprises plus ou moins chimériques et en pèlerinages hasardeux, tandis que la châtelaine restait seule avec ses enfants. Elle était tenue d'accueillir sous son toit les chevaliers qu'une quelconque lubie avait lancés sur les routes. Or ces chevaliers étaient souvent tentés de donner à l'hospitalité qui leur était offerte

---

2. Qui ne sait celer, ne sait aimer.
3. Personne ne peut se donner à deux amours.
4. L'amour peut toujours croître ou diminuer.
5. N'a pas de saveur ce que l'amant prend de force à l'autre amant.
6. Le mâle n'aime d'ordinaire qu'en pleine puberté.
7. On prescrit à l'un des amants pour la mort de l'autre, une viduité de deux années.
8. Personne sans raison plus que suffisante ne doit être privé de son droit en amour.
9. Personne ne peut aimer s'il n'est engagé par la persuasion d'aimer (par l'espoir d'être aimé).
10. L'amour d'ordinaire est chassé de la maison par l'avarice.
11. Il ne convient pas d'aimer celle qu'on aurait honte de désirer en mariage.
12. L'amour véritable n'a désir de caresse que venant de celle qu'il aime.
13. Amour divulgué est rarement de durée.
14. Le succès trop facile ôte bientôt son charme à l'amour.
15. Toute personne qui aime pâlit à l'aspect de ce qu'elle aime.
16. A la vue imprévue de ce qu'on aime, on tremble.
17. Nouvel amour chasse l'ancien.
18. Le mérite rend seul digne d'amour.
19. L'amour qui s'éteint tombe rapidement et rarement se ranime.
20. L'amoureux est toujours craintif.
21. Par la jalousie véritable l'affection d'amour croît toujours.
22. Du soupçon et de la jalousie qui en dérive croît l'affection d'amour.
23. Moins dort et mange celui qu'assiège pensée d'amour.
24. Toute action de l'amant se termine par penser à ce qu'il aime.
25. L'amour véritable ne trouve rien de bien que ce qu'il sait plaire à ce qu'il aime.
26. L'amour ne peut rien refuser à l'amour.
27. L'amant ne peut se rassasier de la jouissance de ce qu'il aime.

un sens beaucoup plus large que leur hôtesse ne l'entendait. Celle-ci ne pouvait parer les attaques dont elle était l'objet qu'en y trouvant prétexte à badinage et en donnant à toute proposition osée le sens d'un jeu imposant des limites à la galanterie masculine. En outre, elle était chez elle, ce qui lui conférait une autorité accrue par l'absence de son mari qu'elle représentait aux yeux de tous[1]. De ces assauts et parades d'amour seraient nés, avec le temps, les mœurs courtoises et le code d'amour qui les régit.

Dès que nous pouvons le voir, l'amour courtois revêt en effet l'aspect d'un jeu parce qu'il lui était interdit d'en dépasser les limites. Et il en est indubitablement un, sans qu'il soit légitime de le réduire au seul jeu. Tout son appareil

---

28. Une faible présomption fait que l'amant soupçonne des choses sinistres de ce qu'il aime.
29. L'habitude trop excessive des plaisirs empêche la naissance de l'amour.
30. Une personne qui aime est occupée par l'image de ce qu'elle aime assidûment et sans interruption.
31. Rien n'empêche qu'une femme soit aimée par deux hommes, et un homme par deux femmes.

Stendhal qui cite ce code d'amour *(De l'amour)* y adjoint le dispositif d'un jugement rendu par la comtesse de Champagne, fille d'Aliénor d'Aquitaine, la même qui fit rédiger le *Conte du Graal* par Chrétien de Troyes. Ce jugement intervenu en 1174 est également rapporté par André le Chapelain :

QUESTION : Le véritable amour peut-il exister entre deux pesronnes mariées ?

JUGEMENT DE LA COMTESSE DE CHAMPAGNE : « Nous disons et assurons par les présentes, que l'amour ne peut étendre ses droits sur deux personnes mariées. En effet, les amants s'accordent tout, mutuellement et gratuitement sans être contraints par aucun motif de nécessité tandis que les époux sont tenus, par devoir, de subir réciproquement leurs volontés, et de ne se refuser rien les uns aux autres...

« Que ce jugement, que nous avons rendu avec une extrême prudence, et d'après l'avis d'un grand nombre d'autres dames, soit pour vous d'une vérité constante et irréfragable. Ainsi jugé, l'an 1174, le troisième jour des calendes de mai, indiction VIIe. »

1. J. LAFITTE-HOUSSAT (*op. cit.*, p. 21) rappelle Guizot : « Quand le possesseur du fief sortait de son château, sa femme y restait dans une situation toute différente de celle que jusque-là les femmes avaient presque toujours eue. Elle y restait maîtresse, châtelaine représentant son mari et chargée, en son absence, de la défense et de l'honneur du fief. Cette situation élevée et presque souveraine, au sein même de la vie domestique, a souvent donné aux femmes de l'époque féodale une dignité, un courage, des vertus, un éclat qu'elles n'avaient point déployés ailleurs, et elle a sans doute puissamment contribué à leur développement moral et au progrès général de leur condition. »

de règles, de tournois et de cours d'amour montre son caractère ludique. Or un jeu constitue, pour les joueurs, un cercle fermé et étranger au monde extérieur. Mais s'il est un jeu, il prend cependant pour les joueurs un caractère ambivalent, dans la mesure où ceux-ci tendent à lui faire réintégrer le cadre du sérieux des nécessités duquel il est issu. J. Huizinga[1] a remarqué qu'il « n'existe point de différence formelle entre le jeu et une action sacrée », l'un et l'autre revêtant les mêmes aspects, et que « cette notion de jeu s'associe sans contrainte à celle de mystère et de sainteté »[2]. Par ailleurs, le même auteur montre le rôle capital du jeu aux premiers stades de la culture. Je citerai en exemple les nègres du Brésil disant qu'ils « jouent » (*brincar :* jouer est le terme employé par les enfants) lorsqu'ils célèbrent une cérémonie magique, ainsi que les Indiens Cora, au Nord-Ouest du Mexique, qui appellent « jeu » la fête donnée en l'honneur du dieu suprême.

L'hommage que le chevalier rend à sa dame n'est pas non plus sans rappeler le *potlatch*[3]. Il offre son cœur à sa dame, mieux, il l'échange contre le sien. La dame est située à un rang supérieur au sien. Il n'y a donc pas échange sur un pied d'égalité. Au contraire, le chevalier a conscience de recevoir plus qu'il ne donne. Ayant échangé son cœur, le chevalier fait assaut d'émulation avec sa dame et est prêt à donner sa vie pour elle. Il en reçoit alors un inestimable soutien mystique par le baiser. Là, il offre plus qu'il n'a reçu et reçoit plus encore. C'est la mécanique de tout *potlatch* et celui-ci fait partie d'un ensemble de rites magiques. Or l'échange des cœurs, le baiser qui le scellait et le rituel érotique dont cette cérémonie n'était que le préambule, apparaissent à René Nelli[4] comme une survivance de rites entourant une antique communion mystico-sexuelle. Le

1. HUIZINGA, *Homo ludens*. Gallimard, édit.
2. HUIZINGA, *op. cit.*
3. Jean MARX, *op. cit*, p. 30, rappelle que M. Mauss et Henri Hubert ont, dans la *Revue Celtique*, attiré, dès 1926, l'attention du public sur l'importance des notions de *potlatch* « dans les sociétés celtiques en général et les récits arthuriens en particulier ».
4. René NELLI, *L'amour et les mythes du cœur*. Hachette, édit.

sens de celle-ci était alors perdu, si bien que le caractère ludique inhérent à toute pratique magique avait pris le pas sur la chose signifiée.

Rien ne se prête tant au jeu que l'amour. A vrai dire le jeu de l'amour semble représenter une préface obligatoire à l'amour, quelque forme qu'il adopte ensuite, et il en a probablement toujours été ainsi. Même chez les animaux, on peut observer des jeux sexuels. Un journal du soir a décrit l'extraordinaire scène de séduction à laquelle s'emploie le *golové*, de Nouvelle-Guinée. Ce paradisier au plumage éclatant déblaie, à l'époque des amours, une surface considérable eu égard à sa taille. Au centre de cette aire, qu'il parsème de petites graines rouges, doit se trouver un certain arbuste de quelques mètres de hauteur. Cette tâche accomplie, le *golové* appelle la femelle, petit oiseau gris insignifiant à côté de lui. Celle-ci vient se percher au faîte de l'arbuste d'où elle regarde longuement le mâle qui exécute une danse compliquée. Déçue, la femelle s'en va. Le mâle n'a plus qu'à cueillir des orchidées dans la forêt voisine et les répandre sur l'aire nuptiale. Il chante de nouveau pour appeler la femelle qui, après avoir regardé encore la danse du mâle, descend de l'arbuste et consent enfin à s'accoupler à lui..

★

L'amour courtois se veut un amour pur, victorieux des tentations charnelles, car la chair demeure le péché par excellence. Dans l'amour courtois, elle est la tentation perpétuelle qu'on doit rechercher pour la combattre et la vaincre. Cette ambivalence a permis de voir dans l'amour courtois, selon les lieux et les époques où il était considéré, tantôt un simple rituel de sublimation de la sexualité, tantôt une lubricité dissimulée sous un apparat chevaleresque. Il a été l'un et l'autre et beaucoup plus encore. Il a d'abord permis à l'homme de pénétrer dans la subjectivité féminine à la faveur des tabous imposés par la religion et la société. Ce sont eux, en effet, qui ont, par voie de réaction, conféré à l'amour courtois quelques-uns de ses traits les plus précieux. Ils ont encore permis au double mouvement d'attraction et de répulsion, constant dans les rapports entre l'homme et la femme, de se manifester avec une parfaite netteté. L'intimité nouvelle entre dames et chevaliers, en même temps qu'elle accusait à l'extrême leur opposition, donnait les prémisses de leur totale conciliation. Cette opposition se manifeste en effet sous un signe nouveau. Tandis que jusqu'ici elle avait été le produit naturel de la domination de la femme par l'homme, les rôles se trouvent renversés à la faveur du jeu. La femme est invitée par l'homme à se produire en pleine lumière, comme si les élans qui, surgis des couches profondes de la population et n'ayant pas trouvé d'issue dans la religion, incitaient les classes supérieures à s'interroger sur la femme et à la questionner : « Qui es-tu ? Es-tu vraiment la source du péché ? » La femme est ainsi priée de mettre en valeur toute sa féminité, tandis que, dans le moyen âge barbare et chrétien, elle ne pouvait en révéler que l'aspect maternel. « Vois. Puis-je vraiment être le péché ? » semble-t-elle répliquer. En réponse, et par émulation, l'homme est contraint de déployer devant elle des qualités inhérentes à la virilité, qu'il n'avait pu cultiver dans les conditions antérieures, et à donner à sa violence naturelle le dérivatif du jeu.

L'angoisse du péché, toujours à la faveur du jeu, se dissout lentement d'elle-même. Il est vrai que l'amour courtois présuppose un doute concernant le péché. Sinon cette attitude comme de défi prudent à son égard ne serait nullement justifiée. L'homme et la femme s'engagent dans une vie érotique soumise à un rituel qui lui impose de strictes limites, où l'étreinte — lorsqu'elle est tolérée — reste sans conclusion. Par ses rites, l'amour courtois prend aussi le sens d'une affirmation de cohésion de la chevalerie en face de l'Église. On peut encore y voir une première escarmouche d'importance du monde profane dans son combat contre le christianisme. Le doute jeté sur le péché est si complet, à la fin du XIIe siècle, qu'André le Chapelain, à la question « l'un des deux amants viole-t-il la foi promise lorsqu'il refuse de céder à la passion de l'autre », avoue de profonds scrupules : « Je n'ose pas décider, dit-il, qu'il ne soit permis de se refuser aux plaisirs du siècle ; je craindrais que ma doctrine ne parût trop contraire aux commandements de Dieu et, certes, il ne serait pas prudent de croire que quelqu'un ne dût obéir à ces commandements plutôt que de céder aux plaisirs mondains. » Ainsi, pour un clerc, le code d'amour rivalise déjà avec les commandements de la religion. Quoi d'étonnant si, pour un troubadour de la même époque, le péché se métamorphose au point que « la dame commet un péché mortel si elle refuse de coucher avec un preux »[1] ! Le code d'amour, cette fois, supplante les commandements de l'Église.

Non seulement le code d'amour permet aux dames et chevaliers d'accuser à l'extrême leurs oppositions et de se définir les unes par rapport aux autres, mais il engendre une conciliation, toute fugitive et à demi illusoire, dans le cadre du jeu. Cependant le jeu tend toujours à envahir la vie entière, surtout si toute licence lui est accordée. Or l'amour courtois caractérise mieux que toute autre manifestation sociale de cette époque, la vie du XIIe au XIVe siècle. A mesure qu'étaient perdues de vue les sources magiques de l'amour courtois, ne subsistait plus que le signe. La conciliation incidentelle que provoquait l'amour courtois laissait insatisfaits dames et chevaliers. Avec le temps, le code d'amour perdant toute valeur positive, devenait un frein à la transformation de l'amour dont la courtoisie n'était que la phase initiale. L'amour courtois présente bien tous les signes extérieurs de l'amour, mais on ne trouve que le vide derrière son décor. Le jeu interdit à l'amour d'éclore, mais ses règles ont dû plus d'une fois souffrir des entorses diverses, sinon l'institution des cours d'amour elle-même serait dépourvue de sens. L'amour courtois appelant invinciblement l'amour sublime, tout en lui prohibant le droit à l'existence, le cœur humain erre, désemparé. Il se cherche en vain. La solution semble

1. René NELLI, *op. cit.*

cependant en vue, mais reste comme empêtrée dans les filets de l'amour courtois. S'égarant sans cesse de l'amour charnel à la courtoisie, les troubadours rendent compte du trouble qui règne dans les cœurs. Bernard de Ventadour paraît, à la fin du XIIe siècle, s'être approché de l'amour sublime plus qu'aucun autre, encore que fugitivement :

J'ai le cœur si plein de joie
Qu'il transmue Nature !
Le gel me semble fleur blanche,
Vermeille et dorée.
Avec le vent et la pluie
Mon bonheur s'accroît ;
C'est pourquoi mon Prix s'exalte
Et mon chant s'épure.
J'ai tant d'amour au cœur
De joie et de douceur
Que frimas est une fleur
Et neige, verdure[1]

Tout concourt, il est vrai, à enchaîner l'amour à la courtoisie. L'Église, un instant ébranlée aux XIe et XIIe siècles, rétablit sa domination à partir du siècle suivant et massacre les Cathares. Elle ne pouvait plus alors s'opposer à l'amour courtois en le combattant de front, mais en le circonscrivant de telle sorte qu'il dût fatalement se corrompre, toute évolution positive lui étant interdite, tant par le dogme religieux que par les rites dont il était prisonnier. Enfin les cinq Croisades du XIIIe siècle, en même temps qu'elles symbolisent la puissance renaissante de l'Église, ne sont pas sans effet sur la stagnation de l'amour courtois, préface de sa dissolution ultérieure.

★

L'époque romane est avant tout celle « de la pensée rendue visible »[2], ce que saint Anselme de Cantorbery tra-

1. Traduction René Nelli. *Inédit.*

2. René HUGHE : « La pensée médiévale et le monde moderne », dans *Cahiers du Sud*, n° 312.

duit par « je crois d'abord et ensuite j'essaie de comprendre ce que je crois ». Cette démarche, lorsqu'elle a été accompagnée par la puissante poussée de sensibilité des XIe et XIIe siècles, a imprimé à l'affectivité des hommes d'Occident un cours décisif. L'amour courtois a pu devenir l'idéal de toute une couche sociale et le merveilleux qui le colore, a pris un essor inattendu. Ne se propose-t-il pas, à l'origine, la protection surnaturelle du chevalier ? Il s'allie ainsi sans effort au merveilleux des romans de la Table Ronde. Il n'est pas jusqu'à la religion de cette époque qui ne reste en communication constante avec le merveilleux. Elle en est, à vrai dire, une expression si dénaturée qu'elle se cherche une explication rationnelle, philosophique et morale, tandis que le merveilleux se suffit à lui-même et reste cause lointaine et non pas effet immédiat.

De la couche supérieure de la population, là où la culture est la moins embryonnaire, surgit l'amour courtois. Le clergé détient alors un véritable monopole de l'héritage culturel et, seul, est en mesure de le faire fructifier. Si les laïcs vivent dans un monde d'enchantements, de fées et de sorcières, les clercs entretiennent des relations quotidiennes avec les anges ou les démons, tout en rêvant de miracles. Le merveilleux et l'amour partent d'un pressant besoin humain qui, dans le monde profane, ne peut être satisfait qu'au point où l'un et l'autre confluent. Le christianisme entend tirer avantage de ce besoin en contraignant le merveilleux et l'amour à se rejoindre dans la divinité en un amour mystique.

Par exception, un visage de femme peut cependant suffire à noyer d'un regard l'image de la divinité. Abélard s'éprend d'Héloïse. Philosophe avant d'être théologien, on le voit prendre position entre les réalistes et les nominalistes et chercher une conciliation formelle des deux thèses opposées. Il obéit au même mouvement dans le domaine de l'amour. Formée à son école, Héloïse nous montre pour la première fois dans l'histoire un amour humain qui tient compte de toutes les exigences, en apparence inconciliables, de l'individu. La contradiction attraction-répulsion entre l'homme et la femme, qui forme toute la dynamique de l'amour courtois, est enfin résolue, ainsi que l'opposition entre chair et esprit. La chair triomphe par l'esprit qui l'exalte et la divinité s'évapore.

En choisissant la dame qui, par l'extrême tentation qu'elle offre, l'oblige au combat pour triompher de la chair en un cycle ininterrompu de luttes permanentes et de victoires éphémères, le chevalier symbolise la condition sociale de toute la chevalerie. A cette chevalerie s'oppose le clergé, mais celui-ci — surtout après la réforme grégorienne qui était alors toute proche — n'a plus aucun droit à l'amour humain, qu'il est contraint de sublimer en amour divin. Ne peut-on pas voir dans l'amour sublime que manifestent Abélard et Héloïse, une revendication, chez les clercs, de la chair et de l'esprit opprimés ? L'être élu doit être parfaitement singulier afin de représenter l'unique objet d'amour possible pour un partenaire aussi nettement différencié que lui. Conciliant leur opposition, l'homme et la femme se confondent alors en un seul être. Jupiter, dit Platon, sépara l'androgyne, mais « chaque moitié cherchait à se rencontrer avec celle dont elle avait été séparée et lorsqu'elles se trouvaient toutes les deux, elles s'embrassaient et se joignaient avec une telle ardeur, dans l'espoir de rentrer dans leur ancienne unité, qu'elles périssaient dans cet embrassement »[1].

L'ambition avouée de l'amour divin est la fusion de l'être humain avec la divinité, mais elle reste illusoire puisqu'il ne cesse de se répondre à lui-même à travers la divinité qu'il a imaginée. Se reconnaissant imparfait, cet homme avait élu l'objet supposé parfait dont il se déclarait essentiellement différent, puisque dans tout amour gît un appel du sujet à ce qui lui manque. Ce vide, qu'il avait espéré combler par la divinité, persiste, si bien que l'individu reste imparfait et insatisfait. En réalité, dans l'amour divin, il ne cherchait rien autre que le bonheur attaché à la perfection. Il ne l'a pas trouvé. Au

1. *Le Banquet.*

contraire, sa conscience de son imperfection s'est aiguisée, accroissant son tourment car il sait que dans cette imperfection réside son essence et la raison de son amour pour la divinité supposée parfaite. La fusion mutuelle n'a pas pu se produire puisque le sujet et l'objet ne sont pas situés sur le même plan. Si l'homme peut s'abîmer illusoirement dans la divinité, celle-ci ne saurait aucunement lui correspondre. La contradiction entre l'homme et la divinité s'avère insoluble. Elle est nécessaire à l'éclosion de l'amour mystique. Elle doit même être maintenue et cultivée à tout prix pour que cet amour prospère à proportion de la distance croissante entre l'un et l'autre. L'amour courtois se révèle ainsi comme une tentative d'adaptation de l'amour divin à la vie profane. Du coup, on découvre une des raisons pour lesquelles l'amour courtois est né en pays cathare : il sourd de la même inquiétude qui a engendré le catharisme. L'amour divin se distingue cependant de l'un et de l'autre par cette aspiration à une irréalisable fusion, inexistante dans l'amour courtois, mais condition même de l'amour sublime.

Pour former le parfait androgyne, symbolique générateur de bonheur, l'homme, que la divinité a laissé insatisfait, doit donc d'abord reporter ses yeux du ciel sur la terre et y quêter l'être qui permet sa reconstitution. Le mirage céleste évanoui, il persévère dans sa démarche et, si la divinité était unique, c'est également un être unique, mais de chair, qu'il divinisera : « Si l'être humain est pour l'homme l'être suprême, la première et la plus haute loi pratique doit être l'amour de l'homme pour l'homme[1]. » Ayant pris conscience de son imperfection, il ne cherche plus à y remédier en s'appliquant à imiter un modèle divin qu'il a créé, mais en réclamant à la terre l'être dont l'imperfection, compensant la sienne, permet la constitution d'un être double, parfait, singulier, et formant une unité de bonheur humain.

Abélard et Héloïse prennent ainsi figure de précurseurs. Leur amour répand une lumière éblouissante sur les liens

1. L. FEUERBACH, *Essence du christianisme*, trad. J. Roy. Paris, 1864, p. 311.

secrets qui unissent l'amour divin à l'amour sublime, le second paraissant à cette époque une forme aberrante du premier. Lorsque la mutilation d'Abélard rend cet amour impossible, ne les voit-on pas se réfugier dans l'amour divin et ne voit-on pas quelle crise Héloïse traverse pour s'y résigner ? Leur amour, de toutes façons, n'était pas susceptible de propagation dans les conditions de l'époque qui l'avait vu naître. Il a cependant, pour l'humanité, la valeur — qu'il conserve encore — du cri de « Terre ! » pour Colomb, un jour d'octobre 1492.

Dès la seconde moitié du XIIIe siècle, le crépuscule tombe lentement sur l'amour courtois. Au XVe siècle, l'apparat qui l'entoure n'a déjà plus guère que la signification rétrospective d'un carnaval. Sa désagrégation se poursuivra jusqu'à la ruine définitive de la société féodale qui l'avait suscité. La galanterie de l'ancien régime en est la dernière lueur.

Le triomphe du nominalisme, au cours du XIIIe siècle, provoque l'apparition d'un esprit expérimental. Roger Bacon — qui invente le terme de « science expérimentale » — précise le contenu de cet esprit : « La théorie conclut et nous fait admettre la conclusion, mais elle ne donne pas cette assurance exempte de doute où l'esprit se repose, tant que la conclusion n'a pas été trouvée par la voie de l'expérience. » Au siècle précédent, la pensée, obéissant à une démarche inverse, reposait sur la seule spéculation, vérifiable ou non dans les faits. L'amour sublime n'a donc plus de place dans ce monde nouveau. D'autant plus que l'anéantissement, par l'Église, des hérésies qui la minaient, amorce, dès le milieu de ce XIIIe siècle, sa transformation rapide en un système totalitaire, dont la puissance devra être abattue pour que l'être humain puisse se retrouver. Le merveilleux, irréductible à l'expérience, est combattu dans son expression profane. Les romans de cette époque ne sont que des versions peu différentes des œuvres du siècle passé. Le merveilleux va même jusqu'à céder le pas au mystère — son frère inférieur que l'Église a vêtu de ses oripeaux — pour rester dans l'ombre et s'occulter ainsi que l'amour sublime. L'élan convergent de toutes les couches sociales du XIIe siècle où s'exprimait un profond mysticisme plus ou moins opposé à l'Église, a été brisé par cette Église, qui a dissocié les couches sociales dont l'esprit s'opposait au sien. L'essor du merveilleux profane arrêté net, son succédané chrétien a tenté de combler le vide qu'une telle disparition avait laissé dans les esprits. Aux romans de la Table Ronde ont succédé, deux siècles plus tard, les farces dans la satire desquelles passe le scepticisme d'un monde frustré. Du lien amoureux, ne reste plus visible que la parade courtoise et la caricature du mariage qui suscite l'apparition publique du personnage du mari trompé, appelé à la fortune qu'on sait.

La Renaissance se borne en fait à consacrer une évolution entreprise trois siècles plus tôt. L'esprit expérimental régente désormais la culture et s'apprête à jeter le doute jusque sur les postulats religieux.

On a beaucoup disputé du sens qu'il convient d'attribuer à l'œuvre de Maurice Scève. Selon certains, qui voient en lui un adepte des sciences hermétiques, l'amour qu'il affiche pour Pernette ne serait que le symbole d'une transmission initiatique. Cet amour ne peut cependant pas être mis en doute. Aussi doit-on partir de ce fait. Que *Délie* se découvre anagramme de « l'Idée » indique peut-être qu'il a mis cet amour au service d'une traduction de sa recherche traditionnelle, mais rien n'autorise à nier un sentiment qui remplit une grande partie de la vie du poète. Peut-être faut-il voir dans cette expression hermétique — outre ce possible cryptogramme d'un secret occulte — une précaution envers l'Inquisition, justifiée par l'adhésion qu'il aurait donnée à la Réforme dans les dernières années de sa vie. Maurice Scève — qu'il ait été ou non adepte — reste, au XVIe siècle, le seul représentant de l'amour sublime et, s'il en a voilé l'expression, c'est peut-être aussi à cause de la défaveur qui devait s'attacher à une ascèse si contraire aux tendances générales de son temps et si condamnable par l'autorité ecclésiastique, d'autant plus tyrannique alors qu'elle se savait plus menacée.

★

En rupture avec tout le cours ascendant de la pensée expérimentale, le mouvement de Port-Royal apparaît, au XVIIe siècle, comme une tentative de conciliation du cœur et de l'esprit.

Le christianisme avait déjà connu deux phases de sens opposé au moyen âge. Jusqu'au XIIIe siècle, le monde visible n'était, selon saint Augustin, qu'un symbole de la divinité. Par suite, la pensée humaine, si imparfaite qu'elle fût, était plus proche de cette divinité que des choses considérées comme ses reflets déformés. Platon transparaît ainsi sous saint Augustin. Cette position ouvrait largement la voie à une pensée spéculative engendrée par le libre exercice de l'imagination et de l'intuition. Au XIIIe siècle, Aristote, traduit en latin en Espagne islamisée, vient étayer à Paris les thèses nominalistes. Elles exigent qu'on parte de l'expérience et du monde sensible, pour remonter à la divinité. Saint Thomas d'Aquin soutient le même point de vue, ouvrant ainsi toute grande la porte au rationalisme appelé à se dessécher en se déshumanisant. En même temps, il donne les prémisses d'un dogme tyrannique. La raison est satisfaite mais le cœur ne bat plus. C'est à ce dessèchement de la pensée et à ce déchirement de la vie que s'attaquent les penseurs de Port-Royal en tentant de concilier saint Augustin et saint Thomas d'Aquin. Pour Pascal, il y a « une guerre intestine de l'homme entre la raison et les passions »[1], en sorte qu'il ne peut « avoir la paix avec l'un qu'en ayant la guerre avec l'autre : aussi il est toujours divisé et contraire à lui-même »[2]. C'est la résolution de cette contradiction que les hommes de Port-Royal ont tentée en postulant la divinité comme médiatrice. Le bonheur dépend du rétablissement de l'accord entre l'esprit et le cœur. Or « tous les hommes recherchent d'être

1. PASCAL, *Pensées*, texte établi par Léon Brunschwicg. Hachette, Paris, s. d., fragment 412.

2. ID., même fragment.

heureux »[1] et le bonheur « est le motif de toutes les actions des hommes, jusqu'à ceux qui vont se pendre »[2]. Mais, où est le bonheur? Il « n'est ni hors de nous ni dans nous, il est en Dieu et hors de nous et dans nous »[3]. La divinité, pour Pascal, demeure l'unique objet de tout amour, car en elle se résout la contradiction qui déchire l'homme et c'est elle qui peut lui dispenser la paix intérieure, sans laquelle aucun bonheur n'est possible. L'homme avec son esprit et son cœur entre au service exclusif de la divinité. De là l'extrême austérité de l'ascèse janséniste. Mais un changement de signe suffit pour que l'amour divin se transforme en amour sublime, en revenant à sa source pour se reporter sur l'être humain. Dans le premier, le sujet tente de s'élever à l'immuable et unique objet de tout amour pour s'y abîmer et connaître le bonheur dans la mesure où il atteint son but. Dans le second, le sujet et l'objet s'exaltent l'un par l'autre, jusqu'à constituer un complexe à la fois religieux et magique. Un court-circuit se produit entre la divinité et le fidèle, puisque le même être assume les deux rôles selon qu'il est sujet ou objet. Certes, les hommes de Port-Royal n'avaient pas retrouvé l'amour humain, mais leur démarche facilitait cette redécouverte. Je ne peux pas manquer d'apercevoir ce retour à l'être humain chez les deux seuls représentants de l'amour sublime au XVIIe siècle : Racine et Mme de La Fayette. Les attaches de Racine avec Port-Royal sont trop connues pour qu'il soit utile d'insister. Quant à Mme de La Fayette son œuvre présente justement le heurt d'un amour sublime contre l'amour divin, chez la princesse de Clèves. En outre, un prêtre de Port-Royal l'assistait à ses derniers instants, le 26 mai 1693, au moment où les thèses jansénistes étaient le plus combattues, ce qui, de sa part, ne peut guère signifier qu'une dernière affirmation d'adhésion à la doctrine de Port-Royal.

De ce même XVIIe siècle surgissent aussi les *Lettres de la*

1. ID., fragment 425.
2. ID., même fragment.
3. ID., fragment 435.

Religieuse portugaise. Certes, le couvent de Breja était à l'opposé de Port-Royal : Maria Alcaforado pouvait y recevoir librement son amant dans une cellule sans doute très peu monacale. Il n'en reste pas moins que c'est d'un cloître que surgit un des exemples les plus émouvants de l'amour sublime. Cette jeune femme, sans doute entrée au couvent sur les instances d'une famille tenant ses aspirations pour négligeables, comment s'accommodait-elle de la discipline monastique, pour relâchée qu'elle fût ? A coup sûr, elle n'était pas la seule, à Breja, à délaisser une divinité pour un homme. Mais le cri déchirant qui s'exhale de ses lettres montre que le christianisme lui était étranger puisqu'on n'y relève pas la moindre référence à la religion. Elle a découvert l'amour sublime à partir de son cœur fermé à tout élan dont l'objet n'aurait pas été un être humain. Son désespoir atteste la nature du lien qui l'unit à son amant, lien dont elle éprouve la rupture comme un déchirement de tout son être.

★

En triomphant des philosophes de Port-Royal, les jésuites détruisent toute opposition théologique au dogme. Ils laissent libre cours au flot rationaliste qui devait, à la fin de ce même XVIIIe siècle, emporter le christianisme et le monde féodal déclinant. Mieux encore, raison et religion, ces deux lointains rejetons du nominalisme médiéval, se trouvent désormais seuls face à face, engagés dans un combat singulier dont l'issue n'est plus douteuse. Ce siècle, tout entier voué à la recherche positive et à la lutte politique au nom de la raison, ne laisse guère de place à l'amour. Tentant de ressusciter un amour courtois et de l'adapter aux conditions de leur époque, les Précieuses avaient rétabli, au siècle passé, un véritable jeu de l'amour, dont l'existence fut brève. Sous la Régence, il n'en subsiste plus qu'une politesse raffinée dissimulant à peine des appétits de moins en moins sublimés. Ce monde cultivé où l'esprit, dans toutes les acceptions du terme, est à l'honneur comme il ne l'a jamais été, rit du cœur.

Il est tout au plaisir, comme s'il se hâtait de mettre à profit son glorieux automne avant qu'apparaisse le mortel hiver pressenti et redouté. Tout à l'expérience, il reproduit l'apparence de la vie jusque dans les magnifiques automates de Vaucanson, mais la texture de cette vie, le plus souvent lui échappe. Le « rien ne se perd, rien ne se crée », l'exprime tout entier, surtout le second membre de cette phrase, car il n'a en vue que le monde extérieur.

Seules, les lettres de Julie de Lespinasse font exception à cette tendance générale. Encore sont-elles bien loin de la ferveur qu'exprime la correspondance de la Religieuse portugaise. Sans aller jusqu'à refléter une époque qui, en amour, se réclame de Crébillon, de Marivaux ou de Laclos, Mlle de Lespinasse laisse soupçonner un monde déchiré où, seule, brille l'Encyclopédie.

Ce n'est pas l'amour que Sade décrit dans tous ses détails, mais le plaisir physique et les moyens de l'obtenir, même les plus inhabituels. Une fois pour toutes, il dresse un catalogue des anomalies sexuelles, si complet qu'aucun spécialiste futur ne pourra rien y ajouter. N'a-t-on pas dit aussi que son œuvre est un roman noir ? Elle en a, certes, tout le décor de châteaux isolés dans des sites sauvages, de tortures et de mystères. Faut-il donc dire que *Justine* est un roman noir scientifique ? Mais l'auteur ? Il s'enfuit avec sa belle-sœur Anne qu'il semble avoir aimée dès avant son mariage avec Renée de Montreuil. Vingt ans plus tard, Anne étant morte, il vit avec la jeune actrice Marie Quesnet qui reste sa maîtresse jusqu'à la fin de ses jours. Plus qu'un produit d'une sexualité trop exigeante et quelque peu rebutée par une épouse qui lui avait été imposée, faut-il voir dans les débauches de Sade, des expériences tendant à vérifier des hypothèses qui s'esquissaient alors dans son esprit ? Cette supposition est d'autant plus plausible que rien n'indique, à sa libération par la révolution, la moindre tendance à revenir à sa vie libertine de jadis. En échange, tandis qu'il reste attaché à Marie Quesnet, il donne trois versions successives de *Justine* où le débordement sexuel, de l'une à l'autre, fait boule de neige. Les dernières bribes de la tradition courtoise viennent se dissoudre à jamais en Sade qui, à l'homme idéalisé par Rousseau, oppose l'être humain dans la société et cherche à en connaître la nature exacte. Est-il exagéré de conclure que Sade, tout à ces préoccupations, a cependant au moins éprouvé la tentation de l'amour sublime? Sa liaison avec Marie Quesnet dont il dit à son notaire dans un élan unique chez lui : « Cette femme est un ange que le ciel m'envoie », autorise à penser que cet amour ne lui était pas étranger, quelque paradoxal qu'il en paraisse.

Jean-Jacques Rousseau, bien que situé en dehors du champ de l'amour sublime, donne, à son époque, une issue que nul autre penseur n'a su lui offrir. Il s'émerveille de la nature qu'il découvre et l'homme de cette nature est à ses yeux un être dont le cœur contrôle la raison. Aussi cette raison retrouve-t-elle une chaleur qu'elle avait depuis longtemps perdue. Son œuvre forme l'antithèse de celle de Sade, en même temps qu'elle la complète pour donner de l'homme une image contradictoire et réelle. Si Baudelaire peut voir dans Sade le portrait de l'homme naturel, c'est l'homme de la nature que Rousseau dépeint à l'image de son désir, de l'homme tel qu'il était avant que la civilisation ne le vienne pervertir, tel qu'il devrait être dans un monde humain et raisonnable. Cet homme, tout à la redécouverte — non pas positive, mais sensible — de la nature, n'a pas encore eu le temps de sentir la solitude lui peser. D'ailleurs, il n'est pas seul, il vit en compagnie de l'oiseau et du ruisseau, il est l'amant de la fleur et de la rosée. Aussi l'œuvre de Rousseau sera-t-elle le cœur vivifiant du romantisme, tant en Allemagne qu'en France. De son temps, la femme a été modelée à l'image des héroïnes des contes de Nerciat. De la nature, elle n'a guère vu que son jardin, mais c'est Rousseau qui va laisser son empreinte au cœur des femmes des générations suivantes.

Le roman noir, dont les deux chefs-d'œuvre restent *Le Moine* et *Melmoth*, est introduit en France à l'époque du Directoire. S'il obtient aussitôt une faveur considérable, n'est-ce pas parce qu'il extrait le merveilleux tout frémissant de passion du fond du grenier où la pensée rationaliste l'avait relégué ? L'amour qui, en torrents de lave brûlante, jaillit de l'ouvrage de Lewis atteint un des sommets du sublime ; mais ce sommet se perd dans les flammes. Le même amour circule vingt-cinq ans plus tard dans les veines de Melmoth, qui n'est pas à proprement parler un démon mais symbolise l'élément luciférien chez l'homme. Mathilde, en échange, est bien un démon et son amour entraîne la perdition d'Ambrosio, parce que la religion réprouve l'amour qui frustre la divinité au profit de l'être humain et que le monde, tout au plaisir, le condamne. C'est pourquoi Lewis fait évoluer ses personnages dans un monde merveilleux, fantastique et fatal, faute de pouvoir montrer que tout le merveilleux jaillit de l'amour pour le couronner de rougeurs d'incendie ou d'un arc-en-ciel permanent. *Le Moine* exprime l'aspect ténébreux et incandescent à la fois de l'amour sublime lorsqu'il est générateur de perdition, tandis que l'œuvre de Novalis va bientôt révéler la face lumineuse de cet amour et son appel au salut humain et au bonheur.

Ainsi, à l'aurore du XIXe siècle, tous les éléments du romantisme sont offerts, épars, sur l'aire de l'esprit. C'est à Chateaubriand qu'échoit la tâche d'entreprendre un premier ajustage. *Atala*, *René* montrent que, parti de Rousseau, il a pressenti le romantisme dont il esquisse la silhouette. Mais les premiers cris authentiques de passion romantique devaient être proférés en Allemagne, dès la fin du XVIIIe siècle. A ce moment, la jeunesse intellectuelle de ce pays n'a que Rousseau au cœur. Leur aîné, Gœthe, en sera imprégné pour toute sa vie et il n'a pu dessiner le personnage de Werther que dans la lumière qui baigne le « promeneur solitaire ». Cependant la religion et les mœurs aussi routinières qu'étriquées des petites cours féodales d'Allemagne à cette époque, interdisent tout espoir à Werther. Son amour apparaît en même temps comme une aspiration légitime et profonde. *Werther* devient donc la critique indirecte d'un monde qui condamne l'amour sublime, et inclut un appel silencieux à la subversion. Cependant, ce n'est encore, en dépit de la part autobiographique qu'il inclut, qu'un ouvrage d'imagination. La vie va faire surgir l'amour sublime chez des poètes également nourris de Rousseau, Hölderlin, Novalis et von Kleist, et susciter une grande héroïne de cet amour : Caroline de Günderode.

Hölderlin semble une incarnation de Werther. S'il ne se suicide pas, c'est tout comme, puisqu'il perd la raison et, fantôme de lui-même, erre pendant la moitié de son existence dans la chambre du menuisier Zimmer. Comme le héros de Gœthe, l'amour qu'il voue à Suzette Gontard est sans espoir puisque, de surcroît, il est pauvre et au service de la femme qu'il aime. Est-ce la conscience des obstacles insurmontables opposés par le monde à son amour, qui l'amène à le sublimer au point que la femme nous est presque complètement dérobée par son aura ?

De l'amour de Caroline de Günderode pour Kreuzer on ne sait guère que ce que les lettres de ce dernier laissent transparaître et l'épilogue de cet amour : le suicide de Caroline, dans une barque, une balle de pistolet au cœur. Ses lettres ont disparu, sans doute détruites par leur destinataire. Elle l'aima tant que, prête à braver le scandale, elle lui offrit de tout abandonner pour lui, même les apparences de son sexe, et de revêtir des habits masculins, afin de marcher dans son ombre. Effrayé des conséquences de cet amour pour sa carrière universitaire, Kreuzer préféra une existence calme et grise auprès d'une épouse riche et de vingt ans son aînée. C'est alors qu'elle sentit son amour inutile et sa vie superflue[1].

Ces deux cas montrent quel caractère de nécessité l'objet aimé revêt pour les romantiques allemands. Cependant, de tous les poètes allemands de cette époque, c'est encore pour Novalis que l'amour acquiert la plus haute signification. D'importance cosmique, l'amour est aussi pour lui, la source de l'esprit : « L'amour est le réel suprême, l'origine première », dit-il, faisant écho au *Banquet* de Platon et à Shakespeare :

1. Geneviève Bianquis : *Caroline de Günderode.*

« Qui ne sait que la conscience est née de l'amour[1] ? » Mais l'amour est encore, pour Novalis, « le but final de l'histoire universelle ». Il couvre donc non seulement toute l'étendue de la vie humaine, mais régit le devenir de la nature entière, car « nous sommes à la fois dans la nature et hors d'elle ». Il atteint ainsi une conception particulièrement élevée de l'amour que seul Baudelaire pourra égaler, mais dans l'angoisse. Si Baudelaire montre un aspect luciférien de l'amour, Novalis en présente la facette angélique, la « fleur bleue » à la découverte de laquelle part Henri d'Ofterdingen. Il voit, dans les inclinations humaines, de la « religion appliquée », issue du cœur « organe religieux ». La religion naissant « à l'instant où le cœur[...] se ressent lui-même et devient à lui-même un objet idéal ». Toutes les impulsions affectives se rassemblent alors en une seule « dont l'objet merveilleux est un être supérieur, une divinité ». Mais cette divinité reste humaine car « lorsque nous faisons de notre bien-aimée un tel Dieu, cet acte est de la religion appliquée ». « Qu'est-ce que la religion, demande-t-il encore dans *Henri d'Ofterdingen*, pour souligner le sacré du lien amoureux tel qu'il le conçoit, si ce n'est une entente de deux cœurs aimants, une éternelle union ? » En réalité, Novalis se situe au point d'indétermination où religion et magie restent encore indistinctes puisque tout à ses yeux « peut devenir instrument magique », à commencer par « le premier contact de la main de l'aimée », son premier regard significatif, son premier baiser. La magie engendre l'enchantement, or « tout enchantement se produit par une identification partielle de l'enchanteur avec l'objet enchanté », car « tout objet aimé est le centre d'un paradis ». C'est le but que poursuit Novalis : l'instauration d'un paradis humain, la renaissance de l'âge d'or où cœur et esprit s'accordaient dans un monde neuf aux oppositions à peine esquissées. Ce monde a vieilli, déchiré par des contradictions de plus en plus aiguës, mais le règne de l'amour sublime

1. Sonnet CLI.

n'aiderait-il pas à les résoudre ? Novalis en est persuadé. Toute son œuvre défend cette thèse qu'il illustre par sa brève existence.

★

L'irruption de l'amour sublime dans le monde à la faveur du romantisme consacre le divorce total — déjà réclamé par la raison dans sa lutte contre le christianisme — entre ce monde et la religion. Son expulsion du cœur humain, nécessaire pour sa purification, n'en laissait pas moins sans emploi toutes les forces affectives détournées de leur cours naturel et corrompues par l'Église. La raison niait toute possibilité d'existence d'une divinité extérieure à l'homme et dont il ne serait que le jouet ; mais elle ne niait nullement les forces affectives — c'est à peine si elle les soupçonnait — qui, s'interrogeant sur leur origine et leur but, avaient inventé la religion pour tenter de répondre à une quête angoissée. En échange, les poètes qui, écoutant Rousseau, scrutaient la nature, devaient fatalement souffrir de n'y entendre aucun écho humain. La vie immortelle évanouie avec la divinité qui en commandait l'accès, comment combler le vide de cette vie mortelle, vide d'autant plus sensible qu'aucun phantasme ne le masquait plus. Le monde louait alors l'individu auquel il accordait tous les droits sur la collectivité. A la divinité illusoire et unique, valable pour la collectivité entière, ne correspond plus, dès sa disparition, qu'une divinité individuelle et réelle, mais également unique. Si une telle démarche avait déjà été celle d'esprits dont la religiosité ne trouvait pas de satisfaction dans le dogme chrétien, à plus forte raison devait-elle connaître une faveur immense dans un monde qui le reniait. Ayant détourné leurs regards d'un ciel illusoire, ces poètes étaient ainsi amenés à rechercher dans leur vie mortelle une divinité à la mesure humaine, sur laquelle pouvaient se reporter leurs forces affectives inemployées. Ils n'en pouvaient pas trouver d'autre que la femme. Mais, pour que cette femme fût divinisée, il fallait encore qu'elle possédât, par rapport au sujet, des qualités spécifiques qui la rendissent unique. Le désir se propose de combler le vide, inhérent à la condition humaine, par l'être qui lui permettra de former un tout harmonieux. Jadis c'était la divinité en qui l'homme tentait de s'abîmer pour en acquérir quelque parcelle, désormais c'est d'un être de l'autre sexe qu'il lui faut obtenir la divinité en la lui conférant. Cette double opération, par son caractère irrationnel, participe du merveilleux.

Pour que les hommes de toute condition, étrangers à la morale officielle, sentissent battre leur propre cœur dans la revendication romantique, il fallait que celle-ci devînt l'écho merveilleux d'une clameur sociale. Celle-ci était proférée par les socialistes de l'époque, les saint-simoniens en premier lieu. Considérant la société divisée en classes d'exploiteurs et d'exploités, ils découvrent, au plus bas de l'échelle, la femme à laquelle est réservée la situation la plus misérable. Ils réclament son affranchissement, mais c'est à elle-même qu'ils font appel pour l'obtenir. Le Père Enfantin[1] reconnaît bien que la femme a été libérée, en même temps que la chair, de l'esclavage du christianisme, mais cette libération a été « le fruit de la ruse » et du mensonge, si bien que la femme reste aussi dissociée de l'homme que la chair de l'esprit. Or la femme ne sera réellement affranchie que réunie à l'homme dans le couple lorsque la chair et l'esprit seront réconciliés dans l'harmonie. Mais cette réconciliation ne peut résulter que de l'amour dans l'acception la plus élevée du terme. C'est une « communion d'amour » qu'Enfantin impose, après Saint-Simon et c'est une loi d'amour qu'il proclame. L'axe de la prédication saint-simonienne est dans cette réhabilitation de la chair et de la femme. Elle a eu la plus large audience sous le règne de Louis-Philippe, alors que la poésie romantique avait déjà sensibilisé une notable partie de la population. Il n'est pas exagéré de conclure que romantiques et saint-simoniens se sont alors prêté, tacitement au moins, un mutuel appui. D'ailleurs le saint-simonisme n'est pas

1. *Procès en la Cour d'assises de la Seine, les* 27 *et* 28 *août* 1832. Librairie saint-simonienne, Paris, 1832.

plus dépourvu d'une certaine couleur romantique que le romantisme n'est sans refléter une religion de la nature, latente dans l'œuvre de Rousseau et animant la pensée de Saint-Simon.

Le merveilleux prend également dans le romantisme le sens d'une revendication adressée à la société. Il en avait déjà été ainsi au XIIe siècle, au moment où les romans de la Table Ronde acquéraient la valeur d'une affirmation d'indépendance de la chevalerie en face de l'Église. Ce merveilleux fantastique allait de pair avec l'amour courtois, l'un et l'autre se soutenant. Le romantisme brandit à son tour le merveilleux contre un monde dont la terne médiocrité, de jour en jour plus accusée, contraint le cœur puis l'esprit à le répudier. De même que jadis, ce merveilleux confère à l'amour une auréole fantastique. Lorsque les poètes élèvent l'amour sublime au-dessus de toutes les autres formes d'amour, le merveilleux fantastique, reculant jusqu'à la légende, cède la place à un nouveau merveilleux qui jaillit de l'amour sublime lui-même, comme pour illustrer sa valeur de point-limite où l'esprit et le cœur se rencontrent et s'allient. Mais l'amour et le merveilleux n'avaient plus de place dans un monde qui, de la nature et de l'homme, ne voyait plus que le possible profit. De là naît le désespoir des poètes romantiques qui mesurent l'écart croissant entre les conditions sociales et les exigences humaines auxquelles toute satisfaction est refusée. Ils ont cependant conscience d'être l'apport positif de ce monde qui méprise leurs revendications les plus pressantes, en sorte qu'ils éprouvent un vif sentiment de l'injustice sociale à laquelle ils se sentent impuissants à remédier. Le type du bourgeois, opposé à l'artiste qui le honnit, illustre cette situation. Le bourgeois ne pouvait en effet proposer de l'amour qu'une caricature, conjugale le jour, libertine la nuit. Centre vivant des revendications des poètes romantiques, l'amour sublime résume toutes les autres, y compris les revendications sociales. A l'époque romantique, le futur « changer la vie » de Rimbaud (étranger par ailleurs à l'amour sublime, quoiqu'il ait dit :

« L'amour est à réinventer, comme le reste. »), c'était créer les conditions humaines et sociales permettant le triomphe de l'amour sublime. Le désespoir des poètes romantiques devient ainsi la flétrissure d'un monde opposé à l'amour, puisque face à cet amour justifié par les plus profonds besoins humains, ce monde ne peut présenter aucun titre de légitimité.

Les poètes du XIXe siècle tout entier font écho au romantisme, à de rares exceptions près : Lautréamont, Rimbaud et Jarry, pour lesquels la révolte embrasse tout l'horizon sensible. Mais cette révolte ne proviendrait-elle pas, en définitive, d'un pessimisme total touchant les possibilités de l'amour dans les conditions que le monde lui impose ? Ce monde sans cœur, ils le haïssent et réclament à haute voix sa disparition. Plutôt le néant que cela, suggère Lautréamont à qui la révolte intégrale ne laisse aucune issue. Mais, pour Rimbaud comme pour Jarry, en contrepartie de cette révolte, émerge la revendication sensible : l'amour presque impossible dans un monde qui le dégrade.

Cette contrainte que le monde fait peser sur l'amour, après avoir conduit les poètes romantiques au désespoir, a amené plus tard Maeterlinck à chercher refuge dans une vie onirique où le désir accomplit des miracles. Mais le rêve, aussi bien que la rêverie dirigée, participe de la vie individuelle. Il exprime autant les aspirations profondes de l'être humain que la conscience des difficultés de les satisfaire. C'est même cette conscience des obstacles dressés par le monde devant l'amour qui induit Maeterlinck à chercher dans le rêve un amour que la vie semble lui refuser. Mais le rêve, en reflétant ces obstacles, provoque un dénouement fatal, symétrique à celui que le monde, au regard de Maeterlinck, n'aurait pas manqué de lui donner. Le rêve est donc pour lui l'image inversée de la veille. Par là, il tend un fragile pont de lianes entre le romantisme et le surréalisme par lequel l'amour passe au-dessus du gouffre d'un monde hostile.

L'exigence romantique n'était pas recevable dans les conditions où elle avait été présentée. Elle n'en a pas moins donné le départ à une évolution considérable de la sensibilité et à une libération, aujourd'hui complète, des rapports sexuels. Mais si ce double mouvement s'est opéré simultanément, le dernier n'en a pas moins obéi à un rythme beaucoup plus précipité que le premier, si bien que, pour certains, l'amour sublime prend aujourd'hui figure de revendication dépassée. Cependant, les rares résultats obtenus ne s'incarnent que dans des cas exemplaires, transfigurés par la poésie, si bien que la revendication subsiste en entier, la réussite exceptionnelle montrant que l'amour sublime peut être atteint. La voix des poètes a certes été entendue, mais leur message, en pénétrant dans le grégaire, a perdu une grande partie de son contenu.

L'amour sublime implique la plus complète liberté sexuelle. Sans elle, les possibilités de choix demeurent dérisoires. Elle trouve ainsi sa justification dans le but qu'elle permet d'atteindre. Tel n'est pas le cas aujourd'hui, la liberté sexuelle restant dissociée de l'amour. Au lieu de multiplier les possibilités d'élection, elle a abouti à la formation d'un terrain de non-choix qui présente un nouvel obstacle au triomphe de l'amour sublime. Le rempart des préjugés sexuels a été franchi, mais il dissimulait une fondrière, jadis insoupçonnable, dans laquelle les êtres risquent de s'enliser. Au lieu de l'ascension à laquelle invite l'amour sublime, la licence sexuelle sans horizon ne peut que diminuer l'être humain tout autant que les tabous les plus stricts ; mais, tandis que ceux-ci ont parfois le pouvoir de tendre les ressorts humains, celle-là ne peut que les user et risque en outre de préparer l'avènement d'une nouvelle époque de contrainte sexuelle. L'histoire en offre des exemples. Loin de moi l'idée d'opposer la moindre barrière à cette liberté sexuelle nouvellement acquise, puisque l'épanouissement de l'amour sublime n'est concevable que dans une société délivrée de toute entrave. Il n'en reste pas moins que cette concession a été consentie, par un monde hostile à l'amour et à toute liberté réelle, parce qu'elle ne menace ni sa structure ni ses idéaux et détourne un instant les hommes de conquêtes plus substantielles. Fidèle à lui-même, ce monde se devait de dissocier le contenu du contenant en les opposant l'un à l'autre pour maintenir l'esprit et la chair séparés et hostiles, comme il persiste à diviser le cœur et la raison et dresse les hommes les uns contre les autres.

Il n'est pas certain qu'aux pires époques de l'histoire l'homme ait connu une condition plus lamentable qu'aujourd'hui. A la misère d'antan, nul n'envisageait de remède humain, seule la religion proposait une solution illusoire. Mais ce mirage évanoui, l'homme est resté face à face avec lui-même, dans un monde tout aussi impitoyable que jadis, si tant est que la perfection des méthodes actuelles de domination ne le rende pas plus oppressif encore. Le mythe chrétien a été dissous par celui de la science offrant à l'homme un bonheur matériel futur. Mais celui-ci s'est vite montré incapable de tenir ses promesses et plus encore d'apporter la moindre amélioration à la condition humaine, qu'il semble au contraire contribuer à aggraver. L'humanité s'est également détournée de ce mythe inhumain. Que lui reste-t-il ? La poésie et l'amour, terrains à jamais fertiles de tous les mythes, que la religion avait accaparés et la science abandonnés. C'est de cet héritage que l'immense majorité des hommes aspire à bénéficier. C'est la poésie que les hommes recherchent jusque dans les productions les plus stupides pour combler en eux le vide créé par la dissolution des mythes antérieurs, à dominante consolatrice. La production littéraire, théâtrale et cinématographique mondiale, dans sa quasi-totalité, traite de l'amour sous toutes ses formes. Pourtant l'amour, dans son acception la plus élémentaire comme la plus élevée, demeure l'axe de la vie affective de l'humanité. A première vue, on semble donc en face d'un paradoxe, puisque cette production — disons artistique — acquiert par son ampleur le sens d'une réclamation générale et que cet appel semble avoir reçu par ailleurs une satisfaction non moins générale. On ne réclame cependant que ce dont on est privé. L'humanité aspire donc en toute innocence à une forme de lien amoureux qui lui fait défaut. Or la société laisse libre cours à toutes les formes de l'amour, sauf l'amour sublime au triomphe duquel elle oppose tous ses vetos, parce qu'il tend à sa désagrégation en révélant aux hommes le bonheur en dehors d'elle et de ses idéaux. C'est pourquoi les hommes l'appellent sans cesse par la voix des poètes et des artistes. Le volume de cette revendication — soulignée encore par la satire — révèle à la fois combien elle est impérieuse et urgente et montre toute l'étendue de l'échec de la civilisation actuelle dans le domaine de l'amour, sinon elle ne tournerait pas à la hantise guettée par le désespoir. L'immense majorité des hommes n'a nulle conscience de cette aspiration mais son comportement en face de l'art montre que l'humanité ressent profondément le dérisoire des liens amoureux qu'elle connaît. Un autre signe consiste dans la croissance constante de l'homosexualité au cours de ce demi-siècle. Ce phénomène atteste une aggravation alarmante des perturbations de l'affectivité chez les êtres humains et révèle qu'une partie croissante de l'humanité rejette sur l'autre sexe la responsabilité de la déception que lui vaut l'état présent des rapports hétérosexuels. L'importance de cette évolution laisse d'abord penser qu'on assiste à une nouvelle différenciation entre les êtres, comparable à celle que connut l'antiquité classique, donc à un phénomène positif ; mais l'amour sublime n'ayant pas encore dépassé le stade d'une aspiration générale, force est de conclure au caractère involutif de ce processus puisque, pour entreprendre une nouvelle différenciation, l'humanité devrait d'abord avoir épuisé les possibilités inhérentes à l'amour sublime.

L'amour répond, chez l'être humain, à un impérieux besoin de bonheur reconnu depuis des siècles, que l'homme a tenté de satisfaire par la religion. Celle-ci devenue inopérante, son assouvissement a été recherché, avec une ténacité toute particulière depuis le début du siècle dernier, sur le terrain humain, hors duquel aucune solution ne peut être envisagée. A notre époque, le surréalisme seul a repris à son compte la revendication romantique avec une nouvelle vigueur, sans se dissimuler les entraves que le monde oppose à sa satisfaction. Plus que tout autre, André Breton a reconnu dans l'amour le centre explosif de la vie humaine qui a le pouvoir de l'illuminer ou de l'enténébrer, le point de départ et d'arrivée de tout désir, en un mot l'unique justification de la vie. La révolte surréaliste est née en grande partie des conditions imposées à l'amour par le monde et par l'homme et s'y est sans cesse alimentée, tandis qu'elle s'amplifiait et gagnait d'autres domaines. Cependant, si les romantiques reconnaissaient implicitement la fusion du cœur, de l'esprit et de la chair dans l'amour sublime, souvent celle-ci gardait encore trace de l'indignité dont le christianisme l'avait affublée. La réhabilitation de la chair reconnue dans toute sa splendeur et sans laquelle la notion même d'amour sublime s'évanouit, est justement une des grandes tâches que le surréalisme s'est assignée dans ce domaine. Ainsi, le fantôme grimaçant du péché s'est dissous à la lumière du jour éclairé par la beauté de la femme.

Dans l'état actuel du monde l'individu ne peut éprouver l'amour sublime qu'à la faveur d'une ascèse sévère, à laquelle un petit nombre d'hommes sont préparés. La quête de l'être complémentaire ne peut être menée que dans des conditions de grâce amoureuse, dont la vie courante prive le plus grand nombre des hommes. Mais le monde qui combat l'amour sublime de toute son écrasante force d'inertie se condamne ainsi lui-même. Il faudra qu'un jour les hommes entreprennent à la fois de transformer les bases de ce monde et d'améliorer leur condition. Alors seulement l'aspiration, aujourd'hui vague et fugitive, des hommes à l'amour sublime trouvera peut-être des conditions favorables à sa satisfaction.

★

Celui qui, à vingt ans, a pu sentir une femme s'abandonner dans ses bras, pour la première fois dans ses bras, sans éprouver un frisson sacré, dit en substance Balzac[1], était indigne

1. *Le lys dans la vallée.*

du présent qui lui était offert. A vingt ans, comme à cinquante et à tout âge, ajouterai-je. Il est temps de faire justice d'un préjugé selon lequel l'expérience contraindrait l'homme mûr à se dresser en censeur de sa jeunesse. Comme si, sur ce point, la jeunesse n'avait pas toujours raison contre tous les autres âges ! A cet égard, comme à beaucoup d'autres, ma propre expérience se bornant aux contraintes paralysantes du monde, n'a nullement atteint les espoirs de ma jeunesse.

Le besoin d'amour, inné chez l'homme, transparaît dans l'espoir inconditionné que l'homme y place à vingt ans. A lui seul, il suffit à justifier la confiance que je n'ai pas cessé de placer dans l'humanité et son devenir. Si l'homme, dans sa jeunesse, a été susceptible d'une générosité dont il montre ensuite de moins en moins de traces, c'est, en effet, qu'une force extérieure a peu à peu paralysé son élan. Cette force, propre au milieu social, a agi sans que l'homme en ait conscience et, soudain, le voici de l'autre côté de la barrière ! L'espoir qu'il avait placé dans l'amour incluait nécessairement un appel sexuel, mais c'est cet appel qui a dominé l'amour, à mesure que la société refrénait les impulsions de l'individu et transformait l'homme en un singe dressé. Jeune, il aspirait au bonheur complet du grand amour, par le don de soi, mais le monde lui a tout pris sans rien lui donner, ou si peu ! Et frustré, volé, et aigri, il ne donne plus rien, mais tente de prendre, de dérober et de se venger. Le monde l'a dressé contre ses semblables. La civilisation porte la plus grande part de responsabilité dans cette démission, même si, par exception, l'homme n'a pas joué le rôle d'une plante subissant passivement l'influence du milieu naturel où elle a germé.

Celui qui, considérant son passé, condamne son comportement de jadis en fonction de celui qu'il adopte aujourd'hui, n'est pas non plus sans inspirer la plus grande méfiance et la plus profonde répulsion. Comment celui qui a aimé et attendu de l'amour plus qu'un assouvissement de la chair, peut-il ne pas préciser ses exigences en fonction des satisfactions partielles que cet amour lui a values ? Peut-être, hier, s'est-il trompé. Mais il suffit qu'il ait tendu de tout son être à un amour magnifiant pour demeurer capable de répondre à l'appel intime qu'un être pourra un jour lui adresser sans le savoir. Je ne pense pas que la tentation de l'amour sublime puisse s'effacer pour l'homme qui, une fois, s'y est abandonné tout entier, à moins qu'un acte volontaire de renoncement le mène à la trahison de la femme et de l'amour. Qu'il désespère parfois, n'a rien que de très normal dans les présentes conditions d'existence ; mais qu'il renonce à l'amour pour le railler ensuite ne peut signifier que sa soumission au conformisme social le plus desséchant. Jadis, en aimant, il s'y était implicitement opposé. C'est donc qu'il a perdu désormais la grâce d'aimer. A lui la triste et hâtive étreinte, alors qu'il aspirait naguère à un amour qui l'embraserait tout entier.

Nul doute que l'amour tel que je l'entends, engageant tout l'être, n'ait une de ses sources principales dans une faculté de sublimation dont la jeunesse possède à un haut degré le pouvoir merveilleux et vivifiant. Malheureux ceux qui, pendant les années où le monde, pour eux, débordait de promesses, n'en ont point été illuminés ! Mais qui a connu cette grâce insigne doit, au moins dans le souvenir, la placer à l'abri des intempéries que la vie a pu lui réserver. A son défaut, il ne reste de l'amour qu'une sexualité sans horizon. A de rares exceptions près, chacun reçoit à son éveil au moins une parcelle de cette faculté d'irisation du monde d'où jaillissent toutes les aspirations les plus généreuses à l'embellissement de la vie. Sans cette impulsion initiale — quelque puissance qu'elle acquière dans le cœur — nul ne peut en venir à reconnaître dans la femme l'être complémentaire capable de conférer son plein sens à la vie humaine.

Ce scintillement produit par la sublimation serait futile s'il n'éclairait un besoin essentiel incarné dans un être : la femme. Nul ne peut prétendre à l'amour sublime si chacune des facettes de son désir n'a commencé par s'y colorer des teintes les plus vives. Le filtre qui sépare ensuite ces couleurs et permet de découvrir l'élue dans la multitude ne peut être que la poésie, lieu géométrique de l'amour et de la révolte. Seuls, les poètes peuvent-ils donc aimer d'amour sublime ? Oui, sans aucun doute, à condition qu'on ait en vue, non l'auteur, mais un être susceptible de reconnaître la poésie sous les masques les moins révélateurs. A mes yeux, détient une parcelle de poésie tout être capable d'évoquer spontanément les sentiers d'une forêt verdoyante devant un feu de bois et de voir dans la vie quotidienne un outil négligeable s'il n'est pas au service d'une existence visant à l'élévation de l'homme. N'est donc pas étranger à la poésie celui qui, même placé à ras de terre, découvre à toute chose son aspect céleste, en opposition à celui qui, de la femme, ne retient que le sexe et du feu de bois son prix de revient. Autant dire que peu d'êtres sont privés de ce coin de ciel pur aspirant à occuper tout le champ sensible. N'ai-je pas entendu répéter à satiété dans mon enfance, devant un ciel nuageux que s'il y restait « assez de bleu pour y tailler une culotte de gendarme », tout espoir de journée ensoleillée n'était pas perdu ? Ceux qui, après vingt ans de finance, d'industrie ou de commerce, s'éprennent d'une « sorcière » qui les conduit au désespoir et à la ruine, montrent que, dans leur ciel nocturne, une étoile a scintillé, mais ils ont attribué à un astre égarant les vertus de l'étoile polaire, peut-être parce que la mauvaise conscience que leur vaut leur passé sans poésie, les a amenés, à leur insu, à en chercher le châtiment dans l'amour dont elle est inséparable.

Ici intervient la beauté. Je m'abstiendrai de la considérer sous l'angle étroitement esthétique. Une femme est belle dans la mesure où elle incarne plus complètement les secrètes aspirations de l'homme, l'incitant à donner pleins pouvoirs à ses facultés de sublimation. Elle est d'autant plus belle qu'elle traduit avec ses nuances les plus subtiles le contenu latent de sa beauté. C'est pourquoi les femmes les plus indiscutablement belles selon l'esthétique ne sont pas toujours, comme chacun sait, les plus follement aimées. Leur beauté s'impose avec trop d'évidence pour que l'homme y soupçonne quelque mystère. Ces femmes s'offrent dans toute la nudité de leur beauté. Elles n'ont plus rien à révéler. Pour qu'une femme soit réellement belle il faut que, de sa beauté, se dégage, pour la voiler, une promesse de bonheur par l'amour. Véritable contenu latent de la beauté, cette promesse n'est perceptible que par les hommes dont la faculté de sublimation a atteint une certaine ampleur. Elle est, en définitive, remplie pour celui-là seul qui espérait qu'elle lui fût faite, parce qu'elle répond à l'ensemble de ses aspirations et les appelle à la vie.

S'il est vrai que l'amour sublime ne saurait s'épanouir sans une parcelle de sensibilité poétique, celle-ci ne suffit pas à susciter son éclosion, même si l'individu incline à porter ses sentiments au plus haut degré d'intensité. Il faut encore qu'un élan d'estime et de sympathie le porte irrésistiblement vers la femme, à défaut duquel aucun amour autre que physique n'est possible. L'amour traduit le pressant appel de l'homme adressé à l'être incarnant ce qui lui manque pour former un ensemble harmonieux. L'objet aimable tend, de ce fait, à acquérir un prix inestimable en devenant l'objet aimé ; mais l'homme ne peut le voir sous cet angle s'il n'a commencé par saluer en la femme l'objet de toute vénération. Je ne me dissimule pas les reproches de surestimation de la femme que j'encours. En réalité, cette surestimation n'est qu'apparente puisque l'amour sublime ne peut surgir si la femme n'obéit à un mouvement symétrique.

Je ne suis pas le premier à déplorer que la femme, lorsqu'elle parle d'elle-même et de l'amour, utilise des schémas masculins, au lieu de chercher dans sa propre féminité les modalités de son expression. Sans doute faut-il y voir les conséquences d'une éducation que l'homme, depuis des millénaires, a contrôlée dans tous ses détails et qui n'a pas été sans laisser des traces durables dans le psychisme féminin. Si la femme se dépasse dans l'amour sublime, il reste cependant douteux que la pression continue à laquelle elle a été soumise pendant tant de siècles permette son complet déploiement dans tous les cas. C'est seulement au terme d'une longue récupération de tous ses moyens, à la charge de générations vivant dans un monde où l'amour sublime ne connaîtra aucune entrave, que toute femme recouvrera tous les bienfaits qu'elle peut espérer de l'amour sublime.

De tous les sentiments, je ne vois de pleinement sacré que l'amour. Si l'amour humain est sacré, c'est qu'en réalité la notion même de sacré découle si directement de l'amour que, sans lui, aucun sacré n'est concevable (l'amour divin n'étant que détournement de l'amour humain à des fins, en somme, privatives). En vain, chercherait-on au sacré — jusque dans ses acceptions les plus irritantes (amour sacré de la patrie) ou les plus vulgaires (les liens sacrés de la famille) — une autre origine que l'amour humain, à travers toutes les déformations qui lui ont été infligées.

Maints hommes se montrent incapables d'aimer. Cette impuissance me semble si exceptionnelle chez la femme qu'on a le droit de n'en tenir aucun compte. C'est ce qui, aux yeux de l'homme, confère à la femme une capacité innée d'autosacralisation et le pouvoir de sacraliser l'objet de son amour. Elle dégage le sacré comme elle appelle l'amour. Je suis prêt à croire que, les conditions précédentes étant réunies, seuls peuvent éprouver l'amour sublime ceux dont le cœur est devenu sensible à cette émanation de sacré. Qu'on songe au premier baiser de la femme aimée ! Qui n'a éprouvé alors comme une vertigineuse illumination comparable à celle attachée à l'étreinte où « l'âme et le corps se touchent »[1] ? Le temps d'un éclair, l'homme s'est surpris divinisé. Et il l'a réellement été par la femme dont, d'instinct, il découvre le pouvoir accru par l'amour qu'il lui porte. Si leur amour est sublime, l'homme, passé cet instant, ne retrouve plus son état antérieur. Il a été l'objet d'une soudaine métamorphose, à la faveur de laquelle ses impulsions charnelles ont reçu, de la femme aimée, une vie spirituelle,

1. Novalis, *Journal intime*, p. 173.

tandis qu'une transformation similaire se produit en elle. Il est comme extrait de lui-même par l'amour de sa compagne, à laquelle il accorde le même bénéfice. Jusque-là, il espérait ; son attente est maintenant comblée : une nouvelle vie commence.

Cette certitude peut cependant demeurer plus tard vivante pour l'un, tandis qu'elle s'est effacée pour l'autre. Malgré l'abîme de ténèbres et de désolation où l'être humain est alors entraîné par la rupture, l'échec a toutes chances de le sensibiliser davantage à l'amour sublime, sans que l'objet s'en trouve précisé pour autant. Peut-être l'homme pourra-t-il, au mieux, procéder, par la suite et par une sorte de réflexe involontaire, à une élimination plus sévère. La rupture, en brisant cet amour, a montré combien sa sublimité était apparente, puisque, l'être réellement complémentaire une fois trouvé, aucune rupture n'est imaginable. Leur complémentarité avait été incomplète, superficielle et, partant, fugitive. Tous deux marchaient enlacés, mais l'un restait quelque peu au-dessous de l'autre. Tant que l'écart s'est maintenu constant entre eux, l'illusion de cheminer au même niveau a pu persister, mais dès qu'il s'est accru malgré eux, il a fallu que l'un ou l'autre dénoue ses bras. Tous deux avaient commis la même erreur d'appréciation, sans laquelle aucun amour d'apparence sublime ne serait né.

La soudaine révélation de la valeur complémentaire de l'objet aimé doit être réciproque pour que l'amour sublime puisse surgir et prospérer. Mais ici, pour peu qu'il soit partagé, le désir souvent éblouit. Un seul regard peut faire que s'entrebâillent les premières portes de l'âge d'or, mais les suivantes demeurent obstinément closes et il ne restera plus qu'à rebrousser chemin tôt ou tard. Demain, toutes peuvent cependant s'ouvrir d'un seul coup et de part en part, pourvu qu'on persiste à les chercher sans méthode, mais le cœur battant. A les chercher, non, ni à attendre passivement qu'elles tournent sur leurs gonds ; mais il faut savoir qu'elles sont prêtes à laisser passer quiconque erre dans le monde sans autre boussole qu'un immense désir toujours plus affiné. Si l'amour, dans son acception la plus large, régit toute la vie humaine, pour s'élever à l'amour sublime, il est enfin nécessaire de tailler l'arbre exubérant du désir, à commencer par ses branches les plus basses. Privé des innombrables rameaux qu'il avait lancés dans toutes les directions, l'arbre pourra alors utiliser les sucs nourriciers de la terre pour s'élever toujours plus haut, vers le seul astre qui les métamorphose. Le « qui trop embrasse mal étreint » n'a jamais eu plus de valeur que pris dans son sens littéral, puisque l'homme ne dispose que d'un pouvoir affectif limité, d'autant plus efficace qu'il s'attache à un seul objet. Le sacrifice est indispensable pour qui veut entreprendre la quête de l'amour sublime. Don Juan n'a jamais qu'un souffle d'amour à faire passer en chacun des innombrables objets de son désir. Résister à mille tentations pour ne s'abandonner qu'à une seule revient à lui accorder la somme totale du pouvoir afférent à chacune d'elles, accrue encore de l'accélération qu'elles n'ont pas manqué de se communiquer l'une à l'autre, soit à négliger les fractions pour viser le nombre entier que leur total ne peut atteindre.

APOLLONIOS DE RHODES
(IIIe siècle av. J.-C.)

Apollonios vint de sa ville natale, Naucrate, dans le delta du Nil, à Alexandrie, vers 220 av. J.-C. A cette époque, l'Égypte des Ptolémées était le lieu de rencontre de toutes les croyances d'Europe et d'Orient, et Alexandrie, l'un des principaux centres culturels du monde antique. Est-ce une coïncidence s'il entreprend ses *Argonautiques*, dans le même temps, semble-t-il, où un auteur resté inconnu rédige un texte orphique portant le même titre ? Il quitte alors la cour des Ptolémées et se réfugie à Rhodes. En présentant sous un jour romanesque l'intervention magique de la femme, indispensable à la conquête de la Toison d'Or, Apollonios a voulu tirer de la légende une ébauche psychologique. Malgré ses termes quelque peu compassés, cet épisode de « l'amour naissant » de Médée pour Jason est original à sa date : pillé par des imitateurs de plus en plus fades à partir de Virgile, il révèle une confuse aspiration à la passion véritable.

ŒUVRES. — *Argonautiques.*

Argonautiques

Livre III
(fragment)

Tout le cœur de Médée se tournait vers une seule pensée
Tandis qu'elle chantait ; tous les jeux, malgré le plaisir
De la musique, étaient impuissants à la retenir longtemps.
Elle s'interrompait, pleine d'angoisse, et ne pouvait tenir
Un œil tranquille sur le groupe des servantes : au loin,
Sur la route, elle regardait sans cesse, et là-bas inclinait sa joue.
Son cœur était près de se rompre dans sa poitrine, chaque fois
Qu'elle imaginait le bruit d'un pas, — ou celui du vent, passant rapide.

Soudain il apparut à l'attente de ses yeux, éclatant
Comme Sirius bondit et s'élève au-dessus de l'Océan,

Belle étoile ! mais qui, resplendissante à voir, entraîne
Bien souvent pour les troupeaux d'affreuses misères.
Aussi splendide s'avançait Jason, dont la vue
Causa à Médée un tourment terrible.
Son cœur cessa de battre : ses yeux s'obscurcirent,
Une rouge chaleur s'étendit sur ses joues.
Ses genoux ne purent la faire reculer ni avancer,
Ses pieds étaient cloués au sol. Et déjà pourtant
Toutes les servantes s'étaient éloignées d'eux.
Tous deux ils se trouvaient face à face, sans parole,
Sans voix : tels des chênes, ou de grands sapins,
Qui côte à côte, tranquilles, ont pris racine dans la montagne,
Le vent tombé : mais qui, sous l'élan brusque de la tempête,
S'agitent et retentissent dans l'immensité. Ainsi
Allaient-ils s'entretenir sous le souffle de l'Amour.

. . . .

Le cœur de Médée défaillait, tant l'éloge l'exaltait.
Alors elle leva les yeux, et osa le regarder en face.
Elle ne savait quelle parole dire pour commencer :
Elle désirait tout lui dire, tout en même temps !
Mais, se livrant d'un coup, elle sortit de sa ceinture parfumée
La liqueur magique : illuminé de joie, il la saisit dans ses mains.
Et elle, ah ! elle eût bien arraché de ses entrailles toute
Son âme, pour la lui donner, éperdue qu'il la désirât !
Si merveilleuse était la lumière tombant de ses cheveux blonds
Que l'Amour faisait étinceler ! Les rayons de ses yeux
La ravissaient : ses ardentes pensées fondaient
Dans sa poitrine, comme fondent les gouttes de rosée
Sur les roses, quand les rayons de l'aube commencent à brûler.
Ensemble, tantôt ils tenaient les yeux fixés à terre,
Et ils avaient honte, tantôt au contraire ils se regardaient,
Et le désir en un sourire détendait leurs sourcils.

(Inédit.)
Traduction Gérard Legrand.

IBN HAZM
(mort en 1064)

Dans l'Islam du XIe siècle venait d'apparaître le courant çoufiste, auquel Émile Dermenghem attribue la même signification qu'à Pascal par rapport à Descartes. Pour les çoufistes, la connaissance n'était pas séparée de l'amour, la poésie ayant la charge de les exprimer, mais c'était l'amour mystique. En opposition à cette tendance, les zahirites voulaient s'en tenir à la lettre du Livre de la Tradition, répudiant ainsi la mystique. Les poètes, qui se réclamaient de cette doctrine, préconisaient, avant les troubadours, l'amour courtois. Les deux représentants les plus éminents de cette tendance sont Ibn Dawoud et Ibn Hazm. Le premier, qui vivait au Xe siècle, à Bagdad, définit l'amour courtois avec une telle précision qu'on peut se demander si ses idées n'ont pas pénétré en Occident et influencé le moyen âge français. Le second, qui vivait à l'autre extrémité du monde arabe, à Cordoue, au XIe siècle, part aussi de l'amour courtois, mais, dans le *Collier de la Colombe*, il semble se référer à l'amour sublime.

ŒUVRES (traductions françaises). — On ne connait que le fragment reproduit ci-dessous, qui a déjà paru dans *Les Cahiers du Sud*, n° 285, 1947 et dans *Les plus beaux textes arabes* présentés par Émile Dermenghem, La Colombe, Paris, s. d. Une autre traduction en a été donnée. Due à M. Léon Bercher, elle a été publiée par Carbonel, à Alger, en 1949, sous le titre *Le collier du pigeon*.

Le collier de la colombe

L'UNION

Une des formes de l'amour est l'union. C'est une joie suprême, un état contemplatif, un haut degré, un bonheur ineffable. Que dis-je, c'est la vie renouvelée, l'être exalté, le ravissement sans limite, une grande grâce de Dieu.

Si nous ne savions pas que ce bas monde est un lieu d'amertume, une épreuve et un malheur, si nous ne savions pas que le paradis est la grande maison accueillante de la rétribution, à l'abri de toutes les contrariétés, nous dirions que l'union avec l'être aimé est la joie sans tache et sans mélange, la perfection des rêves et le terme de tous les espoirs.

J'ai certes ressenti bien des voluptés, goûté aux jouissances les plus variées, mais ni la familiarité du monarque, ni la fortune, ni la présence après l'absence, ni le retour après le voyage, ni la sécurité après la peur, ne procurent à l'âme ce qu'elle trouve dans l'union, surtout après une longue privation ou un abandon, quand la passion dévore l'âme de l'amoureux, quand la flamme du désir brûle en lui, quand le feu de l'attente jette toutes ses flammes.

L'épanouissement des fleurs après le passage des nuages printaniers, le murmure de l'averse qui ranime les tendres corolles, l'élégance des beaux châteaux entourés de verdure ne sont rien en comparaison de l'union avec l'être aimé, quand ses manières ont su plaire, quand son naturel a été apprécié, quand ses qualités n'ont d'égale que sa beauté.

Les mots les plus éloquents ne sauraient la décrire, le talent des plus grands orateurs n'y suffirait pas, car, à son approche, les cœurs défaillent, les esprits se troublent.

J'ai dit à ce propos :

Quelqu'un m'a demandé mon âge, après avoir vu la vieillesse grisonner sur mes tempes et les boucles de mon front.

Je lui ai répondu : une heure. Car en vérité je ne compte pour rien le temps que j'ai par ailleurs vécu.

Il m'a dit : Que dites-vous là ? Expliquez-vous. Voilà bien la chose la plus émouvante.

Je dis alors : Un jour, par surprise, j'ai donné un baiser, un baiser furtif, à celle qui tient mon cœur.

Si nombreux que doivent être mes jours, je ne compterai que ce court instant, car il a été vraiment toute ma vie.

Une des formes les plus délicieuses de l'union est la promesse du rendez-vous. L'attente de la rencontre occupe en effet délicieusement le cœur.

Les rendez-vous sont de deux sortes. Il y a d'abord la visite promise. Et je dirai pour eux ces vers :

Quand elle tarde à venir, je passe ma nuit à tenir compagnie à la lune et je vois, dans la lumière de celle-ci, un reflet de sa clarté.

Et ma nuit s'écoule dans l'extase. Mon amour est tout à ce sentiment mêlé, car l'union est proche et l'abandon n'est plus à craindre.

Le second cas, c'est l'attente par l'amoureux de la permission d'aller voir sa bien-aimée.

Les commencements de l'union, les tout premiers débuts de la complaisance ont d'étranges chemins pour s'insinuer dans les cœurs ; rien ne leur est comparable.

Je sais, à ce propos, quelqu'un qui, ressentant les tourments de l'amour, vivait tout près de sa bien-aimée. Il allait chez elle à son gré, mais sans pouvoir rien faire d'autre que la contempler et lui parler longuement, soit le jour, soit la nuit.

Finalement, la destinée lui sourit après un long désespoir. Je me souviens qu'il faillit devenir fou de joie. Ses discours étaient presque insensés tant son allégresse était profonde.

J'ai dit à ce sujet :

Je l'ai imploré d'une prière telle que si je priais Dieu avec autant de ferveur, sûrement il me pardonnerait tous mes péchés.

Si j'implorais de même les lions du désert, ils ne feraient plus de mal à personne.

Il a fini par se montrer généreux. Il m'a donné le baiser si longtemps refusé qui déchaîna ma passion profonde.

Ainsi l'homme qui boit trop vite l'eau dont a si grand besoin son ardente soif, tombe épuisé et s'en va dans la tombe.

J'ai dit encore :

L'amour s'est enfui loin de moi comme un souffle,
et j'ai laissé la bride à mes yeux.
J'ai un Seigneur, mais il ne cesse de m'éviter.
Il m'a parfois comblé, mais d'une joie fugitive.
Je l'ai couvert alors de baisers, cherchant l'apaisement,
mais la brûlante soif de mon cœur n'a fait que s'accroître.
Mon cœur était comme une plante desséchée sur laquelle
est tombé un tison embrasé.

Et encore dans le même poème :

Loin de moi les joyaux de la Chine! Je me satisfais de l'hyacinthe andalouse...

Je connais une esclave qui s'éprit d'un jeune homme d'entre les fils de chefs. Il ignorait tout de la chose. Le chagrin de la jeune fille l'absorba toute et sa désolation fut extrême. Il arriva même qu'elle en tomba malade. Mais lui, dans l'insouciance de la jeunesse, ne s'en apercevait pas.

Il l'impressionnait à vrai dire de telle façon qu'elle n'osait rien laisser paraître de ses sentiments : par pudeur d'abord, car c'était une vierge innocente ; par crainte aussi, car elle appréhendait de le rencontrer ; elle ne savait au juste pourquoi, et n'était pas sûre de son approbation.

Comme les choses s'éternisaient, menaçaient de durer indéfiniment, elle se confia à une femme de bon conseil qui l'avait élevée et lui inspirait confiance. Cette femme lui dit : « Exprime la chose en vers. » C'est ce que fit la jeune fille, jour après jour. Mais le garçon ne faisait attention à rien. Il ne manquait pourtant ni d'intelligence ni de finesse, mais l'idée ne lui venait pas d'interpréter ce qu'il entendait.

Finalement, la jeune fille perdit patience. Son cœur se serra. Elle ne se contrôla plus. Un soir, elle était assise, seule, près du jeune homme qui craignait Dieu, était chaste et modeste, éloigné de toute faute. Quand arriva l'heure de partir, la jeune fille se leva brusquement et embrassa le garçon sur la bouche. Puis elle s'en alla sans dire un mot, en se balançant doucement. Ainsi ai-je dit dans mes vers :

Quand elle avance pas à pas, sa souplesse est telle qu'elle ressemble au narcisse ondoyant du jardin.

On dirait que le tintement de ses pendants d'oreilles provoque une fissure dans le cœur qui l'aime.

A chaque tintement, c'est comme la piqûre d'un stylet dans un bruit de joyaux.

Sa démarche est celle de la colombe. Aucune hâte ne la dépare, aucune lenteur…

Le jeune homme en resta tout interdit, bouleversé, épuisé, confus. Elle n'eut pas plutôt disparu qu'il fut pris au piège. Un feu violent s'alluma dans son cœur. Il poussa de grands soupirs. Ses terreurs ne connurent plus de bornes. Son angoisse fut extrême. L'insomnie le gagna et, de toute la nuit, il ne ferma pas les yeux.

Ainsi et naquit et dura longtemps leur amour, jusqu'à ce que la mort les séparât à jamais.

Telles sont les embûches d'Iblis. Tels sont les dérèglements de la passion et personne n'y peut rien, sauf ceux que Dieu puissant et grand couvre de sa protection.

Certains disent que la durée de l'union se fait aux dépens de l'amour. C'est une conception insuffisante qui n'est vraie que pour le vulgaire. La réalité est tout autre. Plus l'union se prolonge et plus la possession est parfaite. Pour ce qui me concerne, je puis vous dire que je n'ai jamais goûté à cette eau vive sans ressentir une soif encore plus forte. Tel est le sort de celui qui demande la guérison à son mal, dût-il en éprouver quelque bien passager. En fait de longue union, j'ai dépassé, avec celle que j'aime, les bornes au delà desquelles on ne trouve habituellement plus rien. Et mon ambition a été d'aller encore plus loin. Ce désir m'a tenu en haleine et la lassitude n'a pas eu de prise sur moi.

Je me trouvais un jour avec celle que j'aimais, et mon esprit ne trouvait aucune possibilité d'arriver à ses fins, soit d'une façon, soit d'un autre. Un moyen me fut suggéré par mon désir, mais ne satisfit pas ma passion, n'adoucit pas la moindre de mes peines. Je constatai en effet que plus s'approchait l'aimée, plus mon agitation grandissait. Finalement, comme l'étincelle jaillit du silex, l'amour fit brûler en moi la flamme et je dis ces vers :

Je voudrais que mon cœur eût été ouvert comme avec un couteau. Tu y serais entrée, puis il se serait refermé dans ma poitrine.

Tu t'y serais retrouvée, sans autre compagnon, jusqu'au jour de la résurrection et du jugement des morts.

Partageant toute ma vie. Et si je meurs, tu habiterais encore le fond de mon cœur, dans les ténèbres du tombeau.

Il n'est pas de condition plus enviable ici-bas que celle des amants libres de contrainte, à l'abri de la critique, n'ayant pas à craindre la séparation, désireux de ne jamais se quitter, éloignés du vulgaire, faits pour s'entendre, pleins d'un réciproque amour.

Que Dieu leur donne l'aisance, une demeure, une vie paisible ! Que leur union se garde sur ce qui plaît à Dieu...

Traduction Émile Dermenghem.

IBN ZAÏDOUN
(1003-1071)

La jeunesse d'Aboû'l Wâlid Ahmed Ibn Zaïdoûn s'est passée à Cordoue où il est né et mort, au moment où cette ville était disputée entre les Berbères, les Arabes, les militaires, le peuple et l'aristocratie. Dans cette période troublée, la poétesse Wallâda, fille de Mohamed al-Mostafki, empoisonné en 1025, tenait un « salon littéraire » fameux. Ibn Zaïdoûn s'éprit d'elle. Elle lui accorda un rendez-vous par le distique suivant :

Attends ma visite à l'heure où la nuit devient obscure, car la nuit est le meilleur moyen de garder les secrets.

Ce que je ressens pour toi, si la lune l'éprouvait, elle ne se montrerait pas ; si la nuit l'éprouvait, elle ne ferait pas tomber ses ténèbres ; si l'étoile l'éprouvait, elle ne marcherait plus dans la nuit.

Leur amour, dont le souvenir, à travers les siècles, est arrivé jusqu'à nous, ne fut pas sans nuage. Elle finit par accepter les hommages d'un riche ministre qui, pour se débarrasser d'un rival, fit incarcérer Ibn Zaïdoûn en l'accusant de malversations. Il s'évada de sa prison, se réfugia aux environs de Cordoue et, de là, envoya le poème suivant à Wallâda, pour l'engager à fuir avec lui ; mais elle était déjà entrée dans le harem du ministre où elle vécut, heureuse, jusqu'à quatre-vingts ans, ayant abandonné la poésie.

ŒUVRES (traductions françaises). — Dans *Un poète arabe d'Andalousie : Ibn Zaïdoun*, Thèse, lettres, Alger, 1920 ; *Les plus beaux textes arabes*, présentés par Émile Dermenghem, La Colombe, Paris, s. d.

Pour Wallâda

L'aurore de la séparation a remplacé celle de notre union et l'amer éloignement a succédé aux douces rencontres.

Vous êtes partie et nous sommes partis. Nos côtes ont maigri par amour pour vous et nos yeux n'ont pas tari.

Quand nos pensées intimes se portent vers vous, le désespoir nous accablerait complètement s'il ne nous restait pas une lueur d'espoir.

Depuis votre disparition, nos jours sont devenus noirs, alors que votre présence rendait blanches nos nuits.

Car la vie était douce en votre compagnie et la source de notre joie était aussi pure que notre amour.

Nous avons incliné les branches de l'union dont les rameaux pendaient à portée de notre main, et nous avons cueilli tout ce que nous voulions.

Que votre temps soit arrosé par la pluie du bonheur ! Vous qui n'étiez qu'un parfum de fleurs pour notre âme !

Qui fera savoir à ceux dont l'éloignement nous a vêtus d'une tristesse qui ne s'use pas avec le temps, mais qui nous use,

Qui leur fera savoir que le sort qui nous comblait de joie en votre compagnie est maintenant la cause de nos larmes ?

Ce n'est pas à nous à contenter les envieux ni à satisfaire ceux qui nous veulent sournoisement du mal.

Nos ennemis étaient furieux de nous voir nous abreuver d'amour. Ils ont souhaité que cet amour nous reste dans la gorge : et le temps a dit : amen.

Alors s'est dénoué le nœud qui attachait nos âmes, et s'est coupé le lien qui unissait nos mains.

Hier nous étions unis sans aucune crainte de séparation. Nous voici maintenant sans espoir de rencontre.

Même après cette séparation, je ne puis concevoir autre chose que la fidélité : je n'aurai jamais d'autre foi.

Ne croyez pas que l'éloignement prolongé puisse me faire changer. L'éloignement ne change pas ceux qui vraiment aiment.

Par Dieu ! notre amour n'a rien cherché pour vous remplacer, et notre désir ne s'est pas détourné de vous.

Nous n'avons pas fait attention à aucun autre ami et nous ne nous sommes pas consolé avec un autre.

O nuage qui voyage la nuit avec l'éclair, dirige-toi vers le château et rafraîchis de ton eau celui qui nous abreuvait avec prodigalité d'amour et de tendresse !

O brise matinale, porte notre salut à celui qui, vivant, même lointain nous fait vivre !

O jardin, qui a si souvent fait récolter par nos regards la rose et l'églantine caressées par le vent du matin !

O vie dont la fleur nous a fait jouir longtemps de toutes sortes d'espoirs et de saveurs !

O bonheur dans l'abondance duquel nous avons marché fièrement, drapé dans un manteau diapré dont nous avons longtemps traîné les pans !

Si nous ne t'avons pas nommée par ton nom, c'est par respect pour toi. Ta haute dignité nous dispense de dire ton nom.

Car tu es unique et n'as pas d'associé en aucunc de tes qualités. Il nous suffit de te décrire telle que tu es pour être clair.

O paradis de l'éternité ! Nous avons changé son Selsal et son Kaoutser délicieux contre le fruit du Zaqqoum[1] infernal et la sanie, nourriture des damnés.

Comme si nous n'avions pas passé une nuit avec l'amour en tiers, tandis que notre bonheur faisait détourner les regards du calomniateur.

Nous étions deux secrets cachés au cœur des ténèbres jusqu'à ce que la langue de l'aurore fût sur le point de nous dénoncer.

Ah ! si notre rencontre est devenue impossible en ce monde, nous nous retrouverons du moins parmi ceux qui se lèveront pour le Jour du Jugement, et cela me suffit.

Malgré tous les conseils, nous avons donné libre cours à notre tristesse, nous avons perdu toute patience, et ce n'est pas étonnant.

Depuis la séparation, nous avons récité la douleur comme une sourate du Livre et nous avons appris mot à mot la patience.

Quant à ton amour, nous ne nous sommes pas détourné de lui comme boisson, alors même que cette boisson augmenterait notre soif.

L'horizon de la beauté dont tu es l'astre, nous ne l'avons pas traité indignement en nous consolant par l'oubli ; nous ne l'avons pas délaissé par dépit.

Ce n'est pas volontairement que nous nous sommes éloigné ; les vicissitudes de la destinée nous y ont contraint malgré nous.

Nous ne cessons de nous lamenter à cause de toi, même quand le vin rafraîchi nous excite à la gaîté et que chantent les chanteurs.

Ce ne sont pas les verres de vin qui nous feront donner

1. Eau et fleuve du paradis, arbre de l'enfer.

un signe de répit ; ce ne sont pas les cordes des instruments qui pourront distraire notre peine.

Toi, reste fidèle au pacte tant que nous continuerons à l'observer. L'homme noble est celui qui traite équitablement comme il est traité.

Nous ne voulons pas d'un autre ami qui nous sépare ; nous n'avons pris aucun amour à ta place.

Si la pleine lune des ténèbres s'inclinait amoureusement vers nous de l'endroit où elle se lève, elle ne ferait pas changer notre désir.

Garde la promesse, même si nous restons séparés. Pour moi, je me contenterai du souvenir de l'image vue en rêve.

Dans ta réponse sera ma joie si tu augmentes par elle les faveurs dont tu as toujours été généreuse.

Et j'appelle sur toi le salut d'Allah, tant que durera ton amour que tu caches, même à moi...

Traduction Belmehal Mentfakh et Émile Dermenghem.

OHANNÈS

On ne sait rien de certain, ni sur l'époque où vécut le poète arménien Ohannès, ni sur ce que fut son existence.

Il y a lieu de rappeler, à son sujet et à propos de la poésie amoureuse d'Arménie, que la Gnose et les doctrines manichéennes forment le terrain sur lequel a germé la pensée arménienne. Celle-ci n'a pu manquer, par la suite, de subir quelque peu l'influence des Croisés occidentaux et de l'amour courtois qu'ils propageaient. Par ailleurs, les Arabes et l'amour charnel qu'ils professent n'ont pas été sans laisser de trace en Arménie, bien que cette contrée ne soit passée que fort tard sous leur domination. D'où cette forme d'amour, dont la dominante sensuelle s'accorde tout spécialement avec le tempérament oriental.

ŒUVRES. — Voir Archag Tchobanian, *Les trouvères arméniens*, Mercure de France, Paris, 1906.

Chant d'amour

Je ne peux plus résister au mal de ton amour ! Aie pitié de moi ! Je me meurs !
Prends une pioche et viens creuser un tombeau.

Qu'on me brûle sur de grosses bûches pour que la flamme de mon cœur monte en mugissant.
Nombreux sont ceux qui tombent dans ce feu ; jeunes ou vieux, tous y brûlent.

Qu'on lave mon corps dans du vin ! Qu'on m'apporte un troubadour pour prêtre ;
Qu'on m'enveloppe dans des feuilles vertes, et qu'on m'enterre dans un jeune jardin !

O cruelle ! O meurtrière ! Le bourreau, de toi, apprend l'art de torturer.
Tu as enfermé bien des gens dans le cachot de l'amour, dont les portes sont des grilles de boucherie.

Tu as brûlé mon cœur, tu l'as réduit en poudre, et tu en as fait du khol pour tes yeux ;
Tu as versé mon sang et tu en as fait du henné pour tes pieds.

Lapidez-moi avec des pommes ; une douce langue m'a blessé !
Tu m'as rendu fou avec ton vin doux, et tu m'as emprisonné dans ton sein.

Cette nuit, dans mon rêve, j'ai senti qu'on me dépeçait :
Les fauves se régalaient de mon sang, les oiseaux fouillaient mon cadavre.

Une gueule de lion se tient sur moi béante ! mon sang coule comme une source ;
Ceux qui ont soif de mon sang, qu'ils viennent en boire à satiété !

Au nom de ta jeunesse ! Je n'ai qu'une seule âme à sacrifier.
Assez brûler mes poumons ! Prends du moins mon sang et bois-le comme du vin !

Ma tête est descendue à travers les nuages sur les montagnes de mon cœur ;
Le fiel a embrumé mon cœur ; de mes yeux ruissellent des larmes de sang.

Nous avons mangé à la même table, nous avons bu à la même coupe ;
Nous nous sommes assis et levés ensemble ; où sont maintenant ces jours heureux ?

Qu'as-tu fait de ton vœu, de ton serment dont nous avons pris Dieu pour témoin ?
Nous nous sommes quittés, nous sommes devenus étrangers l'un pour l'autre ! Un ennemi en fut la cause.

Que Dieu donne le mal à celui qui nous fit ce mal, pour que sa soif de mal soit assouvie ;
Qu'il accorde le bien à ceux qui nous veulent du bien, et qu'il fasse revenir notre bonheur.

Que Dieu conduise mon cœur, et qu'il en fasse reverdir et refleurir l'arbre,
Que l'arbre de mon cœur se relève et refleurisse et que les oiseaux viennent encore y chanter.

On n'atteint le bonheur que par la patience. Sache patienter, Ohannès, pauvre fou !
Il viendra un moment où, si loin qu'elle se trouve, elle accourra d'elle-même pour t'offrir son baiser.

HÉLOÏSE
(1101-1164)

Est-il nécessaire de rappeler ici l'histoire tragique des amours d'Héloïse et d'Abélard ? Amante admirable, elle était si complètement pénétrée de sa passion qu'elle consentit au mariage à regret, préférant rester la maîtresse d'Abélard. Elle montrait ainsi, dès la première fois où l'amour sublime apparaissait au grand jour, le caractère sacré du lien entièrement neuf qui s'établit entre l'homme et la femme, si sacré qu'il peut se passer de toute sanction civile ou religieuse.

Les lettres d'Héloïse qui nous sont parvenues ont été traduites du latin sur une copie datant du XIIIe siècle et trouvée dans un monastère. Leur première traduction est due à Jean de Meung, l'auteur du *Roman de la Rose*. Il n'est nullement exclu que ces lettres aient souffert de pieuses interpolations, mais celles-ci n'en accusent que mieux le fonds antichrétien de l'amour sublime et dévoilent le combat intime qui se livrait chez Héloïse entre sa passion et la religion, dont le monde l'avait contrainte de suivre les règles à cause de son amour même. Elle resta fidèle à son mari par-delà la mort. Une légende veut que « son corps ayant été déposé dans le caveau de son mari, Abélard étendit les bras vers elle pour la recevoir et les referma dans cet embrassement ».

A celui qui est tout pour elle après J.-C., celle qui est toute à lui en J.-C.

Je m'étonne, ô mon bien suprême, que dérogeant aux règles de style épistolaire et même à l'ordre naturel des choses, tu aies pris sur toi, dans le titre et la salutation de ta lettre, de mettre mon nom avant le tien, c'est-à-dire la femme avant l'homme, l'épouse avant le mari, la servante avant le maître, la religieuse avant le religieux et le prêtre, la diaconesse avant l'abbé. Il est, en effet, dans l'ordre des convenances, lorsque nous écrivons à des supérieurs ou à des égaux, de placer leurs noms avant les nôtres ; et si l'on s'adresse à des inférieurs, l'ordre des noms doit suivre celui des dignités.

Une autre chose nous a étonnée et émue : ta lettre qui aurait dû nous apporter quelque consolation n'a fait qu'accroître notre douleur, et tu as fait jaillir la source des larmes que tu devais essuyer. Qui d'entre nous, en effet, aurait pu, sans fondre en pleurs, entendre le passage de la fin de ta lettre où tu dis : « S'il arrive que le Seigneur me livre entre les mains de mes ennemis, et que mes ennemis, triomphants, me donnent la mort... » O mon bien-aimé, une telle pensée a-t-elle pu te venir à l'esprit, un tel langage sur tes lèvres ? Que jamais Dieu n'oublie à ce point ses humbles servantes, de les faire survivre à ta perte ! Que jamais il ne nous laisse une vie qui serait plus insupportable que tous les genres de mort ! C'est à toi qu'il appartient de célébrer nos obsèques, de recommander nos âmes à Dieu et de lui envoyer avant toi celles dont tu as fait son troupeau ; afin que tu n'aies plus sur elles aucun sujet de trouble et d'inquiétude, afin que tu nous arrives avec d'autant plus de joie que tu seras plus rassuré sur notre salut.

Épargne-nous, je t'en supplie, ô mon maître, épargne-nous de telles paroles qui mettent le comble au malheur des femmes déjà si malheureuses, et ne nous enlève pas, avant la mort, ce qui fait toute notre vie. A chaque jour suffit son mal, et ce jour fatal, tout enveloppé d'amertume, apportera assez de douleur à celle qu'il trouvera en ce monde. « A quoi bon, dit Sénèque, aller au-devant des maux et perdre la vie avant la mort ? »

Tu demandes, ô mon bien suprême, si quelque accident met fin à ta vie loin de nous, tu demandes que nous fassions transporter ton corps à notre cimetière, afin que l'incessante présence de ton souvenir t'assure de notre part une plus abondante moisson de prières. Mais penses-tu donc que ton souvenir puisse jamais nous quitter ? Sera-ce d'ailleurs le moment de prier, lorsque le bouleversement de notre âme nous aura ravi tout repos ? lorsque notre âme aura perdu le sentiment de la raison, notre langue l'usage de la parole ? lorsque notre cœur en délire et s'emportant contre Dieu lui-même, pour ainsi dire, bien loin de se résigner, sera moins disposé à l'apaiser par ses prières qu'à l'irriter par ses plaintes ? Pleurer, voilà tout ce que nous pourrons faire dans notre infortune ; prier nous ne saurons : nous serons plus pressées de te suivre sans retard que de pourvoir à ta sépulture ; nous serons bonnes à être enterrées nous-mêmes avec toi plutôt qu'à t'enterrer. En toi, nous aurons perdu notre vie ; sans toi, nous ne pourrons plus vivre. Ah ! puissions-nous ne pas vivre même jusque là ! La seule pensée de ta mort est déjà pour nous une sorte de mort ; que sera-ce donc si la réalité de cette mort nous trouve encore vivantes ? Non, Dieu ne permettra jamais que nous te survivions pour te rendre ce devoir, pour te prêter cette assistance que nous attendons de toi comme un dernier service. En cela, c'est à nous, et, fasse le ciel qu'il en soit ainsi, c'est à nous de te précéder, non de te suivre. Ménage-nous donc, je t'en supplie, ménage du moins celle pour qui tu es tout : trêve de ces mots qui nous percent le cœur comme des glaives de mort et qui nous font une agonie plus douloureuse que la mort même.

Mon cœur accablé par le chagrin ne saurait être calme, un esprit en proie à tous les troubles ne peut sincèrement s'occuper de Dieu. Je t'en conjure, ne nous empêche pas de remplir les saints services auxquels tu nous as particulièrement consacrées. Lorsqu'un coup est inévitable, lorsqu'il doit apporter avec lui une douleur immense, il faut souhaiter qu'il soit soudain et ne pas anticiper par d'inutiles craintes les tortures que nulle prévoyance humaine ne saurait détourner ! C'est ce qu'un poète a bien senti dans cette prière : « Que tes arrêts s'accomplissent soudain. Que l'esprit de l'homme ne puisse percer les ténèbres de l'avenir ! Laisse à nos alarmes l'espérance ! »

Et cependant, toi perdu, quelle espérance me reste-t-il à moi ? Quelle raison aurais-je de prolonger un pèlerinage où je n'ai de consolation que toi, où je n'ai d'autre bonheur que de savoir que tu vis, puisque tout autre plaisir de toi m'est interdit et qu'il ne m'est même pas permis de jouir de ta présence, qui parfois du moins pourrait me rendre à moi-même ?

Si ce n'était un blasphème, n'aurais-je pas le droit de m'écrier : « Grand Dieu que vous m'êtes cruel en toutes choses ! ô clémence inclémente ! ô fortune infortunée ! » Oui, la fortune a si bien épuisé contre moi tous les traits de ses efforts qu'il ne lui en reste plus pour frapper les autres ; elle a si bien vidé sur moi son carquois que nul n'a plus à redouter ses coups. Et si quelque flèche lui restait encore, où trouverait-elle en moi la place d'une nouvelle blessure ? Après tant de coups, la seule chose qu'elle ait à craindre, c'est que la mort ne mette un terme à tant de souffrances. Et bien qu'elle ne cesse de frapper, elle craint de voir arriver ce dernier moment qu'elle hâte. O malheureuse des malheureuses, infortunée des infortunées, faut-il que ton amour ne m'ait élevée entre toutes les femmes, que pour être précipitée de plus haut par un coup également douloureux et pour toi et pour moi ! Plus grande en effet est l'élévation, plus lourde est la chute. Parmi les femmes de noble race et de haut rang en est-il une dont le bonheur ait dépassé ou même égalé le mien ? en est-il une qu'elle ait fait tomber plus bas et dans un tel abîme de douleurs ? Quelle gloire elle m'a donnée en toi ! en toi quel coup elle m'a porté ! Elle a été violemment pour moi d'un excès à l'autre ; dans les biens comme dans les maux elle n'a gardé aucune mesure. C'est pour faire de moi la plus malheureuse des femmes qu'elle en avait d'abord fait la plus heureuse ; afin qu'en pensant à tout ce que j'ai perdu, les tortures de la douleur fussent égales à l'étendue de la perte, l'amertume des regrets égale à la jouissance de la possession, afin qu'aux enivrements de la volupté succédât l'accablement du suprême désespoir.

Et pour que l'outrage soulevât une indignation plus grande, tous les droits de l'équité ont été bouleversés contre nous. En effet, tandis que nous goûtions les délices d'un amour inquiet, ou, pour me servir d'un terme moins honnête, mais plus expressif, tandis que nous nous livrions à la fornication, la sévérité du ciel nous a épargnés ; et c'est quand nous avons légitimé cet amour illégitime, quand nous avons couvert des voiles du mariage la honte de nos égarements que la colère du Seigneur a rudement appesanti sa main sur nous ; et notre lit purifié n'a pas trouvé grâce devant celui qui en avait si longtemps toléré la souillure.

Pour des hommes surpris dans le plus coupable adultère, le supplice que tu as subi aurait été une peine assez grave. Et ce que les autres méritent pour l'adultère, tu l'as encouru, toi, par le mariage qui te semblait une réparation de tous tes torts. Ce que les femmes adultères attirent à leurs complices, c'est ta légitime épouse qui te l'a attiré ; et cela, non pas lorsque nous nous livrions aux plaisirs d'autrefois, mais quand, déjà séparés momentanément, nous vivions dans la chasteté, toi à Paris, à la tête des écoles ; et moi, selon tes ordres, à Argenteuil, dans la compagnie des religieuses ; quand nous nous étions ainsi séparés, afin de pouvoir nous livrer avec plus de zèle et de liberté, toi à la direction des écoles, moi à la prière et à la méditation des livres saints : c'est pendant que nous menions cette vie aussi sainte que pure, que tu as payé seul dans ton corps un péché qui nous était commun. Nous avions été deux pour la faute, tu as été seul pour le châtiment ; tu étais le moins coupable, et c'est toi qui as tout expié.

En effet, ne devais-tu pas avoir d'autant moins à craindre de la part de Dieu, comme de la part de ces traîtres, que tu avais donné plus largement satisfaction en t'abaissant pour moi, en m'élevant moi et toute ma famille ? Malheureuse que je suis, d'être venue au monde pour être la cause d'un si grand crime ! Les femmes seront donc toujours le fléau des grands hommes ! Voilà pourquoi il est écrit dans les *Proverbes*, afin qu'on se garde de la femme : « Maintenant, mon fils, écoute-moi, et sois attentif aux paroles de ma bouche. Que ton cœur ne se laisse pas entraîner dans les voies de la femme ; ne t'égare pas dans ses sentiers ; car elle en a renversé et fait tomber un grand nombre : les plus forts ont été tués par elle. Sa maison est le chemin des enfers, elle conduit aux abîmes de la mort. » Et dans l'*Ecclésiaste* : « J'ai considéré toute chose avec les yeux de mon âme, et j'ai trouvé la femme plus amère que la mort ; elle est le filet du chasseur ; son cœur est un piège, ses mains sont des chaînes : celui qui est agréable à Dieu lui échappera, mais le pécheur sera sa proie. »

Dès l'origine du monde, la première femme a fait bannir l'homme du paradis terrestre ; et celle qui avait été créée par le Seigneur pour lui venir en aide a été l'instrument de sa perte. Ce puissant Nazaréen, cet homme du Seigneur dont un ange avait annoncé la naissance, c'est Dalila seule qui l'a vaincu ; c'est elle qui le livra à ses ennemis, le priva de la vue et le réduisit à un tel désespoir, qu'il finit par s'ensevelir lui-même sous les ruines du temple avec ses ennemis. Le sage des sages, Salomon, ce fut la femme à laquelle il s'était uni qui lui fit perdre la raison et qui le précipita dans tel excès de folie, que lui, que le Seigneur avait choisi pour bâtir son temple, de préférence à David, son père, qui pourtant était juste, il tomba dans l'idolâtrie et y resta plongé jusqu'à la fin de ses jours ; infidèle au culte du vrai Dieu, dont il avait, par ses écrits, par ses discours, célébré la gloire et répandu les enseignements. Ce fut contre sa femme, qui l'excitait au blasphème, que Job, ce saint homme, eut à soutenir le dernier et le plus rude des combats. Le malin tentateur savait bien, il avait maintes fois par l'expérience reconnu cette vérité, que les hommes ont toujours, dans leurs femmes, une cause de chute toute prête.

C'est lui enfin qui, étendant jusqu'à nous sa malice accoutumée, a perdu par le mariage celui qu'il n'avait pas perdu par la fornication ; il a fait le mal avec le bien, n'ayant pu faire le mal avec le mal.

Grâce à Dieu, du moins, il n'a pu faire consentir mon cœur à la trahison comme les femmes dont j'ai cité l'exemple. Et cependant, bien que la pureté de mes intentions me justifie, bien que mon cœur n'ait point à répondre de l'accomplissement du crime, j'avais auparavant commis trop de péchés pour m'en croire tout à fait innocente. Oui, dès longtemps asservie aux attraits des voluptés de la chair, j'ai mérité alors ce que je subis aujourd'hui ; c'est le juste châtiment de nos fautes passées. Toute mauvaise fin est la conséquence d'un mauvais commencement. Et plaise à Dieu que je fasse de ce péché particulièrement une digne pénitence, une pénitence qui, par la longueur de l'expiation, balance, s'il est possible, le cruel châtiment qui t'a été infligé ; plaise au ciel que ce que tu as souffert un moment dans ta chair, je le souffre, moi, comme il est juste, par la contrition de mon âme, pendant toute la vie, et qu'ainsi je t'offre à toi, sinon à Dieu, une espèce de satisfaction !

S'il faut, en effet, mettre à nu toute la faiblesse de mon misérable cœur, je ne trouve pas en moi un repentir capable d'apaiser Dieu ; je ne puis me retenir d'accuser son impitoyable cruauté au sujet de l'outrage qui t'a été infligé, et je ne fais que l'offenser par mes murmures rebelles à ses décrets, bien loin de chercher par la pénitence à apaiser sa colère. Peut-on dire, en effet, qu'on fait pénitence, quel que soit le traitement infligé au corps, alors que l'âme conserve encore l'idée de pécher et brûle des mêmes passions qu'autrefois ? Il est aisé, sans doute, de confesser ses fautes et de s'en accuser, et même de soumettre son corps à des macérations extérieures ; mais ce qui est difficile, c'est d'arracher son âme aux désirs des douces voluptés. Voilà pourquoi le saint homme Job, après avoir dit avec raison : « Je lancerai mes paroles contre moi-même, » — c'est-à-dire, je délierai ma langue et j'ouvrirai ma bouche par la confession pour m'accuser de mes péchés, — ajoutait aussitôt : « Je parlerai dans l'amertume de mon âme. » Et saint Grégoire, rapportant ce passage, dit : « Il y en a qui confessent leurs péchés à haute voix, qui pourtant dans leur confession ne savent pas gémir, et qui disent en riant ce qu'ils devraient dire avec des sanglots... Il ne suffit donc pas d'avouer ses fautes en les détestant, il faut, de plus, les détester dans l'amertume de son âme, afin que cette amertume elle-même soit la punition des fautes qu'accuse la langue conduite par l'esprit. »

Mais cette amertume du vrai repentir est bien rare, et saint Ambroise en fait la remarque : « J'ai trouvé, dit-il, plus de cœurs qui ont conservé leur innocence que de cœurs qui ont fait pénitence. » Quant à moi, ces voluptés de l'amour que nous avons goûtées ensemble m'ont été si douces, que le souvenir ne peut m'en déplaire, ni même s'effacer de ma mémoire. De quelque côté que je me tourne, elles se présentent, elles s'imposent à mes regards avec les désirs qu'elles réveillent ; leurs trompeuses images n'épargnent même pas mon sommeil. Il n'est pas jusqu'à la solennité de la messe, là où la prière doit être plus pure que partout ailleurs, pendant laquelle les licencieux tableaux de ces voluptés ne s'emparent si bien de ce misérable cœur, que je suis plus occupée de leurs turpitudes que de la prière. Je devrais gémir des fautes que j'ai commises, et je soupire après celles que je ne puis plus commettre.

Ce n'est pas seulement ce que nous avons fait, ce sont les heures, les lieux témoins de ce que nous avons fait, qui sont si profondément gravés dans mon cœur avec ton image que je me retrouve avec toi dans les mêmes lieux, aux mêmes heures, faisant les mêmes choses : même en dormant, je ne trouve point de repos. Parfois les mouvements de mon corps trahissent les pensées de mon âme, des mots m'échappent que je n'ai pas pu retenir. Ah ! je suis vraiment malheureuse, et elle est bien faite pour moi cette plainte d'une âme gémissante : « Infortunée que je suis, qui me délivrera de ce corps déjà mort ? » Plût au ciel que je pusse ajouter avec vérité ce qui suit : « C'est la grâce de Dieu, par Jésus-Christ notre Seigneur ! » Cette grâce, ô mon bien-aimé, t'est venue à toi, sans que tu la demandes : une seule plaie de ton corps en apaisant en toi ces aiguillons du désir, a guéri toutes les plaies de ton âme ; et tandis que Dieu semblait te traiter avec rigueur, il se montrait, en réalité, secourable : tel le bon médecin qui ne craint pas de faire souffrir son malade pour assurer sa guérison. Chez moi, au contraire, les feux d'une jeunesse ardente au plaisir et l'épreuve que j'ai faite des plus douces voluptés enflamment ces aiguillons de la chair ; et les assauts sont d'autant plus pressants que plus faible est la nature qu'ils attaquent.

On vante ma chasteté : c'est qu'on ne connaît pas mon hypocrisie. On porte au compte de la vertu la pureté de la chair, mais la vertu, c'est l'affaire de l'âme, non du corps. Je suis glorifiée parmi les hommes, mais je n'ai aucun mérite devant Dieu qui sonde le cœur et les reins, et qui voit ce que l'on cache. On loue ma religion dans un temps où la religion n'est plus en grande partie qu'hypocrisie, où, pour être exaltée, il suffit de ne point heurter les préjugés.

Il se peut, sans doute, qu'il y ait quelque mérite, même aux yeux de Dieu, de ne point scandaliser l'Église par de mauvais exemples, quelles que soient d'ailleurs les intentions, et à ne point donner aux infidèles le prétexte de blasphémer le nom du Seigneur, aux libertins l'occasion de diffamer l'ordre auquel on a fait vœu d'appartenir. Cela même jusqu'à un certain point est un don de la grâce divine qui a pour effet d'inspirer la pensée non seulement de faire le bien, mais aussi de s'abstenir du mal. Mais en vain fait-on le premier pas, s'il n'est suivi du second, ainsi qu'il est écrit : « Éloigne-toi du mal et fais le bien » ; en vain même pratiquerait-on ces deux préceptes, si ce n'est pas l'amour de Dieu qui vous conduit.

Or, dans tous les états de ma vie, Dieu le sait, jusqu'ici j'ai toujours eu plus de peur de t'offenser que de l'offenser lui-même ; et c'est à toi bien plus qu'à lui-même que j'ai le désir de plaire : c'est un mot de toi qui m'a fait prendre l'habit monastique, et non la vocation divine. Vois quelle vie infortunée, quelle vie misérable entre toutes que la mienne, si tout cela est perdu pour moi, pour moi qui ne dois en recevoir d'ailleurs aucune récompense. Ma dissimulation, sans doute, t'a longtemps trompé comme tout le monde ; tu as attribué à un sentiment de piété ce qui n'était qu'hypocrisie. Et voilà pourquoi tu te recommandes particulièrement à nos prières, pourquoi tu réclames de moi ce que j'attends de toi. Ah ! je t'en conjure, n'aie pas de moi une opinion si haute ; il m'est trop nécessaire que tu ne cesses point de me prêter l'aide de tes prières. Garde-toi de penser que je suis guérie : je ne puis me passer du secours de tes soins. Garde-toi de me croire au-dessus de tout besoin ; il y aurait danger à me faire attendre une assistance indispensable à ma misère. Garde-toi de m'estimer si forte : je pourrais tomber avant que ta main vînt me secourir. La flatterie a causé la perte de bien des âmes, en leur enlevant l'appui qui leur était indispensable. Le Seigneur nous crie par la bouche d'Isaïe : « O mon peuple, ceux qui t'exaltent te trompent et t'égarent » ; et par la bouche d'Ézéchiel : « Malheur à vous qui placez des coussins sous les coudes et des oreillers sous la tête du monde pour abuser les âmes ! » Tandis qu'il est dit par Salomon : « Les paroles des sages sont comme des aiguillons, comme des clous enfoncés profondément, qui ne savent pas effleurer une plaie, mais qui la déchirent. »

Trêve donc, je t'en prie, à tes éloges, si tu ne veux encourir le honteux reproche adressé aux artisans de flatterie et de mensonge. Ou si tu crois qu'il y ait en moi quelque chose de bon, prends garde que tes éloges ne le fassent évanouir au souffle de la vanité. Il n'est point de médecin habile en son art qui, aux symptômes extérieurs, ne reconnaisse le mal du dedans. Et tout ce qui est commun aux réprouvés et aux élus est sans mérite aux yeux de Dieu. Or, telles sont les pratiques extérieures, auxquelles les saints ne se conforment jamais avec autant de zèle que les hypocrites.

« Le cœur de l'homme est mauvais et insondable ; qui le connaîtra ? » — « Il y a des voies de l'homme qui paraissent droites et aboutissent à la mort. » — « Le jugement de l'homme est téméraire dans les choses dont l'examen est réservé à Dieu seul. » — C'est pourquoi il est écrit : « Vous ne louerez pas un homme pendant sa vie. » Cela veut dire qu'il ne faut pas louer un homme, de peur que, tandis que vous le louez, il ne soit déjà plus louable.

L'éloge venant de toi est d'autant plus dangereux pour moi qu'il m'est plus doux : il me séduit, il m'enivre d'autant plus que j'ai un plus grand désir de te plaire en toute chose. Aie toujours plus de crainte que de confiance en ce qui me touche, je t'en supplie, afin que ta sollicitude soit toujours prête à me venir en aide. Et c'cst aujourd'hui surtout qu'il faut craindre, puisque mon incontinence ne peut plus trouver de remède en toi.

Je ne veux pas que, pour m'exhorter à la vertu et m'exciter au combat, tu dises : « C'est le malheur qui met le sceau à la vertu », et : « Celui-là ne sera pas couronné qui n'aura pas combattu jusqu'au bout. » Je ne cherche point la couronne de la victoire, ce m'est assez d'éviter le péril. Il est plus sûr de fuir le danger que d'engager la bataille. Dans quelque coin du ciel que Dieu me donne une place, il aura fait assez pour moi. Là, personne ne portera envie à personne, chacun se contentera de sa part.

Pour donner, moi aussi, à mes conseils l'appui d'une autorité, écoutons saint Jérôme. « J'avoue ma faiblesse, dit-il, je ne veux pas combattre dans l'espérance de remporter la victoire, de peur de la perdre. » Faut-il abandonner le certain pour suivre l'incertain ?

« OLLANTAY »
(XIIᵉ siècle)

Ce drame anonyme formait partie de la tradition orale du Pérou précolombien. Il a été écrit en quechua, peu de temps après la conquête espagnole, par un Indien resté inconnu, qui avait appris à user de l'alphabet espagnol.

Le fragment ci-dessous provient de la traduction française de Gabino Pacheco Zegarra, publiée à Paris en 1878. On y peut voir un simple pressentiment de l'amour sublime. Si l'on s'en tient aux nombreuses chansons d'amour péruviennes *(yaravis)*, il semble que les rapports entre l'homme et la femme avaient donné lieu à une sublimation, inconnue partout ailleurs en Amérique.

Ollantay

Scène XV, *second dialogue.*

BELLA. — Ah ! ma mère ! Je pressentais dans mon cœur que je te trouverais déjà morte ; oui, je croyais que je ne reverrais plus ton visage que j'ai tant désiré.

A Salla :

Compagne Salla, apporte un peu d'eau ; peut-être ma mère pourra-t-elle encore revenir à la vie.

LE ROI YUPANQUI. — Quel horrible cachot ! Qui est cette femme, que signifie cette chaîne qui l'écrase ? Quel est le cruel qui l'a fait lier ? Est-il possible qu'un roi ait donné asile dans son cœur à la vipère de la haine ? Mère Roca approche : Qui es cette femme ? Viens ici. Que veut dire tout cela ? Est-ce par l'effet d'un maléfice que cette femme s'est éveillée dans ce lieu ?

MÈRE ROCA. — Ton père l'a ainsi ordonné pour que l'amoureuse s'amende.

LE ROI YUPANQUI. — Sors, sors, toi, Mère de roc !

Éloigne, éloigne ce puma. Cette pierre, ce serpent, que je ne les voie plus !

Tous font ce qu'ordonne le roi et emmènent Estrella dans le jardin.

ESTRELLA[1]. — Où suis-je ? Qui sont ces gens qui m'entourent ?

Bella, ma fille adorée ! Viens ! viens ! ma colombe.

Depuis quand ces hommes...

BELLA. — Ne crains rien, ma mère, c'est le roi lui-même qui vient te voir. C'est l'illustre Yupanqui qui arrive ! Parle-lui, sors de ton sommeil.

LE ROI YUPANQUI. — Mon cœur se brise devant une telle infortune. Reviens à toi, femme, et dis-moi : Qui es-tu ? Dis-le une fois. *(A Bella.)* Révèle-moi le nom de ta mère.

BELLA. — Père, père, prince clément, fais d'abord détacher ces liens.

L'ASTROLOGUE. — C'est à moi de les délier et de soulager les malheureux.

OLLANTAY. — Comment s'appelle ta mère ?

BELLA. — Elle s'appelle Étoile-de-joie. Mais, vois quel nom trompeur ! Oui, l'étoile d'autrefois s'est éteinte et qui sait où est sa joie ?

OLLANTAY. — Ah ! Puissant roi Yupanqui, tu vois mon épouse dans cette jeune femme.

LE ROI YUPANQUI. — Je crois rêver en retrouvant ce bonheur inattendu. Estrella, ta femme, est aussi ma sœur bien-aimée ! O Estrella, sœur chérie, ma colombe, viens dans mes bras ! L'excès de bonheur calme les orages de mon cœur. Vis à jamais pour ton frère !

Il presse Estrella contre sa poitrine.

ESTRELLA. — Ah ! mon frère, tu es déjà informé du supplice que j'ai enduré pendant des années d'angoisse. Ta compassion seule pourrait m'arracher à un si long tourment.

LE ROI YUPANQUI. — Qui est cette femme à l'air si souffrant ? Qui l'a envoyée ici ? Quel crime a pu la traîner dans ce lieu où elle languit ? Qui aura le cœur de contempler froidement tant d'infortune ? Celle qui lui a donné le jour

1. *Estrella :* étoile.

mourrait de douleur en la voyant. Son visage est sillonné par les larmes ; ses lèvres sont sèches ; il ne lui reste plus qu'un souffle de vie.

Ollantay. — Étoile de mon bonheur, comment ai-je pu te perdre tant de temps ? Mais aujourd'hui je te retrouve vivante pour que tu redeviennes ma compagne jusqu'à la mort. Mourons tous les deux s'il le faut. Ne me laisse pas seul au monde. Je ne saurais vivre sans toi. Étoile de joie, où est ta joie ? Où est l'étoile de ton regard ? Qu'est devenue ta vivante haleine ? Es-tu la fille maudite de ton père ?

Estrella. — Pendant dix ans, mon Ollantay, on nous a fait partager la douleur et l'amertume, et maintenant on nous réunit pour une nouvelle vie. Ainsi Yupanqui remplace la douleur par la joie. Longue vie à notre illustre roi ! Oui, Yupanqui, dans la nouvelle existence que tu nous donnes, il est juste que tu comptes sur de nombreuses années.

L'astrologue. — Qu'on apporte des vêtements neufs pour habiller notre princesse !

On la revêt de vêtements royaux et on lui baise les mains.

Le roi Yupanqui. — Regarde ta femme, Ollantay, et honore-la comme telle dès aujourd'hui. Et toi, Bella, viens dans mes bras, charmante colombe que je t'enchaîne par des liens d'amour. *(La serrant dans ses bras.)* Tu es la pure essence d'Estrella.

Ollantay. — Puissant prince, tu es notre protecteur, ta main a effacé le chemin qui conduit au malheur et tu l'as comblé de bienfaits.

Le roi Yupanqui. — Vous avez échappé à la mort. *(A Ollantay.)* Ta femme est déjà dans tes bras. De cette nouvelle ère de bonheur, la tristesse doit être bannie et la joie doit renaître.

JORDI DE SANT JORDI
(xve siècle)

Continuateur des troubadours languedociens et provençaux, Jordi de Sant Jordi a vécu dans la première moitié du xve siècle. On ne sait presque rien de sa vie, sinon qu'il prit part à une expédition d'Alphonse V contre la Corse et la Sardaigne, en 1420, et y fut fait prisonnier. Peut-être est-ce pendant cette captivité — « loin de vous que mon cœur aime si noblement » — qu'il composa ce poème où, plus que dans nul autre, l'amour sublime se révèle tout en conservant un maintien courtois.

ŒUVRES (traduction française). — *Cinq poèmes d'amour de Jordi Sant Jordi*, traduction René Nelli, Institut d'Études Occitanes, Toulouse, 1945.

Vers libres

Je porte au front votre belle semblance
De qui mon corps, nuit et jour, fait grand fête,
Car j'ai tant miré votre doux visage
Qu'il en reste en moi, gravée, une empreinte
Que même la mort ne peut effacer :
Quand je serai tout entier hors du siècle,
Ceux qui mon corps porteront au sépulcre
Verront votre signe inscrit sur ma face.

Comme un enfant contemplant un retable,
Reste à fixer les couleurs des images
Dont rien ne peut — tant l'or qui l'environne
Lui donne joie — distraire son cœur pur,
Ainsi captif, devant l'amoureux cercle
De votre corps que tant de charmes ornent,
Je le contemple et, plus que Dieu, l'admire,
Tant suis joyeux d'amour qui me pénètre.

Ainsi me prend et m'enchaîne en sa chartre
Amour ardent, comme si dans un coffre,
Tenu sous clef, tout mon corps fût enclos,
Sans avoir lieu pour remuer les membres.
Car cet amour qui pour vous s'affermit,
Belle, pour tant qu'il me donne d'angoisse,
Point ne vous quitte, et, comme tour, s'érige
Dans votre amour seul, ô colombe blanche !

Belle sans rivale et Présence noble,
Dieu fit votre corps plus beau que tous les corps,
Riant et doux, éclairant comme gemme,
Fait d'un amour plus pénétrant qu'étoile.
Quand je vous vois, parmi les autres femmes,
Vous me semblez, comme fait l'escarboucle
Qui en vertus passe les pierres fines,
Les surpasser, comme autour vainc l'esmirre[1].

De toutes parts, mon amour est viril,
Tel que nul homme, en son cœur, ne vous l'offre.
Si fort amour, d'un dard m'ouvrant le cœur,
Que fut jamais en nul homme en nulle âme.
Mais, plus troublé que ne fut Aristote[2]
D'amour qui ard et défait tous mes sens,
Comme un bon clerc, que sa cellule hante,
Je reste à vous comme le doigt à l'ongle.

O Corps d'honneur, sans péché ni mensonge,
Ayez pitié de moi, Dame si belle,
Et ne souffrez qu'un tel amant périsse.
Plus ferme amour ne vous fia nul homme.
Je vous supplie : vous êtes le bel arbre
De tous les fruits, où Valeur vient prendre ombre.
Retenez-moi dans votre bonne chambre,
Vôtre serai tant que vis et vivrai.

1. Exactement : devant l'émerillon.
2. Sans doute devant Laïs.

ENVOI

Riche joyau, vous l'emportez sur toutes
Femmes couchées au registre du monde.
En vous, toujours, naît et reprend naissance
Beauté, vertu, plus qu'en Penthésilée.

Traduction René Nelli.

D'après l'ouvrage de J. Masso-Torrents, *Obres poetiques de Jordi de Sant Jordi*, Biblioteca Hispanica, Barcelona, 1902.

NAHABED KOUTCHAK
(XVIe siècle ?)

On ne sait rien de certain sur Nahabed Koutchak. Selon Aristakès Devgantz qui, le premier, publia en arménien une longue série de poèmes de Nahabed Koutchak, cet auteur aurait vécu vers le commencement du XVIe siècle, à Kharagonis, près de Van. Mais Archag Tchobanian — à qui j'emprunte ces informations — pense qu'ont existé deux poètes du même nom et que celui qui nous occupe aurait vécu à Eghine, à une époque qu'il lui est impossible de préciser.

ŒUVRES. — Choix de poèmes dans Archag TCHOBANIAN, *Les trouvères arméniens*, Mercure de France, Paris, 1906.

D'où es-tu venue, ô inconnue qui m'as aimé ?
Tu avais du feu dans tes manches, tu l'as versé dans mon sein ;
Tu as changé en or ton amour, tu l'as fondu dans le creuset de mon cœur ;
Puis tu en as formé des anneaux d'or et tu les as passés à l'oreille de mon cœur.

*

Je suis malade de ton amour, prends une pomme et viens me voir ;
Viens t'asseoir à mon chevet et pose ta main sur mon cœur ;
Toi seul connais le remède de mon mal ; ne m'amène pas d'autre médecin.

*

Ton amour m'a rendu pareil aux nuages déchirés par l'orage ;
Le monde entier connaît cela ; je t'aime d'un amour qui me démolit ;

Mes misérables yeux ne cessent de pleurer ;
Ils pleurent et demandent à te voir ; et c'est toi seule qu'ils désirent voir.

*

Mon âme ! je suis l'œil et toi la lumière ; sans lumière, l'œil s'obscurcit.
Mon âme ! je suis le poisson et toi l'eau ; hors de l'eau meurt le poisson.
Si, de l'eau, on le retire et si on le jette dans une autre eau, le poisson vit encore :
Si l'on me sépare de toi, il ne me reste plus qu'à mourir.

*

Je voudrais mourir pour toi, tu couperais une touffe de tes cheveux,
Tu l'aurais allumée comme un flambeau, et, la prenant en ta main, tu te serais mise à ma recherche ;
Ou bien tu viendrais passer par mon cimetière, tes yeux se rempliraient et tu pleurerais ;
Tu voudrais enlacer mon cou de tes bras, tu ne trouverais que la pierre pour ton baiser.

MAURICE SCÈVE
(Mort vers 1562)

La tradition initiatique n'est aucunement étrangère à l'éclosion de l'amour courtois qui, à son tour, préface l'amour sublime. Or tous les biographes de Maurice Scève s'accordent à voir en lui un continuateur de Pétrarque. (N'avait-il pas entrepris, dans son amour pour cet auteur, des fouilles pour retrouver le tombeau de Laure et n'avait-il pas cru l'avoir identifié ?) Mais ce continuateur aboutit à l'amour sublime. Ces mêmes écrivains estiment encore que l'œuvre de Maurice Scève traduit une démarche cabbalistique, les uns voyant en Délie une anagramme de l'Idée, les autres parce que ce vocable est un des noms de la lune. Certes, la personne de Maurice Scève reste mystérieuse, tout autant que celle de Pernette du Guillet, pour qui furent composés les poèmes de *Délie*. Dans ce recueil, il expose comment il devient amoureux et décrit longuement l'objet de son amour, si bien que je ne vois pas de raison de nier la réalité du lien qui unissait Maurice Scève à Pernette. Tout au plus pourrait-on dire que ces poèmes servent en outre à la transmission d'un message ésotérique.

ŒUVRES. — *Délie* (1544), *La Saulsaye* (1547), *Le Microcosme* (1562).

Délie

XVI

Je preferoys a tous Dieux ma Maistresse,
Ainsi qu'Amour le m'avoit commandé :
Mais la Mort fiere en eut telle tristesse,
Que contre moy son dard à desbandé.
Et quand je l'ay au besoing demandé
Le m'à nyé, comme pernicieuse.
        Pourquoy sur moy, ô trop officieuse,
Pers tu ainsi ton povoir furieux ?
Veu qu'en mes mortz Delie ingenieuse
Du premier jour m'occit de ses beaulx yeulx.

XLIX

Tant je l'aymay, qu'en elle encor je vis :
En tant la vy, que, maulgre moy, je l'ayme.
Le sens, et l'ame y furent tant ravis,
Que par l'Œil fault, que le cœur la desayme.
Est-il possible en ce degré supreme
Que fermeté son oultrepas revoque ?
Tant fut la flamme en nous deux reciproque,
Que mon feu luict, quand le sien m'appert.
Mourant le sien, le mien tost se suffoque.
Et ainsi elle, en se perdant me pert.

LXXXI

Ne t'esbahis, Dame, si celle fouldre
Ne me fusa soubdainement le corps.
Car elle m'eust bien tost reduit en pouldre
Si ce ne fust, qu'en me tastant alors,
Elle apperceut ma vie estre dehors,
Heureuse en toy : D'ailleurs, elle n'offense
Que le dedans, sans en faire apparence,
Ce que de toy elle a, certes, appris.
Car je scay bien, et par experience,
Que sans m'ouvrir tu m'as ce mien cœur pris.

XCVII

A contempler si merveilleux spectacle,
Tu annoblis la mienne indignité.
Pour estre toy de ce Siecle miracle,
Restant merveille a toute éternité,
Ou la Clemence en sa benignité,
Revere a soy Chasteté Presidente
Si hault au Ciel de l'honneur residente,
Que tout aigu d'œil vif n'y peult venir.
O vain desir, ô folie evidente,
A qui de faict espere y parvenir.

CXIV

O ans, ô moys, sepmaines, jours et heures,
O intervalle, ô minute, ô moment,
Qui consumez les durtez, voire seures,
Sans que l'on puisse appercevoir comment,
Ne sentez vous, que ce mien doulx tourment
Vous use en moy, et vos forces deçoit ?
  Si donc le Cœur au plaisir, qu'il reçoit,
Se vient luy mesme a martyre livrer :
Croire fauldra, que la Mort doulce soit,
Qui l'Ame peult, d'angoisse delivrer.

CXLIV

En toy je vis, ou que tu sois absente :
En moy je meurs, ou que soye present.
Tant loing sois tu, tousjours tu es presente :
Pour pres que soye, encores suis je absent.
  Et si nature oultragée se sent
De me veoir vivre en toy trop plus, qu'en moy :
Le hault povoir, qui ouvrant sans esmoy,
Infuse l'ame en ce mien corps passible,
La prevoyant sans son essence en soy,
En toy l'estend, comme en son plus possible.

CLXXXVI

Je m'esjouys quand ta face se monstre,
Dont la beaulté peult les Cieulx ruyner :
Mais quand ton œil droit au mien se rencontre,
Je suis contrainct de ma teste cliner :
Et contre terre il me fault incliner,
Comme qui veulx d'elle ayde requerir,
Et au danger son remede acquerir,
Ayant commune en toy compassion.
  Car tu ferois nous deux bien tost perir.
Moy du regard, toy par reflexion.

CCXII

Tes beaulx yeulx clers fouldroyamment luisantz
Furent object a mes pensers unique,
Des que leurs rayz si doulcement nuisantz
Furent le mal tressainctement inique.
Duquel le coup penetrant tousjours picque
Croissant la playe oultre plus la moytié.
    Et eulx estantz doulx venin d'amytié,
Qui se nourrit de pleurs, plainctz, et lamentz,
N'ont peu donner par honneste pitié
Un tant soit peu de trefve a mes tourmentz.

CCXLIII

Ces tiens, non yeulx, mais estoilles celestes,
Ont influence et sur l'Ame, et le Corps :
Combien qu'au Corps ne me soient trop molestes
En l'Ame, las, causent mille discordz,
Mille debatz, puis soubdain mille accordz,
Selon que m'est ma pensée agitée.
    Parquoy vaguant en Mer tant irritée
De mes pensers, tumultueux tourment,
Je suy ta face, ou ma Nef incitée
Trouve son feu, qui son Port ne luy ment.

CCCIII

Cest Œil du Monde, universel spectacle
Tant reveré de Terre, Ciel, et Mer,
En ton miroir, des miracles miracle,
Il s'apperçoit justement deprimer,
Voyant en toy les Graces s'imprimer
Trop mieulx, qu'en luy nostre face a le veoir.
    Parquoy tel tort ne povant recevoir,
S'en fuyt de nous, et ce Pole froid laisse,
Tacitement te faisant asçavoir,
Que, qui se veoit, l'enflé d'orgueil abaisse.

WILLIAM SHAKESPEARE
(1564-1616)

Le seul titre de *Roméo et Juliette* symbolise l'amour sublime, au moins pour tous les pays de culture occidentale. Une fois de plus, les conditions sociales qui s'opposent à l'union des amants, transforment leur union en tragédie. Une grande partie du théâtre de Shakespeare, de même que celui des Élizabéthains, montre la tentation permanente de l'amour sublime. Or leur époque est marquée par des luttes religieuses et politiques intenses, si bien qu'on est tenté de voir dans leur œuvre une revendication adressée à la religion par les poètes, à l'occasion des rivalités qui divisaient catholiques et anglicans. Par ailleurs, le triomphe de la connaissance rationnelle, à l'époque de la Renaissance condamnait également à l'échec l'amour de Roméo et Juliette. Il n'en reste pas moins que, pour atteindre les sommets vertigineux où resplendit ce sentiment, il était nécessaire que Shakespeare eût, pour le moins, été fasciné par cette forme de rapports amoureux. Certains de ses *Sonnets* ne le montrent-ils pas ?

ŒUVRES (traductions françaises). — *Hamlet, Roméo et Juliette, La vie et la mort du roi Richard II, Le roi Jean, Timon d'Athènes, Jules César, Antoine et Cléopâtre, Coriolan, Richard III, Le marchand de Venise, Henry IV, Les joyeuses commères de Windsor, Le roi Lear, Le roi Henry V, Henry VI, La sauvage apprivoisée, Macbeth, Beaucoup de bruit pour rien, Tout est bien qui finit bien, Othello, La tempête, Mesure pour mesure, Cymbeline, Peines d'amour perdues, La comédie des heures, Le songe d'une nuit d'été, Les deux gentilshommes de Vérone, Conte d'hiver, Troïlus et Cressida, La douzième nuit, Comme il vous plaira, Henry VIII, Sonnets.*

Roméo et Juliette
(fragment)

ACTE II, scène II

Le jardin de la maison de Capulet environné de murs escarpés qu'avoisinent quelques arbres qui peuvent aider à les franchir. — Un espace de ciel et la lune paraissant dans le fond.

ROMÉO, *dans le verger.* — Il se rit de l'amour celui que ses traits n'ont jamais blessé. Mais, arrêtons. Quelle est cette lumière que je vois là-bas briller à cette fenêtre ? C'est le jour naissant, c'est le soleil, c'est Juliette ! *(Juliette paraît à la fenêtre.)* Lève-toi, bel astre, plus brillant que celui qui m'éclaire. Oui, Diane pâlit de jalousie, en se voyant moins belle que toi, qui n'es qu'une jeune mortelle attachée à son culte. Renonce à son culte austère et dépouille ta robe de vestale ; sa couleur est odieuse et triste, et ne convient qu'aux insensées. Oui, c'est elle ; je reconnais ma souveraine ; oui, c'est ma bien-aimée. Oh ! qu'elle puisse savoir que c'est elle qui est l'objet de mon amour. *(Il s'avance vers la fenêtre.)* Il me semble la voir parler ; et cependant je n'entends nul son de sa voix. Qu'importe : ses yeux ont un langage... Je veux leur répondre. Ah ! je suis trop téméraire : ce n'est pas à moi qu'elle parle. Que ses yeux sont étincelants ! Oui, si la voûte du ciel était enrichie de ces deux étoiles, les oiseaux, trompés par l'éclat de leurs feux, chanteraient dans la nuit, en croyant saluer l'aurore. Je la vois : elle repose sa joue sur sa belle main. Oh! que ne suis-je le gant qui revêt cette main ! Je toucherais sa joue de rose.

JULIETTE, *soupirant et se croyant seule.* — Hélas ! malheureuse !

ROMÉO. — Elle vient de parler. O bel ange, parle encore ! De cette hauteur, tu me sembles aussi radieuse qu'un messager céleste le paraît aux yeux éblouis des mortels qui, prosternés, et les regards attachés sur lui, le suivent monté sur les nuages majestueux et voguant lentement sur les ondes de l'air.

JULIETTE. — O Roméo ! O Roméo ! Pourquoi es-tu Roméo ? Renonce à ton père et abjure ton nom : ou, si tu l'aimes mieux, jure seulement d'être mon amant, et je cesse d'être une Capulet.

ROMÉO, *à part.* — L'écouterai-je parler encore, ou répondrai-je à ces mots ?

JULIETTE *continue.* — Il n'y a de toi que ton nom qui soit ennemi. En cessant d'être un Montaigu, tu n'en serais pas moins toi-même. Eh ! que m'importe ce nom *Montaigu ?* Ce que nous appelons rose, sous tout autre nom n'en serait pas moins rose, n'exhalerait pas un parfum moins doux. Ainsi Roméo, en perdant ce nom n'en conserverait pas moins toutes les perfections qui me le font aimer. Roméo, quitte ce nom qui ne fait pas partie de toi-même, et pour ce sacrifice, reçois-moi tout entière en échange.

ROMÉO, *à Juliette, en élevant la voix.* — Je te prends au mot : donne-moi le nom de ton amant et j'abjure le mien. De ce moment, je cesse pour jamais de m'appeler Roméo.

JULIETTE, *surprise et confuse.* — Qui es-tu, toi qui, caché dans la nuit, viens surprendre mes secrets ?

ROMÉO. — Je ne sais par quel nom te répondre, et te faire connaître qui je suis : mon nom, cher ange, m'est odieux puisqu'il est haï de toi.

JULIETTE. — Mon oreille n'a pas encore entendu cent paroles prononcées par cette voix, et cependant j'en reconnais les sons : n'es-tu pas Roméo, un Montaigu ?

ROMÉO. — Je ne suis ni l'un, ni l'autre, bel ange, si tous les deux te sont odieux.

JULIETTE. — Dis-moi comment tu es entré dans ce jardin : ses murs sont élevés et presque inaccessibles. Quels sont tes desseins, étant ce que tu es ? Ce lieu sera celui de ta mort, si quelqu'un de mes parents vient à t'y surprendre.

ROMÉO. — C'est avec les ailes de l'amour que j'ai franchi la hauteur de ces murs : il n'est point de remparts capables d'arrêter l'amour ; et tout ce que l'amour peut tenter, l'amour l'ose ; tes parents ne sont point un obstacle pour moi.

JULIETTE. — S'ils te surprennent, ici, ils te tueront à mes yeux.

ROMÉO. — Hélas ! il y a bien plus de danger pour moi dans tes yeux, que dans vingt de leurs épées. Daigne adoucir ton regard, et je suis invulnérable à leur haine.

JULIETTE. — Je ne voudrais pas, pour le monde entier, qu'ils te vissent en ce lieu.

ROMÉO. — Je suis couvert du manteau de la nuit ; il me dérobe à leurs regards ; et pourvu que tu m'aimes, peu m'importe qu'ils me surprennent. Je serai bien plus heureux de finir ici ma vie sous les coups de leur haine, que de la prolonger sans ton amour.

JULIETTE. — Encore une fois, qui t'a servi de guide pour t'introduire dans ce jardin ?

ROMÉO. — L'amour. Il m'a prêté son génie, et je lui ai prêté mes yeux. Je n'ai point appris l'art du pilote ; mais fusses-tu au delà de ce vaste rivage, environnée de la plus vaste mer, je m'exposerais sur les flots pour conquérir un si rare trésor.

JULIETTE. — Sans ce voile des ténèbres qui couvre mon visage, tu verrais le rouge de la pudeur enflammer mes joues au souvenir du secret que tu m'as entendu confier à la nuit. Je voudrais bien avoir été moins franche. Oui, je voudrais, je voudrais pouvoir nier l'aveu qui m'est échappé. — Mais, loin de moi ces vains détours. M'aimes-tu ? Je sais que tu vas répondre *oui*, et je recevrai ton aveu avec joie... Mais ne fais point de serments ; ils ne t'empêcheraient pas de devenir perfide et Jupiter, dit-on, se rit des parjures des amants. Cher Roméo ! si tu m'aimes, déclare-le avec bonne foi. Peut-être trouves-tu que je me suis trop facilement rendue : eh bien, il m'est facile de prendre un front plus sévère, et de te répondre *non*, si ces formes te plaisent davantage ; mais, autrement, je ne rétracterai pas mon aveu pour tout l'univers. En vérité, beau Montaigu, je suis trop tendre, et tu pourrais craindre que ma conduite ne devînt légère. Mais, fie-toi à moi, noble jeune homme ; tu me trouveras plus fidèle que celles qui mettent plus d'art à paraître indifférentes. Oui, j'aurais dû être plus réservée, il faut que je l'avoue : mais l'aveu que tu as entendu par surprise, avant que je fusse sur mes gardes n'en est pas moins l'expression échappée à mon sincère amour : ainsi, pardonne-moi, c'est la nuit qui m'a trahie, qui t'a dévoilé mes sentiments ; ne juge donc pas sur ma trop facile défaite que mon amour deviendra léger.

ROMÉO. — Juliette, je prends à témoin cet astre sacré dont la lumière argente les cimes des arbres fruitiers.

JULIETTE. — Ah ! ne jure point par cet astre inconstant qui change tous les mois ; je craindrais que ton amour ne devînt inconstant comme lui.

ROMÉO. — Et par quel serment...

JULIETTE. — Ne fais point de serment ; ou si tu veux en faire, jure par ton aimable personne, par toi, qui es le dieu que j'idolâtre, et je te croirai.

ROMÉO. — Si jamais l'amour de mon cœur sincère...

JULIETTE. Arrête ! ne jure point encore. Ta présence me comble de joie, et cependant je ne sens point de joie à former ce contrat cette nuit ; il est trop téméraire, trop inconsidéré, trop soudain : rapide comme l'éclair, il s'évanouirait peut-être comme lui. Mon doux Roméo, retire-toi ; ce germe d'amour peut, avec le temps, éclore et mûrir pour notre première entrevue. Adieu, adieu. Que ton cœur goûte un sommeil aussi doux, un aussi doux repos que celui qui est dans le mien !

ROMÉO. — Oh ! me renverras-tu si peu satisfait ?

JULIETTE. — Quelle satisfaction veux-tu de plus ?

ROMÉO. — L'échange de ton fidèle amour contre le mien.

JULIETTE. — Je t'ai donné mon cœur avant même que tu l'aies demandé ; et je voudrais avoir encore à te le donner une seconde fois.

ROMÉO. — Voudrais-tu me le retirer ? et pourquoi le voudrais-tu, ma bien-aimée ?

JULIETTE. — Seulement pour te prouver ma sincérité, pour te le redonner encore ; mais je ne désire là qu'un bonheur dont je jouis déjà. Ma bienveillance pour toi est aussi vaste que la mer, mon amour est aussi inépuisable : plus je t'en donne, et plus il m'en reste, tous les deux sont infinis. J'entends du bruit dans la maison, cher amant, adieu ! *(La nourrice appelle Juliette en dedans de la maison.)* Tout à l'heure, bonne nourrice. Aimable Montaigu, sois fidèle. Demeure un moment encore, et je vais revenir.

ROMÉO. — O heureuse, heureuse nuit ! Je tremble que tout ceci ne soit qu'un songe : il est trop plein de douceur pour être réel.

(Juliette reparaît à la fenêtre.)

JULIETTE. — Trois mots encore, cher Roméo, et puis adieu, adieu ! Si les vues de ton amour sont honorables, si le mariage est ton but, réponds-moi demain matin par l'exprès que j'aurai soin de t'envoyer ; fais-moi savoir en quel lieu, en quel temps tu veux accomplir la cérémonie sainte, et j'irai mettre à tes pieds tous mes trésors, et je te suivrai, ô mon amant ! par tout l'univers.

UNE VOIX DANS L'INTÉRIEUR. — Madame !

JULIETTE. — J'y vais tout à l'heure. — Mais si tes desseins ne sont pas honnêtes, je te conjure...

LA MÊME VOIX. — Madame !

JULIETTE. — Dans l'instant j'y vais. De cesser tes poursuites et de me laisser à ma douleur. Demain matin, j'enverrai.

ROMÉO. — Que ma vie et mon bonheur...

JULIETTE. — Mille fois adieu.

(Elle disparaît.)

ROMÉO. — Oh ! mille fois malheureux d'être privé de ta présence ! L'amour vole vers l'amour avec l'ardeur dont le jeune écolier fuit ses livres : l'amour, en se séparant de l'amour, éprouve la tristesse du jeune écolier que rentraîne à l'étude son maître odieux.

JULIETTE *revient encore à la fenêtre.* — St ! st ! Roméo ! Roméo ! *(Elle l'appelle d'une voix étouffée.)* L'esclavage a la voix éteinte et timide ; il ne peut se faire entendre au loin. Je voudrais faire retentir les échos du nom de mon cher Roméo jusqu'à perdre l'haleine et la voix.

ROMÉO. — C'est ma bien-aimée qui m'appelle par mon nom ! Oh ! que les accents d'une amante sont doux et clairs dans le silence de la nuit ! De quelle musique délicieuse ils remplissent l'oreille !

JULIETTE. — Roméo !

ROMÉO. — Ma bien-aimée !

JULIETTE. — A quelle heure du matin enverrai-je vers toi ?

ROMÉO. — Sur les neuf heures.

JULIETTE. — Je n'y manquerai pas ; d'ici à ce moment, il y a vingt années... J'ai oublié pourquoi je t'ai rappelé.

ROMÉO. — Laisse-moi demeurer ici jusqu'à ce que tu t'en ressouviennes.

JULIETTE. — Je l'oublierais toujours tant que je te verrais près de moi, et ne songerais qu'au plaisir que me fait ta présence.

ROMÉO. — Et moi je veux rester avec toi pour te le faire toujours oublier, et je veux oublier ici tout l'univers.

JULIETTE. — Le jour est prêt à percer. Je voudrais que tu fusses parti, mais pas plus loin que de moi l'oiseau prisonnier d'un folâtre enfant : il le laisse traînant sa chaîne, voltiger à quelques pas de sa main, et soudain il secoue la tresse de soie et le force à revenir vers lui, tant son amour est ennemi de la liberté de l'oiseau qu'il aime !

ROMÉO. — Je voudrais être l'oiseau captif dans tes liens.

JULIETTE. — Et moi aussi je le voudrais, mon doux ami ; mais je t'étoufferais à force de caresses. Adieu, adieu. Oh ! dans cet adieu, il est tant de douceurs que je dirais et redirais *adieu*, jusqu'à ce que le matin vînt nous surprendre.

(Elle s'en va.)

Roméo. — Que le sommeil descende sur tes yeux et la paix dans ton cœur ! Je voudrais être le sommeil et la paix, pour reposer comme eux sur tes yeux et sur ton cœur.

Sonnet CLI

L'amour est trop jeune pour savoir ce qu'est la conscience ; cependant qui ne sait que la conscience est née de l'amour ? Ainsi donc, gentil juge, n'insiste pas sur mes erreurs, de peur que ta douce personne ne se trouve coupable des mêmes fautes car si tu me trahis, je livre la plus noble partie de moi-même à la trahison de mon corps grossier ; mon âme dit à mon corps qu'il peut triompher dans l'amour ; la chair n'attend pas d'autre raison, mais, se dressant à ton nom, elle te marque comme le prix de son triomphe. Orgueilleux de cette fière victoire, mon corps est content d'être ton pauvre esclave, de soutenir tes affaires, de tomber à tes côtés. Ne dis pas que c'est manquer de conscience si j'appelle bien-aimée celle dont le cher amour me soulève et me fait tomber.

Traduction E. Montégut.

JOHN DONNE
(1575-1631)

Va-t-il du sublime au cynique ou suit-il la voie inverse ? Pour ma part, je suis tenté de voir dans sa démarche poétique la conséquence d'un grave échec sentimental, qui l'aurait amené à un scepticisme complet envers l'amour, avant de le transformer en un homme d'Église au terme de cette évolution. (Il est mort doyen de la cathédrale de Saint-Paul à Londres.) Les poèmes qu'on connaît de lui en français ne présentent, en tout cas, nulle trace d'idée de péché. L'amour sublime y apparaît, mais il ne semble pas tout à fait dégagé de sa gangue, sans doute parce que John Donne n'a pas pu s'y livrer entièrement.

ŒUVRES (traduction française). — *Trente poèmes*, traduction Léon-Gabriel Gros, Charlot édit., Paris, s. d.

Le bonjour

Je me demande, ma parole, ce que toi et moi
Faisions avant de nous aimer ? N'étions-nous point sevrés jusque-là ?
Ou puérilement nourris en d'agrestes plaisirs ?
Ou ronflions-nous dans la caverne aux sept dormeurs ?
Certes, mais ces plaisirs n'étaient qu'imaginaires ;
S'il m'arriva jamais de voir une Beauté
Que je désirai et possédai, ce n'était que toi en rêve.

Et maintenant salut à nos âmes qui s'éveillent
Mais ne se guettent point l'une l'autre par crainte ;
L'amour régit l'amour de toute autre vision
Et rend universelle une chambre bornée.
Les découvreurs de mers aillent aux nouveaux mondes !
Laissons les portulans montrer mondes sur mondes ;
Ne possédons qu'un monde ; nous en avons tous un et en sommes un.

Mon visage dans ton regard, le tien dans le mien apparaît
Et la sincérité des cœurs simples dans les visages ;
Où pouvons-nous trouver deux meilleurs hémisphères
Sans âpre nord, sans soleil qui décline ?
Tout ce qui meurt ne fût également mêlé :
Si nos amours sont un, ou si toi et moi
Nous aimons si également que nous ne puissions faiblir, ni
toi ni moi ne pouvons mourir.

Traduction Léon-Gabriel Gros.

L'anniversaire

Tous les rois et leurs favoris,
Toute la gloire des honneurs, des belles femmes, des beaux
esprits,
Le soleil même qui règle le temps lorsque tout passe
Sont plus âgés d'un an qu'ils ne l'étaient,
Lorsque toi et moi nous vîmes pour la première fois.
Toute chose est en marche vers sa destruction,
Seul notre amour ignore le déclin ;
Il n'a ni lendemain, ni hier ;
En sa course il ne s'éloigne jamais de nous
Mais garde fidèlement son jour premier, dernier et éternel.

Deux tombes scelleront ton cadavre et le mien ;
Si cela était en notre pouvoir la mort ne serait point divorce,
Hélas ! comme les autres princes, nous
Qui étions princes l'un de l'autre,
Devrons finalement abandonner à la mort ces yeux, ces
oreilles,
Souvent nourris de sincères serments et de larmes douces-
amères ;
Mais les âmes où rien n'habite que l'Amour
(Toutes autres pensées n'étant que passagères) attesteront
alors
Que l'Amour peut grandir au-dessus de la terre,
Les corps vont au tombeau mais les âmes en sortent.

Nous jouirons alors de la béatitude ;
Notre sort maintenant est celui du commun ;
Ici sur terre nous sommes rois, et nul autre que nous
N'est pareillement roi, pareillement sujet.
Qui possède notre sécurité ? Là où nul ne peut
Nous trahir sinon l'un de nous.
Refrénons les craintes vraies ou fausses,
Aimons noblement, et vivons, et surajoutons
Les années aux années jusqu'à en écrire trois vingtaines :
Celle-ci est la seconde de notre Règne.

Traduction Léon-Gabriel Gros.

Les amants infinis

Si je n'ai pas encor ton amour tout entier,
Chérie, je ne l'aurai jamais, sans doute.
Je n'ai plus un soupir, je n'ai plus un geste,
Ni une larme qui n'ait déjà coulé,
Ni de trésor qui puisse t'acheter,
Larmes ni soupirs, serments ni lettres éperdues ;
Rien de plus ne me fut donné,
Que tu ne m'aies solennellement promis,
Et si ton amour partagé
M'était en partie destiné, pour incomber à d'autres,
Chérie, je ne t'aurais pas tout entière.

Ou si vraiment tu m'avais tout donné,
Ce n'était tout qu'à cet instant précis ;
Mais si dans ton cœur pouvait naître
Un autre amour par d'autres engendré,
Par d'autres encor neufs, aux larmes non taries,
Qui, en soupirs, serments et larmes me surpassent,
Cet autre amour t'apporterait la crainte,
Car jamais il ne fut promis.
Et pourtant il le fut, car ton don est total ;
Le sol qui est ton cœur et sa moindre moisson
Sont à moi seul, et la récolte mienne.

Mais je ne veux pas encor tout,
Car celui qui a tout ne peut en avoir plus,
Et puisque mon amour grandit avec les jours,
Il te faudrait d'autres dons en réserve ;
Tu ne peux chaque jour me donner ton cœur,
Et si tu ne le peux, l'as-tu jamais donné ?
L'amour est une énigme, et quand ton cœur s'en va,
Il reste, et tu le sauves en le perdant.
Un seul moyen nous reste encor :
Au lieu d'échanger nos cœurs, joignons-les.
Alors nous serons un, et l'un pour l'autre Tout.

(Inédit.)
Traduction Robert Benayoun.

FRANÇOIS MAYNARD
(1583-1646)

A peine terminées ses études de droit, François Maynard devenait en 1605, secrétaire de l'épouse divorcée d'Henri IV, Marguerite de Valois. On le voit alors fréquenter les tavernes en compagnie des poètes de l'époque. Il écrit des poésies satiriques et libertines, de nombreuses épigrammes et aborde tous les genres. Il devait détruire une grande partie de son œuvre libertine et satirique dans les dernières années de sa vie alors que, veuf, il espérait épouser en secondes noces une femme qu'il aimait depuis sa jeunesse. C'est pour elle qu'il composa, en 1643, *La Belle vieille.*

ŒUVRES. — *Poésies.*

La belle vieille

Cloris, que dans mon cœur j'ai si souvent servie
Et que ma passion montre à tout l'Univers,
Ne veux-tu pas changer le destin de ma vie,
Et donner de beaux jours à mes derniers hivers !

N'oppose plus ton deuil au bonheur où j'aspire,
Ton Visage est-il fait pour demeurer voilé ?
Sors de ta nuit funèbre, et permets que j'admire
Les divines clartés des Yeux qui m'ont brûlé.

Où s'enfuit ta Prudence acquise et naturelle ?
Qu'est-ce que ton Esprit a fait de sa vigueur ?
La folle vanité de paraître fidèle
Aux cendres d'un Jaloux, m'expose à ta rigueur.

Eusses-tu fait le vœu d'un éternel veuvage
Pour l'honneur du Mari que ton lit a perdu,
Et trouvé des Césars dans ton haut parentage,
Ton amour est un bien qui m'est justement dû,

Qu'on a vu revenir de malheurs et de joies !
Qu'on a vu trébucher de peuples et de Rois !
Qu'on a pleuré d'Hectors ! Qu'on a brûlé de Troies,
Depuis que mon courage a fléchi sous tes Lois !

Ce n'est pas d'aujourd'hui que je suis ta Conquête :
Huit Lustres ont suivi le jour que tu me pris ;
Et j'ai fidèlement aimé ta belle tête
Sous des cheveux châtains, et sous des cheveux gris.

C'est de tes jeunes yeux que mon ardeur est née ;
C'est de leurs premiers traits que je fus abattu :
Mais, tant que tu brûlas du flambeau d'Hyménée,
Mon Amour se cacha pour plaire à ta Vertu.

Je sais de quel respect il faut que je t'honore,
Et mes ressentiments ne l'ont pas violé.
Si quelquefois j'ai dit le soin qui me dévore,
C'est à des Confidents qui n'ont jamais parlé.

Pour adoucir l'aigreur des peines que j'endure,
Je me plains aux Rochers et demande conseil
A ces vieilles Forêts, dont l'épaisse verdure
Fait de si belles nuits en dépit du Soleil.

L'Ame pleine d'Amour et de Mélancolie,
Et couché sur des Fleurs et sous des Orangers,
J'ai montré ma blessure aux deux Mers d'Italie,
Et fait dire ton nom aux Échos étrangers.

Ce Fleuve impérieux à qui tout fit hommage,
Et dont Neptune même endura le mépris,
A su qu'en mon esprit j'adorais ton Image,
Au lieu de chercher Rome en ces vastes débris.

Cloris, la passion que mon cœur t'a jurée
Ne trouve point d'exemple aux siècles les plus vieux.
Amour et la Nature admirent la durée
Du feu de mes désirs, et du feu de tes Yeux.

La Beauté, qui te suit depuis ton premier âge,
Au déclin de tes jours ne veut pas te laisser ;
Et le temps orgueilleux d'avoir fait ton visage,
En conserve l'éclat, et craint de l'effacer.

Regarde sans frayeur la fin de toutes choses.
Consulte le Miroir avec des yeux contents,
On ne voit point tomber ni tes lys, ni tes roses ;
Et l'hiver de ta vie est ton second printemps.

Pour moi, je cède aux ans ; et ma tête chenue
M'apprend qu'il faut quitter les hommes et le jour.
Mon sang se refroidit. Ma force diminue ;
Et je serais sans feu, si j'étais sans Amour.

C'est dans peu de matins que je croîtrai le nombre
De ceux à qui la Parque a ravi la clarté.
O ! Qu'on oïra souvent les plaintes de mon Ombre
Accuser tes mépris de m'avoir maltraité.

Que feras-tu, Cloris, pour honorer ma cendre ?
Pourras-tu sans regret ouïr parler de moi ?
Et le Mort, que tu plains, te pourra-t-il défendre
De blâmer ta rigueur et de louer ma foi ?

Si je voyais la fin de l'âge qui te reste,
Ma raison tomberait sous l'excès de mon deuil :
Je pleurerais sans cesse un malheur si funeste,
Et ferais, jour et nuit, l'Amour à ton cercueil.

JOHN FORD
(1586-1640)

A vingt ans, John Ford publiait un pamphlet, *Honor Triumphant*, qui se réclame de l'amour courtois le plus traditionnel. Il y défendait les thèses suivantes « 1. Les chevaliers au service des dames n'ont pas de libre-vouloir ; 2. la Beauté est le soutien du courage ; 3. une jolie dame n'est jamais infidèle ; 4. les parfaits amants sont toujours sages. » Il est symptomatique que le juriste John Ford ait abandonné ses idées juvéniles sur l'amour pour défendre la passion qui ne se connaît plus aucune digue. *Dommage qu'elle soit une prostituée* montre, en effet, un amour partagé qui ne craint pas de violer le tabou de l'inceste, ce qui conduit les amants à leur perte. Il n'était pas possible d'aller plus loin et de présenter en des termes plus audacieux les droits illimités de l'amour sublime.

ŒUVRES (traductions françaises). — *Annabella ('t is pity she's a whore)*, traduction Maurice Maeterlinck, Ollendorff, Paris, 1895 ; *Le cœur brisé* (en collaboration avec J. Webster), Hetzel, Paris, 1865 ; *Dommage qu'elle soit une prostituée,* suivi de *Le sacrifice d'amour,* traduction G. Pillement, Renaissance du Livre, Paris, s. d.

Dommage qu'elle soit une prostituée

ACTE PREMIER, scène III
(fragment)

ANNABELLA. — Frère !

GIOVANNI, *à part.* — Si une telle chose que le courage réside dans l'homme, vous, pouvoirs du ciel, doublez maintenant tout ce qui est vertu dans ma langue !

ANNABELLA. — Mon frère, ne voulez-vous pas me parler ?

GIOVANNI. — Oui ; comment allez-vous, ma sœur ?

ANNABELLA. — Quelle que soit ma santé, il me semble que la vôtre n'est pas bonne.

PUTANA. — Dieu nous bénisse ! Pourquoi êtes-vous si triste, messire ?

GIOVANNI. — Je vous en prie, laissez-nous un moment, Putana. Ma sœur, je voudrais vous parler en particulier.

ANNABELLA. — Retire-toi, Putana.

PUTANA. — Bien. *(A part.)* Si c'était quelqu'un d'autre que son frère, je pourrais penser que mon absence serait un service important... Mais, eux, je peux les laisser ensemble. *(Elle sort.)*

GIOVANNI. — Venez, ma sœur, donnez-moi votre main. Promenons-nous ensemble. J'espère que vous n'avez pas à rougir de vous promener avec moi ; il n'y a ici que vous et moi.

ANNABELLA. — Que voulez-vous dire ?

GIOVANNI. — En vérité, je ne pense rien de mal.

ANNABELLA. — De mal ?

GIOVANNI. — Non, en vérité. Comment allez-vous ?

ANNABELLA, *à part.* — J'espère qu'il n'est pas fou. *(Haut.)* Je vais bien, mon frère.

GIOVANNI. — Croyez-moi, je suis malade, et je crois bien que je suis si malade que j'en perdrai la vie.

ANNABELLA. — Que la miséricorde divine nous en préserve ! Il n'en est rien, j'espère.

GIOVANNI. — Je crois que vous m'aimez, ma sœur.

ANNABELLA. — Oui, vous le savez bien.

GIOVANNI. — C'est vrai, je le sais. Vous êtes très belle.

ANNABELLA. — Allons, je vois que vous avez la maladie gaie.

GIOVANNI. — C'est ce qu'on verra. J'ai lu que les poètes prétendent que Junon dépassait du front toutes les autres déesses ; mais je jurerais que votre front dépasse le sien comme le sien dépassait le leur.

ANNABELLA. — En vérité, voilà qui est joli !

GIOVANNI. — Tes yeux, tels une paire d'étoiles s'ils rayonnaient doucement, donneraient comme le feu de Prométhée la vie aux pierres insensibles.

ANNABELLA. — Fi donc !

GIOVANNI. — Le lis et la rose se disputent dans une lutte agréablement étrange les fossettes de vos joues. De telles lèvres tenteraient un saint ; des mains comme celles-ci rendraient lascif un anachorète.

ANNABELLA. — Me flattez-vous ou vous moquez-vous de moi ?

GIOVANNI. — Si vous voulez voir une beauté plus parfaite que celle que l'art peut imiter ou que la nature peut créer, regardez-vous dans votre miroir, et là, contemplez-vous vous-même.

ANNABELLA. — Quel aimable jeune homme vous faites !

GIOVANNI, *lui offrant son poignard.* — Prends !

ANNABELLA. — Pourquoi faire ?

GIOVANNI. — Voici ma poitrine, frappe ! déchire mon sein ; là, tu contempleras un cœur dans lequel est écrite la vérité dont je te parle. Qu'attends-tu ?

ANNABELLA. — Êtes-vous sérieux ?

GIOVANNI. — Oui, le plus qu'on peut l'être. Vous ne pouvez aimer ?

ANNABELLA. — Qui ?

GIOVANNI. — Moi. Mon âme torturée a ressenti l'affliction dans l'ardeur de la mort. O ! Annabella, je suis tout à fait perdu ! Mon amour pour toi, ma sœur, et la vue de ton immortelle beauté ont rompu toute l'harmonie de mon repos et de ma vie. Pourquoi ne frappes-tu pas ?

ANNABELLA. — Que m'en préservent mes justes craintes ! Si c'était vrai, il serait préférable que je fusse morte !

GIOVANNI. — Vrai, Annabella ? Ce n'est pas l'heure de railler ! J'ai trop longtemps contenu les flammes secrètes qui m'ont presque consumé : j'ai passé de nombreuses nuits silencieuses en soupirs et en gémissements ; j'ai parcouru toutes mes pensées, j'ai détesté mon destin, j'ai raisonné contre les raisons de mon amour, j'ai fait tout ce que la vertu aux joues lisses pouvait me conseiller ; mais tout me fut inutile. C'est ma destinée que vous m'aimiez ou que je meure.

ANNABELLA. — Dites-vous cela sincèrement ?

GIOVANNI. — Que le malheur me frappe à l'instant si je dissimule quelque chose !

ANNABELLA. — Vous êtes mon frère, Giovanni.

GIOVANNI. — Vous ma sœur, Annabella. Je le sais, et je pourrais vous donner comme raison que nous devons d'autant plus nous aimer pour cela ; et vous dire que c'est pour cela que la sage nature en vous créant vous a déjà faite mienne. Autrement, c'eût été péché et folie en ne mettant qu'une seule beauté dans une âme double. Les liens de la naissance et du sang nous persuadent de resserrer les liens de l'affection. J'ai demandé conseil à la sainte Église qui m'a dit que je puis vous aimer. Il est donc juste que, puisque je le puis, je le veuille ; et je le veux. Dois-je maintenant vivre ou mourir ?

ANNABELLA. — Vivre ; tu as vaincu sans combattre : ce que tu me demandes mon cœur captif l'avait depuis longtemps résolu. Je rougis de te le dire, mais je te le dirai maintenant, pour chaque soupir que tu as poussé, j'en ai poussé dix ; pour chaque larme, j'en ai versé vingt ; et tout cela n'était pas tant parce que je t'aimais que parce que je n'osais pas dire que je t'aimais, ni osais à peine le penser.

GIOVANNI. — Que cette musique ne soit pas un rêve, ô dieux, par pitié, je vous en conjure !

ANNABELLA *(elle s'agenouille)*. — A genoux, mon frère, par les cendres de notre mère, je vous conjure de ne pas me sacrifier à votre divertissement ou à votre haine : aimez-moi ou tuez-moi, mon frère.

GIOVANNI *(il s'agenouille)*. — A genoux, ma sœur, par les cendres de ma mère, je vous conjure de ne pas me sacrifier à votre divertissement ou à votre haine : aimez-moi ou tuez-moi, ma sœur.

ANNABELLA. — Je le jure.

GIOVANNI. — Et moi aussi, je le jure par ce baiser *(il l'embrasse)* et par cet autre, et par cet autre encore. Maintenant, levons-nous. *(Ils se lèvent.)* Par celui-ci, je ne voudrais pas changer cette minute pour le paradis, que ferons-nous maintenant ?

ANNABELLA. — Ce que vous voudrez.

GIOVANNI. — Venez, alors. Après tant de larmes versées, apprenons à nous fêter de sourires, à nous embrasser, et dormir. *(Exeunt.)*

ACTE V, scène v
(fragment)

ANNABELLA. — Mon frère, mon cher frère, sache ce que j'ai été, et sache qu'il n'y a plus maintenant que le temps d'un festin entre nous et notre ruine : ne gaspillons pas ces heures précieuses en propos vains et inutiles. Hélas, ces fastueux vêtements, je ne les ai pas revêtus sans quelque but ;

cette soudaine et solennelle fête n'a pas été donnée pour le seul plaisir de faire des excès de dépense, et moi, qui étais emprisonnée seule ici, séparée de ma gouvernante et de tous, ce n'est pas sans raison qu'on m'a libérée un moment pour te donner libre accès auprès de moi. Ne vous y trompez pas, mon frère, ce banquet est le signe annonciateur de notre mort à vous et à moi ; n'en doutez pas, et soyez préparé à la bien recevoir.

GIOVANNI. — C'est bien, alors, les hommes d'école nous apprennent que tout ce globe de terre sera réduit en cendres en une minute.

ANNABELLA. — Je l'ai lu aussi.

GIOVANNI. — Mais ne serait-ce pas une chose bien étrange que de voir les eaux brûler. Si je pouvais croire cela, je pourrais tout aussi bien croire qu'il y a un ciel et un enfer.

ANNABELLA. — Cela est une chose plus certaine.

GIOVANNI. — Un rêve, un rêve ! Alors dans l'autre monde nous nous connaîtrions l'un l'autre.

ANNABELLA. — Il en sera ainsi.

GIOVANNI. — Vous l'avez entendu dire ?

ANNABELLA. — J'en suis certaine.

GIOVANNI. — Mais croyez-vous que je vous y verrai ? Vous me regardez. Pourrons-nous nous embrasser, parler ou rire, ou faire ce que nous faisons ici ?

ANNABELLA. — Je ne sais pas. Mais, mon frère, pour le moment, comment croyez-vous échapper à ce danger ? Pensez à quelque moyen d'y échapper, je suis sûre que les invités sont arrivés.

GIOVANNI. — Regardez, regardez ici, que voyez-vous sur mon visage ?

ANNABELLA. — De l'égarement et une conscience troublée.

GIOVANNI. — La mort et une colère gémissante... Mais regardez, que voyez-vous dans mes yeux ?

ANNABELLA. — Je crois que vous pleurez.

GIOVANNI. — C'est vrai, je pleure, ce sont des larmes funéraires que je verse sur votre tombe. Ce sont les mêmes qui sillonnaient mes jours quand d'abord je t'aimais et ne savais pas comment te dire mon amour. Belle Annabella, si je vous rappelais ici l'histoire de ma vie ce serait perdre notre temps. O vous, tous les esprits de l'air et toutes les autres choses qui existent, souvenez-vous que le jour et la nuit, le matin et le soir, le tribut que mon cœur a payé à l'amour sacré d'Annabella, c'étaient ces larmes, ces mêmes larmes qui pleurent sur elle maintenant. Fallait-il que jamais jusqu'à présent, Nature se fût si bien surpassée en montrant au monde une beauté sans pareille, pour qu'en un instant, à peine vue, les Destinées jalouses la réclament. Priez, Annabella, priez ! Puisque nous devons nous séparer, va-t'en, blanche dans ton âme, occuper au ciel un trône d'innocence et de sainteté. Priez, priez, ma sœur !

ANNABELLA. — Je vois votre projet maintenant... Vous mes anges bénis, protégez-moi !

GIOVANNI. — Et moi de même. Embrassez-moi. Si jamais les temps futurs entendent parler de nos affections si fortement enlacées, bien que peut-être les lois de la conscience et de la coutume puissent justement nous blâmer, peut-être que lorsqu'ils sauront ce que fut notre amour, cet amour effacera toute l'horreur que l'on ressent pour d'autres incestes. Donnez-moi votre main, comme la vie coule doucement dans ces veines bien colorées ! Comme ces paumes promettaient une bonne santé ! Mais je pourrais me quereller avec la nature pour cette adroite flatterie. Embrassez-moi encore... pardonnez-moi.

ANNABELLA. — De tout mon cœur.

GIOVANNI. — Adieu !

ANNABELLA. — Vous partez ?

GIOVANNI. — Obscurcis-toi, brillant soleil de cet après-midi, fais la nuit afin que tes rayons dorés ne puissent pas contempler un acte qui rendra leur splendeur plus sombre que celle que les poètes donnent au Styx ! Un autre baiser, ma sœur.

ANNABELLA. — Que veux-tu faire ?

GIOVANNI. — Sauver ton honneur et te tuer dans un baiser. *(Il la poignarde.)* Meurs et meurs par moi et par ma main ! La vengeance est mienne, l'honneur commande à l'amour.

ANNABELLA. — O mon frère, par votre main !

GIOVANNI. — Quand tu seras morte, je dirai mes raisons. Car s'il fallait te contredire, même dans la mort, ô ma beauté parfaite, cela me ferait hésiter dans l'accomplissement de cet acte dont je suis si fier.

ANNABELLA. — Ciel, pardonnez-lui, et à moi mes péchés. Adieu, frère cruel, cruel. Pitié, ô grand ciel ! Oh ! Oh ! *(Elle meurt.)*

GIOVANNI. — Elle est morte, hélas, la pauvre âme ! Le fruit malheureux qui dans son ventre reçut de moi la vie a eu de moi un berceau et une tombe. Je ne dois pas tarder. Ce triste lit nuptial l'a portée, vivante et morte, dans tout ce qu'il y avait de meilleur en elle. Soranzo, tu as manqué ton but en ceci. Je viens de devancer ton action en tuant un amour pour chaque goutte de sang duquel j'aurais mis mon cœur en gage. Belle Annabella, comme tu es plus que glorieuse dans tes blessures, comme tu triomphes de l'infamie et de la haine ! N'hésite pas, main courageuse, lève-toi, mon cœur, et hardiment joue ton dernier et ton plus grand rôle !

Traduction Georges Pillement.

LA RELIGIEUSE PORTUGAISE

(XVIIe siècle)

Rarement l'amour sublime a été exprimé avec autant d'intensité que chez Maria Alcaforado, cette religieuse du couvent de Béja qui s'éprit de Noël Bouton de Chamilly, alors officier du corps expéditionnaire que Louis XIV avait envoyé, au sud du Portugal, combattre l'armée espagnole. Devenu maréchal de France, ce gentilhomme était aux yeux de Saint-Simon, « un grand et gros homme, le plus brave et le plus plein d'honneur, mais si bête et si lourd... » qu'il s'étonnait : « A le voir et l'entendre, on n'aurait jamais pu se persuader qu'il eût inspiré un amour aussi démesuré. » Il était d'ailleurs fort loin de répondre à cette passion, pour lui simple aventure galante. Il semble qu'elle ne connaissait pas plus le français que lui le portugais, en sorte qu'ils ne pouvaient avoir l'un de l'autre qu'un aperçu des plus sommaires. Sans doute, entre 1665 et 1668, alors qu'il campait à Béja, avait-il une prestance qui avait séduit la jeune nonne et suppléait à d'autres qualités. Il n'en est pas moins vrai que la passion de Maria Alcaforado atteint les plus hauts sommets, bien qu'elle ne conserve aucune illusion quant à l'avenir de son amour.

ŒUVRES. — Nombreuses éditions des *Lettres de la Religieuse portugaise*, depuis 1669.

Lettres de la religieuse portugaise

TROISIÈME LETTRE

Qu'est-ce que je deviendrai et qu'est-ce que vous voulez que je fasse ? Je me trouve bien éloignée de tout ce que j'avais prévu : j'espérais que vous m'écririez de tous les endroits où vous passeriez, et que vos lettres seraient fort longues ; que vous soutiendriez ma passion par l'espérance de vous revoir, qu'une entière confiance en votre fidélité me donnerait quelque sorte de repos, et que je demeurerais cependant dans un état assez supportable sans d'extrêmes douleurs. J'avais même pensé à quelques faibles projets de faire tous les efforts, dont je serais capable, pour me guérir, si je pouvais connaître bien certainement que vous m'eussiez tout à fait oubliée : votre éloignement, quelques mouvements de dévotion, la crainte de ruiner entièrement le reste de ma santé par tant de veilles et par tant d'inquiétudes, le peu d'apparence de votre retour, la froideur de votre passion et de vos derniers adieux, votre départ, fondé sur d'assez méchants prétextes, et mille autres raisons, qui ne sont que trop bonnes et que trop inutiles, semblaient me promettre un secours assez assuré, s'il me devenait nécessaire : n'ayant enfin à combattre que contre moi-même, je ne pouvais jamais me défier de toutes mes faiblesses, ni appréhender tout ce que je souffre aujourd'hui. Hélas ! que je suis à plaindre, de ne partager pas mes douleurs avec vous, et d'être toute seule malheureuse. Cette pensée me tue, et je meurs de frayeur, que vous n'ayez jamais été extrêmement sensible à tous nos plaisirs : oui, je connais présentement la mauvaise foi de tous vos mouvements : vous m'avez trahie toutes les fois que vous m'avez dit que vous étiez ravi d'être seul avec moi ; je ne dois qu'à mes importunités vos empressements et vos transports : vous aviez fait de sens froid un dessein de m'enflammer, vous n'avez regardé ma passion que comme une victoire, et votre cœur n'en a jamais été profondément touché. N'êtes-vous pas bien malheureux, et n'avez-vous pas bien peu de délicatesse, de n'avoir su profiter qu'en cette matière de mes emportements ? Et comment est-il possible qu'avec tant d'amour je n'ai pu vous rendre tout à fait heureux ? Je regrette pour l'amour de vous seulement les plaisirs infinis que vous avez perdus : faut-il que vous n'ayez pas voulu en jouir ? Ah ! si vous les connaissiez, vous trouveriez sans doute qu'ils sont plus sensibles que celui de m'avoir abusée, vous auriez éprouvé qu'on est beaucoup plus heureux et qu'on sent quelque chose de bien plus touchant quand on aime violemment que lorsqu'on est aimé. Je ne sais, ni ce que je suis, ni ce que je fais, ni ce que je désire. Je suis déchirée par mille mouvements contraires : Peut-on s'imaginer un état si déplorable ? Je vous aime éperdument, et je vous ménage assez pour n'oser, peut-être, souhaiter que vous soyez agité des mêmes transports : je me tuerais, ou je mourrais de douleur sans me tuer, si j'étais assurée que vous n'avez jamais aucun repos, que votre vie n'est que trouble, et qu'agitation, que vous pleurez sans cesse, et que tout vous est odieux ; je ne puis suffire à mes maux, comment pourrais-je supporter la douleur que me donneraient les vôtres, qui me seraient mille fois plus sensibles ? Cependant je ne puis aussi me résoudre à désirer que vous ne pensiez point à moi ; et à vous parler sincèrement, je suis jalouse avec fureur de tout ce qui vous donne de la joie, et qui touche votre cœur, et votre goût en France. Je ne sais pourquoi je vous écris, je vois bien que vous aurez seulement pitié de moi, et ne veux point de votre pitié ; j'ai bien du dépit contre moi-même, quand je fais réflexion sur tout ce que je vous ai sacrifié : j'ai perdu ma réputation, je me suis exposée à la fureur de mes parents, à la sévérité des lois de ce pays contre les religieuses, et à votre ingratitude, qui me paraît le plus grand de tous les malheurs : cependant, je sens bien que mes remords ne sont pas véritables, que je voudrais du meilleur de mon cœur avoir couru pour l'amour de vous de plus grands dangers, et que j'ai un plaisir funeste d'avoir hasardé ma vie et mon honneur. Tout ce que j'ai de plus précieux, ne devait-il pas être en votre disposition ? Et ne dois-je pas être bien aise de l'avoir employé, comme j'ai fait ? Il me semble même que je ne suis guère contente ni de mes douleurs, ni de l'excès de mon amour, quoique je ne puisse, hélas ! me flatter assez pour être contente de vous. Je vis, infidèle que je suis, et je fais autant de choses pour conserver ma vie, que pour la perdre. Ah ! j'en meurs de honte : mon désespoir n'est donc que dans mes lettres ? Si je vous aimais autant que je vous l'ai dit mille fois, ne serais-je pas morte, il y a longtemps ? Je vous ai trompé, c'est à vous à vous plaindre de moi : Hélas ! pourquoi ne vous en plaignez-vous pas ? Je vous ai vu partir, je ne puis espérer de vous voir jamais de retour, et je respire cependant. Je vous ai trahi, je vous en demande pardon : mais ne me l'accordez pas. Traitez-moi sévèrement. Ne trouvez point que mes sentiments soient assez violents. Soyez plus difficile à contenter ! Mandez-moi que vous voulez que je meure d'amour pour vous ! Et je vous conjure de me donner ce secours, afin que je surmonte la faiblesse de mon sexe, et que finissent toutes mes irrésolutions par un véritable désespoir ; une fin tragique vous obligerait sans doute à penser souvent à moi, ma mémoire vous serait chère, et vous seriez, peut-être, sensiblement touché d'une mort extraordinaire ; ne vaut-elle pas mieux que l'état où vous m'avez réduite ?

Adieu, je voudrais bien ne vous avoir jamais vu. Ah ! je sens vivement la fausseté de ce sentiment, et je connais, dans le moment que je vous écris, que j'aime bien mieux être malheureuse en vous aimant que de ne vous avoir jamais vu : je consens donc sans murmure à ma mauvaise destinée puisque vous n'avez pas voulu la rendre meilleure. Adieu, promettez-moi de me regretter tendrement si je meurs de douleur ; et qu'au moins la violence de ma passion vous donne du dégoût et de l'éloignement pour toutes choses : cette consolation me suffira, et s'il faut que je vous abandonne pour toujours, je voudrais bien ne vous laisser pas à une autre. Ne seriez-vous pas bien cruel de vous servir de mon désespoir, pour vous rendre plus aimable, et pour faire voir que vous avez donné la plus grande passion du monde ? Adieu encore une fois, je vous écris ces lettres trop longues, je n'ai pas assez d'égards pour vous, je vous en demande pardon, et j'ose espérer que vous aurez quelque indulgence pour une pauvre insensée, qui ne l'était pas, comme vous savez, avant qu'elle vous aimât. Adieu, il me semble que je vous parle trop souvent de l'état insupportable où je suis ; cependant je vous remercie dans le fond de mon cœur du désespoir que vous me causez ; et je déteste la tranquillité où j'ai vécu avant que je vous connusse. Adieu, ma passion augmente à chaque moment. Ah ! que j'ai de choses à vous dire !

Quatrième lettre

Votre lieutenant vient de me dire, qu'une tempête vous a obligé de relâcher au royaume d'Algarve : je crains que vous n'ayez beaucoup souffert sur la mer, et cette appréhension m'a tellement occupée, que je n'ai plus pensé à tous mes maux. Êtes-vous bien persuadé que votre lieutenant prenne plus de part que moi à tout ce qui vous arrive ? Pourquoi en est-il mieux informé, et enfin pourquoi ne m'avez-vous point écrit ? Je suis bien malheureuse, si vous n'en avez trouvé aucune occasion depuis votre départ ! et je le suis bien davantage, si vous en avez trouvé sans m'écrire : votre injustice et votre ingratitude sont extrêmes : mais je serais au désespoir si elles vous attiraient quelque malheur, et j'aime beaucoup mieux qu'elles demeurent sans punition, que si j'en étais vengée ; je résiste à toutes les apparences qui me devraient persuader que vous ne m'aimez guère, et je sens bien plus de disposition à m'abandonner aveuglément à ma passion, qu'aux raisons que vous me donnez de me plaindre de votre peu de soin : que vous m'auriez épargné d'inquiétudes si votre procédé eût été aussi languissant les premiers jours que je vous vis, qu'il m'a paru depuis quelque temps ! mais qui n'aurait été abusée, comme moi, par tant d'empressements, et à qui n'eussent-ils pas paru sincères ? Qu'on a de peine à se résoudre à soupçonner longtemps la bonne foi de ceux qu'on aime ! Je sais bien que la moindre excuse vous suffit, et sans que vous preniez le soin de m'en faire, l'amour que j'ai pour vous, vous sert si fidèlement que je ne puis consentir à vous trouver coupable, que pour jouir du sensible plaisir de vous justifier moi-même. Vous m'avez consommée par vos assiduités, vous m'avez enflammée par vos transports, vous m'avez charmée par vos complaisances, vous m'avez assurée par vos serments, mon inclination violente m'a séduite, et les suites de ces commencements si agréables et si heureux, ne sont que des larmes, que des soupirs, et qu'une mort funeste, sans que je puisse y porter aucun remède. Il est vrai que j'ai eu des plaisirs bien surprenants en vous aimant : mais ils me coûtent d'étranges douleurs, et tous les mouvements que vous me causez sont extrêmes. Si j'avais résisté avec opiniâtreté à votre amour, si je vous avais donné quelque sujet de chagrin, et de jalousie, pour vous enflammer davantage, si vous aviez remarqué quelque ménagement artificieux dans ma conduite, si j'avais enfin voulu opposer ma raison à l'inclination naturelle que j'ai pour vous, dont vous me fîtes bientôt apercevoir (quoique mes efforts eussent été sans doute inutiles), vous pourriez me punir sévèrement, et vous servir de votre pouvoir : mais vous me parûtes aimable, avant que vous m'eussiez dit que vous m'aimiez ; vous me témoignâtes une grande passion, j'en fus ravie, et je m'abandonnai à vous aimer éperdument. Vous n'étiez point aveuglé comme moi, pourquoi avez-vous donc souffert que je devinsse en l'état où je me trouve ? Qu'est-ce que vous vouliez faire de tous mes emportements, qui ne pouvaient vous être que très importuns ? Vous saviez bien que vous ne seriez pas toujours en Portugal, et pourquoi m'y avez-vous voulu choisir pour me rendre si malheureuse ? Vous eussiez trouvé sans doute en ce pays quelque femme qui eût été plus belle, avec laquelle vous eussiez eu autant de plaisirs, puisque vous n'en cherchiez que de grossiers, qui vous eût fidèlement aimé aussi longtemps qu'elle vous eût vu, que le temps eût pu consoler de votre absence, et que vous auriez pu quitter sans perfidie et sans cruauté : ce procédé est bien plus d'un tyran, attaché à persécuter, que d'un amant qui ne doit penser qu'à plaire ? Hélas ! pourquoi exercez-vous tant de rigueur sur un cœur qui est à vous ? Je sais bien que vous êtes aussi facile à vous laisser persuader contre moi, que je l'ai été à me laisser persuader en votre faveur ; j'aurais résisté sans avoir besoin de tout mon amour, et sans m'apercevoir que j'eusse rien fait d'extraordinaire, à de plus grandes raisons que ne peuvent être celles qui vous ont obligé à me quitter : elles m'eussent paru bien faibles, et il n'y en a point qui eussent jamais pu m'arracher d'auprès de vous ; mais vous avez voulu profiter des prétextes que vous avez trouvés de retourner en France ; un vaisseau partait, que ne le laissiez-vous partir ? Votre famille vous avait écrit, ne savez-vous pas toutes les persécutions que j'ai souffertes de la mienne ? Votre honneur vous engageait à m'abandonner ; ai-je pris quelque soin du mien ? Vous étiez obligé d'aller servir votre roi ; si tout ce qu'on dit de lui est vrai, il n'a aucun besoin de votre secours, et il vous aurait excusé.

J'eusse été trop heureuse, si nous avions passé notre vie ensemble : mais puisqu'il fallait qu'une absence cruelle nous séparât, il me semble que je dois être bien aise de n'avoir pas été infidèle, et que je ne voudrais pas pour toutes les choses du monde, avoir commis une action aussi noire : Quoi ? vous avez connu le fond de mon cœur et de ma tendresse, et vous avez pu vous résoudre à me laisser pour jamais et à m'exposer aux frayeurs que je dois avoir, que vous ne vous souvenez plus de moi que pour me sacrifier à une nouvelle passion ? Je sais bien que je vous aime comme une folle ; cependant je ne me plains point de toute la violence des mouvements de mon cœur, je m'accoutume à ses persécutions, et je ne pourrais vivre sans un plaisir, que je découvre, et dont je jouis en vous aimant au milieu de mille douleurs : mais je suis sans cesse persécutée avec un extrême désagrément par la haine, et par le dégoût que j'ai pour toutes choses ; ma famille, mes amis et ce couvent me sont insupportables ; tout ce que je suis obligée de voir, et tout ce qu'il faut que je fasse de toute nécessité m'est odieux : je suis si jalouse de ma passion, qu'il me semble que toutes mes actions et que tous mes devoirs vous regardent : Oui, je fais quelque scrupule si je n'emploie tous les moments de ma vie pour vous ; que ferais-je, hélas ! sans tant de haine, et sans tant d'amour qui remplissent mon cœur ? Pourrais-je survivre à ce qui m'occupe incessamment, pour mener une vie tranquille et languissante ? Ce vide et cette insensibilité ne peuvent me convenir. Tout le monde s'est aperçu du changement entier de mon humeur, de mes manières, de ma personne ; ma mère m'en a parlé avec aigreur, et ensuite avec quelque bonté ; je ne sais ce que je lui ai répondu, il me semble que je lui ai tout avoué. Les religieuses les plus sévères ont pitié de l'état où je suis ; il leur donne même quelque considération, et quelque ménagement pour moi ; tout le monde est touché de mon amour ; et vous demeurez dans une profonde indifférence, sans m'écrire, que des lettres froides, pleines de redites, la moitié du papier n'est pas remplie, et il paraît grossièrement que vous mourez d'envie de les avoir achevées. Dona Brites me persécuta ces jours passés pour me faire sortir de ma chambre, et croyant me divertir, elle me mena promener sur le balcon, d'où l'on voit Mertola ; je la suivis, et je fus aussitôt frappée d'un souvenir cruel, qui me fit pleurer tout le reste du jour : elle me ramena, et je me jetai sur mon lit, où je fis mille réflexions sur le peu d'apparence que je vois de guérir jamais. Ce qu'on fait pour me soulager, aigrit ma douleur, et je retrouve dans les remèdes mêmes des raisons particulières de m'affliger ; je vous ai vu souvent passer en ce lieu avec un air qui me charmait, et j'étais sur ce balcon le jour fatal que je commençai à sentir les premiers effets de ma passion malheureuse ; il me sembla que vous vouliez me plaire, quoique vous ne me connussiez pas : Je me persuadai que vous m'aviez remarquée entre toutes celles qui étaient avec moi, je m'imaginai que lorsque vous vous arrêtiez, vous étiez bien aise que je vous visse mieux, et j'admirai votre adresse, lorsque vous poussiez votre cheval ; j'étais surprise de quelque frayeur, lorsque vous le faisiez passer dans un endroit difficile : enfin je m'intéressai secrètement à toutes vos actions, je sentais bien que vous ne m'étiez point indifférent, et je prenais pour moi tout ce que vous faisiez. Vous ne connaissiez que trop les suites de ces commencements, et quoique je n'aie rien à ménager, je ne dois pas vous les écrire, de crainte de vous rendre plus coupable, s'il est possible, que vous ne l'êtes, et d'avoir à me reprocher tant d'efforts inutiles pour vous obliger à m'être fidèle. Vous ne le serez point : Puis-je espérer de mes lettres et de mes reproches ce que mon amour et mon abandonnement n'ont pu sur votre ingratitude ? Je suis trop assurée de mon malheur, votre procédé injuste ne me laisse pas la moindre raison d'en douter, et je dois tout appréhender, puisque vous m'avez abandonnée. N'aurez-vous de charmes que pour moi et ne paraîtrez-vous pas agréable à d'autres yeux ? Je crois que je ne serai pas fâchée que les sentiments des autres justifient les miens en quelque façon, et je voudrais que toutes les femmes de France vous trouvassent aimable, qu'aucune ne vous aimât, et qu'aucune ne vous plût : ce projet est ridicule et impossible : néanmoins j'ai assez éprouvé que vous n'êtes guère capable d'un grand entêtement et que vous pourrez bien m'oublier sans aucun secours et sans y être contraint par une nouvelle passion : peut-être voudrais-je que vous eussiez quelque prétexte raisonnable : il est vrai que je serais plus malheureuse, mais vous ne seriez pas si coupable : Je vois bien que vous demeurerez en France sans de grands plaisirs, avec une entière liberté ; la fatigue d'un long voyage, quelque petite bienséance, et la crainte de ne répondre pas à mes transports vous retiennent : Ah ! ne m'appréhendez point. Je me contenterai de vous voir de temps en temps et de savoir seulement que nous sommes en même lieu : mais je me flatte, peut-être, et vous serez plus touché de la rigueur et de la sévérité d'une autre, que vous ne l'avez été de mes faveurs ; est-il possible que vous serez enflammé par de mauvais traitements ? Mais avant que de vous engager dans une grande passion, pensez bien à l'excès de mes douleurs, à l'incertitude de mes projets, à la diversité de mes mouvements, à l'extravagance de mes lettres, à mes confiances, à mes désespoirs, à mes souhaits, à ma jalousie. Ah ! vous allez vous rendre malheureux ; je vous conjure de profiter de l'état où je suis, et qu'au moins ce que je souffre pour vous, ne vous soit pas inutile. Vous me fîtes, il y a cinq ou six mois, une fâcheuse confidence, et vous m'avouâtes de trop bonne foi que vous aviez aimé une dame en votre pays :

si elle vous empêche de revenir mandez-le-moi sans ménagement, afin que je ne languisse plus. Quelque reste d'espérance me soutient encore, et je serai bien aise (si elle ne doit avoir aucune suite) de la perdre tout à fait, et de me perdre, moi-même ; envoyez-moi son portrait avec quelqu'une de ses lettres. Et écrivez-moi tout ce qu'elle vous dit ; j'y trouverais, peut-être, des raisons de me consoler ou de m'affliger davantage ; je ne puis demeurer plus longtemps dans l'état où je suis, et il n'y a point de changement qui ne me soit favorable. Je voudrais aussi avoir le portrait de votre frère et de votre belle-sœur : tout ce qui vous est quelque chose m'est fort cher, et je suis entièrement dévouée à tout ce qui vous touche : je ne me suis laissé aucune disposition de moi-même ; il y a des moments où il me semble que j'aurais assez de soumissions pour servir celle que vous aimez ; vos mauvais traitements et vos mépris m'ont tellement abattue que je n'ose quelquefois penser seulement, qu'il me semble que je pourrais être jalouse sans vous déplaire, et que je crois avoir le plus grand tort du monde de vous faire des reproches : je suis souvent convaincue, que je ne dois point vous faire voir avec fureur comme je fais, des sentiments que vous désavouez. Il y a longtemps qu'un officier attend votre lettre ; j'avais résolu de l'écrire d'une manière à vous la faire recevoir sans dégoût : mais elle est trop extravagante, il faut la finir. Hélas ! il n'est pas en mon pouvoir de m'y résoudre, il me semble que je vous parle, quand je vous écris, et que vous m'êtes un peu plus présent. La première ne sera pas si longue ni si importune, vous pourrez l'ouvrir, la lire, sur l'assurance que je vous donne ; il est vrai que je ne dois point vous parler d'une passion qui vous déplaît et je ne vous en parlerai plus. Il y aura un an dans peu de jours que je m'abandonnai toute à vous sans ménagement : votre passion me paraissait fort ardente et fort sincère et je n'eusse jamais pensé que mes faveurs vous eussent assez rebuté pour vous obliger à faire cinq cents lieues, et à vous exposer à des naufrages pour vous en éloigner ; personne ne m'était redevable d'un pareil traitement ; vous pouvez vous souvenir de ma pudeur, de ma confusion et de mon désordre, mais vous ne vous souvenez pas de ce qui vous engagerait à m'aimer malgré vous. L'officier, qui doit vous porter cette lettre, me mande pour la quatrième fois, qu'il veut partir. Qu'il est pressant ! Il abandonne sans doute quelque malheureuse en ce pays. Adieu, j'ai plus de peine à finir ma lettre que vous n'en avez eu à me quitter, peut-être pour toujours. Adieu, je n'ose vous donner mille noms de tendresse, ni m'abandonner sans contrainte à tous mes mouvements : je vous aime mille fois plus que ma vie, et mille fois plus que je ne pense ; que vous m'êtes dur ! que vous m'êtes cruel ! vous ne m'écrivez point, et je n'ai pu m'empêcher de vous dire encore cela ; je vais recommencer, et l'officier partira ; qu'importe ! qu'il parte, j'écris plus pour moi que pour vous : je ne cherche qu'à me soulager ; aussi bien la longueur de ma lettre vous fera peur, vous ne la lirez point, qu'est-ce que j'ai fait pour être si malheureuse ? Et pourquoi avez-vous empoisonné ma vie ? Que ne suis-je née en un autre pays ? Adieu, pardonnez-moi. Je n'ose plus vous prier de m'aimer, voyez où mon destin m'a réduite. Adieu.

MADAME DE LA FAYETTE
(1634-1693)

Le principal ouvrage de Mme de La Fayette présente un cas de conscience où l'amour divin et l'amour humain s'opposent. Cette précieuse, habituée de l'hôtel de Rambouillet, avait d'abord subi l'influence de La Rochefoucauld, dont elle disait : « Il m'a donné de l'esprit, mais j'ai contribué à réformer son cœur. » Il semble qu'à l'époque où elle composait *La princesse de Clèves* elle était déjà séduite par la prédication de Port-Royal dont elle devait plus tard suivre l'enseignement, si bien qu'un prêtre de cette abbaye l'assistait à ses derniers moments. Ainsi déterminée, Mme de La Fayette ne pouvait pas résoudre autrement qu'au profit de l'amour divin le conflit entre celui-ci et l'amour sublime.

ŒUVRES. — *La princesse de Montpensier, La princesse de Clèves, La comtesse de Tende, Mémoire de la Cour de France, Histoire d'Henriette d'Angleterre, Mort de Mme Henriette.*

La princesse de Clèves
(fragment)

— Pardonnerez-vous à monsieur de Chartres, Madame lui dit-il, de m'avoir donné l'occasion de vous voir et de vous entretenir, que vous m'avez toujours si cruellement ôtée ?

— Je ne lui dois pas pardonner, répondit-elle, d'avoir oublié l'état où je suis, et à quoi il expose ma réputation.

En prononçant ces mots elle voulut s'en aller ; et M. de Nemours, la retenant :

— Ne craignez rien, Madame, répliqua-t-il, personne ne sait que je suis ici, et aucun hasard n'est à craindre. Écoutez-moi, Madame, écoutez-moi ; si ce n'est par bonté, que ce soit du moins pour l'amour de vous-même, et pour vous délivrer des extravagances où m'emporterait infailliblement une passion dont je ne suis plus le maître.

Mme de Clèves céda pour la première fois au penchant

qu'elle avait pour M. de Nemours, et, le regardant avec des yeux pleins de douceur et de charmes :

— Mais, qu'espérez-vous, lui dit-elle de la complaisance que vous me demandez ? Vous vous repentirez peut-être de l'avoir obtenue, et je me repentirai infailliblement de vous l'avoir accordée. Vous méritez une destinée plus heureuse que celle que vous avez eue jusqu'ici, et que celle que vous pouvez trouver à l'avenir, à moins que vous ne la cherchiez ailleurs !

— Moi, Madame, lui dit-il, chercher du bonheur ailleurs ! Et y en a-t-il d'autre que d'être aimé de vous ? Quoique je ne vous aie jamais parlé, je ne saurais croire, Madame, que vous ignoriez ma passion, et que vous ne la connaissiez que pour la plus véritable et la plus violente qui sera jamais. A quelle épreuve a-t-elle été par des choses qui vous sont inconnues ? Et à quelle épreuve l'avez-vous mise par vos rigueurs ?

— Puisque vous voulez que je vous parle, et que je m'y résous, répondit Mme de Clèves en s'asseyant, je le ferai avec une sincérité que vous trouverez malaisément dans les personnes de mon sexe. Je ne vous dirai point que je n'ai pas vu l'attachement que vous avez eu pour moi ; peut-être ne me croiriez-vous pas quand je le dirais. Je vous avoue donc, non seulement que je l'ai vu, mais que je l'ai vu tel que vous pouvez souhaiter qu'il m'ait paru.

— Et si vous l'avez vu, Madame, interrompit-il, est-il possible que vous n'en ayez point été touchée ? Et oserais-je vous demander s'il n'a fait aucune impression sur votre cœur ?

— Vous avez dû en juger par ma conduite, lui répliqua-t-elle ; mais je voudrais bien savoir ce que vous en avez pensé.

— Il faudrait que je fusse dans un état plus heureux pour vous l'oser dire, répondit-il ; et ma destinée a trop peu de rapport à ce que je vous dirais. Tout ce que je puis vous apprendre, Madame, c'est que j'ai souhaité ardemment que vous n'eussiez pas avoué à monsieur de Clèves ce que vous me cachiez, et que vous lui eussiez caché ce que vous m'eussiez laissé voir.

— Comment avez-vous pu découvrir, reprit-elle en rougissant, que j'ai avoué quelque chose à monsieur de Clèves ?

— Je l'ai su par vous-même, Madame, répondit-il ; mais, pour me pardonner la hardiesse que j'ai eue de vous écouter, souvenez-vous que si j'ai abusé de ce que j'ai entendu, si mes espérances en ont augmenté, et si j'ai eu plus de hardiesse à vous parler.

Il commença à lui conter comment il avait entendu sa conversation avec M. de Clèves ; mais elle l'interrompit avant qu'il eût achevé.

— Ne m'en dites pas davantage, lui dit-elle ; je vous présenterai par où vous avez été si bien instruit. Vous ne me le parûtes déjà que trop chez madame la Dauphine, qui avait su cette aventure par ceux à qui vous l'aviez confiée.

M. de Nemours lui apprit alors de quelle sorte la chose était arrivée.

— Ne vous excusez point, reprit-elle ; il y a longtemps que je vous ai pardonné, sans que vous m'ayez dit de raison. Mais, puisque vous avez appris par moi-même ce que j'avais eu dessein de vous cacher toute ma vie, je vous avoue que vous m'avez inspiré des sentiments qui m'étaient inconnus devant que de vous avoir vu, et dont j'avais même si peu d'idée qu'ils me donnèrent d'abord une surprise qui augmentait encore le trouble qui les suit toujours. Je vous fais cet aveu avec moins de honte, parce que je le fais dans un temps où je le puis faire sans crime, et que vous avez vu que ma conduite n'a pas été réglée par mes sentiments.

— Croyez-vous, Madame, lui dit M. de Nemours en se jetant à ses genoux, que je n'expire pas à vos pieds de joie et de transport ?

— Je ne vous apprends, lui répondit-elle en souriant, que ce que vous ne saviez déjà que trop.

— Ah ! Madame, répliqua-t-il, quelle différence que de le savoir par un effet du hasard, ou de l'apprendre par vous-même, et de voir que vous voulez bien que je le sache !

— Il est vrai, lui dit-elle, que je veux bien que vous le sachiez, et que je trouve de la douceur à vous le dire. Je ne sais même si je ne vous le dis point plus pour l'amour de moi que pour l'amour de vous. Car enfin cet aveu n'aura point de suite, et je suivrai les règles austères que mon devoir m'impose.

JEAN RACINE
(1639-1699)

Éduqué à Port-Royal-des-Champs, par Nicole, Lancelot, Hamon, Le Maistre, etc., qui lui donnèrent une éducation chrétienne imprégnée d'antiquité classique, Jean Racine semblait plus préparé à une vie religieuse qu'à celle d'auteur de tragédies. Il avait composé, à vingt et un ans, une ode pour le mariage du roi, mais il ne s'orienta définitivement vers le théâtre qu'en 1664, malgré l'opposition conjuguée de sa famille et de ses maîtres. S'étant cru, quelques années plus tard, visé par une phrase de Nicole qui considérait qu'un « poète de théâtre est un empoisonneur non des corps mais des âmes », il rompit avec lui et Port-Royal. Dans les dix années suivantes, il composa ses tragédies les plus célèbres, dont la dernière est *Phèdre*. Il abandonna ensuite le théâtre, autant à cause des attaques dont il était l'objet que par scrupule religieux, et se réconcilia avec ses anciens professeurs, puis se maria. Il revint cependant au théâtre, douze ans plus tard, mais pour y faire représenter des tragédies sacrées.

ŒUVRES. — *La nymphe de la Seine* (1660), *La Thébaïde* (1664), *Alexandre le Grand* (1665), *Andromaque* (1667), *Les Plaideurs* (1668), *Britannicus* (1669), *Bérénice* (1670), *Bajazet* (1672), *Mithridate* (1673), *Iphigénie* (1674), *Phèdre* (1677), *Esther* (1689), *Athalie* (1691).

Phèdre

Acte premier, scène III
(fragment)

PHÈDRE

Ariane, ma sœur ! de quel amour blessée
Vous mourûtes aux bords où vous fûtes laissée !

ŒNONE

Que faites-vous, madame ? et quel mortel ennui
Contre tout votre sang vous anime aujourd'hui ?

PHÈDRE

Puisque Vénus le veut, de ce sang déplorable
Je péris la dernière et la plus misérable.

ŒNONE

Aimez-vous ?

PHÈDRE

De l'amour j'ai toutes les fureurs.

ŒNONE

Pour qui ?

PHÈDRE

Tu vas ouïr le comble des horreurs.
J'aime... A ce nom fatal, je tremble, je frissonne,
J'aime...

ŒNONE

Qui ?

PHÈDRE

Tu connais ce fils de l'Amazone,
Ce prince si longtemps par moi-même opprimé...

ŒNONE

Hippolyte ? Grands dieux !

PHÈDRE

C'est toi qui l'as nommé !

ŒNONE

Juste ciel ! tout mon sang dans mes veines se glace !
O désespoir ! ô crime ! ô déplorable race !
Voyage infortuné ! Rivage malheureux,
Fallait-il approcher de tes bords dangereux ?

PHÈDRE

Mon mal vient de plus loin. A peine au fils d'Égée
Sous les lois de l'hymen je m'étais engagée,
Mon repos, mon bonheur semblait être affermi ;
Athènes me montra mon superbe ennemi :
Je le vis, je rougis, je pâlis à sa vue ;
Un trouble s'éleva dans mon âme éperdue ;
Mes yeux ne voyaient plus, je ne pouvais parler ;
Je sentis tout mon corps et transir et brûler,

Je reconnus Vénus et ses feux redoutables,
D'un sang qu'elle poursuit tourments inévitables.
Par des vœux assidus je crus les détourner.
Je lui bâtis un temple, et pris soin de l'orner ;
De victimes moi-même à toute heure entourée,
Je cherchais dans leurs flancs ma raison égarée ;
D'un incurable amour remèdes impuissants !
En vain sur les autels ma main brûlait l'encens :
Quand ma bouche implorait le nom de la déesse,
J'adorais Hippolyte ; et, le voyant sans cesse,
Même au pied des autels que je faisais fumer,
J'offrais tout à ce dieu que je n'osais nommer.
Je l'évitais partout. O comble de misère !
Mes yeux le retrouvaient dans les traits de son père.
Contre moi-même enfin j'osai me révolter ;
J'excitai mon courage à le persécuter.
Pour bannir l'ennemi dont j'étais idolâtre,
J'affectai les chagrins d'une injuste marâtre ;
Je pressai son exil ; et mes cris éternels
L'arrachèrent du sein et des bras paternels.
Je respirais, Œnone ; et, depuis son absence,
Mes jours moins agités coulaient dans l'innocence :
Soumise à mon époux, et cachant mes ennuis,
De son fatal hymen je cultivais les fruits.
Vaines précautions ! Cruelle destinée !
Par mon époux lui-même à Trézène amenée,
J'ai revu l'ennemi que j'avais éloigné :
Ma blessure trop vive aussitôt a saigné.
Ce n'est plus une ardeur dans mes veines cachée ;
C'est Vénus tout entière à sa proie attachée.
J'ai conçu pour mon crime une juste terreur ;
J'ai pris la vie en haine, et ma flamme en horreur ;
Je voulais en mourant prendre soin de ma gloire,
Et dérober au jour une flamme si noire :
Je n'ai pu soutenir tes larmes, tes combats ;
Je t'ai tout avoué ; je ne m'en repens pas,
Pourvu que de ma mort respectant les approches,
Tu ne m'affliges plus par d'injustes reproches,
Et que tes vains secours cessent de rappeler
Un reste de chaleur tout prêt à s'exhaler.

JULIE DE LESPINASSE
(1732-1776)

Cette fille naturelle de la comtesse d'Albon ne connut de la famille que les vexations réservées aux enfants illégitimes et, à la mort de sa mère, ses demi-frères la dépouillèrent de sa part d'héritage. Par bonheur, son esprit lui valut, à vingt ans, d'être remarquée par Mme du Deffand qui la prit sous sa protection. Elle devint familière des Encyclopédistes. D'Alembert trace son portrait : « On voit que la douleur... vous a *nourrie*... vous êtes persuadée qu'on ne peut être heureux que par les passions et vous en connaissez trop les dangers pour vous y livrer. » Mais d'Alembert se trompait. Les lettres de Mlle de Lespinasse à M. de Mora d'abord, puis à M. de Guibert montrent au contraire qu'elle s'abandonnait tout entière aux mouvements de son cœur. Pourtant ce M. de Guibert ne répondit que du bout des lèvres à son amour. Jules Sandeau le dépeint comme un « hypocrite » avec « toutes les lâchetés de l'ambition » et déclare qu'il se fit ouvrir par elle les portes des salons à la mode, puis en profita pour faire un riche mariage. Elle lui écrivit cependant jusqu'à son dernier jour.

ŒUVRES. — *Lettres*, 1809.

Lettre LVI

Lundi, 3 octobre 1774.

Ah ! mon ami, que j'ai mal à l'âme ! je n'ai plus de mots, je n'ai plus que des cris. J'ai lu, j'ai relu, je lirai cent fois votre lettre. Ah ! mon ami, que de biens et de maux réunis ! quel plaisir mêlé à la plus cruelle amertume ! Cette lecture a augmenté et redoublé toutes les agitations de mon cœur : je ne puis plus me calmer. Vous avez ravi et déchiré mon âme tour à tour ; jamais je ne vous ai trouvé plus aimable, plus digne d'être aimé ; et jamais je n'ai été pénétrée d'une douleur plus profonde, plus aiguë, plus amère, par le souvenir de M. de Mora. Oui, j'en mourrais : mon cœur était opprimé, j'étais dans l'égarement de la nuit dernière ; un état aussi violent doit m'anéantir ou me rendre folle. Hélas ! je ne

crains ni l'un ni l'autre : si je vous aimais moins, si mes regrets m'étaient moins chers, avec quel délire, avec quel transport je me délivrerais de la vie qui m'accable ! Ah ! jamais, jamais aucune créature n'a vécu dans cette torture et ce désespoir. Mon ami, nous faisons du poison du seul bien qui soit dans la nature, du seul bien que les hommes n'ont pu ni gâter ni corrompre. Tout le monde est apprécié et payé par l'argent ; la considération, le bonheur, l'amitié, la vertu même, tout cela est acheté, payé, jugé au poids de l'or : il n'y a qu'une seule chose qui soit au-dessus de l'opinion, qui soit restée sans tache comme le soleil et qui en ait la chaleur, qui vivifie l'âme, qui l'éclaire, qui la soutient, qui la rend plus forte, plus grande. Ah ! mon ami, ai-je besoin de nommer ce présent de la nature ? mais quand il ne fait pas le bonheur de l'âme qu'il remplit, il faut mourir. Oh ! oui, il fallait mourir, j'en avais besoin, j'y cédais : que vous avez été cruel ! Eh ? que vouliez-vous faire des jours que vous sauviez ? les remplir de trouble et de larmes ! ajouter au malheur le plus affreux tourment du remords ! me faire détester tous les instants de ma vie ! et cependant m'y lier par un intérêt qui dévore mon cœur, qui, vingt fois par jour, se présente à ma pensée comme un crime ! Ah ! mon Dieu ! je suis coupable, et le Ciel m'est témoin que rien ne fut plus cher à mon cœur que la vertu ; et ce n'est pas vous qui m'avez égarée ! Quoi ! vous croyez que c'est moi *seule* qui me suis précipitée dans l'abîme ? je ne puis donc vous imputer ni mes fautes ni mon malheur. Ah ! j'ai voulu les expier, j'ai vu le terme de mes maux ; en vous haïssant, j'étais plus forte que la mort. Par quelle fatalité, pourquoi vous ai-je retrouvé ! pourquoi la crainte que j'ai eue que vous ne fussiez malade a-t-elle amolli mon âme ? Enfin, pourquoi me déchirez-vous et me consolez-vous tout à la fois ? pourquoi ce mélange funeste de plaisir et de douleur, de baume et de poison ? Tout cela agit avec trop de violence sur une âme que la passion et le malheur ont exaltée ; tout cela achève de détruire une machine épuisée par la maladie et le manque de sommeil. Hélas ! je vous le disais, dans l'excès de mes maux : je ne sais si c'est vous ou la mort que j'implore ; c'est par vous ou par elle que je dois être soulagée, ou guérie pour jamais : toute la nature ne peut plus rien pour moi. Hélas ! me reste-t-il un vœu, un désir, un regret, une pensée dont vous et M. de Mora ne soyez l'objet ? Mon ami, j'ai cru mon âme éteinte ; je vous le disais, et je trouvais de la douceur dans le repos. Mais, mon Dieu ! que cette disposition était fugitive ! elle ne tenait qu'à l'effet de l'opium prolongé. Eh bien, je retrouverai la raison, ou je la perdrai tout à fait : mais dites-moi, comment est-il possible que je ne vous aie pas dit que je crains le retour de la fièvre ; que j'espère avoir de vos nouvelles aujourd'hui, puisque la poste arrive ? Si je n'en ai pas, je ne vous accuserai point, mais je souffrirai jusqu'à mercredi. Adieu, mon ami. Votre bonté, votre douceur, votre vérité, ont pénétré mon cœur de tendresse et de sensibilité.

Lettre CLXXX (dernière)

Quatre heures, 1776.

Vous êtes trop bon, trop aimable, mon ami. Vous voudriez ranimer, soutenir une âme qui succombe enfin sous le poids et la durée de la douleur. Je sens tout le prix de votre sentiment ; mais je ne le mérite plus. Il a été un temps où être aimée de vous ne m'aurait rien laissé à désirer. Hélas ! peut-être cela eût-il éteint mes regrets, ou du moins en aurait adouci l'amertume ; j'aurais voulu vivre. Aujourd'hui, je ne veux plus que mourir. Il n'y a point de dédommagement, point d'adoucissement à la perte que j'ai faite ; il n'y fallait pas survivre. Voilà, mon ami, le seul sentiment d'amertume que je trouve dans mon âme contre vous. Je voudrais bien savoir votre sort, je voudrais bien que vous fussiez heureux. — J'ai reçu votre lettre à une heure ; j'avais une fièvre ardente. Je ne puis vous exprimer ce qu'il m'a fallu de peine et de temps pour la lire : je ne voulais pas différer jusqu'à aujourd'hui, et cela me donnait presque le délire. — J'attends de vos nouvelles ce soir. Adieu, mon ami. Si jamais je revenais à la vie, j'aimerais encore à l'employer à vous aimer ; mais il n'y a plus de temps.

WOLFGANG GŒTHE
(1749-1832)

Plus que toutes ses œuvres antérieures, ce fut *Werther* qui, en 1774, assura d'un seul coup la célébrité de Gœthe. Il avait composé cet ouvrage en quatre semaines, au printemps de cette même année, à partir d'événements de sa propre vie. Gœthe venait, en effet, d'éprouver un échec sentimental complet auprès d'une Charlotte fiancée à un homme dont il était devenu l'ami. L'essentiel du roman provient directement de la vie réelle : la rencontre de Charlotte et de Werther à un bal de campagne n'a pas été imaginée, pas plus que la plupart des situations exposées dans le roman. Les différences capitales entre la réalité et la fiction résident dans le fait que Charlotte ne répondit jamais à l'amour de Gœthe et que celui-ci ne mit pas fin à ses jours. C'est le caractère quasi autobiographique de cette œuvre qui lui conféra son pouvoir de suggestion. A l'époque celui-ci fut si grand que *Werther* est à l'origine de la révolution de la sensibilité dont l'Allemagne fut alors le théâtre et qui prépara l'avènement de la génération romantique du début du XIXᵉ siècle.

ŒUVRES (traductions françaises). — *Gœtz de Berlichingen, Werther, Stella, Prométhée, Satyros, Mahomet, les Dieux, les Héros et Wieland, Egmont, Iphigénie en Tauride, Torquato Tasso, Hermann et Dorothée, Pandora, Campagne de France, le Siège de Mayence, les Affinités électives, les Caprices de l'amant, les Complices, Clavigo, Frère et sœur, le Triomphe de la sensualité, le grand Cophte, le Citoyen général, les Révoltés, la Fille naturelle, la Gageure, Faust, le second Faust, la Vocation théâtrale de Wilhelm Meister, Confessions d'une belle âme, les années d'apprentissage de Wilhelm Meister, Poésies, Élégies romaines, Divan occidental-oriental,* etc.

Werther

Dans l'excès de son désespoir, il se jeta aux pieds de Charlotte, saisit sa main, la pressa sur ses yeux, contre son front : à l'instant, un pressentiment de son affreux projet se glissa dans l'âme de Charlotte ; ses sens se troublèrent, elle lui prit la main, la serra contre son sein, et dans sa douloureuse émotion, se pencha vers lui. Leurs joues brûlantes se touchèrent, le monde disparut à leurs yeux. Il l'entoura de ses bras, la pressa sur son cœur, et couvrit ses lèvres tremblantes, balbutiantes, de baisers furieux. « Werther ! lui disait-elle, d'une voix étouffée, Werther ! » et d'une faible main elle repoussait mollement sa poitrine collée sur la sienne : « Werther ! » s'écria-t-elle enfin du ton imposant qui exprime le plus noble sentiment. Il ne résista point, la laissa échapper de ses bras, et tomba comme hors de lui à ses pieds. Elle s'élança vers la porte, et dans le trouble le plus violent, tremblante d'amour et de colère, elle lui dit : « C'est la dernière fois, Werther ! vous ne me reverrez plus ! » — Elle s'arrêta un instant, jeta un regard plein d'amour sur l'infortuné, et courut s'enfermer dans une pièce voisine. Werther tendit les bras vers elle, et ne chercha pas à la retenir. Il était à terre, la tête appuyée sur le canapé, et il resta plus d'une demi-heure dans cette position, jusqu'à ce qu'un bruit qu'il entendit le rappelât à lui-même. C'était une servante qui venait mettre le couvert. Il se releva, marcha çà et là dans la chambre, et se revoyant seul, il alla à la porte du cabinet, et dit à voix basse : « Charlotte ! Charlotte ! un mot, encore un seul mot ! adieu ! » — Elle ne répondit pas. Il attendit, supplia, et attendit encore. Alors il s'arracha de cette porte, en criant : « Adieu ! Charlotte ! adieu pour jamais ! »

Il vint à la porte de la ville. Les gardiens accoutumés à le voir, le laissèrent passer sans rien dire. Il soufflait un vent très froid, accompagné de pluie et de neige. Onze heures sonnaient quand il rentra. Son domestique remarqua qu'il n'avait point de chapeau. Il n'osa lui en parler, et le déshabilla : tous ses vêtements étaient trempés d'eau. On retrouva depuis le chapeau sur un rocher escarpé, qui plonge du haut de la colline dans la vallée. Il est inconcevable qu'il ait pu, sans se précipiter, le gravir dans une nuit obscure et humide.

Il se coucha, et dormit longtemps. Le domestique le trouva écrivant, lorsque sur sa demande, il lui apporta son café le lendemain. Il achevait le passage suivant de sa lettre à Charlotte :

« Pour la dernière fois, pour la dernière fois j'ouvre les yeux. Hélas ! ils ne verront plus le soleil ; un jour sombre et nébuleux le tient caché. Oui, prends le deuil, nature ! ton fils, ton ami, ton amant s'approche de sa fin. Charlotte ! c'est un sentiment sans égal ! Quoi cependant de plus semblable aux illusions d'un songe, que de se dire : voici ton dernier jour. Le dernier ! Charlotte, ce mot n'a point de sens pour moi ! Le dernier ! Ne suis-je point là dans toute ma force ? et demain je serai étendu sans mouvement sur la terre. Mourir ! Qu'est-ce que mourir ? Ah ! nous rêvons quand nous parlons de la mort. J'ai vu plusieurs êtres mourir ; mais telles sont les limites de l'humanité, que les principes et la fin de son existence sont pour elle des mystères. Actuellement encore, je suis à moi, à toi ! à toi ! ô ma bien-aimée ! et dans un instant — séparés, arrachés l'un à l'autre, peut-être pour toujours ! — Non, Charlotte, non. — Comment puis-je être anéanti ? Comment peux-tu cesser d'être ? Nous sommes, nous existons. — Néant ! — Qu'est-ce encore ? un vain mot ! un son vide, qui ne dit rien à mon cœur ! La Mort ! — Être descendu au sein de la terre, réduit à un espace si étroit, si ténébreux ! — J'avais une parente, qui était tout pour moi dans l'abandon de ma jeunesse. Elle mourut, je suivis son convoi funèbre. J'étais sur le bord de la fosse, quand on y descendit le cercueil ; j'entendis le roulement des cordes que l'on lâchait et retirait ; je vis jeter la première pelletée de terre, j'entendis le cercueil rendre un bruit sourd, et toujours plus sourd, jusqu'à ce qu'enfin il fût recouvert : Je tombai à genoux près de la tombe. — J'étais oppressé, ébranlé, déchiré jusque dans le fond de mon âme, mais j'ignorais ce qui se passait en moi — ce qui se passera en moi. — Mort ! tombeau ! mots effrayants, je ne vous comprends pas !

» Oh ! pardonne, pardonne-moi ! Hier ! pourquoi cela n'a-t-il pas été le dernier moment de ma vie ! O créature angélique ! pour la première fois, oui, je ne puis en douter, pour la première fois, j'ai senti dans tout mon être un transport délicieux, un céleste enthousiasme : elle m'aime ! elle m'aime ! il brûle encore sur mes lèvres, ce feu sacré qui coulait des tiennes ; un nouveau délire se rallume dans mon cœur. Pardonne ! pardonne-moi !

» Ah ! je le savais, Charlotte, que tu m'aimais ; je l'ai su dès le premier regard où ton âme se peignit, dès la première fois que ta main se trouva dans la mienne. Et cependant, quand je te quittais, quand je voyais Albert à tes côtés, je retombais dans le tourment du doute, mon sang bouillonnait.

» Te rappelles-tu ces fleurs que tu m'envoyas après cette fatale assemblée où tu ne pus me dire un mot, où tu ne pus me donner ta douce main ? Oh ! j'ai passé la moitié de la nuit à genoux devant elles ; elles me répondaient de ton amour. Mais, hélas ! ces impressions se sont évanouies, comme dans l'âme du croyant, s'efface peu à peu le sentiment de la grâce, que son Dieu avait versée sur lui en signes sacrés et visibles.

» Tout cela est périssable ; mais l'éternité même ne saurait éteindre cette flamme vivifiante que j'ai recueillie sur tes lèvres, que je sens circuler dans mes veines ! Elle m'aime ! ces bras l'ont enveloppée, ces lèvres ont frémi sur ses lèvres, cette bouche a bégayé sur sa bouche. Elle est à moi ! tu es à moi ! oui, ma Charlotte, à moi pour toujours.

» Et que m'importe, à moi, qu'Albert soit ton époux ? — Ton époux ? — Mais ce n'est que pour ce monde : pour ce monde seul, c'est un péché de t'aimer, de vouloir t'arracher de ses bras pour te serrer dans les miens ! Un péché ? eh bien ! je m'en punis : je l'ai savouré dans toutes ses célestes délices, ce péché ; j'ai avidement aspiré ce baume de force et de vie, j'en ai abreuvé mon cœur. De ce moment tu es à moi ! à moi, ô Charlotte ! Je marche devant, je vais à mon père, à ton père. Il entendra mes plaintes, il me consolera jusqu'à ce que tu viennes. Alors je vole au-devant de toi, je te saisis, et en présence de l'Être Infini nous confondrons nos existences dans un embrasement éternel !

» Je ne rêve point, je ne délire point. Aux portes du tombeau, le jour me luit plus clair et plus serein ! Nous serons, nous nous reverrons ! Ta mère ! je vais la voir, je vais la joindre ; oui, je vais épancher tout mon cœur dans le sien ! Ta mère, ta parfaite image ! »

BENJAMIN CONSTANT DE REBECQUE
(1767-1830)

« Jusqu'à vingt-sept ans, Benjamin Constant n'a aimé que des prostituées ou des femmes âgées », nous apprend Paul Rival, dès la première ligne de son introduction au *Journal intime* de l'auteur d'*Adolphe*. A cet âge, il rencontre Germaine de Staël « aux yeux puissants, à la lourde encolure », comme dit encore et si curieusement le même biographe. Leur liaison, qui devait durer de longues années, connut d'innombrables orages. Il avait déjà tenté de rompre avec elle, — mais elle savait toujours le reprendre même au prix de scènes odieuses — lorsqu'il composa *Adolphe*, vers la fin de 1806. Dans cet ouvrage, la part autobiographique est considérable (il dit lui-même qu'il n'écrit pas « d'imagination »), bien que Mme de Staël ne se soit pas reconnue sous les traits d'Ellénore. Le roman de Benjamin Constant, en dépit de son ambiguïté, ne permet pas de douter de l'attrait que l'amour sublime exerçait sur lui, bien que son éducation, ses habitudes et sa liaison même lui en rendissent l'accès impossible.

ŒUVRES. — *Wallstein, Adolphe, Du polythéisme romain, considéré dans ses rapports avec la philosophie grecque et la religion chrétienne, De la religion considérée dans sa source, ses formes et ses développements, Journal intime* et de nombreuses plaquettes relatives à des sujets d'actualité.

Adolphe
(fragment)

Ce calme pourtant dura peu. Ellénore était d'autant plus en garde contre sa faiblesse qu'elle était poursuivie du souvenir de ses fautes : et mon imagination, mes désirs, une théorie de fatuité dont je ne m'apercevais pas moi-même se révoltaient contre un tel amour. Toujours timide, souvent irrité, je me plaignais, je m'emportais, j'accablais Ellénore de reproches. Plus d'une fois elle forma le projet de briser un lien qui ne répandait sur sa vie que de l'inquiétude et du trouble ; plus d'une fois je l'apaisai par mes supplications, mes désaveux et mes pleurs.

« Ellénore, lui écrivais-je un jour, vous ne savez pas tout ce que je souffre. Près de vous, loin de vous, je suis également malheureux. Pendant les heures qui nous séparent, j'erre au hasard, courbé sous le fardeau d'une existence que je ne sais comment supporter. La société m'importune, la solitude m'accable. Ces indifférents qui m'observent, qui ne connaissent rien de ce qui m'occupe, qui me regardent avec une curiosité sans intérêt, avec un étonnement sans pitié, ces hommes qui osent me parler d'autre chose que de vous, portent dans mon sein une douleur mortelle. Je les fuis ; mais, seul, je cherche en vain un air qui pénètre dans ma poitrine oppressée. Je me précipite sur cette terre qui devrait s'entr'ouvrir pour m'engloutir à jamais ; je pose ma tête sur la pierre froide qui devrait calmer la fièvre ardente qui me dévore. Je me traîne vers cette colline d'où l'on aperçoit votre maison ; je reste là, les yeux fixés sur cette retraite que je n'habiterai jamais avec vous. Et si je vous avais rencontrée plus tôt, vous auriez pu être à moi ! J'aurais serré dans mes bras la seule créature que la nature ait formée pour mon cœur, pour ce cœur qui a tant souffert parce qu'il vous cherchait et qu'il ne vous a trouvée que trop tard ! Lorsque enfin ces heures de délire sont passées, lorsque le moment arrive où je peux vous voir, je prends en tremblant la route de votre demeure. Je crains que tous ceux qui me rencontrent ne devinent les sentiments que je porte en moi ; je m'arrête ; je marche à pas lents, je regarde l'instant du bonheur, de ce bonheur que tout menace, que je me crois toujours sur le point de perdre ; bonheur imparfait et troublé, contre lequel conspirent peut-être à chaque minute et les événements funestes et les regards jaloux et les caprices tyranniques, et votre propre volonté ! Quand je touche au seuil de votre porte, quand je l'entr'ouvre, une nouvelle terreur me saisit : je m'avance comme un coupable, demandant grâce à tous les objets qui frappent ma vue, comme si tous étaient ennemis, comme si tous m'enviaient l'heure de félicité dont je vais encore jouir. Le moindre son m'effraie, le moindre mouvement autour de moi m'épouvante, le bruit même de mes pas me fait reculer. Tout près de vous, je crains encore quelque obstacle qui se place soudain entre vous et moi. Enfin je vous vois, je vous vois et je respire, et je vous contemple et je m'arrête, comme le fugitif qui touche au sol protecteur qui doit le garantir de la mort. Mais alors même, lorsque tout mon être s'élance vers vous, lorsque j'aurais un tel besoin de me reposer de tant d'angoisses, de poser ma tête sur vos genoux, de donner un libre cours à mes larmes, il faut que je me contraigne avec violence, que même auprès de vous, je vive encore une vie d'effort : pas un instant d'épanchement, pas un instant d'abandon. Vos regards m'observent. Vous êtes embarrassée, presque offensée de mon trouble. Je ne sais quelle gêne a succédé à ces heures délicieuses où du moins vous m'avouiez votre amour. Le temps s'enfuit, de nouveaux intérêts vous appellent ; vous ne les oubliez jamais ; vous ne retardez jamais l'instant qui m'éloigne. Des étrangers viennent : il n'est plus permis de vous regarder ; je sens qu'il faut fuir pour me dérober aux soupçons qui m'environnent. Je vous quitte plus agité, plus déchiré ; plus insensé qu'auparavant ; je vous quitte, et je retombe dans cet isolement effroyable, où je me débats, sans rencontrer un seul être sur lequel je puisse m'appuyer, me reposer un moment. »

Ellénore n'avait jamais été aimée de la sorte. M. de P... avait pour elle une affection très vraie, beaucoup de reconnaissance pour son dévouement, beaucoup de respect pour son caractère ; mais il y avait toujours dans sa manière une nuance de supériorité sur une femme qui s'était donnée publiquement à lui sans qu'il l'eût épousée. Il aurait pu contracter des liens plus honorables, suivant l'opinion commune : il ne le lui disait point, il ne se le disait peut-être pas à lui-même ; mais ce qu'on ne dit pas n'en existe pas moins, et tout ce qui est se devine. Ellénore n'avait eu jusqu'alors aucune notion de ce sentiment passionné, de cette existence perdue dans la sienne, dont mes fureurs mêmes, mes injustices et mes reproches, n'étaient que des preuves plus irréfragables. Sa résistance avait exalté toutes mes sensations, toutes mes idées : je revenais des emportements qui l'effrayaient à une soumission, à une tendresse, à une vénération idolâtre. Je la considérais comme une créature céleste. Mon amour tenait du culte, et il avait pour elle d'autant plus de charme qu'elle craignait sans cesse de se voir humiliée dans un sens opposé. Elle se donna enfin tout entière.

Malheur à l'homme qui, dans les premiers moments d'une liaison d'amour, ne croit pas que cette liaison doit être éternelle ! Malheur à qui, dans les bras de la maîtresse qu'il vient d'obtenir, conserve une funeste prescience, et prévoit qu'il pourra s'en détacher ! Une femme que son cœur entraîne a, dans cet instant, quelque chose de touchant et de sacré. Ce n'est pas le plaisir, ce n'est pas la nature, ce ne sont pas les sens qui sont corrupteurs ; ce sont les calculs auxquels la société nous accoutume, et les réflexions que l'expérience fait naître. J'aimai, je respectai mille fois plus Ellénore après qu'elle se fut donnée. Je marchais avec orgueil au milieu des hommes ; je promenais sur eux un regard dominateur. L'air que je respirais était à lui seul une jouissance. Je m'élançais au-devant de la nature pour la remercier du bienfait inespéré, du bienfait immense qu'elle avait daigné m'accorder.

SUZETTE GONTARD
(1769-1802)

Descendante de huguenots français, Suzanne Borkenstein avait épousé, à dix-huit ans, un banquier de Francfort, Jacob Friedrich Gontard, de même origine, que la révocation de l'Édit de Nantes avait contraint à chercher refuge en Allemagne. Elle en eut plusieurs enfants, dont Hölderlin devint le précepteur, au début de 1796. Très vite, un ardent amour réunit le poète et la mère de ses élèves qui, pour lui, se transforma en Diotima. Leur attachement devait fatalement être connu du mari. Lorsqu'il l'apprit, en septembre 1798, il eut une explication, sans doute orageuse, avec Hölderlin qui quitta aussitôt la maison. Il se réfugia à Hombourg, petite ville d'eaux voisine de Francfort, où il pouvait maintenir des relations constantes avec Suzette Gontard. Les lettres reproduites ici datent de cette époque. Pendant l'été de 1800, Hölderlin, à court d'argent, dut quitter Hombourg. Il ne revit jamais sa Diotima qui, deux ans plus tard, succomba à une rougeole.

ŒUVRES. — « Lettres de Suzette Gontard à Hölderlin », en appendice à la *Correspondance complète de Hölderlin*, trad. Denise Naville, Gallimard édit., Paris.

Lettre de Suzette Gontard à Hölderlin

Le soir (décembre 1798).

Se peut-il que ma lettre t'ait affligé, mon ami, alors que la tienne m'a fait un si ineffable plaisir, m'a rendue si heureuse. Elle montrait tant d'amour ! oh, comme mon cœur, en la lisant y répondait sur tous les tons, avec quelle chaleur mon âme se serrait contre la tienne. Et toi ! Se pourrait-il que tu doutes de mon amour ? Le ton froid et sec de ma lettre t'aurait-il attristé ? Comme tu aurais tort ! Si tu voyais ma douleur et mes larmes à cette idée, tu ne penserais pas pareille chose. Mais ce n'est probablement pas cela qui t'a tourmenté, tu as peur sans doute que mon cœur s'éteigne et qu'alors je ne puisse plus t'aimer. Je n'arrive pas à me figurer l'impression que mes paroles t'ont produite, mais j'ai vu couler tes larmes, elles sont tombées brûlantes sur mon cœur, je n'ai pas pu les sécher ! Toute la soirée je suis restée muette et abasourdie et, étant seule, j'ai trouvé cet instant pour soulager mon cœur angoissé. Ah, que ne puis-je accourir et te consoler ! Je n'ai aucun secret pour toi, mon âme ! et puis mon amour a trop de plénitude pour que mon cœur s'éteigne. Quand je suis silencieuse et sèche, de grâce, ne doute pas de moi, c'est que le feu couve dans les profondeurs et comme toi je dois me garder de la passion. Si la douleur me consume, en revanche le ciel m'envoie toujours à temps le baume d'une douce mélancolie qui verse au cœur sa bénédiction et jamais je ne désespérerai de la nature. Au seuil même de la mort je ne cesserai de dire : elle m'éveillera encore, elle me rendra, elle me rendra tous les sentiments que j'ai fidèlement conservés, qui m'appartiennent et que seul un sort contraire m'a ravis ; mais elle triomphera, elle se sert de la mort pour préparer une nouvelle vie plus belle. Car le germe indestructible de l'amour est profondément enraciné dans ma nature. J'en parle par expérience car je sais comment mon cœur s'est toujours relevé vivace de toute oppression. Mais, je ne sais, mon bon ami, si je trouve le ton convenable, je n'avais assurément rien à te raconter, mais beaucoup de choses à te dire ; ce qui m'oppresse n'est rien autre que le fait de ne pouvoir être près de toi. Si seulement je pouvais t'en donner l'assurance, mais mon langage passionné, j'en ai bien peur, ne te convaincra pas. O ! essaie, et sois à nouveau heureux par ton amour. Pour moi, la seule idée d'avoir pu te revoir me rend ce soir encore heureuse. Dieu ! si tu étais parti dans des dispositions pareilles ! Je voudrais, vois-tu, adresser une prière de reconnaissance au génie de l'amour, qui m'a secrètement guidée de la sorte ! c'est avec ces pensées que je vais m'endormir et souhaiter que le ciel te comble de ses faveurs.

Le matin.

J'ai bien dormi, mon très cher, et il faut que je te dise encore combien ta lettre m'a fait plaisir, que je te remercie de tant de calme félicité. Ah, ne lis plus ma lettre si elle t'a chagriné et tiens-t'en à l'avant-dernière que tu aimais tellement. Hier j'ai encore beaucoup pensé à la passion. Sans

DIOTIMA.

doute *la passion de l'amour suprême* ne trouvera-t-elle jamais son accomplissement sur terre ; prends-en conscience comme moi — ce serait folie de l'espérer — *mourir ensemble* — mais silence, ceci ressemble à de l'exaltation, et c'est pourtant si vrai — *voilà* l'accomplissement — mais nous avons des devoirs sacrés à remplir en ce monde. Il ne nous reste que la divine foi de l'un en l'autre et celle en l'essence toute-puissante de l'amour qui, invisible, nous guidera pour l'éternité, en nous unissant de plus en plus étroitement.

Calme soumission ! Faisons confiance au cœur, au triomphe du Vrai et du Bien suprême auquel nous nous sommes voués. Et nous pourrions sombrer ? Alors oui, alors tout perdrait son équilibre et le monde se transformerait en un chaos si ce même esprit d'amour et d'harmonie qui est aussi notre sauvegarde à nous ne le préservait pas. S'il est éternellement vivant en ce monde, pourquoi, comment pourrait-il nous abandonner ? Nous est-il permis de nous comparer au monde ? Et pourtant les choses ne peuvent se passer différemment en nous-mêmes, il en va des grandes choses comme des petites. Et nous manquerions de confiance? Chaque jour nous révèle la splendeur de la nature, qui nous anime aussi, et qui ne nous témoigne que de l'*amour*, et nous serions animés d'un esprit de lutte et de discorde, alors que tout nous invite au calme et à la beauté ? O, certainement non, mon très cher, nous ne serons pas malheureux, du moment que cette âme vit en nous, et la douleur, je le sais, ne fera que nous rendre meilleurs et nous unir plus intimement.

C'est aussi pourquoi il ne faut pas te tourmenter de m'avoir attristée. Tout sera passé, vois-tu, quand tu auras retrouvé ton calme et moi mon énergie. J'ai encore à te dire que j'ai en toi une confiance illimitée : mon consentement tacite à ce que tu es, à ce que tu fais t'est acquis sans que je sache pourquoi. Tu n'es pas venu la semaine dernière, hier tu n'as pas dit que tu passerais encore par ici, que tu viendrais encore ce matin bien que dans ma lettre je t'en aie fait la proposition. Je t'assure que cela ne m'a pas déroutée le moins du monde, tellement ta lettre m'avait rendue heureuse ; je pensais seulement : c'est *sans aucun doute de l'amour*, et cela m'a suffi. Cette seule foi ne doit-elle pas nous servir à honorer ce que nous ne saurions nous expliquer ?

Ah, mon très cher, mon bon ami, sois calme à nouveau, sois content et accorde-moi cette félicité unique de te savoir satisfait. Et rends-moi aussi ma tranquillité, alors, assurément, alors je serai heureuse.

*

Jeudi (février 1800).

Tu es réellement venu ! Je n'osais l'espérer. N'étais-tu pas du tout parti ? Pourvu qu'à cause de moi tu ne te sois pas privé d'un plaisir. Chère, meilleure des âmes ! Puisses-tu connaître encore la joie, et que ne puis-je, moi, t'en donner encore ! Je ne sais pas ce que j'ai — je suis si anxieuse, je crains toujours que nous soyons trahis et que les obstacles, déjà presque insurmontables, s'accroissent encore. Si seulement tu pouvais m'entendre cette fois encore, je renoncerais ensuite volontiers. Car je sais bien que tu m'aimes comme je t'aime, et cela personne ne peut me le ravir.

N'avais-tu pas mauvaise mine ? J'espère au moins que tu n'étais pas malade ? Je sais que tu veilles sur toi, pour l'amour de moi. Et tu ne refuses aucun des plaisirs qui pourraient s'offrir à toi. Tu ne les recherches pas ? mais tu ne les repousses pas non plus avec humeur, n'est-ce pas, mon cher ami ?

Si tu viens demain, je serai rassurée. Certes, je le suis déjà et il y a bien assez lieu de me réjouir.

Adieu ! Adieu ! près ou loin, tu restes toujours près de moi. Et tu es si bien confondu avec moi-même que rien ne peut nous séparer. Où que nous soyons, nous sommes ensemble et j'espère bientôt te revoir.

Dis-moi bien explicitement comment tu te sens. Et veille sur toi pour l'amour de moi.

Z... est toujours à Hambourg et je ne sais ni quand il reviendra ni s'il s'arrêtera ici. Mais je crois qu'il restera un peu si c'est dans ses possibilités.

J'ai lu tes chers poèmes avec une joie ineffable. J'ai classé toutes tes lettres comme un livre et si jamais je devais rester longtemps sans nouvelles de toi, je les lirais en me disant que rien n'a changé ! Fais de même et aie confiance ; tant que nous existons ce qui nous unit l'un à l'autre subsistera aux sources profondes de la vie, et je ne puis abandonner la foi que nous nous retrouverons dans ce monde et que nous serons encore heureux. Puisses-tu encore connaître le bonheur (tel que *nous* l'entendons) et sache bien que quoi que tu fasses et pourvu que tu réussisses, j'en serais toujours contente. Seulement ne t'engage pas dans une voie pour laquelle tu n'es pas fait. Si tu sentais comme la splendeur de ton image vivante s'épanouit souvent en moi, tu comprendrais alors du même coup qu'elle éclipse tout, tout ce qui m'entoure, que la moindre impression ne fait qu'éveiller en moi le *grand et unique* sentiment par lequel *je suis entièrement à toi*. Ne t'effarouche donc pas devant tes sentiments, mais partage ma certitude que nous sommes éternellement *l'un à l'autre*, et seulement *l'un à l'autre*.

HÖLDERLIN
(1770-1843)

Plus haut que quiconque, plus complètement que nul autre, Hölderlin a sublimé son amour, au point que — n'étaient quelques lettres — Diotima absorberait Suzette Gontard sans qu'aucune trace en subsistât, et l'on pourrait épiloguer à perte de vue sur son existence réelle. Même dans les fragments de lettres qui lui étaient destinées et qui ont été retrouvées, le ton de Hölderlin est si élevé, si intellectualisé qu'on pourrait souvent croire à un fragment de poème. L'amour, chez lui, s'intègre si complètement à la poésie que l'un n'est plus discernable de l'autre. Il vit poétiquement son amour qui vivifie sa poésie. Aussi une seule femme domine-t-elle son existence, jusqu'à ce que son esprit sombre dans la démence. La mort de Suzette Gontard survient en 1802, alors que Hölderlin était depuis peu revenu de Bordeaux, où il avait été, quelques mois durant, précepteur des enfants du consul de Hambourg. Il donnait déjà des signes non équivoques de désordre cérébral. Il est hors de doute que cette mort a précipité son naufrage. Que même dans sa folie, Suzette Gontard ait continué de le hanter, on en a la preuve par le poème inachevé qu'il lui a consacré pendant cette période de sa vie.

ŒUVRES (traductions françaises). — *La mort d'Empédocle*, traduction d'André Babelon, N. R. F., Paris, 1929 ; *Hypérion ou l'ermite en Grèce*, traduction Joseph Delage, Victor Attinger, Neuchâtel (Suisse), 1930 ; *Poèmes de la folie de Hölderlin*, traduction P.-J. Jouve, Éd. Fourcade, Paris, 1930 ; *Poèmes*, version de Gustave Roud, Éd. Mermod, Lausanne, 1942 ; *Choix de poèmes*, traduction M. Alexandre, Robert Laffont, Marseille, 1942 ; *Poèmes*, traduction Geneviève Bianquis, Éd. Montaigne, Paris, 1943, *Correspondance complète*, traduction Denise Naville, Gallimard, Paris, 1948 ; *Aux poètes, Patmos et souvenir*, traduction Henri Stierlin, G. L. M., Paris, 1948 ; *Choix de poèmes*, traduction Henri Stierlin, G. L. M., Paris, 1950 ; *Hymnes, élégies et autres poèmes*, traduction Armel Guerne, Mercure de France, Paris, 1950.

Lamentations de Menon sur Diotima

I

Jour après jour, je vais cherchant toujours un autre ailleurs,
Et j'ai, depuis longtemps, quêté sur tous les chemins de la
terre ;

La fraîcheur des sommets, là-haut, je l'ai partout hantée,
toutes les ombres
Et les sources ; par monts et vaux s'est poursuivie
la course de mon âme,
Mendiante de repos ; tel le fauve blessé
fuyant au profond des forêts,
Où jadis, à l'heure de midi, il allait en repos dans l'ombre en sûreté ;
Mais plus jamais cette verte retraite ne lui confortera le cœur.
Plaintif et sans sommeil, il va, errant de tous côtés,
l'épieu le fouaillant.
Ni la chaleur du jour ni le froid de la nuit ne lui sont plus
d'aucun secours,
Et c'est en vain qu'aux flots du fleuve il baigne ses blessures.
Et combien inutile aussi l'offrande de la terre, de ses plantes
Joyeuses, salutaires ; son sang enfiévré, nul zéphir ne l'apaise.
De même, oh ! mes amis, pour moi de même à ce qu'il semble, et nul
N'a le pouvoir de soulager mon front de ce funeste rêve ?

II

Mais ah ! cela ne sert non plus de rien, Dieux de la Mort !
Une fois que vous le tenez et ferme en votre possession,
l'homme défait,
Après que vous l'avez, ô dieux mauvais,
précipité dans la lugubre nuit,
De le chercher alors et d'implorer ou de disputer contre vous,
Ou se faire patient pour habiter au creux terrible de l'exil,
Puis avec un sourire vous écouter, vous et votre chant morne.
S'il peut en être ainsi, fais oubli du salut, alors,
et dors sans nulle plainte !
Mais pourtant quelque source en toi-même, qui bruisse d'espérance,
monte et s'élève,
Tu ne peux toujours pas encore, ô mon âme ! tu ne peux encor pas
T'y faire, et tu rêves au cœur de ton sommeil de fer !
Je ne connais plus nulle fête, et pourtant je voudrais
couronner mes cheveux ;

Ne suis-je donc pas seul ? quelque douceur amie doit cependant,
De là-bas, parvenir jusqu'à moi, qui me force à sourire, oh ! surprise !
Que ce me soit une félicité, même au plein cœur de la souffrance.

III

Lumière de l'amour ! tu rayonnes aussi de même sur les morts,
ô toi, lumière d'or !
Images d'un temps plus clair, m'êtes-vous la lueur
qui brille dans ma nuit ?
Adorables jardins, soyez, — et vous,
monts empourprés du couchant,
Soyez les bienvenus ! et vous, chemins en silence des bois !
D'un céleste bonheur témoins, et vous aussi, étoiles,
spectatrices hautaines,
Qui m'avez bien souvent, alors, béni de vos regards et protégé !
Vous, amantes vous aussi, ô filles de beauté des jours de Mai,
Silencieuses roses, et vous, ô fleurs de lis,
que je nomme souvent encore !
Certes s'évadent les printemps, une année chasse l'autre,
Changeant et bataillant, là-haut, le tumulte du temps en fuite roule ainsi
Sur les têtes mortelles, mais non point au regard des yeux dans la félicité ;
Et c'est, pour les amants, le don d'une autre vie.
Car eux tous, en effet, les jours et les ans des étoiles, ils étaient,
Diotima ! autour de nous en communion intime et éternelle.

IV

Mais nous, satisfaits d'être ensemble, comme les cygnes amoureux,
Quand, immobiles sur le lac ou bercés sur ses vagues,
Ils contemplent sous eux, dans le miroir des eaux,
les nuages d'argent

Et le bleu de l'Éther flottant dans leur sillage,
Nous cheminions ainsi de par le monde. Et que le Nord
se fît menaçant,
L'ennemi des amants, lui, porteur de lamentations ;
et que, des branches, fussent
Précipitées les feuilles, et que volât la pluie dans le vent :
Tranquille était notre sourire, avec ce sentiment
d'un dieu qui fût le nôtre
Sous l'intime de nos paroles, dans l'hymne *unique* de nos
âmes,
Tout à la paix d'être nous, la candeur et la joie de notre
solitude.
Mais la maison m'est un désert maintenant, et mes deux yeux
M'ont été enlevés, et moi-même avec eux je me suis perdu.
Aussi je vais errant, et très semblable aux ombres, je suis
contraint
De vivre, et rien n'a plus de sens, pour moi, depuis longtemps,
de ce qui m'est resté.

V

Fêter ! je le voudrais ; mais quoi donc ? et chanter avec les
autres,
Tandis que seul ainsi me font défaut toutes choses divines.
Car c'est cela, je sais, cela mon mal, l'accablement sur moi
d'une malédiction,
Oh ! mes regrets ! où je suis rejeté et quoi que j'entreprenne,
Qui me laisse prostré tout le jour et muet, tel un petit enfant,
Avec le froid seulement d'une larme, parfois encore,
qui me glisse des yeux.
Et les plantes des champs comme le chant des oiseaux
affligent ma mélancolie,
Parce que dans la joie aussi ils sont les messagers des cieux.
Pour moi, dans l'affre obscure de mon cœur, le soleil,
l'animateur de toutes choses
N'est plus que froide et stérile lueur, comme une irradiation
de la nuit,
Hélas ! et décevant et nu, le ciel, semblable aux murs d'une
prison,
Courbe sa pesanteur comme un fardeau sur ma tête.

VI

Combien connue de moi et toute autre, ô jeunesse !
et mes supplications
Ne te feront pas revenir, oh ! toi, jamais ! aucun sentier
qui me mène en arrière ?
Peut-être en sera-t-il pour moi, ainsi que ces sans-dieu, jadis,
Qui, l'œil brillant, prenaient place quand même à cette table
des élus,
Mais enivrés bientôt, comblés, les hôtes enthousiastes,
Alors ils gardent le silence, alors et sous l'hymne des vents,
Dessous la terre en fleurs ils restent endormis, jusqu'au jour
Où la puissance d'un miracle, eux, les ensevelis, les force à
ressurgir,
A poser de nouveau le pied sur le sol verdoyant.
— Quelque souffle sacré, divinement, parcourt
la lumineuse apparition
Quand s'anime la Fête, et les flots de l'amour se répandent
alors,
Et le fleuve de vie, ivre de ciel, et la nuit livre alors
ses trésors en hommage,
Et tout l'or enfoui vient resplendir à la surface des ruisseaux.

VII

Mais toi ! qui sur la voie de la séparation, jadis,
Quand je sombrais devant toi, ô consolante, m'indiquais une
Beauté plus belle,
Toi, qui m'appris, paisible et inspirée, à contempler la gran-
deur
Et plus heureusement chanter les dieux, en te taisant
comme ils se taisent,
O fille de ces dieux ! est-ce toi qui parais et me salues
comme autrefois,
Qui me parles comme autrefois, m'enseignant les choses les
plus hautes ?
Vois ! devant toi je pleure et me lamente, alors même que
ma pensée
Faisant retour à de plus nobles temps, mon âme se fait honte.
Car longtemps, si longtemps, sur les sentiers battus de la
terre,

Dans mon errance, j'ai cherché le refuge de ta présence et
toi-même
O Protectrice ! ô joyeuse ! mais en vain,
et les années se sont évanouies,
Depuis que tout semblait s'ouvrir autour de nous
Quand nous contemplions la splendeur des soirées.

VIII

C'est toi la seule, toi que ta propre lumière, ô héroïne,
en la lumière sauvegarde,
Et ta propre patience, en ton amour te sauvegarde, ô clé-
mente !
Et pas un seul instant où tu sois solitaire :
Nombreuses bien assez sont les compagnes de tes jeux
Au lieu où tu fleuris et tu reposes sous les roses de l'année,
Et le Père lui-même, par cette voix des Muses au souffle de
douceur
T'adresse le message de tendresse de ses chants berceurs.
Oui ! C'est bien elle toujours ! voici qu'elle s'avance
et toujours si légère,
De son pas silencieux, et telle que naguère,
Elle vraiment, qui s'avance vers moi, l'Athénienne !
Et lors, ô esprit d'alliance, que de ton front
serein de toutes ses pensées,
Tombe sur les mortels cet éclair d'assurance et de bénédiction,
Tu m'es la preuve et tu me dis, afin qu'aux autres
Je le dise, les autres en effet ne le croient pas non plus,
Combien plus éternelle que le tourment et la colère, est la
joie
Et que c'est chaque jour un jour d'or qui touche encore à sa
fin.

IX

Ainsi, je veux, ô vous divins ! aussi vous rendre grâces, et à la
fin
Il se lève à nouveau, de sa poitrine plus légère,
le souffle de prière du poète.
Et comme aux temps où j'étais avec elle, me tenant avec elle
au soleil des sommets,
Un Dieu me parle, vivifiant, du profond de son temple.

Vivre ! ah ! je le veux aussi ! déjà le vert revient !
et c'est comme un appel !
De la lyre sacrée venue des monts argentés d'Apollon !
Allons ! ce fut un rêve ! Les ailes ensanglantées, déjà, oui,
Sont guéries ; vivante est l'espérance toute rajeunie !
De la grandeur à découvrir, beaucoup encore, il en reste beaucoup,
Et qui connut un tel amour, il faut qu'il fasse son chemin,
parvienne jusqu'aux dieux.
Et vous conduisez-nous, ô vous heures sacrées ! heures graves
De la jeunesse ! Oh ! soyez-nous fidèles, premiers et saints pressentiments, vous,
Ferventes prières, et vous, flammes de l'enthousiasme, et vous tous
O génies de bonté, qui vous plaisez en la compagnie des amants !
Restez assez longtemps, que nous touchions à la patrie commune
Où sont les bienheureux, là-bas, tout prêts à revenir,
Là-bas où sont les aigles, les constellations, les messagers du Père,
Là-bas où sont les Muses ; d'où ils sont les héros, et les amants :
Aux lieux, là-bas, sinon ici, où nous nous rejoindrons
en l'île de rosée
Là où les nôtres avant nous, en communion dans le jardin
s'épanouissent,
Où sont les hymnes véritables, et déjà les printemps plus longs,
Et de nouveau commence une année de notre âme.

Hymnes et élégies, traduction Armel Guerne.

Hypérion ou l'ermite en Grèce

HYPÉRION A DIOTIMA

Longtemps j'ai attendu, je te l'avoue, et ardemment désiré un mot d'adieu dicté par ton cœur ; mais tu gardes le silence. Et ce silence, c'est aussi le langage de ta belle âme, Diotima.

Ce n'est pas une raison pour que prennent fin nos saints accords, n'est-ce pas, Diotima ? même si le doux clair de lune de notre amour doit disparaître, les astres qui sont dans les plus hautes régions de son ciel n'en continueront pas moins à briller ! Oh ! oui ! c'est la dernière de mes joies maintenant de savoir que nous sommes inséparables, quand bien même plus rien de toi n'arrive jusqu'à moi, et que l'ombre des douces journées de notre jeunesse a fui pour toujours !

Mes regards se perdent sur la mer que teignent de rouge les rayons du soleil couchant ; je tends les bras vers la contrée lointaine où tu vis et mon âme se réchauffe encore une fois à toutes les joies de l'amour et de la jeunesse.

O terre ! toi qui fus mon berceau ! toutes les voluptés et toutes les douleurs ne sont-elles pas contenues dans l'adieu que nous te disons ?

O vous, mes chères îles d'Ionie, et toi, ma Calaurie, et toi aussi, Tina, vous demeurez toujours présentes à ma mémoire, si loin que vous soyez de moi ; ma pensée vole vers vous en même temps que la brise sur les vagues légères ; et vous, que j'entrevois à peine, là-bas, dans le lointain, côtes de Téos et d'Éphèse, où j'allais avec Alabanda aux jours des grandes espérances, vous m'apparaissez de nouveau, telles qu'autrefois, et je voudrais débarquer sur votre sol, le baiser, le réchauffer au contact de ma poitrine et bégayer à cette terre silencieuse mes plus tendres paroles d'adieu, avant de prendre mon vol vers le ciel libre.

Quel dommage en vérité, que les hommes s'entendent si mal entre eux maintenant ; autrement je serais resté volontiers sur cette bonne planète. Mais je puis me passer de ce globe terrestre, et ceci est encore plus que tout ce qu'il peut me donner.

Supportons donc notre servitude, mon enfant, à la lumière du soleil, disait la mère de Polixène à son fils, et son amour de la vie ne pouvait se traduire par de plus belles paroles. Mais la lumière du soleil, qui justement me déconseille la servitude, ne tolère pas que je demeure sur cette misérable terre et ses rayons sacrés m'attirent vers mon pays comme autant de sentiers qui y conduiraient.

Depuis longtemps j'ai eu présent à l'esprit plus qu'aucune autre chose la majesté de l'âme sans destin ; que de fois même ne me suis-je pas complu à vivre dans le plus splendide des isolements, seul avec moi-même ; aussi ai-je pris l'habitude de secouer de moi tout ce qui me vient du dehors, comme si c'étaient des flocons de neige. Comment donc alors pourrais-je avoir peur de chercher ce qu'on appelle la mort ? Ne me suis-je pas libéré mille fois en pensée de mes entraves ? pourquoi hésiterais-je à le faire une fois en réalité ? Sommes-nous donc comme de vils esclaves attachés au sol que nous cultivons ? Sommes-nous comme cette volaille apprivoisée qui ne doit point sortir de la basse-cour parce que c'est là qu'on lui donne à manger ?

Non. Nous sommes comme les aiglons que leur père chasse du nid pour qu'ils apprennent à chercher eux-mêmes leur proie dans les hautes régions du ciel.

Demain notre flotte livrera bataille et la lutte sera assez chaude. Pour moi cette bataille sera comme un bain purificateur qui me lavera de toute poussière. Et ce vœu que je forme sera sans doute facilement exaucé. La campagne que j'ai entreprise m'aurait donc en fin de compte servi à quelque chose et prouvé que la peine qu'on se donne parmi les hommes n'est jamais perdue.

O chère Ame ! je voudrais te dire de penser à moi, quand tu viendras à ma tombe. Mais il est probable qu'on me jettera dans les flots et il ne me déplaît pas de penser que mes restes seront plongés là où toutes les sources et tous les fleuves que j'aimais se réunissent, d'où s'élèvent les nuages orageux qui apportent la fraîcheur à la montagne et à la vallée qui m'étaient chères. Et nous ? Diotima ! Diotima ! Quand nous reverrons-nous ?

Il n'est pas possible, et à cette pensée tout mon être se révolte, que nous soyons à jamais perdus l'un pour l'autre. J'errerai, s'il le faut, des milliers d'années d'un astre dans un autre, je prendrai toutes les formes, tous les langages de la vie, seulement pour te revoir une fois. Mais je pense que ce qui se ressemble finit toujours par se rassembler.

Ame magnanime ! Tu te retrouveras certainement toi-même dans cet adieu. Laisse-moi partir ! Embrasse ta mère pour moi. Salue Notara et nos autres amis.

Salue aussi les arbres sous lesquels je te rencontrai pour la première fois et les gais ruisseaux où nous allions et les beaux jardins d'Angèle et puisse ta pensée, ô ma chérie ! y retrouver mon ombre. Adieu !

Hypérion ou l'ermite en Grèce, traduction Joseph Delage.

(Diotima de l'au-delà)

Si du lointain, puisque nous sommes séparés,
Je te suis reconnaissable encore, le passé
O toi qui as eu part à mes souffrances !
Peut te manifester certain bienfait,

Dis alors, comment t'attend l'amie ?
Dans ces jardins, puisqu'après un horrible
Et sombre temps nous nous sommes trouvés ?
Près des fleuves du monde saint de l'origine.

Ceci je dois le dire, il y avait du bien
Dans ton regard lorsque dans le lointain
Tu t'es une fois retourné tout joyeux,
Homme toujours fermé, homme au très sombre

Aspect. Ainsi s'écoulèrent les heures,
Si tranquille était mon âme sur le vrai
Que moi, aussi séparée que je le fusse !
Oui ! je le reconnaissais, j'étais tienne.

C'est bien vrai ! et toute chose connue de moi
Comme tu veux la ramener à ma mémoire,
L'écrire avec des lettres, de même il arrive
Que je puisse dire aussi tout le passé.

Est-ce au printemps ? ou en été ? le rossignol
Avec un tendre chant vivait chez les oiseaux
Qui se trouvaient non loin dans le bosquet
Et les arbres par des odeurs nous entouraient.

Les allées claires, les bas buissons, les sables
Sur lesquels nous marchions, faisaient les fleurs plus gaies,
Et plus aimables l'hyacinthe
Ou la tulipe, la viole, l'œillet.

Sur les murs et murailles, vert, vert était le lierre,
Le bienheureux obscur des allées hautes. Souvent
Les soirs, les matins, là nous nous trouvions,
Parlant d'une chose et joyeux de nous voir.

Dans mes bras l'adolescent reprenait vie,
Abandonné encor, venu de la campagne
Qu'il me désignait avec mélancolie ;
Mais les noms aussi des endroits les plus rares

Et toute beauté, il les avait gardés,
Tout ce qui aux bienheureux rivages,
Pour moi précieux aussi, fleurit dans la patrie
Ou bien très caché, et d'un haut promontoire,

Où chacun peut apercevoir la Mer,
Mais aucun ne veut être. Aime et surtout pense
A celle qui toujours se réjouit encore
Car le jour enchanteur sur nous deux rayonna

Qui par des confidences, des pressions de mains
Commença, et qui nous unit. Mais ! ô malheur,
C'étaient de bien beaux jours.
Ensuite un triste crépuscule se produisit.

Que tu sois si solitaire en ce beau monde
Toujours tu me l'assures, Bien-Aimé. Cela
Tu ne sais pourtant pas. . . . .
. . . .

Poèmes de la folie, traduction Pierre-Jean Jouve et Pierre Klossowski.

NOVALIS (FRIEDRICH VON HARDENBERG)
(1772-1801)

« Si tous les hommes n'étaient qu'un couple d'amants, la différence entre mysticisme et non-mysticisme prendrait fin », dit Novalis, pour qui l'amour est « une religion pratique ». Celle-ci, à son tour, relève de la poésie qui est « le réel absolu », tandis que l'amour est « le réel suprême ». L'amour prend ainsi une signification si élevée que la chair semble à peine y trouver place. Cependant, « il n'y a qu'un temple dans le monde, et c'est le corps humain. Rien n'est plus sacré que cette haute forme. S'incliner devant des êtres humains, c'est rendre hommage à cette révélation dans la chair. On touche au ciel quand on touche au corps humain ». Et « le sein est la poitrine élevée à l'état de mystère — la poitrine moralisée ». Peu importe que l'élan soit donné par la chair ou l'esprit ; en fait il suffit qu'ils se rencontrent et fusionnent.

L'élément catalyseur, chez Novalis, n'est autre que la poésie, principe et but final de la connaissance et de la vie, qui, de l'amour humain, fait une religion. Il se situe au point où « tout est germe » ; c'est pourquoi l'objet d'amour est, pour lui, la vierge « femme-enfant éternelle », « image la plus exacte de l'avenir ». Aussi celle dont le souvenir le hante tout au long de sa courte existence, est-elle sa fiancée, une enfant de treize ans, Sophie von Kuhn, qu'il n'oublie pas, même lorsque, dans les derniers mois de sa vie, il songe à épouser Julie von Charpentier.

ŒUVRES (traductions françaises). — *Les disciples à Saïs, fragments*, traduction Maurice Maeterlinck ; *Henri d'Ofterdingen*, traduction Georges Polti et Paul Morisse (1908) ; *Journal intime*, suivi des *Hymnes à la nuit* et de *Fragments inédits*, traduction G. Claretie et J. Chaigneau (1927) ; *Petits écrits*, traduction Geneviève Bianquis.

Henri d'Ofterdingen

Dédicace

Tu as éveillé en moi la noble envie — de regarder profond dans l'âme du vaste monde. — Avec ta main me saisissait une foi — à me porter sans faillir à travers toutes les tempêtes.

De pressentiments ayant nourri l'enfant, — tu l'as conduit

par les prairies fabuleuses, — et tu as, ô Archétype de la Femme aux sens déliés, — tu as poussé l'âme de l'Adolescent vers le suprême essor !

Qui m'attacherait aux terrestres misères ? — Est-ce que mon cœur, est-ce que ma vie ne sont pas pour toujours à toi ? — Et est-ce que ton amour ne me protège pas, sur cette terre ?

Pour toi, je me consacrerai donc à l'art noble, — puisque tu veux, ô Bien-Aimée, devenir la Muse — et le silencieux Esprit protecteur du poème.

*

En ses éternelles métamorphoses nous salue — du chant la Vertu secrète ici-bas. — Là-haut, elle bénit la contrée ainsi qu'une paix éternelle, — cependant qu'elle nous entoure ici, toute jeunesse.

C'est elle qui, dans nos yeux, verse la lumière, — elle qui nous accorde le sens de chaque art, — et c'est elle que le cœur du joyeux comme du harassé — savoure en un recueillement d'une inexprimable ivresse.

A son sein généreux, j'ai bu la vie. — Tout ce que je suis, c'est par elle que je le devine, — et par elle que je puis lever un front joyeux.

Le sens le plus élevé en moi dormait encore : — lorsque je La vis, telle qu'un Ange, descendre, — et réveillé, je me suis envolé dans ses bras !

(fragment)

— Mathilde aimée, disait maintenant Henri après l'avoir longtemps embrassée, il me semble rêver quand je pense que tu es à moi, et pourtant ce qui me paraît plus étonnant encore, c'est que je ne t'ai pas toujours eue !

— Et à moi, répondait Mathilde, il me semble que je te connais depuis des temps inimaginables !

— Tu m'aimes donc ?

— Je ne sais pas ce que c'est que l'amour ; mais ce que je peux bien te dire, le voici : j'éprouve comme si je commençais seulement à vivre, et je te suis tellement attachée, à cette heure, que je voudrais mourir pour toi.

SOPHIE VON KÜHN.

— O Mathilde, pour la première fois, je sens ce que c'est que d'être immortel !

— Mon Henri, quelle bonté infinie est la tienne et quel esprit admirable parle en toi ! Moi, je ne suis qu'une pauvre, qu'une insignifiante jeune fille...

— De quelle confusion tu me remplis ! Ce que je suis, je ne le suis que par toi ! Sans toi, mais je ne suis rien. Qu'est-ce qu'un esprit sans le ciel... et tu es le ciel qui me porte et me soutient.

— Quelle créature bienheureuse je serais, si tu étais aussi fidèle que l'a été mon père : ma mère est morte peu après ma naissance, et mon père la pleure encore presque chaque jour.

— Quoique je ne le mérite pas, puissé-je être, mon Dieu, plus heureux que lui !

— Et je voudrais vivre longtemps à tes côtés, cher Henri. Certes, par toi, je me sens devenir bien meilleure.

— Ah ! Mathilde ! même la mort ne nous séparera pas...

— Non, Henri ! Là où je suis, tu seras !

— Oui, où tu es, Mathilde, je serai éternellement.

— Je ne comprends rien de l'éternité, mais j'imagine que l'éternité, c'est ce que j'éprouve quand je pense à toi.

— Oui, Mathilde, nous sommes éternels parce que nous nous aimons.

— Tu ne saurais croire, ô mon aimé, avec quelle ferveur ce matin en rentrant à la maison, je me suis agenouillée devant l'image de la Mère Céleste et comme je l'ai indiciblement priée. Je croyais me répandre en larmes. Il m'a semblé qu'elle me souriait. Ah ! je le sais à présent, ce qu'on peut appeler la gratitude.

— O ma bien-aimée, le ciel t'a donnée à moi pour que je te vénère. Je t'adore. Tu es la Sainte qui porte à Dieu mes désirs, à travers qui il se manifeste à moi et par qui il me fait connaître la plénitude de son amour. Qu'est-ce que la religion, sinon une intelligence infinie, une éternelle union de deux cœurs qui s'aiment ? Où deux sont rassemblés, n'est-Il pas parmi eux ? Tu es l'air que j'ai à respirer, l'éternité durant ; ma poitrine ne cessera jamais de t'aspirer. Tu es la magnificence divine, la vie éternelle sous son enveloppe la plus ravissante !

— Hélas ! Henri, tu sais le destin des roses : presseras-tu

avec la même tendresse sous tes lèvres les lèvres fanées, les joues pâlies ? Est-ce que les vestiges de l'âge ne seront pas aussi les vestiges de l'amour passé ?

— Oh ! si, à travers ces yeux, tu pouvais lire dans mon âme ! Mais tu m'aimes et par conséquent tu crois en moi. Je ne sais pas ce que l'on veut dire par des charmes passagers ! Oh ! ils ne sauraient se faner ! Ce qui m'attire à toi si inséparablement, ce qui a éveillé en moi un éternel désir, n'est pas de ce temps. Si seulement tu pouvais voir comme tu m'apparais, quelle image merveilleuse rayonne de toi et m'éclaire le monde, ah ! tu ne craindrais pas l'âge. Ta forme terrestre n'est que l'ombre de cette image. Les forces d'ici-bas luttent et s'efforcent pour la retenir ; mais la nature n'est pas encore assez mûre : cette image est éternelle, primordiale, un fragment du monde divin et inconnu.

— Je te comprends, cher Henri, car j'aperçois quelque chose de semblable lorsque je te regarde.

— Oui, Mathilde, le monde supérieur est plus près de nous que nous ne le pensons ordinairement. Ici-bas nous vivons déjà en lui et le contemplons intimement entrelacé à la nature terrestre.

— O très aimé, tu me révéleras de ces choses sublimes, encore.

— Ah ! Mathilde, c'est de toi seule que me vient le don de prophétie ! Tout ce que j'ai est tien. Ton amour me conduira dans les sanctuaires de la vie, dans le Saint des Saints de l'âme ; tu m'inspireras pour les suprêmes visions. Qui sait si notre amour ne deviendra pas un jour des ailes de flammes, et elles nous emporteront dans notre patrie céleste avant que l'âge et la mort ne nous atteignent. N'est-ce pas déjà un miracle que tu sois mienne, que je te tienne dans mes bras, que tu m'aimes et veuilles être éternellement à moi ?

— A moi aussi, tout me paraît maintenant possible, et ne sens-je pas clairement qu'une flamme s'élève en moi, silencieuse ? Qui sait si elle ne nous transfigure pas et ne dissout pas peu à peu les liens terrestres ? Dis-moi, Henri, si tu as déjà en moi la foi sans limites que j'ai en toi ? Je n'ai jamais ressenti rien de pareil, même envers mon père, que j'aime si infiniment.

— O Mathilde chérie, quel tourment de ne pouvoir t'exprimer tout en une fois, de ne pouvoir en une fois te donner tout mon cœur ! C'est aussi la première fois de ma vie que mon âme est entièrement ouverte. Je ne puis te celer aucune pensée, aucune impression ; il faut que tu saches tout. Il faut que tout mon être se mêle au tien. Seul le don sans réserve de moi-même peut satisfaire mon amour. L'amour, c'est la mystérieuse confluence de notre double être en ce qu'il a de plus intime et de plus essentiel.

— Henri, il n'est pas possible que deux créatures humaines se soient jamais aimées de la sorte !

— Je ne puis le croire, il n'y eut jamais avant toi nulle Mathilde !

— Ni nul Henri !

— Ah, jure-le-moi encore, que tu es mienne pour toujours. L'amour est une répétition sans fin.

— Oui, Henri, oui, je te jure d'être à toi éternellement, sur la présence invisible de ma mère chérie.

— Et je jure d'être éternellement à toi, Mathilde, aussi vrai que l'amour est la présence de Dieu parmi nous.

Une longue étreinte, d'innombrables baisers scellèrent l'indissoluble alliance du couple bienheureux.

Henri d'Ofterdingen, traduction G. Polti et P. Morisse.

Hymnes à la nuit

III

Jadis, comme je pleurais d'amères larmes, comme mon espérance s'était fondue en douleur et comme je me tenais debout, seul, près du tertre dénudé qui contenait, dans sa profondeur étroite et obscure, la forme de ma Vie ; seul comme ne fut jamais aucun solitaire, poussé par une inexprimable angoisse, sans force, et n'étant plus rien qu'une pensée de détresse ; comme je cherchais des yeux un secours, sans pouvoir avancer ni reculer, et me retenant avec une infinie langueur à cette vie qui me fuyait et s'éteignait, — alors descendit des espaces bleus, des cimes de mon ancienne félicité, un frisson crépusculaire, et le lien de ma naissance, — les chaînes de la Lumière, se rompirent d'un seul coup.

La splendeur terrestre s'évanouit, et mon deuil avec elle ; la mélancolie reflua dans un monde insondable et nouveau. Extase nocturne, sommeil céleste, tu descendis vers moi ; le paysage s'éleva doucement ; au-dessus du paysage plana mon esprit délivré, régénéré. Le tertre devint un nuage, au travers duquel j'aperçus les traits transfigurés de la Bien-Aimée. En ses yeux reposait l'éternité ; je pris ses mains, et les larmes firent entre nous un lien lumineux, indéchirable. Au loin, les siècles reculaient comme des ouragans. A son cou, je pleurais sur ma vie nouvelle des larmes de ravissement. Ce fut le premier, le seul Rêve, et depuis lors j'ai mis une confiance éternelle et irréductible dans le Ciel et la Nuit, et dans sa lumière, la Bien-Aimée.

Journal intime, suivi des Hymnes à la nuit,
traduction G. Claretie.

SAMUEL TAYLOR COLERIDGE
(1772-1834)

Le premier ouvrage de Coleridge, écrit en collaboration avec Southey, paraît en 1794, sous le titre *La chute de Robespierre*, puis en 1798, il publie, seul cette fois, une *Ode à la France*, dirigée contre Bonaparte. Il se lie alors avec Thomas de Quincey qui sans doute l'initie aux joies de l'opium auquel il s'adonne quelque temps. Jusqu'à la fin de sa vie il n'écrit plus guère que des poèmes lyriques : *Amour, jeunesse et vieillesse*, *Ballade du vieux marin*, *Ballades lyriques*, etc. L'amour, dans son œuvre, joue le rôle d'une nappe souterraine qui parfois affleure et lui donne vie.

ŒUVRES (traductions françaises). — *La ballade du vieux marin.*

Constance manifestée à l'endroit d'un objet idéal

Puisque tout ce qui vit dans la Nature immense
S'altère ou disparaît, pourquoi resterais-tu
Seule constante en un monde changeant,
Obsédante Pensée, issue de mon esprit ?
Appelles-en aux Heures, ces lointaines sorcières
Qui par leurs jeux préfigurent demain :
Chère Pensée, cette vive cohorte
Ne t'insufflera pas la flamme de la vie
Avant qu'en voyageurs, courbés par la tempête,
Espoir et Désespoir s'abritent dans la Mort.
Tu me hantes pourtant ! Et je vois à coup sûr
Qu'elle n'est point toi, que toi seule es elle.
Pourtant, pareil à l'incarnation d'un Bienfait,
Un Amour bien vivant confronte mes regards.
Prêt à comprendre et prêt à écouter,
Je te pleure, adorable amie !
Me consoleras-tu de tous mes tourments ?
Partager ma demeure avec toi !

Vaine répétition, car tu es ma demeure.
Mon lit serein qu'éclairera la lune,
Que bercera la grive, et qu'éveillera l'alouette,
Sans toi serait une barque à la dérive,
Dont le Pilote, sur un océan vide,
A sa barre croulante, resterait pâle et silencieux.

N'es-tu donc rien ? Tu ressembles à celle
Qu'un bûcheron, arpentant la clairière,
Par un matin d'hiver, sur la piste confuse
Où la brume tisse une étrange lueur,
Voit glisser devant lui, sans toucher le sol,
Image auréolée de gloire :
Il admire ébloui ses ravissantes teintes,
Mais c'est son ombre, qu'il poursuit !

(Inédit.)

Traduction Robert Benayoun.

MATTHEW GREGORY (MONK) LEWIS
(1775-1818)

Ce diplomate, que Sa Majesté britannique avait envoyé à La Haye, n'avait pas la vocation de la carrière. Il s'empressa de l'abandonner dès qu'il put entrer en possession de l'héritage de son père, mort en 1815. Il alla en prendre possession aux Indes occidentales et mourut à son retour. A l'âge de vingt ans, Monk Lewis avait publié *Le Moine* qui reçut, en France, un accueil enthousiaste et exerça une grande influence sur la naissance et le développement du mouvement romantique. L'amour sublime, porté à son paroxysme, s'y meut dans un climat merveilleux et fantastique. Il est résumé, avec un éclat jamais atteint, par la réplique d'Ambrosio à Matilde, ce démon dont toute « femme fatale » n'est qu'une imparfaite incarnation : « Restez, enchanteresse, restez pour ma perdition. »

ŒUVRES (traductions françaises). — *Le Moine* (1797), *Le Brigand de Venise* (1808), *Les orphelins de Werdenberg* (1810), *La fenêtre du grenier de mon oncle* (1821), *Blanche et Osbright* (1822).

Le moine

— ... J'avais conservé mon cœur libre de toute inclination, lorsque le hasard me conduisit un jour à l'église des Dominicains. Oh ! ce jour-là, mon ange gardien sommeillait assurément, peu soigneux de remplir sa tâche. C'est ce jour-là que je vous vis pour la première fois. Vous remplaciez votre prédécesseur, absent par maladie. Vous devez vous rappeler quel enthousiasme votre discours excita dans l'auditoire. Avec quelle avidité j'attendais chacune de vos paroles ! Il me sembla que votre éloquence m'enlevait jusqu'aux nues. J'osais à peine respirer dans la crainte de perdre une seule syllabe. Je crus voir, tandis que vous parliez, votre tête environnée d'une auréole brillante, et tout votre maintien me retraçait la majesté d'un Dieu. Je me retirai de l'église le cœur plein d'admiration. A compter de ce moment, vous êtes devenu l'idole de mon cœur, l'unique objet de toutes mes pensées. La mélancolie et le désespoir s'emparèrent de moi. Je me séparai de la société, et ma santé alla chaque jour en déclinant. A la fin, ne pouvant plus exister dans cet état de souffrance, je pris le parti d'avoir recours au déguisement sous lequel vous me voyez aujourd'hui. Mon artifice a réussi ; conduite ici par un de mes parents, à qui j'avais confié mon secret, je fus reçue dans votre monastère, et je parvins à gagner votre estime.

« Dans cette situation, j'aurais été, mon révérend père, complètement heureuse, si je n'avais craint à chaque instant que quelqu'un ne s'aperçût de mon travestissement. Le plaisir que me causait votre société était empoisonné par cette idée. Craignant de perdre votre amitié, devenue nécessaire à mon existence, je me suis déterminée à ne pas confier au hasard la découverte de mon sexe, à vous avouer tout à vous-même, et à me jeter entre les bras de votre miséricorde et de votre indulgence. Serai-je, Ambrosio, trompée dans mon attente ? Non, je ne puis me le persuader. Vous ne voudrez point me réduire au désespoir ; vous me permettrez de continuer à vous voir, de converser avec vous, de vous adorer. Vos vertus seront la règle de ma vie et quand nous expirerons, nos corps reposeront du moins dans le même tombeau. »

Tandis que Matilde parlait ainsi, mille sentiments opposés se combattaient dans le cœur d'Ambrosio. La surprise, la confusion, le mécontentement, que lui causaient à la fois une aventure aussi singulière, une déclaration aussi brusque, une action aussi hardie que celle de Matilde, tels étaient les sentiments dont il pouvait se rendre compte à lui-même ; mais quelques autres se tenaient cachés, à son insu, dans le fond de son cœur. Il ne s'aperçut pas que sa vanité était flattée par les éloges que Matilde donnait à son éloquence et à sa vertu ; qu'il sentait un secret plaisir à songer qu'une femme jeune, et probablement jolie, avait pour lui abandonné le monde, et sacrifié toute autre passion à celle qu'il lui avait inspirée ; enfin, quoiqu'il sentît fortement la nécessité de s'armer en cette circonstance de toute sa sévérité, il ne s'aperçut pas que son cœur palpitait avec violence, tandis que les doigts d'ivoire de Matilde pressaient doucement sa main.

Lorsqu'il fut un peu remis de son trouble, il jugea qu'il était impossible que Matilde séjournât plus longtemps dans le couvent, après l'aveu qu'elle venait de faire. Il prit un air imposant, et retira sa main.

— Avez-vous pu réellement espérer, mademoiselle, que je vous permettrais de rester parmi nous ? En supposant même que je pusse accéder à votre demande, quel avantage en pourriez-vous retirer ? Pensez-vous que je puisse jamais répondre à une affection qui... ?

— Non, mon père, non ; je n'espère point vous inspirer un amour semblable au mien ; je ne demande que la liberté de rester près de vous, de passer quelques heures du moins dans votre société, d'obtenir votre compassion, votre amitié, votre estime : ma demande est-elle déraisonnable ?

— Mais, réfléchissez, señora, combien il serait contraire à toutes les convenances de souffrir qu'une femme habitât dans notre couvent, et une femme encore qui m'avoue qu'elle m'aime ! Cela ne doit pas être. Votre secret pourrait être découvert, et je ne veux point d'ailleurs m'exposer à une aussi dangereuse tentation.

— Tentation, dites-vous ? Oubliez que je suis femme, il n'y a plus de tentation à craindre ; ne voyez en moi qu'un ami, qu'un infortuné, dont le bonheur, dont la vie dépendent de votre protection : ne craignez pas que je rappelle jamais à votre souvenir que l'amour le plus ardent, le plus impétueux, m'a portée à déguiser mon sexe, ou que, pressée par l'aiguillon de quelques coupables désirs, oubliant et mon honneur et les vœux qui vous lient, je cherche jamais à vous détourner des sentiers de l'honnêteté. Non, Ambrosio, sachez mieux me connaître, je vous aime pour vos vertus ; perdez-les, et vous perdrez ainsi avec elles mon affection. Je vous regarde comme un saint ; prouvez-moi que vous n'êtes qu'un homme, et je vous quitte avec dégoût : et c'est moi que vous regardez comme une tentatrice ! moi, dont l'attachement pour vous n'est fondé que sur l'idée que j'ai conçue de votre incorruptibilité ! Oh ! bannissez ces injustes craintes : ayez meilleure opinion de vous-même et de moi ; je suis incapable de chercher à vous séduire, et votre vertu est sans doute établie sur une base trop solide pour être jamais ébranlée par des désirs vagues et sans objet. Ambrosio, ne me bannissez point de votre présence ; ressouvenez-vous de votre promesse, et autorisez-moi à rester près de vous.

— Impossible, Matilde ; votre intérêt même m'ordonne

de vous refuser, car c'est pour vous que je crains, plus encore que pour moi. Après avoir surmonté les mouvements impétueux de la jeunesse, passé trente ans dans les mortifications et la pénitence, je pourrais en toute sûreté vous permettre de rester, et je nc crains pas que vous m'inspiriez jamais d'autres sentiments que celui de la compassion ; mais un plus long séjour en ce lieu ne peut avoir pour vous que des suites fâcheuses. Vous donnerez à chacune de mes paroles et de mes actions une fausse interprétation ; vous saisirez avidement tout ce qui pourra nourrir en vous l'espérance de voir votre amour payé de retour ; insensiblement votre passion deviendra plus forte que votre raison, et ma présence au lieu de la calmer, ne fera que l'irriter encore. Croyez-moi, malheureuse femme, vous m'inspirez une compassion sincère. Je suis convaincu que vous n'avez agi jusqu'à présent que d'après les motifs les plus purs ; mais si l'on peut vous pardonner d'être aveugle sur l'imprudence de votre conduite, on ne me pardonnerait point, je ne pourrais me pardonner à moi-même, si je négligeais de vous ouvrir les yeux. Mon devoir m'oblige à vous traiter avec rigueur ; je dois rejeter votre prière, je dois détruire toute espérance qui servirait à nourrir des sentiments si pernicieux à votre repos. Matilde, vous sortirez du couvent demain matin.

— Demain, Ambrosio, demain ! Oh ! ce n'est pas là sans doute votre dernière résolution ; vous n'aurez pas cet excès de cruauté.

— Vous avez entendu ma décision, préparez-vous à vous y conformer ; les lois de notre ordre sont rigoureuses : cacher une femme dans l'enceinte de ces murs, ce serait un parjure ; mes vœux m'obligent à révéler votre histoire à la communauté. J'ai pitié de votre sort, Matilde, c'est tout ce que vous devez attendre de moi.

Il prononça ces derniers mots d'une voix faible et tremblante : alors, se levant brusquement, il s'achemina vers le monastère. Matilde poussa un cri douloureux, le suivit et l'arrêta.

— Encore un moment, Ambrosio, laissez-moi vous dire une seule parolo.

— Je ne veux rien entendre ; cessez de me retenir, vous connaissez ma résolution.

— Un mot, un dernier mot !

— Laissez-moi, vos instances sont vaines ; vous sortirez d'ici demain matin.

— Hé bien ! allez, barbare ! je ne vous retiens plus ; mais il me restera du moins cette ressource.

En disant ces mots, elle tira de dessous sa robe, un poignard, écarta ses vêtements, et tint la pointe du stylet placée contre sa poitrine.

— Mon père, je ne sortirai pas vivante de cette enceinte.

— Matilde, que faites-vous ?

— Si votre résolution est prise, j'ai pris aussi la mienne. Au moment où l'on me séparera de vous, je me plonge ce poignard dans le cœur.

— Par saint Dominique, Matilde, êtes-vous en votre bon sens ? connaissez-vous les conséquences de votre action ? savez-vous que le suicide est le plus grand de tous les crimes ? Voulez-vous donc perdre votre âme, anéantir pour vous tout espoir de salut, vous condamner vous-même à d'éternels tourments ?

— Je sais tout cela, reprit-elle d'un ton passionné ; il dépend de vous de me sauver ou de me perdre. Parlez, Ambrosio, dites-moi que vous tiendrez mon aventure secrète, que je puis rester ici votre amie et votre compagne, autrement vous allez à l'instant même voir couler mon sang.

En proférant ces derniers mots, Matilde leva le bras lentement, et fit un mouvement comme pour se poignarder. Le moine suivit de l'œil le circuit que parcourut le poignard. Les vêtements de Matilde étaient écartés, sa gorge était à demi découverte... et quelle gorge, grand Dieu ! La pointe du stylet alla se poser sur son sein gauche, dont le moine, à l'aide des rayons brillants de la lune, put observer la blancheur éblouissante ; son œil resta fixé, avec une insatiable avidité, sur le plus beau demi-globe que la nature ait jamais produit. Une sensation, jusqu'alors inconnue, remplit son cœur d'un mélange d'inquiétude et de plaisir ; un feu dévorant circula rapidement dans toutes ses veines, et mille désirs troublèrent son imagination en agitant son sein.

— Je ne résiste plus, s'écria-t-il d'une voix sanglotante ; restez, enchanteresse, restez pour ma perdition.

Le Moine, traduction de l'abbé Morellet.

HEINRICH VON KLEIST
(1777-1811)

La vie de Heinrich von Kleist n'est qu'une tension angoissée vers l'amour sublime et une quête fébrile de l'objet de cet amour. On le voit porter ses hommages d'un être à un autre, déçu de chacune et désespérant de lui-même, consumé par un désir inassouvi et poursuivant un bonheur dont il ne peut espérer jouir. Il ne cherche donc pas ce bonheur dans la vie mais dans la mort. Il devient ainsi l'image masculine de la « sorcière », mais celle-ci aboutit au désespoir et à la mort, tout en s'en défendant. Elle y est acculée par le monde. Au contraire, Heinrich von Kleist est hanté par le désespoir tout au long de sa tragique existence et il sait que le seul remède à son angoisse réside dans la mort. Il cherche donc, pour cette mort et non pas pour la vie, une compagne pour qui l'amour sera la porte battante aux grands vents de l'abîme. Lorsqu'il rencontre Adolphine Vogel — qui prendra le prénom de Henriette pour l'amour de lui — et qu'il en est aimé jusqu'à obtenir d'elle un engagement de mort, le bonheur l'habite. Ils savent tous deux que leur fin ne dépend que d'eux-mêmes et sont métamorphosés. Il lui écrit :

« Ma Jettchen, mon petit cœur, ma chérie, ma colombe, ma vie, ma douce et chère vie, mon tout, mon bien, mes châteaux, mes prés et mes vignes. O soleil de ma vie. Soleil, lune et étoiles. Ciel et terre, mon passé et mon avenir, ma fiancée, mon enfant... la prunelle de mes yeux. O chérie, comment te nommer ? Ma couronne, ma reine et mon impératrice. Cher trésor de mon cœur, ma femme, ma tragédie, ma gloire posthume, mon séraphin, mon chérubin, que je t'aime ! »

Et elle demeure au même ineffable sommet lorsqu'elle lui répond :

« Mon Heinrich au nom si doux, mon parterre de jacinthes, mon océan de délices, mon aube et mon crépuscule, ma harpe éolienne, ma rosée, mon arc-en-ciel, mon enfant adoré, mon cher cœur, ma joie et ma douleur, ma renaissance, ma liberté et mon esclavage, mon sabbat, mon calice d'or, mon plaisir, ma chaleur, ma pensée, mon cher criminel, mon désir ici et là-bas, la consolation de mes yeux, mon plus doux souci, ma plus belle jeunesse, mon orgueil, ma protection, ma conscience, ma forêt, ma splendeur, mon épée et mon casque, mon héroïsme, ma main droite, mon paradis, ma larme, mon échelle céleste, mon saint Jean, mon Tasso, mon chevalier, mon comte Wetter, mon page délicat, mon sublime poète, mon cristal, ma source de vie, mon repos, mon saule pleureur, mon chef, ma protection et mon secours, mon espoir et mon attente, mes rêves et ma consolation, mon petit chat caressant, ma forteresse, mon bonheur, ma mort, le petit fou de mon cœur, mon esquif, mon vallon, ma conscience, mon Léthé, mon berceau, mon encens et ma myrrhe, mon juge, mon saint, mon rêveur, mon désir, mon ami, mes nerfs, mon miroir d'or, mon rubis, ma flûte enchantée, ma couronne d'épines, ma merveille, mon élève et mon maître, je t'aime plus que tout ce qu'on a pensé et peut penser. Je te donne mon âme,

« P.-S. — Mon ombre à midi, ma fontaine du désert, ma mère, ma religion, ma musique intérieure, mon pauvre Henri malade, mon tendre agneau blanc, ma porte du Ciel. »

Peu après, le 19 novembre 1811, il tuait Henriette Vogel d'une balle au cœur et se suicidait aussitôt.

ŒUVRES (traductions françaises). — *Histoire de Michel Kohlhass, qui voulait rendre la justice par lui-même, Le prince Frédéric de Hombourg, La petite Catherine de Heilbronn ou l'épreuve du feu, La cruche cassée.*

Kätchen de Heilbronn

PREMIER ACTE

Une grotte souterraine, décorée des symboles du tribunal de la Sainte-Vehme, et éclairée par une lampe.

Le comte Otto von der Flühe, président ; Wenzel von Nachtheim et Hans von Bärenklau, assesseurs ; plusieurs autres comtes, chevaliers et seigneurs, tous masqués ; des gardes tenant des torches allumées, etc. A la barre, Théobald Friedeborn, bourgeois de Heilbronn, plaignant et le comte Wetter von Strahl, accusé.

Scène II

Kätchen, les yeux bandés est introduite par deux sbires. Ceux-ci lui enlèvent son bandeau, puis s'éloignent.

KÄTCHEN *parcourt des yeux l'assistance et, apercevant le comte, plie le genou devant lui.* — Mon seigneur !

COMTE DE STRAHL. — Que veux-tu ?

KÄTCHEN. — On m'a appelée à comparaître devant mon juge.

COMTE DE STRAHL. — Ce n'est pas moi ton juge. Lève-toi. Le voilà, sur son siège. Je suis ici comme accusé, de même que toi.

KÄTCHEN. — Mon seigneur ! Tu veux te moquer !

COMTE DE STRAHL. — Non ! C'est comme je t'ai dit. Qu'as-tu à incliner ton visage vers la poussière ? Je suis un magicien, je l'ai avoué déjà, et je délie à présent ta jeune âme de tous les liens que j'ai tissés pour l'enlacer. *(Il la relève.)*

COMTE OTTO. — De ce côté, jeune fille, s'il te plaît. C'est ici le tribunal !

HANS. — C'est ici que siègent tes juges.

KÄTCHEN, *après avoir regardé tout autour d'elle.* — Vous voulez me mettre à l'épreuve.

WENZEL. — Approche-toi du tribunal. C'est à lui que tu dois répondre.

Kätchen vient se placer à côté du comte de Strahl et considère les juges.

COMTE OTTO. — Eh bien ?

WENZEL. — Obéiras-tu ?

HANS. — Voudras-tu bien approcher ?

COMTE OTTO. — Te soumettras-tu à l'ordre de tes juges ?

KÄTCHEN, *à part soi.* — Ils m'appellent.

WENZEL. — Mais oui. Qu'attends-tu ?

COMTE OTTO, *surpris.* — Seigneurs, juges qu'a donc cette singulière enfant ?

Ils se regardent les uns les autres.

KÄTCHEN, *à part soi.* — Ils sont là, déguisés de la tête aux pieds, comme le tribunal du jugement dernier.

COMTE DE STRAHL, *la réveillant.* — Étrange fille ! A quoi rêves-tu ? Que fais-tu là ? Tu es ici devant le tribunal secret ! Je suis accusé pour l'artifice diabolique par lequel, tu le sais, j'ai gagné ton cœur. Va maintenant et raconte ce qui s'est passé.

KÄTCHEN *le regarde et pose ses deux mains sur sa poitrine.* — Tu me tortures si cruellement que je voudrais pleurer ! Instruis ta servante, mon seigneur, ordonne ce que je dois faire ici.

COMTE OTTO, *impatient.* — Ordonner ! Eh ! quoi ?

HANS. — Par Dieu ! A-t-on jamais ouï chose pareille ?

COMTE VON STRAHL, *avec une sévérité tempérée encore de douceur.* — Avance tout de suite à cette barre et réponds !

KÄTCHEN. — Non, dis, tu es accusé ?

COMTE DE STRAHL. — Tu l'as entendu.

KÄTCHEN. — Et ces hommes assis là sont tes juges ?

COMTE DE STRAHL. — C'est ainsi.

KÄTCHEN, *s'avançant à la barre.* — Nobles seigneurs, qui que vous soyez, levez-vous bien vite de vos sièges de juges, et cédez votre place à ce chevalier ! Car je vous le déclare au nom du Dieu vivant, son cœur est pur comme l'éclat de sa cuirasse, et le vôtre et le mien sont en comparaison noirs comme vos manteaux. Si un péché a été commis, c'est lui le juge, et vous avez à vous présenter tremblants à la barre !

COMTE OTTO. — Jeune folle, échappée d'hier au cordon ombilical, d'où te vient cette science prophétique ? Quel apôtre t'a fait cette confidence ?

THEOBALD. — Voyez la malheureuse !

KÄTCHEN, *apercevant son père, va à lui.* — Mon cher père ! *(Elle veut saisir sa main.)*

THEOBALD, *sévère.* — Ta place est à présent devant tes juges.

KÄTCHEN. — Ne me repousse pas. *(Elle saisit sa main et la baise.)*

THEOBALD. — Reconnais-tu mes cheveux que ta fuite a rendus gris naguère ?

KÄTCHEN. — Pas un jour n'a passé sans que je me fusse demandé comment flottaient leurs boucles. Aie patience. Ne te laisse pas aller à un chagrin excessif. Si la joie peut refaire des cheveux bruns, tu reprendras l'aspect florissant de ta jeunesse.

COMTE OTTO. — Hé, gardes ! Qu'on la saisisse. Amenez-la ici.

THEOBALD. — Va où l'on t'appelle.

KÄTCHEN, *aux juges, tandis que les gardes s'approchent d'elle.* — Que me voulez-vous ?

WENZEL. — A-t-on jamais vu enfant si entêtée ?

COMTE OTTO, *quand elle est arrivée à la barre.* — Sans phrases et sans discours, réponds ici à nos questions ! Car nous sommes, institués par notre conscience, tes juges, et si tu as péché, ton âme présomptueuse le sentira au châtiment.

KÄTCHEN. — Parlez, seigneurs vénérés. Que voulez-vous savoir ?

COMTE OTTO. — Pourquoi, quand Frédéric, comte de Strahl, est entré dans la maison de ton père, t'es-tu prosternée à ses pieds comme on fait devant Dieu ? Pourquoi, quand il est reparti sur son coursier, t'es-tu jetée par la fenêtre, comme une insensée dans la rue, et pourquoi, ta jambe à peine cicatrisée, l'as-tu suivi de lieu en lieu, à travers la nuit, et les brouillards, et leurs épouvantements, partout où son cheval dirigeait ses pas ?

KÄTCHEN, *toute rouge, au comte.* — Dois-je le dire ici, devant ces hommes ?

COMTE DE STRAHL. — La folle, la maudite insensée ! Qu'a-t-elle à m'interroger, moi ? L'ordre que ces hommes-là te donnent de tout expliquer ne suffit-il pas ?

KÄTCHEN, *tombant dans la poussière.* — Prends-moi, ô mon seigneur, si j'ai péché, la vie ! Ce qui s'est passé dans les intimes retraites du cœur et que Dieu permet, aucun homme n'a besoin de le connaître, et qui me le demande, je le nomme cruel ! Mais si tu veux, toi, savoir, parle, mon seigneur, car mon âme n'a pas de secret devant toi.

HANS. — A-t-on jamais vu chose pareille depuis que le monde est monde ?

WENZEL. — Elle s'abat dans la poussière devant lui...

HANS. — A genoux...

WENZEL. — Prosternée comme devant le Sauveur !

COMTE DE STRAHL, *aux juges.* — Nobles seigneurs, vous ne m'imputez pas, j'espère, à moi la folie de cette enfant ! Son esprit est troublé, c'est clair, bien qu'encore vous ne distinguiez pas mieux que moi par quelle cause. Si vous le permettez, je l'interrogerai. A la tournure de mes questions vous pourrez juger si mon âme est coupable ou non.

COMTE OTTO, *le scrutant du regard.* — Soit. Faites-en l'essai, seigneur comte, interrogez-la.

COMTE DE STRAHL, *se tournant vers Kätchen toujours agenouillée.* — Veux-tu me livrer la plus secrète de tes pensées, Kätchen, tu m'entends bien, qui sommeille au plus profond de ton cœur ?

KÄTCHEN. — Mon cœur tout entier, ô mon seigneur, si tu le veux, ainsi tu seras sûr de ce qu'il contient.

COMTE DE STRAHL. — Qu'est-ce donc, dis-le-moi d'un mot, tout rondement, qui t'a entraînée hors de la maison paternelle ? Qu'est-ce donc qui t'enchaîne à mes pas ?

KÄTCHEN. — Mon noble seigneur, tu m'en demandes trop ! Quand bien même je me serais prosternée devant ma propre conscience comme je me suis agenouillée, quand bien même elle trônerait sur un fauteuil de juge tout en or, assistée de toutes les terreurs du remords armées de glaives de feu,

HENRIETTE VOGEL EN 1802.

Photo Fricke, Francfort-sur-Oder.

à la question que tu me poses, chacune de mes pensées répondrait encore : Je ne sais pas.

COMTE DE STRAHL. — Tu me mens, jeune fille ! Tu veux égarer mon esprit à moi qui sais ? à moi qui tiens tous tes sentiments pris comme dans un filet ? à moi sous les yeux de qui tu es là comme la rose qui vient d'ouvrir son jeune calice à la lumière ? — Que t'ai-je fait, un jour, tu sais ? Qu'est-il advenu à ton corps et à ton âme ?

KÄTCHEN. — Où ?

COMTE DE STRAHL. — Là-bas ou ailleurs.

KÄTCHEN. — Quand ?

COMTE DE STRAHL. — L'autre jour, ou auparavant.

KÄTCHEN. — Aide-moi, mon noble seigneur.

COMTE DE STRAHL. — T'aider, moi, étrange enfant ! *(Il garde un moment le silence.)* Ne te souviens-tu de rien ?

KÄTCHEN *regarde fixement devant elle.*

COMTE DE STRAHL. — De tous les endroits où tu m'as vu, lequel est le plus présent à ton esprit ?

KÄTCHEN. — Le plus présent à mon esprit est le Rhin.

COMTE DE STRAHL. — Tout justement. C'est bien là. C'est ce que je voulais savoir. Le rocher, au bord du Rhin, où nous avons reposé ensemble, à la chaleur du milieu du jour. Et ce qui t'est advenu là, tu ne t'en souviens pas ?

KÄTCHEN. — Non, mon vénéré seigneur.

COMTE DE STRAHL. — Pas du tout ? Qu'ai-je offert à tes lèvres pour les rafraîchir ?

KÄTCHEN. — Comme je ne voulais pas de ton vin, tu envoyas Gottschalk, ton fidèle valet, puiser à la grotte un peu d'eau pour moi.

COMTE DE STRAHL. — Cependant j'ai pris ta main dans la mienne et j'ai offert de plus à tes lèvres... non ? Pourquoi restes-tu muette ?

KÄTCHEN. — Quand ?

COMTE DE STRAHL. — A ce moment-là.

KÄTCHEN. — Non, mon très haut seigneur.

COMTE DE STRAHL. — Mais plus tard ?

KÄTCHEN. — A Strasbourg ?

COMTE DE STRAHL. — Ou avant.

KÄTCHEN. — Tu n'as jamais pris ma main dans la tienne.

COMTE DE STRAHL. — Catherine !

KÄTCHEN, *rougissant.* — Oh ! pardonne-moi, oui, à Heilbronn !

COMTE DE STRAHL. — Quand ?

KÄTCHEN. — Tandis que mon père travaillait à ta cuirasse.

COMTE DE STRAHL. — Et pas une seule autre fois ?

KÄTCHEN. — Non, mon très haut seigneur.

COMTE DE STRAHL. — Catherine !

KÄTCHEN. — Tu m'aurais prise par la main ?

COMTE DE STRAHL. — Oui, ou autrement, que sais-je ?

KÄTCHEN *réfléchit.* — A Strasbourg, une fois, je m'en souviens, par le menton.

COMTE DE STRAHL. — Quand ?

KÄTCHEN. — Quand j'étais assise sur le seuil, et je pleurais, et ne voulais pas te répondre.

COMTE DE STRAHL. — Pourquoi ne répondais-tu pas ?

KÄTCHEN. — J'avais honte.

COMTE DE STRAHL. — Tu avais honte. C'est bien cela. De ma proposition. Tu devins pourpre jusqu'au bas du cou. Que te proposais-je donc ?

KÄTCHEN. — Tu me disais que mon père se ferait du chagrin pour moi, en Souabe, et tu me demandais si je ne voulais pas retourner auprès de lui, à Heilbronn, avec les chevaux que tu y envoyais.

COMTE DE STRAHL, *avec froideur.* — Ce n'est pas de cela qu'il est question ! Mais où donc encore me suis-je approché de toi ? Je suis parfois venu te trouver à l'écurie.

KÄTCHEN. — Non, vénéré seigneur.

COMTE DE STRAHL. — Vraiment pas ? Catherine !

KÄTCHEN. — Tu n'es jamais venu me trouver à l'écurie, encore bien moins m'as-tu jamais touchée.

COMTE DE STRAHL. — Quoi ! Jamais ?

KÄTCHEN. — Non, mon noble seigneur.

COMTE DE STRAHL. — Catherine !

KÄTCHEN, *avec une chaleur passionnée.* — Jamais, mon très vénéré seigneur, jamais !

COMTE DE STRAHL. — Par ma foi, en voici une menteuse !

KÄTCHEN. — Je veux perdre mon âme, je veux être damnée si jamais tu m'as...

COMTE DE STRAHL, *avec une violence voulue.* — La voilà qui jure, et se parjure, et se damne, l'écervelée, et se figure que Dieu pardonnera à sa jeunesse ! Que s'est-il passé, il y a cinq jours de cela, le soir, dans mon écurie, alors que la nuit tombait, et que j'ordonnai à Gottschalk de s'éloigner ?

KÄTCHEN. — Oh, doux Jésus ! Je n'y songeais pas ! Dans l'écurie du château de Strahl, là, tu es venu me trouver.

COMTE DE STRAHL. — Enfin ! Voilà qui est avoué ! Voilà qu'elle a perdu son âme en se parjurant ! Dans l'écurie du château de Strahl je suis venu te trouver !

KÄTCHEN *pleure.*

Un moment de silence.

COMTE OTTO. — Vous tourmentez trop cette enfant.

THEOBALD, *s'approchant d'elle avec émotion.* — Viens, ma fille. *(Il veut la relever et la serrer contre sa poitrine.)*

KÄTCHEN. — Laisse-moi, laisse !

WENZEL. — C'est inhumain.

COMTE OTTO. — Vous verrez que, finalement, il ne s'est rien passé dans l'écurie du château de Strahl.

COMTE DE STRAHL. — Par Dieu ! seigneurs juges, si telle est votre croyance, c'est la mienne ! Ordonnez, et nous levons la séance !

COMTE OTTO. — Notre avis est que vous devez interroger l'enfant, et non l'accabler de sarcasmes barbares. Supposé que ce soit la nature qui vous ait conféré une telle puissance : telle que vous en usez, elle est plus odieuse que la magie infernale même dont on vous accuse.

COMTE DE STRAHL *relève Kätchen.* — Seigneurs juges, ce que j'ai fait, je l'ai fait seulement pour la relever triomphante devant vous. A mes lieu et place *(montrant du doigt le sol)*, voici mon gant devant le tribunal ! Si vous la croyez pure de toute faute, comme elle l'est, permettez qu'elle s'éloigne.

WENZEL. — Il semble que vous avez bien des raisons de le souhaiter ?

COMTE DE STRAHL. — Moi, des raisons ! Décisives ! Vous ne voulez pas, je pense, que je mette un orgueil barbare à triompher d'elle ?

WENZEL, *d'un ton qui trahit son arrière-pensée.* — Nous désirons pourtant, si vous le voulez bien, entendre encore ce qui s'est passé ce certain soir, dans l'écurie du château de Strahl.

COMTE DE STRAHL. — Vous voulez encore, seigneurs juges ?...

WENZEL. — Assurément !

COMTE DE STRAHL *(son visage s'empourpre tandis qu'il se tourne vers Kätchen.)*. — A genoux !

Kätchen tombe à genoux devant lui.

COMTE OTTO. — Vous êtes bien hardi, seigneur Friedrich, comte de Strahl !

COMTE DE STRAHL, *à Kätchen.* — Là. Bien ! Tu me répondras à moi et à personne d'autre.

HANS. — Permettez ! Nous lui...

COMTE DE STRAHL, *de même que tout à l'heure.* — Pas un mouvement ! Tu n'as pas d'autre juge que celui auquel ton âme se soumet librement !

WENZEL. — Seigneur comte, nous avons des moyens...

COMTE DE STRAHL, *avec une violence contenue.* — Je dis : non ! Je veux que le diable m'emporte si vous la contraignez ! Que voulez-vous savoir, seigneurs juges ?

HANS, *laissant éclater son indignation.* — Par le ciel !

WENZEL. — Une telle présomption doit...

HANS. — Holà, les gardes !

COMTE OTTO, *à mi-voix.* — Paix, mes amis, paix ! N'oubliez pas qui il est.

PREMIER JUGE. — Une accusation pèse sur lui, c'est vrai, mais il a droitement mené son interrogatoire.

SECOND JUGE. — C'est aussi mon sentiment. On peut bien le lui laisser continuer.

COMTE OTTO, *au comte de Strahl.* — Faites-lui dire ce qui s'est passé, il y a cinq jours de cela, le soir, dans l'écurie du château de Strahl, alors que déjà la nuit tombait, et que vous avez ordonné à Gottschalk de s'éloigner.

COMTE DE STRAHL, *à Kätchen.* — Qu'est-ce qui s'est passé, il y a cinq jours de cela, le soir, dans l'écurie du château de Strahl, alors que la nuit déjà tombait et que j'avais ordonné à Gottschalk de s'éloigner ?

KÄTCHEN. — Mon noble seigneur ! Pardonnez-moi si j'ai failli ; maintenant je te raconterai tout point par point.

COMTE DE STRAHL. — Bien. Je te pris, je te pris par... Non ? Mais oui, ne l'as-tu pas avoué déjà ?

KÄTCHEN. — Oui, mon noble seigneur.

COMTE DE STRAHL. — Et puis ?

KÄTCHEN. — Mon noble seigneur ?

COMTE DE STRAHL. — Que veux-je entendre de toi ?

KÄTCHEN. — Ce que tu veux entendre de moi ?

COMTE DE STRAHL. — Allons, parle ! Qu'as-tu à hésiter ? Je te pris, et te caressai, et te donnai des baisers, et passai mon bras autour de... ?

KÄTCHEN. — Non, mon noble seigneur.

COMTE DE STRAHL. — Et que fis-je donc ?

KÄTCHEN. — Tu me repoussas du pied.

COMTE DE STRAHL. — Du pied ? Non ! Je ne traite pas ainsi les chiens. Pourquoi ? pour quelle raison ? Que m'avais-tu fait ?

KÄTCHEN. — Parce que mon père était venu, plein de douceur et de bonté, avec des chevaux, pour me chercher, et que je lui tournai le dos, terrifiée, et qu'en te suppliant de me protéger contre lui, je tombai sans connaissance dans la poussière devant toi.

COMTE DE STRAHL. — Et alors, je t'aurais repoussée du pied ?

KÄTCHEN. — Oui, mon très vénéré seigneur.

COMTE DE STRAHL. — Hé, simple plaisanterie, n'est-ce pas ! Une comédie pour tromper ton père. Tu n'en es pas moins restée au château de Strahl !

KÄTCHEN. — Non, mon noble seigneur.

COMTE DE STRAHL. — Non ? Où donc es-tu restée ?

KÄTCHEN. — Quand, le visage enflammé, tu as décroché ton fouet, je suis sortie et, franchie la porte tapissée de mousse, je me suis fait une place, là où le mur d'enceinte est crevassé, où dans le sureau au doux parfum, un serin a fait son nid.

COMTE DE STRAHL. — Mais j'ai lancé contre toi mes chiens pour te chasser de là ?

KÄTCHEN. — Non, mon vénéré seigneur.

COMTE DE STRAHL. — Et quand tu t'es éloignée de mon domaine, poursuivie par les aboiements de la meute, j'ai crié au voisin de te poursuivre ?

KÄTCHEN. — Non, mon vénéré seigneur.

COMTE DE STRAHL. — Non ? Non ? Les seigneurs juges me le reprocheront.

KÄTCHEN. — Que t'importent ces seigneurs ? Le troisième

jour tu m'envoyas Gottschalk, pour me dire que j'étais ta chère petite Kätchen, mais que je devais être raisonnable, et m'en aller.

COMTE DE STRAHL. — Et que répondis-tu ?

KÄTCHEN. — Je dis que tu souffrais le serin qui gazouille dans le sureau au doux parfum, que tu pouvais bien souffrir aussi la petite Kätchen de Heilbronn.

COMTE DE STRAHL, *relevant Kätchen.* — Maintenant, emmenez-la, seigneurs juges de la Vehme, et faites d'elle et de moi ce que vous voudrez.

QUATRIÈME ACTE

Scène II

Devant le château de Strahl, à l'endroit où des arbres se pressent autour de grosses pierres, détachées du mur d'enceinte qui tombe en ruines. Un bouquet de sureaux forme une tonnelle ; un rocher recouvert d'une natte de paille sert de siège ; une chemise, une paire de bas et d'autres hardes sont suspendues pour sécher.

Kätchen, étendue sur le rocher, dort.

. . . .

COMTE DE STRAHL. — Où donc es-tu mon petit cœur ? Dis-le-moi.

KÄTCHEN. — Je suis au milieu d'une belle prairie verte, toute bigarrée de fleurs aux mille couleurs.

COMTE DE STRAHL. — Ah ! ces ne-m'oubliez-pas ! Et là, ces camomilles !

KÄTCHEN. — Et ici ces violettes ! Vois donc ! toute une touffe !

COMTE DE STRAHL. — Je veux descendre de cheval, Kätchen, et m'asseoir un peu sur l'herbe à côté de toi. Le permets-tu ?

KÄTCHEN. — Fais, mon noble seigneur.

COMTE DE STRAHL, *criant comme pour appeler.* — Hé ! Gottschalk !... Où pourrais-je donc laisser ma jument ?... Gottschalk ! Où es-tu ?

KÄTCHEN. — Laisse-la donc en liberté. La Lise ne se sauvera pas.

COMTE DE STRAHL, *souriant.* — Tu penses ? Eh bien, soit !

(Pause. — Il fait retentir son armure.) Ma chère Kätchen ! *(Il prend sa main dans les siennes.)*

KÄTCHEN. — Mon noble seigneur !

COMTE DE STRAHL. — Tu m'aimes bien, n'est-ce pas ?

KÄTCHEN. — Pour sûr ! De tout mon cœur.

COMTE DE STRAHL. — Mais moi ? Qu'en penses-tu ? Je ne t'aime pas.

KÄTCHEN, *souriant.* — Oh, le fourbe !

COMTE DE STRAHL. — Comment fourbe ! J'espère que... !

KÄTCHEN. — Ne dis pas de bêtise ! Tu es amoureux, amoureux de moi, comme un tourtereau.

COMTE DE STRAHL. — Comme un tourtereau ! Tu dis ? En vérité, je crois que tu... !

KÄTCHEN. — Que dis-tu ?

COMTE DE STRAHL, *avec un soupir.* — Elle le croit, solide comme une tour !... Soit ! Je la laisse croire... Mais, Kätchen, s'il en est comme tu dis...

KÄTCHEN. — Eh bien, quoi ? Plaît-il ?

COMTE DE STRAHL. — Comment donc, parle, cela doit-il finir ?

KÄTCHEN. — Comment cela doit finir ?

COMTE DE STRAHL. — Oui. Y as-tu déjà pensé ?

KÄTCHEN. — Eh ! mais...

COMTE DE STRAHL. — Quoi donc ?

KÄTCHEN. — A Pâques prochaines, tu m'épouseras.

CHARLES-ROBERT MATURIN
(1782-1824)

Descendant d'émigrés protestants réfugiés en Irlande, à la suite de la révocation de l'Édit de Nantes, Charles-Robert Maturin montra, dès sa plus tendre enfance, un goût prononcé pour le théâtre et les déguisements. Ses études terminées, il épousa Henriette Kingsbury, fille de l'archevêque de Killala et fut bientôt nommé pasteur de la paroisse Saint-Peter, à Dublin. La vie ecclésiastique pourtant ne l'attirait guère, mais elle lui laissait des loisirs. Il les mit à profit pour composer *La revanche fatale ou la famille Montorio* (1807), *L'enfant sauvage irlandais* (1808), et *Le chef milésien* (1812), qu'il publia sous le pseudonyme de Dennis Jasper Murphy. Ces trois ouvrages eurent, d'emblée, un succès éclatant. Cependant, ruiné par ses prodigalités, il dut quitter école et maison ; puis, sous son nom cette fois, il remit à Walter Scott le manuscrit de *Bertram ou le château de Saint-Aldobrand.* Celui-ci le transmit à Byron, qui le fit représenter au théâtre Drury Lane, en 1816. La pièce connut un immense succès, si bien que Maturin abandonna alors définitivement son ministère pour mener à Londres une vie des plus mondaines. Il publia cependant, en 1818, *Women or pour et contre* et, en 1820, son chef-d'œuvre *Melmoth ou l'homme errant.* Il devait mourir en 1824, s'étant trompé de médicament, l'année même où était imprimé son dernier roman, *Les Albigeois.* « Si je possède le moindre talent, a-t-il écrit, c'est celui d'assombrir les ténèbres, de peindre la vie dans ses extrémités, et de représenter toutes les luttes de la passion, où l'âme tremble au voisinage de l'interdit. » Après sa mort, ses fils, qui étaient entrés dans la carrière ecclésiastique et condamnaient les rapports de leur père avec le théâtre, détruisirent tous ses manuscrits.

ŒUVRES (traductions françaises). — *Melmoth, ou l'homme errant* (1821), *Bertram, ou le château de Saint-Aldobrand* (1821), *La famille Montorio, ou la fatale vengeance* (1822), *Les Albigeois* (1825), *Connal, ou les Milésiens* (1828), *Le jeune Irlandais* (1828).

Melmoth ou l'homme errant
(fragment)

— ... Qu'y a-t-il entre vous et moi, Isidora ?

— Je vous aime, répondit la vierge espagnole, d'une voix aussi pure, aussi ferme et aussi tendre que du temps où elle

était la seule divinité de son île enchantée et fleurie. « Je vous ai aimé avant d'être chrétienne ; j'ai changé de croyance mais mon cœur n'a point changé. Je vous aime encore ; je serai à vous pour toujours. Vous m'insultez en paraissant douter de ce sentiment que vous ne cherchez à analyser que parce que vous ne le sentez pas ou ne pouvez pas le comprendre. Dites-moi *ce que c'est qu'aimer*. Je vous défie, avec toute votre éloquence et tous vos sophismes, de répondre à cette question avec autant de justesse que moi. Si vous voulez savoir ce que c'est que l'amour, ne le demandez pas à la bouche d'un homme, mais au cœur d'une femme.

— En me priant de vous expliquer l'amour, dit Melmoth avec un sourire amer, vous m'imposez une tâche qui m'est si agréable, que je ne doute pas de la remplir à votre entière satisfaction. *Aimer*, belle Isidora, c'est vivre dans un monde que nous avons créé nous-mêmes, et dans lequel les formes et les couleurs des objets sont aussi brillantes que fausses et décevantes. Pour ceux qui aiment, il n'y a ni jour ni nuit, ni été ni hiver, ni société ni solitude. Leur délicieuse mais illusoire existence n'offre que deux époques, la *présence* et l'*absence*. Elles tiennent lieu de toutes les distinctions de la nature et de la société. Le monde pour eux ne renferme qu'un individu, et cet individu est pour eux le monde lui-même. L'atmosphère de sa présence est le seul air dans lequel ils puissent vivre, et la lumière de ses yeux est le seul soleil de leur création.

— J'aime ! se dit intérieurement Isidora.

— *Aimer*, continua Melmoth, c'est vivre dans une existence aussi remplie de contradictions perpétuelles ; sentir que l'absence est insupportable ; souffrir presque autant dans la présence de l'objet aimé ; être rempli de mille pensées quand nous sommes loin de lui ; songer au bonheur que nous éprouverons à lui en faire part en le voyant : et quand le moment de notre réunion arrive, nous sentir, par une timidité également oppressive et insupportable, hors d'état d'exprimer une seule de ces pensées ; être éloquent en son absence et muet en sa présence ; attendre le moment de son retour comme l'aurore d'une nouvelle existence : et quand il arrive être privé tout à coup de ces moyens auxquels il devait donner une nouvelle énergie ; guetter la lumière de ses yeux, comme le voyageur du désert guette le lever du soleil : et quand l'astre a paru, succomber sous le poids accablant de ses rayons, et regretter presque la nuit.

— Ah ! s'il en est ainsi, je crois bien que j'aime, dit à mi-voix Isidora.

— *Aimer*, poursuivit Melmoth, avec une énergie toujours croissante, c'est sentir que notre existence est tellement absorbée dans celle de l'objet aimé, que nous n'avons plus de sentiment que celui de sa présence ; de jouissances que les siennes ; de maux que ceux qu'il souffre ; *aimer*, c'est n'*être* que parce qu'il *est*, n'user de la vie que pour la lui conserver, tandis que notre humilité croît en proportion de notre attachement. Plus nous nous abaissons, moins notre abaissement nous paraît suffire pour exprimer notre amour ; la femme qui aime ne doit plus se rappeler son existence individuelle ; elle ne doit considérer ses parents, sa patrie, la nature, la société, la *religion* elle-même... Vous tremblez ! Immalie ; je veux dire Isidora... que comme des grains d'amour qu'elle jette sur l'autel du cœur.

— Oui, j'aime en effet, s'écria Isidora, et elle pleurait et tremblait en faisant cette terrible confession. J'aime, car j'ai oublié tous les liens que l'on dit être ceux de la nature, et le pays dans lequel on m'a dit que j'étais née...

STENDHAL
(1783-1842)

Théoricien de l'amour-passion, Stendhal ne semble pas avoir été vraiment aimé. Une femme a-t-elle, une fois, occupé tout le cœur de cet homme qui passa son existence à observer ses contemporains ? Même son penchant pour Métilde Dembowski ressortit plus à ce qu'il appelle « l'amour-goût » qu'à la passion. Son échec auprès d'elle paraît l'avoir incliné à une réflexion sur les rapports de l'homme et de la femme, dont *De l'Amour* est le fruit. Mais pouvait-il vraiment aimer ? Il obéit en tout cas à des impulsions contradictoires. Il reprend à son compte une remarque de Métilde : « Dans une société très avancée, l'*amour-passion* est aussi naturel que l'amour physique chez les sauvages. » (*De l'Amour*, fragment 106.) Cependant, dans une lettre à Félix Faure (2 décembre 1811), il définit l'amitié : « Deux corps se rapprochent ; il naît de la chaleur et une fermentation, mais tout état de cette nature est passager. C'est une fleur dont il faut jouir avec volupté. » Son penchant à l'analyse, sa vanité et une certaine timidité entravent à coup sûr ses élans, ce qui le conduit à la sécheresse. Ne note-t-il pas en marge d'une lettre éplorée d'une de ses dernières maîtresses : « Ah ! tu souffres ! Quel beau cri ! Comme c'est ça ! » Cependant, l'auteur de *Mina de Wanghel* ne tendait-il pas malgré tout à cet amour-passion ? Il n'aurait pas pu, à mon sens, composer cette nouvelle s'il n'avait conservé dans un coin secret de son cœur un véritable besoin de cet amour.

ŒUVRES. — *Armance, ou quelques scènes d'un salon de Paris en 1827, La chartreuse de Parme, L'abbesse de Castro, La duchesse de Palliano, A. Constantin, Lamiel, Lucien Leuwen, Le rouge et le noir, Théâtre, La vie de Henri Brulard,* etc.

De l'amour

Chapitre II

De la naissance de l'amour.

Voici ce qui se passe dans l'âme :

1° L'admiration.

2° On se dit : Quel plaisir de lui donner des baisers, d'en recevoir, etc. !

3° L'espérance.

On étudie les perfections ; c'est à ce moment qu'une femme devrait se rendre, pour le plus grand plaisir physique possible. Même chez les femmes les plus réservées, les yeux rougissent au moment de l'espérance ; la passion est si forte, le plaisir si vif qu'il se trahit par des signes frappants.

4° L'amour est né.

Aimer, c'est avoir du plaisir à voir, toucher, sentir par tous les sens et d'aussi près que possible, un objet aimable et qui nous aime.

5° La première cristallisation commence.

On se plaît à orner de mille perfections une femme de l'amour de laquelle on est sûr ; on se détaille tout son bonheur avec une complaisance infinie. Cela se réduit à s'exagérer une propriété superbe, qui vient de nous tomber du ciel, que l'on ne connaît pas, et de la possession de laquelle on est assuré.

Laissez travailler la tête d'un amant pendant vingt-quatre heures, et voici ce que vous trouverez :

Aux mines de sel de Salzbourg, on jette, dans les profondeurs abandonnées de la mine, un rameau d'arbre effeuillé par l'hiver ; deux ou trois mois après on le retire couvert de cristallisations brillantes : les plus petites branches, celles qui ne sont pas plus grosses que la patte d'une mésange, sont garnies d'une infinité de diamants, mobiles et éblouissants ; on ne peut plus reconnaître le rameau primitif.

Ce que j'appelle cristallisation, c'est l'opération de l'esprit, qui tire de tout ce qui se présente la découverte que l'objet aimé a de nouvelles perfections.

Un voyageur parle de la fraîcheur des bois d'orangers à Gênes, sur le bord de la mer, durant les jours brûlants de l'été ; quel plaisir de goûter cette fraîcheur avec elle !

Un de vos amis se casse le bras à la chasse ; quelle douceur de recevoir les soins d'une femme qu'on aime ! Être toujours avec elle et la voir sans cesse vous aimant ferait presque bénir la douleur ; et vous partez du bras cassé de votre ami, pour ne plus douter de l'angélique bonté de votre maîtresse. En un mot il suffit de penser à une perfection pour la voir dans ce qu'on aime.

Ce phénomène, que je me permets d'appeler *cristallisation*, vient de la nature qui nous commande d'avoir du plaisir et qui nous envoie le sang au cerveau, du sentiment que les plaisirs augmentent avec les perfections de l'objet aimé, et de l'idée elle est à moi. Le sauvage n'a pas le temps d'aller au-delà du premier pas. Il a du plaisir, mais l'activité de son cerveau est employée à suivre le daim qui fuit dans la forêt, et avec la chair duquel il doit réparer ses forces au plus vite, sous peine de tomber sous la hache de son ennemi.

A l'autre extrémité de la civilisation, je ne doute pas qu'une femme tendre n'arrive à ce point de ne trouver le plaisir physique qu'auprès de l'homme qu'elle aime[1]. C'est le contraire du sauvage. Mais parmi les nations civilisées la femme a du loisir, et le sauvage est si près de ses affaires, qu'il est obligé de traiter sa femelle comme une bête de somme. Si les femelles de beaucoup d'animaux sont plus heureuses, c'est que la subsistance des mâles est plus assurée.

Mais quittons les forêts pour revenir à Paris. Un homme passionné voit toutes les perfections dans ce qu'il aime ; cependant l'attention peut encore être distraite, car l'âme se rassasie de tout ce qui est uniforme, même du bonheur parfait[2].

Voici ce qui survient pour fixer l'attention :

6º Le doute naît.

Après que dix ou douze regards, ou toute autre série d'actions qui peuvent durer un moment comme plusieurs jours, ont d'abord donné et ensuite confirmé les espérances, l'amant, revenu de son premier étonnement et s'étant accoutumé à son bonheur, ou guidé par la théorie qui, toujours basée sur les cas les plus fréquents, ne doit s'occuper que des femmes faciles, l'amant, dis-je, demande des assurances plus positives, et veut pousser son bonheur.

On lui oppose de l'indifférence[3], de la froideur ou même de

1. Si cette particularité ne se présente pas chez l'homme, c'est qu'il n'a pas la pudeur à sacrifier pour un instant.

2. Ce qui veut dire que la même nuance d'existence ne donne qu'un instant de bonheur parfait ; mais la manière d'être d'un homme passionné change dix fois par jour.

3. Ce que les romans du XVIIe siècle appelaient le *coup de foudre*, qui décide du destin du héros et de sa maîtresse, est un mouvement de l'âme qui, pour avoir été gâté par un nombre infini de barbouilleurs, n'en existe pas moins dans la nature ; il provient de l'impossibilité de cette manœuvre défensive. La femme qui aime trouve trop de bonheur dans le sentiment qu'elle éprouve, pour réussir à feindre ; ennuyée de la prudence, elle néglige toute précaution et se livre en aveugle au bonheur d'aimer. La défiance rend le coup de foudre impossible.

la colère, s'il montre trop d'assurance ; en France, une nuance d'ironie qui semble dire : « Vous vous croyez plus avancé que vous ne l'êtes. » Une femme se conduit ainsi, soit qu'elle se réveille d'un moment d'ivresse et obéisse à la pudeur, qu'elle tremble d'avoir enfreinte, soit simplement par prudence ou par coquetterie.

L'amant arrive à douter du bonheur qu'il se promettait ; il devient sévère sur les raisons d'espérer qu'il a cru voir.

Il veut se rabattre sur les autres plaisirs de la vie, *il les trouve anéantis*. La crainte d'un affreux malheur le saisit, et avec elle l'attention profonde.

7º Seconde cristallisation.

Alors commence la seconde cristallisation produisant pour diamants des confirmations de cette idée :

Elle m'aime.

A chaque quart d'heure de la nuit qui suit la naissance des doutes, après un moment de malheur affreux, l'amant se dit : Oui, elle m'aime ; et la cristallisation se tourne à découvrir de nouveaux charmes ; puis le doute à l'œil hagard s'empare de lui, et l'arrête en sursaut. Sa poitrine oublie de respirer ; il se dit : Mais est-ce qu'elle m'aime ? Au milieu de ces alternatives déchirantes et délicieuses, le pauvre amant sent vivement : Elle me donnerait des plaisirs qu'elle seule au monde peut me donner.

C'est l'évidence de cette vérité, c'est ce chemin sur l'extrême bord d'un précipice affreux, et touchant de l'autre main le bonheur parfait, qui donne tant de supériorité à la seconde cristallisation sur la première.

L'amant erre sans cesse entre ces trois idées :

1º Elle a toutes les perfections ;

2º Elle m'aime ;

3º Comment faire pour obtenir d'elle la plus grande preuve d'amour possible ?

Le moment le plus déchirant de l'amour jeune encore est celui où il s'aperçoit qu'il a fait un faux raisonnement et qu'il faut détruire tout un pan de cristallisation.

On entre en doute de la cristallisation elle-même.

CHAPITRE X

. . . .

Pour qu'un être humain puisse s'occuper avec délices à diviniser un objet aimable, qu'il soit pris dans la forêt des Ardennes ou au bal de Coulon, il faut d'abord qu'il lui semble parfait, non pas sous tous les rapports possibles, mais sous tous les rapports qu'il voit actuellement ; il ne lui semblera parfait à tous égards, qu'après plusieurs jours de la seconde cristallisation. C'est tout simple, il suffit alors d'avoir l'idée d'une perfection pour la voir dans ce qu'on aime.

On voit en quoi la *beauté* est nécessaire à la naissance de l'amour. Il faut que la laideur ne fasse pas obstacle. L'amant arrive bientôt à trouver belle sa maîtresse telle qu'elle est, sans songer à la *vraie beauté*.

Les traits qui forment la vraie beauté, lui promettraient s'il les voyait, et si j'ose m'exprimer ainsi, une quantité de bonheur que j'exprimerai par le nombre un, et les traits de sa maîtresse tels qu'ils sont lui promettent mille unités de bonheur.

Avant la naissance de l'amour, la beauté est nécessaire comme *enseigne ;* elle prédispose à cette passion par les louanges qu'on entend donner à ce qu'on aimera. Une admiration très vive rend la plus petite espérance décisive.

Dans l'amour-goût, et peut-être dans les premières cinq minutes de l'amour-passion, une femme en prenant un amant tient plus de compte de la manière dont les autres femmes voient cet homme, que de la manière dont elle le voit elle-même.

De là les succès des princes et des officiers[1].

Les jolies femmes de la cour du vieux Louis XIV étaient amoureuses de ce prince.

1. Those who remarked in the countenance of this young hero a dissolute audacity mingled with extreme haughtiness and indifference to the feelings of others, could not yet deny to his countenance that sort of comeliness which belongs to an open set of features, well formed by nature, modelled by art to the usual rules of courtesy, yet so far frank and honest, that they seemed as if they disclaimed to the conceal the natural working of the soul. Such an expression is often mistaken for *manly frankness*, when in truth it arises from the reckless indifference of a libertine disposition, conscious of *superiority of birth, of wealth*, or of some other adventitious advantage totally unconnected with personal merit. — *Ivanhoe*, tome I, p. 145.

Il faut bien se garder de présenter des facilités à l'espérance, avant d'être sûr qu'il y a de l'admiration. On ferait naître la fadeur, qui rend à jamais l'amour impossible, ou du moins que l'on ne peut guérir que par la pique d'amour-propre.

On ne sympathise pas avec le *niais*, ni avec le sourire à tout venant ; de là, dans le monde, la nécessité d'un vernis de rouerie ; c'est la noblesse des manières. On ne cueille pas même le *rire* sur une plante trop avilie. En amour, notre vanité dédaigne une victoire trop facile ; et, dans tous les genres, l'homme n'est pas sujet à s'exagérer le prix de ce qu'on lui offre.

Chapitre XI

Une fois la cristallisation commencée, l'on jouit avec délices de chaque nouvelle beauté que l'on découvre dans ce qu'on aime.

Mais qu'est-ce que la beauté ? C'est une nouvelle aptitude à vous donner du plaisir.

Les plaisirs de chaque individu sont différents, et souvent opposés : cela explique fort bien comment ce qui est beauté pour un individu est laideur pour un autre (exemple concluant de Del Rosso et de Lisio, le 1er janvier 1820).

Pour découvrir la nature de la beauté, il convient de rechercher quelle est la nature des plaisirs de chaque individu ; par exemple, il faut à Del Rosso une femme qui souffre quelques mouvements hasardés, et qui par ses sourires, autorise des choses fort gaies ; une femme qui, à chaque instant, tienne les plaisirs physiques devant son imagination, et qui excite à la fois, le genre d'amabilité de Del Rosso, et lui permette de la déployer.

Del Rosso entend par amour, apparemment l'amour physique, et Lisio l'amour-passion. Rien de plus évident qu'ils ne doivent pas être d'accord sur le mot beauté[1].

La beauté que vous découvrez étant donc une nouvelle aptitude à vous donner du plaisir, et les plaisirs variant comme les individus.

1. Ma *beauté*, promesse d'un caractère utile à mon âme, est au-dessus de l'attraction des sens ; cette attraction n'est qu'une espèce particulière. 1815.

La cristallisation formée dans la tête de chaque homme doit porter la *couleur* des plaisirs de cet homme.

La cristallisation de la maîtresse d'un homme, ou sa BEAUTÉ, n'est autre chose que la collection de TOUTES LES SATISFACTIONS de tous les désirs qu'il a pu former successivement à son égard.

CHAPITRE XII

Suite de la cristallisation.

Pourquoi jouit-on avec délices de chaque nouvelle beauté que l'on découvre dans ce qu'on aime ?

C'est que chaque nouvelle beauté nous donne la satisfaction pleine et entière d'un désir. Vous la voulez tendre, elle est tendre ; ensuite vous la voulez fière comme l'Émilie de Corneille, et, quoique ces qualités soient probablement incompatibles, elle paraît à l'instant avec une âme romaine. Voilà la raison morale pour laquelle l'amour est la plus forte des passions. Dans les autres, les désirs doivent s'accommoder aux froides réalités ; ici ce sont les réalités qui s'empressent de se modeler sur les désirs ; c'est donc celle des passions où les désirs violents ont les plus grandes jouissances.

Il y a des conditions générales de bonheur qui étendent leur empire sur toutes les satisfactions de désirs particuliers.

1° Elle semble votre propriété, car c'est vous seul qui pouvez la rendre heureuse.

2° Elle est juge de votre mérite. Cette condition était fort importante dans les cours galantes et chevaleresques de François Ier et Henri II, et à la cour élégante de Louis XV. Sous un gouvernement constitutionnel et raisonneur, les femmes perdent toute cette branche d'influence.

3° Pour les cœurs romanesques, plus elle aura l'âme sublime, plus seront célestes et dégagés de la fange de toutes les considérations vulgaires les plaisirs que vous trouverez dans ses bras.

La plupart des jeunes Français de dix-huit ans sont élèves de J.-J. Rousseau ; cette condition de bonheur est importante pour eux.

Au milieu d'opérations si décevantes pour le désir du bonheur, la tête se perd.

Du moment qu'il aime, l'homme le plus sage ne voit plus aucun objet *tel qu'il est*. Il s'exagère en moins ses propres avantages, et en plus les moindres faveurs de l'objet aimé. Les craintes et les espoirs prennent à l'instant quelque chose de *romanesque* (de wayward). Il n'attribue plus rien au hasard ; il perd le sentiment de la probabilité ; une chose imaginée est une chose existante pour l'effet sur son bonheur[1].

Une marque effrayante que la tête se perd, c'est qu'en pensant à quelque petit fait, difficile à observer, vous le voyez blanc, et vous l'interprétez en faveur de votre amour ; un instant après vous vous apercevez qu'en effet il était noir, et vous le trouvez encore concluant en faveur de votre amour.

C'est alors qu'une âme en proie aux incertitudes mortelles sent vivement le besoin d'un ami ; mais pour un amant il n'est plus d'ami. On savait cela à la cour. Voilà la source du seul genre d'indiscrétion qu'une femme délicate puisse pardonner.

Mina de Vanghel
(fragment)

— Je suis folle, se dit-elle. A cet instant commença son malheur : il fit des pas de géant ; en peu d'instants, elle en fut à avoir des remords. — J'aime d'amour, et j'aime un homme marié ! — Tel fut le remords qui l'agita toute la nuit.

M. de Larçay partant avec sa femme pour les eaux d'Aix en Savoie, avait oublié une carte sur laquelle il avait montré à ces dames un petit détour qu'il comptait faire en allant à Aix. Un des enfants de Mme de Cély trouva cette carte ; Mina s'en empara et se sauva dans les jardins. Elle passa une heure à suivre le voyage projeté par M. de Larçay. Les noms des petites villes qu'il allait parcourir lui semblaient nobles et singuliers. Elle se faisait les images les plus pitto-

1. Il y a une cause physique, un commencement de folie, une affluence de sang au cerveau, un désordre dans les nerfs et le centre cérébral. Voir le courage éphémère des cerfs et la couleur des pensées d'un *soprano*. En 1922, la physiologie nous donnera la description de la partie physique de ce phénomène. Je le recommande à l'attention de M. Edwards.

resques de leur position ; elle enviait le bonheur de ceux qui les habitaient. Cette douce folie fut si forte, qu'elle suspendit ses remords. Quelques jours après, on dit chez Mme de Cély que les Larçay étaient partis pour la Savoie. Cette nouvelle fut une révolution dans l'esprit de Mina ; elle éprouva un vif désir de voyager.

A quinze jours de là une dame allemande, d'un certain âge, arrivait à Aix en Savoie, dans une voiture de louage prise à Genève. Cette dame avait une femme de chambre contre laquelle elle montrait tant d'humeur que Mme Toinod, la maîtresse de la petite auberge où elle était descendue, en fut scandalisée. Mme Cramer, c'était le nom de la dame allemande, fit appeler Mme Toinod.

— Je veux prendre auprès de moi, lui dit-elle, une fille du pays qui sache les *êtres* de la ville d'Aix et de ses environs ; je n'ai que faire de cette belle demoiselle que j'ai eu la sottise d'amener et qui ne connaît rien ici.

— Mon Dieu ! votre maîtresse a l'air bien en colère contre vous ! dit Mme Toinod à la femme de chambre dès qu'elles se trouvèrent seules.

— Ne m'en parlez pas, dit Aniken les larmes aux yeux ; c'était bien la peine de me faire quitter Francfort, où mes parents tiennent une bonne boutique. Ma mère a les premiers tailleurs de la ville et travaille absolument à l'instar de Paris.

— Votre maîtresse m'a dit qu'elle vous donnerait trois cents francs, quand vous voudriez, pour retourner à Francfort.

— J'y serais mal reçue ; jamais ma mère ne voudra croire que madame Cramer m'a renvoyée sans motifs.

— Eh bien ! restez à Aix, je pourrai vous y trouver une bonne condition. Je tiens un bureau de placement ; c'est moi qui fournis des domestiques aux baigneurs. Il vous en coûtera soixante francs pour les frais, et sur les trois cents francs de madame Cramer, il vous restera encore dix beaux louis d'or.

— Il y aura cent francs pour vous, au lieu de soixante, dit Aniken, si vous me placez dans une famille française : je veux achever d'apprendre le français et aller servir à Paris. Je sais fort bien coudre, et pour gage de ma fidélité, je déposerai chez mes maîtres vingt louis d'or que j'ai apportés de Francfort.

Le hasard favorisa le roman qui avait déjà coûté deux ou

trois cents louis à Mlle de Vanghel. M. et Mme de Larçay arrivèrent *à la Croix de Savoie :* c'est l'hôtel à la mode. Mme de Larçay trouva qu'il y avait trop de bruit, et prit un logement dans une charmante maison sur le bord du lac. Les eaux étaient fort gaies cette année-là ; il y avait grand concours de gens riches, souvent de très beaux bals, où l'on était paré comme à Paris, et chaque soir grande réunion à la *Redoute*. Mme de Larçay, mécontente des ouvrières d'Aix, peu adroites, et peu exactes, voulut avoir auprès d'elle une fille qui sût travailler. On l'adressa au bureau de Mme Toinod, qui ne manqua pas de lui amener des filles du pays évidemment trop gauches. Enfin parut Aniken dont les cent francs avaient redoublé l'adresse naturelle de Mme Toinod. L'air sérieux de la jeune Allemande plut à Mme de Larçay ; elle la retint et envoya chercher sa malle.

Le même soir, après que ses maîtres furent partis pour la *Redoute*, Aniken se promenait en rêvant, dans le jardin, sur le bord du lac. « Enfin, se dit-elle, voilà cette grande folie consommée ! Que deviendrai-je si quelqu'un me reconnaît ? Que dirait madame de Cély, qui me croit à Kœnigsberg ! » Le courage qui avait soutenu Mina tant qu'il avait été question d'agir, commençait à l'abandonner. Son âme était vivement émue, sa respiration se pressait. Le repentir, la crainte et la honte, la rendaient fort malheureuse. Mais enfin la lune se leva derrière la montagne de Haute-Combe ; son disque brillant se réfléchissait dans les eaux du lac doucement agitées par une brise du Nord ; de grands nuages blancs à formes bizarres passaient rapidement devant la lune et semblaient à Mina comme des géants immenses. « Ils viennent de mon pays, se disait-elle ; ils veulent me voir et me donner du courage au milieu du rôle singulier que je viens d'entreprendre. » Son œil attentif et passionné suivait leurs mouvements rapides. « Ombres de mes aïeux, se disait-elle, reconnaissez votre sang ; comme vous j'ai du courage. Ne vous effrayez point du costume bizarre dans lequel vous me voyez ; je serai fidèle à l'honneur. Cette flamme secrète d'honneur et d'héroïsme que vous m'avez transmise ne trouve rien de digne d'elle dans le siècle prosaïque où le destin m'a jetée. Me mépriserez-vous parce que je me fais une destinée en rapport avec le feu qui m'anime ? » Mina n'était plus malheureuse.

Un chant doux se fit entendre dans le lointain ; la voix partait apparemment de l'autre côté du lac. Ses sons mourants arrivaient à peine jusqu'à l'oreille de Mina, qui écoutait attentivement. Ses idées changèrent de cours, elle s'attendrit sur son sort. « Qu'importent mes efforts ? Je ne pourrai tout au plus que m'assurer que cette âme céleste et pure, que j'avais rêvée existe en effet dans ce monde ! Elle restera invisible pour moi. Est-ce que jamais j'ai parlé devant ma femme de chambre ? Ce déguisement malheureux aura pour effet de m'exposer à la société des domestiques d'Alfred. Jamais il ne daignera me parler. » Elle pleura beaucoup. « Je le verrai au moins tous les jours », dit-elle tout à coup en reprenant courage... « un plus grand bonheur n'était pas fait pour moi... Ma pauvre mère avait bien raison : « Que de folies tu feras un jour, me disait-elle, si jamais tu viens à aimer ! »

La voix qui chantait sur le bord du lac se fit entendre de nouveau, mais de beaucoup plus près. Mina comprit alors qu'elle partait d'une barque que Mina aperçut par le mouvement qu'elle communiquait aux ondes argentées par la lune. Elle distingua une douce mélodie digne de Mozart. Au bout d'un quart d'heure, elle oubliait tous les reproches qu'elle avait à se faire, et ne songeait qu'au bonheur de voir Alfred tous les jours. « Et ne faut-il pas, se dit-elle enfin, que chaque être accomplisse sa destinée ? Malgré les hasards heureux de la naissance et de la fortune, il se trouve que mon destin n'est pas de briller à la cour ou dans un bal. J'y attirais les regards, je m'y suis vue admirée, — et mon ennui, au milieu de cette foule, allait jusqu'à la mélancolie la plus sombre ! Tout le monde s'empressait de me parler ; moi, je m'y ennuyais. Depuis la mort de mes parents, mes seuls instants de bonheur ont été ceux où, sans avoir de voisins ennuyeux, j'écoutais de la musique de Mozart. Est-ce ma faute si la recherche du bonheur, naturelle à tous les hommes, me conduit à cette étrange démarche ? Probablement elle va me déshonorer : eh bien ! les couvents de l'Église catholique m'offrent un refuge. »

Minuit sonnait au clocher d'un village de l'autre côté du lac. Cette heure solennelle fit tressaillir Mina ; la lune n'éclairait plus ; elle rentra. Ce fut appuyée sur la balustrade de la galerie qui donnait sur le lac et le petit jardin que Mina, cachée sous le nom vulgaire d'Aniken, attendit *ses maîtres*. La musique lui avait rendu toute sa bravoure. — « Mes aïeux, se disait-elle, quittaient leur magnifique château de Kœnigsberg pour aller à la Terre Sainte ; peu d'années après, ils en revenaient seuls, au travers de mille périls, déguisés comme moi. Le courage qui les animait me jette, moi, au milieu des seuls dangers qui restent, en ce siècle puéril, plat et vulgaire, à la portée de mon sexe. Que je m'en tire avec honneur, et les âmes généreuses pourront s'étonner de ma folie, mais en secret elles me la pardonneront. »

. . . .

Chaque soir, Alfred conduisait sa femme à la *Redoute*, et revenait ensuite chez lui pour se livrer à une passion pour la botanique que venait de faire naître le voisinage des lieux où Jean-Jacques Rousseau avait passé sa jeunesse. Alfred plaça ses cartons et ses plantes dans le salon où travaillait Aniken. Chaque soir, ils se trouvaient seuls ensemble des heures entières, sans que, de part ni d'autre, il fût dit un mot. Ils étaient tous les deux embarrassés et pourtant heureux. Aniken n'avait d'autre prévenance pour Alfred que celle de faire fondre d'avance de la gomme dans de l'eau, pour qu'il pût coller dans son herbier des plantes sèches, et encore elle ne se permettait ce soin que parce qu'il pouvait passer pour faire partie de ses devoirs. Quand Alfred n'y était pas, Mina admirait ces jolies plantes qu'il rapportait de ses courses dans les montagnes si pittoresques des bords du lac du Bourget. Elle se prit d'un amour sincère pour la botanique. Alfred trouva cela commode et bientôt singulier. « Il m'aime, se dit Mina ; mais je viens de voir comment mon zèle pour les fonctions de mon état a réussi auprès de madame de Larçay. »

Mme Cramer feignit de tomber malade ; Mina demanda et obtint la permission de passer ses soirées auprès de son ancienne maîtresse. Alfred fut étonné de sentir décroître et presque disparaître son goût pour la botanique ; il restait le soir à la *Redoute*, et sa femme le plaisantait sur l'ennui que lui donnait la solitude. Alfred s'avoua qu'il avait du goût pour cette jeune fille. Contrarié par la timidité qu'il se trouvait auprès d'elle, il eut un moment de fatuité : « Pourquoi, se dit-il, ne pas agir comme le ferait un de mes amis ? Ce n'est après tout qu'une femme de chambre. »

Un soir qu'il pleuvait, Mina resta à la maison. Alfred ne

fit que paraître à la *Redoute*. Lorsqu'il rentra chez lui, la présence de Mina dans le salon parut le surprendre. Cette petite fausseté, dont Mina s'aperçut, lui ôta tout le bonheur qu'elle se promettait de cette soirée. Ce fut peut-être à cette disposition qu'elle dut la véritable indignation avec laquelle elle repoussa les entreprises d'Alfred. Elle se retira dans sa chambre. « Je me suis trompée, se dit-elle en pleurant ; tous ces Français sont les mêmes. » Pendant toute la nuit, elle fut sur le point de retourner à Paris.

Le lendemain, l'air de mépris avec lequel elle regardait Alfred n'était point joué. Alfred fut piqué ; il ne fit plus aucune attention à Mina et passa toutes ses soirées à la *Redoute*. Sans s'en douter, il suivait le meilleur moyen. Cette froideur fit oublier le projet de retour à Paris : « Je ne cours aucun danger auprès de cet homme », se dit Mina, et huit jours ne s'étaient pas écoulés qu'elle sentit qu'elle lui pardonnait ce petit retour au caractère français. Alfred sentait, de son côté, à l'ennui que lui donnaient les grandes dames de la *Redoute* qu'il était plus amoureux qu'il ne l'avait cru. Cependant il tenait bon. A la vérité ses yeux s'arrêtaient avec plaisir sur Mina, il lui parlait, mais ne rentrait point chez lui le soir. Mina fut malheureuse ; presque sans s'en douter, elle cessa de faire avec autant de soin tous les jours la toilette destinée à l'enlaidir. « Est-ce un songe ? se disait Alfred. Aniken devient une des plus belles personnes que j'aie jamais vues. » Un soir qu'il était revenu chez lui par hasard, il fut entraîné par son amour, et demanda pardon à Aniken de l'avoir traitée avec légèreté.

— Je voyais, lui dit-il, que vous m'inspiriez un intérêt que je n'ai jamais éprouvé pour personne ; j'ai eu peur, j'ai voulu me guérir ou me brouiller avec vous, et depuis je suis le plus malheureux des hommes.

— Ah ! que vous me faites du bien, Alfred ! s'écria Mina au comble du bonheur.

Ils passèrent cette soirée et les suivantes à s'avouer qu'ils s'aimaient à la folie et à se promettre d'être toujours sages.

Le caractère sage d'Alfred n'était guère susceptible d'illusions. Il savait que les amoureux découvrent de singulières perfections chez la personne qu'ils aiment. Les trésors d'esprit et de délicatesse qu'il découvrait chez Mina le persuadaient qu'il était réellement amoureux. « Est-il possible que ce soit une simple illusion ? » se disait-il chaque jour, et il comparait ce que Mina lui avait dit la veille à ce que lui disaient les femmes de la société qu'il trouvait à la *Redoute*. De son côté, Mina sentait qu'elle avait été sur le point de perdre Alfred. Que serait-elle devenue, s'il eût continué de passer ses soirées à la *Redoute ?* Loin de chercher encore à jouer le rôle d'une jeune fille du commun, de sa vie elle n'avait tant songé à plaire. « Faut-il avouer à Alfred qui je suis ? se disait Mina. Son esprit éminemment sage blâmera une folie même faite pour lui. D'ailleurs, continuait Mina, il faut que mon sort se décide ici. Si je lui nomme mademoiselle de Vanghel, dont la terre est à quelques lieues de la sienne, il aura la certitude de me retrouver à Paris. Il faut, au contraire, que la perspective de ne me revoir jamais le décide aux démarches étranges qui sont, hélas ! nécessaires pour notre bonheur. Comment cet homme si sage se décidera-t-il à changer de religion, à se séparer de sa femme par le divorce, et à venir vivre comme mon mari dans mes belles terres de la Prusse Orientale ? » Ce grand mot *illégitime* ne venait pas se placer comme une barrière insurmontable devant les nouveaux projets de Mina ; elle croyait ne pas s'écarter de la vertu, parce qu'elle n'eût pas hésité à sacrifier mille fois sa vie pour être utile à Alfred.

. . . .

Un jour, en voguant sur le lac, Alfred lui disait en riant : « Qui êtes-vous donc, enchanteresse ? pour femme de chambre, ou même mieux, de Mme Cramer, il n'y a pas moyen que je croie cela.

— Eh bien ! voyons, répondit Mina, que voulez-vous que je sois ? Une actrice qui a gagné un gros lot à la loterie, et qui a voulu passer quelques années de jeunesse dans un monde de féerie, ou peut-être une demoiselle entretenue qui, après la mort de son amant, a voulu changer de caractère ?

— Vous seriez cela, et pire encore, que si demain j'apprenais la mort de madame de Larçay, après-demain je vous demanderais en mariage. »

Mina lui sauta au cou. « Je suis Mina de Vanghel, que vous avez vue chez madame de Cély. Comment ne m'avez-vous pas reconnue ? Ah ! c'est que l'amour est aveugle, ajouta-t-elle en riant. »

Quelque bonheur que goûtât Alfred à pouvoir estimer

Mina, celui de Mina fut plus intime encore. Il manquait à son bonheur de pouvoir ne rien cacher à son ami. Dès qu'on aime, celui qui trompe est malheureux.

Cependant Mlle de Vanghel eût bien fait de ne pas dire son nom à M. de Larçay. Au bout de quelques mois, Mina remarqua un fond de mélancolie chez Alfred. Ils étaient venus passer l'hiver à Naples avec un passeport qui les nommait mari et femme. Mina ne lui déguisait aucune de ses pensées ; le génie de Mina faisait peur au sien. Elle se figura qu'il regrettait Paris ; elle le conjura à genoux d'y aller passer un mois. Il jura qu'il ne le désirait pas. Sa mélancolie continuait. « Je mets à un grand hasard le bonheur de ma vie, lui dit un jour Mina ; mais la mélancolie où je vous vois est plus forte que mes résolutions. » — Alfred ne comprenait pas trop ce qu'elle voulait dire, mais rien n'égala son ivresse quand, après midi, Mina lui dit : « Menez-moi à Torre del Greco. »

Elle crut avoir deviné la cause du fond de tristesse qu'elle avait remarqué chez Alfred, depuis qu'elle était toute à lui, car il était parfaitement heureux. Folle de bonheur et d'amour, Mina oublia toutes ses idées. — La mort et mille morts arriveraient demain, se disait-elle, que ce n'est pas trop pour acheter ce qui m'arrive depuis le jour où Alfred s'est battu. — Elle trouvait un bonheur délicieux à faire tout ce que désirait Alfred. Exaltée par ce bonheur, elle n'eut pas la prudence de jeter un voile sur les fortes pensées qui faisaient l'essence de son caractère. Sa manière de chercher le bonheur, non seulement devait paraître singulière à une âme vulgaire, mais encore la choquer. Elle avait eu soin jusque-là de ménager dans M. de Larçay ce qu'elle appelait les préjugés français ; elle avait besoin de s'expliquer par la différence de nation ce qu'elle était obligée de ne pas admirer en lui : ici Mina sentit le désavantage de l'éducation forte que lui avait donnée son père ; cette éducation pouvait facilement la rendre odieuse.

Dans son ravissement, elle avait l'imprudence de penser tout haut avec Alfred. Heureux qui, arrivé à cette période de l'amour, *fait pitié* à ce qu'il aime et non pas envie ! Elle était tellement folle, son amant était tellement à ses yeux le type de tout ce qu'il y avait de noble, de beau, d'aimable et d'adorable au monde, que, quand elle l'aurait voulu, elle n'aurait pas eu le courage de lui dérober aucune de ses pensées. Lui cacher la funeste intrigue qui avait amené les événements de la nuit d'Aix était déjà depuis longtemps pour elle un effort presque au-dessus de ses facultés.

Du moment où l'ivresse des sens ôta à Mina la force de n'être pas d'une franchise complète envers M. de Larçay, ses rares qualités se tournèrent contre elle. Mina le plaisantait sur ce fond de tristesse qu'elle observait chez lui. L'amour qu'il lui inspirait se porta bientôt au dernier degré de folie. « Que je suis folle de m'inquiéter ! se dit-elle enfin. C'est que j'aime plus que lui. Folle que je suis, de me tourmenter d'une chose qui se rencontre toujours dans le plus vif des bonheurs qu'il y ait sur la terre ! J'ai d'ailleurs le malheur d'avoir le caractère plus inquiet que lui, et enfin, Dieu est juste, ajouta-t-elle en soupirant (car le remords venait souvent troubler son bonheur depuis qu'il était extrême), j'ai une grande faute à me reprocher : la nuit d'Aix pèse sur ma vie. »

Mina s'accoutuma à l'idée qu'Alfred était destiné par sa nature à aimer moins passionnément qu'elle. « Fût-il moins tendre encore, se disait-elle, mon sort est de l'adorer. Je suis bien heureuse qu'il n'ait pas de vices infâmes. Je sens trop que les crimes ne me coûteraient rien, s'il voulait m'y entraîner. »

Un jour, quelle que fût l'illusion de Mina, elle fut frappée de la sombre inquiétude qui rongeait Alfred. Depuis longtemps il avait adopté l'idée de laisser à Mme de Larçay le revenu de tous ses biens, de se faire protestant et d'épouser Mina. Ce jour-là, le prince de S... donnait une fête qui mettait tout Naples en mouvement, et à laquelle naturellement ils n'étaient pas invités ; Mina se figura que son amant regrettait les jouissances et l'éclat d'une grande fortune. Elle le pressa vivement de partir au premier jour pour Kœnigsberg. Alfred baissait les yeux et ne répondait pas. Enfin il les leva vivement, et son regard exprimait le soupçon le plus pénible, mais non l'amour. Mina fut atterrée.

— Dites-moi une chose, Mina. La nuit où je surpris monsieur de Ruppert chez ma femme, aviez-vous connaissance des projets du comte ? En un mot, étiez-vous d'accord avec lui ?

— Oui, répondit Mina avec fermeté ! Madame de Larçay

n'a jamais songé au comte ; j'ai cru que vous m'apparteniez parce que je vous aimais. Les deux lettres anonymes sont de moi.

— Ce trait est infâme, reprit Alfred froidement. L'illusion cesse, je vais rejoindre ma femme. Je vous plains et ne vous aime plus.

Il y avait de l'amour-propre piqué dans le ton de sa voix. Il sortit.

« Voilà à quoi les grandes âmes sont exposées, mais elles ont leur ressource », se dit Mina en se mettant à la fenêtre et suivant des yeux son amant jusqu'au bout de la rue. Quand il eut disparu, elle alla dans la chambre d'Alfred et se tua d'un coup de pistolet au cœur. Sa vie fut-elle un faux calcul ? Son bonheur avait duré huit mois. C'était une âme trop ardente pour se contenter du réel de la vie.

BETTINA BRENTANO
(1785-1859)

La passion de Bettina semble vouloir corriger quelque peu l'attitude de sa mère envers Gœthe. Celle-ci, Maximiliane La Roche, avait séduit le poète à son passage à Ehrenbreistein, en 1772, au point qu'il jura de l'aimer éternellement. Deux ans plus tard, elle épousait néanmoins Brentano, un commerçant de Francfort qui était son aîné de vingt ans. Malgré ce mariage, Maximiliane La Roche avait conservé des relations amicales avec Gœthe, ce qui permit plus tard à Bettina de l'approcher sans grande difficulté. Lorsqu'elle le visita pour la première fois, au printemps de 1807, elle se trouvait dans un tel état de frénésie qu'elle ne pouvait pas rester assise. Chez ses parents, elle sautait du buffet sur la table où elle dansait, tombant et se heurtant aux meubles, en sorte qu'elle se fit un jour une profonde blessure à la tête. Chez Gœthe, à peine avait-elle pris place sur un sofa qu'elle se levait, sautait au cou du poète, l'embrassait et s'asseyait sur ses genoux. Fiancée à Achim d'Arnim, elle n'en continuait pas moins à adresser à Gœthe des épîtres enflammées, si bien que la femme du poète finit par en prendre ombrage. Ce fut la rupture. Cette agitation s'alliait cependant avec la littérature. Gœthe mort, elle publia, en 1835, sous le titre *Correspondance de Gœthe avec une enfant*, les lettres qu'elle avait échangées avec lui en les remaniant profondément. Sa correspondance authentique n'a été connue qu'après sa mort survenue beaucoup plus tard.

ŒUVRES **(traductions françaises). —** ***Correspondance de Gœthe et de Bettina*****, traduction Jean Triomphe, Gallimard, Paris, s. d.**

(Timbre de la poste : Munich, 15 mai 1809.)

Le soleil a ses caprices ; il me montre certaines choses en pleine clarté et m'en cache d'autres. Alternant avec de lourds nuages il passe au-dessus de moi ; c'est tantôt la tempête, tantôt de nouveau le calme ; le temps redevient serein, et sur le lisse miroir de l'eau, regarde ce qui se forme : claire et brillante, l'image de l'homme aimé reparaît toujours à la surface ; elle est immobile. Pourquoi toi seulement plutôt que tous les autres ? Pourquoi toi encore après tous

BETTINA BRENTANO.

les autres ? Et pourtant, ne te suis-je pas plus chère avec tout cet amour dans mon cœur ? Te le demanderai-je ? Non, je sais fort bien que tu ne me répondrais pas, quand même je te dirais mon cher, mon unique aimé.

Je voudrais cacher ma tête contre ton cou, je voudrais t'entourer de mes bras et passer en dormant les moments cruels. Je n'ai pas de repos et ce n'est pas la mauvaise conscience qui m'aiguillonne. Les hommes ne me plaisent pas et je n'en ai pas vu un seul que l'on puisse supporter sans se forcer. Et si je veux t'écrire, je passe mon temps à rêver, ou bien une tristesse si profonde et si amère m'envahit, que je ne puis oser t'envoyer les feuillets que j'écris dans de semblables instants. Mais, sois-en persuadé, Gœthe, il ne se passe pas un jour que je n'achève une pensée qui s'envole vers toi ; j'ai l'habitude de prononcer ton nom le soir avant de m'endormir, de te crier quelque chose d'aimable, de t'embrasser. Hélas ! et le temps passe et il en est toujours ainsi. Voici déjà deux ans que je me retourne sans cesse vers les derniers instants que je passai près de toi, cher Gœthe ; souvent on se sent le cœur si serré, si serré, à ne plus pouvoir le supporter. Si j'ai rarement écrit ces derniers temps, c'est que détacher de moi les pensées les plus intimes qui vont vers toi est lié à trop de douleurs. N'est-ce pas, tu occupes dans le monde une situation toute différente de la mienne, mais, dis-moi, n'as-tu pas parfois le désir de rejeter tout ce qui te touchait jusqu'alors, et de te tourner tout entier, par pure fantaisie, vers un être qui ait la même nature que moi ? Il en existe ainsi pour moi ; dans l'enthousiasme et dans l'extase en chantant les psaumes magnifiques de Marcello[1], je sens souvent le besoin de m'occuper de toi. Puis je m'exprime sur toi au gré de l'heure ; je suis au milieu d'une foule de papiers qui portent la marque de ma fidélité et de ma nostalgie ; ce sont les signes de l'ivresse d'une floraison exubérante, comme le pollen qu'un génie secoue en passant des calices éclatant de maturité ; c'est le signe que la joie a touché un jour mon cœur en ta présence.

Frédéric Tieck[2] fait en ce moment le buste de Schelling. Il ne sera pas plus beau qu'il n'est, donc tout à fait repoussant. Les hommes me font rire souvent : Schelling veut avoir

1. Compositeur italien qui a mis en musique les psaumes de David.
2. Frère de Louis Tieck.

une tête splendide, large et carrée, qui indiquerait la force de sa nature ; Tieck ne veut pas l'élargir, car il veut faire un Schelling élégant, et maintenant ils se répandent réciproquement en invectives contre leur mauvais goût. Seul Jacobi ne trouve jamais Schelling assez large : à se parodier l'un l'autre, à parodier la Bavière, Dieu et le monde, ils en sont arrivés à ne pas pouvoir se supporter.

Adieu, toi, l'unique et riche printemps de ma vie, au moment où aucune forêt, aucune prairie ne verdit, mon bien-aimé !

BETTINE.

ALEXANDRE POUCHKINE
(1797-1837)

Le grand poète Alexandre Pouchkine a eu une vie amoureuse des plus intenses. Très volage, il passait sans répit d'une maîtresse à une autre, sa lointaine ascendance africaine lui valant un tempérament exceptionnel. Cependant, il semble avoir aimé Nathalie Gontcharova qui fut sa femme. On s'accorde à la présenter comme une sotte qui ne l'aimait pas et l'avait épousé sur les instances de sa mère. Splendidement belle, elle était également fort coquette. Elle s'éprit d'un officier français de la garde impériale russe, Georges d'Anthès, qui l'aima. Leur liaison était si affichée qu'elle fit scandale et cette situation amena Pouchkine à provoquer son rival en duel. Atteint d'un coup de pistolet, il succomba quelques jours après à sa blessure.

ŒUVRES (traductions françaises). — *La Dame de pique*, *Les Bohémiens*, *Le hussard* (1852), *La fontaine de Bakhtchisaraï* (1861), *La maisonnette de la Colonna* (1871), *Poésies et nouvelles* (1888), *Poltava* (1902), *Contes* (1925), *Poèmes révolutionnaires* (1929).

Tu abandonnais un pays étranger
Pour les rivages d'une patrie lointaine.
Pendant cette heure inoubliable, cette heure triste,
Longtemps je pleurai devant toi.
Peu à peu mes mains se glaçaient
Et tentaient de te retenir ;
Mes soupirs te suppliaient de ne pas en finir
Avec la terrible angoisse de la séparation.

Mais tu as arraché tes lèvres
A ce baiser amer ;
De cette terre de morne exil tu m'appelais
Dans un autre pays.
Tu disais : « Quand nous nous retrouverons,
Sous le ciel éternellement bleu,
A l'ombre des oliviers, des baisers d'amour,
Mon ami, nous nous réunirons de nouveau. »

Mais, hélas ! là-bas où les voûtes du ciel
Brillent d'un éclat bleu,
Où des eaux dorment sous des rochers,
Tu t'es endormie du dernier sommeil.
Ta beauté, tes souffrances
Se sont évanouies dans l'urne funéraire ;
Le baiser de notre amour y est aussi disparu...
Mais je l'attends : tu me le dois...

(Inédit.)
Traduction Emmanuel Rais.

Je me souviens d'un instant merveilleux :
Tu es apparue à mes yeux
Comme une vision fugitive,
Comme un génie de beauté pure.

Au milieu d'une tristesse sans espoir,
Au milieu des angoisses de l'agitation bruyante,
Longtemps j'entendais résonner ta tendre voix,
Et je rêvais de tes traits chéris.

Les années passaient. Les rafales de l'ouragan
Avaient dispersé les rêveries d'autrefois,
Et j'oubliai ta voix tendre,
Tes traits célestes.

Dans un coin perdu dans les ténèbres de l'exil,
Mes journées se traînaient en silence,
Sans divinité, sans inspiration,
Sans larmes, sans vie, sans amour.

Le réveil est venu pour l'âme :
Et voilà que, de nouveau, tu es apparue,
Comme une vision fugitive,
Comme un génie de beauté pure.

Et mon cœur enivré bat
Et pour lui, de nouveau, ont ressuscité
Et la divinité et l'inspiration
Et la vie et les larmes et l'amour.

(Inédit.)
Traduction Emmanuel Rais.

ALFRED DE VIGNY
(1797-1863)

« J'appartiens, a dit Vigny, à cette génération née avec le siècle, qui [...] avait toujours devant les yeux une épée nue. » Il obtint à l'âge de dix-sept ans, un brevet de sous-lieutenant de cavalerie. La vie de garnison le déçut. Il la supporta néanmoins pendant dix ans, puis, ayant rencontré une jeune Anglaise, miss Lydia Bunbury, qui s'était éprise de lui, il l'épousa et quitta l'armée. L'année suivante, il publiait ses *Poèmes antiques et modernes*.

Il devait, peu après, aimer une actrice, Marie Dorval. Trois ans durant, Alfred de Vigny entoura Marie Dorval, qui savait ne pas être belle « mais pis que cela », d'un amour fervent et pur avant de devenir son amant. Leur liaison entraîna pour lui une crise sentimentale et sensuelle qui influa de façon décisive sur son existence. Bien qu'elle aimât Vigny, Marie Dorval n'était pas maîtresse de sa sensualité. Elle avait dit à Alexandre Dumas : « On ne trompe pas les hommes de génie, ou, tant pis pour celles qui les trompent. » Cependant dominée par les exigences de son tempérament, elle ne sut ni lui rester fidèle ni préserver leur amour. « L'amour physique pardonne toutes les infidélités, mais toi, amour de l'âme, amour passionné, tu ne peux rien pardonner », dit Vigny dans le *Journal d'un poète*. La séparation survint, mais Marie Dorval ne tarda pas à comprendre son erreur. Elle passa les dernières années de sa vie dans un mysticisme égaré et vague. Vigny se retira en province et ne publia plus rien excepté quelques rares poèmes, dont *La maison du berger*, dédié à Éva. Qui est Éva ? Ne serait-ce pas Marie Dorval, telle que Vigny aurait souhaité qu'elle fût ?

ŒUVRES. — *Cinq-Mars, ou une conjuration sous Louis XIII, Poésies, Servitude et grandeur militaires, Les consultations du Dr Noir, Stello, Shylock, Le More de Venise, Quitte pour la peur, La Maréchale d'Ancre, Chatterton, Journal d'un poète.*

La maison du berger
(fragment)

Lettre à Éva.

I

Si ton cœur, gémissant du poids de notre vie,
Se traîne et se débat comme un aigle blessé,

Portant comme le sien, sur son aile asservie,
Tout un monde fatal, écrasant et glacé ;
S'il ne bat qu'en saignant par sa plaie immortelle,
S'il ne voit plus l'amour, son étoile fidèle,
Éclairer pour lui seul l'horizon effacé ;

Si ton âme enchaînée, ainsi que l'est mon âme,
Lasse de son boulet et de son pain amer,
Sur sa galère en deuil laisse tomber la rame,
Penche sa tête pâle et pleure sur la mer,
Et cherchant dans les flots une route inconnue,
Y voit, en frissonnant, sur son épaule nue
La lettre sociale écrite avec le fer ;

Si ton corps, frémissant des passions secrètes,
S'indigne des regards, timide et palpitant ;
S'il cherche à sa beauté de profondes retraites
Pour la mieux dérober au profane insultant ;
Si ta lèvre se sèche au poison des mensonges,
Si ton beau front rougit de passer dans les songes
D'un impur inconnu qui te voit et t'entend :

Pars courageusement, laisse toutes les villes ;
Ne ternis plus tes pieds aux poudres du chemin ;
Du haut de nos pensers vois les cités serviles
Comme les rocs fatals de l'esclavage humain.
Les grands bois et les champs sont de vastes asiles,
Libres comme la mer autour des sombres îles.
Marche à travers les champs une fleur à la main.

La Nature t'attend dans un silence austère ;
L'herbe élève à tes pieds son nuage des soirs,
Et le soupir d'adieu du soleil à la terre
Balance les beaux lys comme des encensoirs.
La forêt a voilé ses colonnes profondes,
La montagne se cache, et sur les pâles ondes
Le saule a suspendu ses chastes reposoirs.

Le crépuscule ami s'endort dans la vallée
Sur l'herbe d'émeraude et sur l'or du gazon,
Sur les timides joncs de la source isolée

MARIE DORVAL. Lithographie de Léon Noël.
Cabinet des Estampes. Photo Bibliothèque Nationale.

Et sous le bois rêveur qui tremble à l'horizon,
Se balance en fuyant dans les grappes sauvages,
Jette son manteau gris sur le bord des rivages,
Et des fleurs de la nuit entrouvre la prison.

Il est sur ma montagne une épaisse bruyère
Où les pas du chasseur ont peine à se plonger,
Qui plus haut que nos fronts lève sa tête altière,
Et garde dans la nuit le pâtre et l'étranger.
Viens y cacher l'amour et ta divine faute ;
Si l'herbe est agitée ou n'est pas assez haute,
J'y roulerai pour toi la Maison du Berger.

Elle va doucement avec ses quatre roues,
Son toit n'est pas plus haut que ton front et tes yeux ;
La couleur du corail et celle de tes joues
Teignent le char nocturne et ses muets essieux.
Le seuil est parfumé, l'alcôve est large et sombre,
Et là, parmi les fleurs, nous trouverons dans l'ombre,
Pour nos cheveux unis, un lit silencieux.

Je verrai, si tu veux, les pays de la neige,
Ceux où l'astre amoureux dévore et resplendit,
Ceux que heurtent les vents, ceux que la neige assiège,
Ceux où le pôle obscur sous sa glace est maudit.
Nous suivrons du hasard la course vagabonde.
Que m'importe le jour ? que m'importe le monde ?
Je dirai qu'ils sont beaux quand tes yeux l'auront dit.

. . . .

ÉDOUARD MÖRIKE
(1804-1875)

Timide, indécis, — « Tout ton moi m'est énigme », lui dira un ami — Mörike rejeta longtemps la carrière ecclésiastique dans laquelle sa famille voulait l'engager. S'il finit par céder, allant même jusqu'à voir dans le métier de pasteur une « profession très pratique », c'est qu'il se trouvait dans l'impossibilité de gagner sa vie. Peut-être cette résignation est-elle aussi le fruit de son amour frustré pour Maria Meyer, cette belle jeune fille aux yeux et cheveux noirs dont il fait la *Peregrina.* Venue de Suisse, elle s'était jointe, à la mort de son fiancé, à des prêcheurs appartenant à une secte de protestants fanatiques. Elle les quitta bientôt pour courir le monde seule, et arriva au printemps de 1823 au Wurtemberg. Un brasseur de Ludwigsburg la découvrit évanouie aux abords de la ville, la secourut et l'engagea comme servante dans son établissement, où sa grande beauté attirait les étudiants. Mörike s'éprit d'elle ; mais leur idylle fut courte. En août 1823, elle partait pour Schaffhouse et disparaissait à jamais, non sans laisser une empreinte indélébile dans le cœur de Mörike, comme l'attestent de fréquentes allusions dans ses poèmes.

ŒUVRES (traductions françaises). — *Poèmes*, Montaigne, Paris, 1941.

Pérégrina
(fragment)

II

La salle est parée pour la fête,
Illuminée, éclatante de couleurs,
Dans la tiède nuit d'été.
La véranda est ouverte sur le jardin.
Pareilles à des serpents d'airain où grimpe la verdure,
Douze colonnes montent deux à deux, mêlant leurs têtes
Et supportant le toit à grille légère.

Mais la mariée se fait attendre encore,
Cachée à la maison dans sa petite chambre.

Enfin, s'ébranle le cortège nuptial,
Torches en mains,
Dans un silence solennel.
Et au milieu,
Marchant à ma droite,
Vêtue d'une simple robe noire, la mariée,
Un châle écarlate bien drapé
Autour de sa jolie tête,
S'avance en souriant.
Déjà, l'on sent le fumet du festin.

Puis loin du tourbillon bruyant de la fête,
Nous nous glissâmes tous les deux,
Cherchant les ombres du jardin
Là où les roses s'enflammaient dans les buissons,
Le clair de lune tremblait autour des lys,
Où le pin parasol aux cheveux noirs,
Couvrait à moitié le miroir de l'étang.
Sur le gazon de soie, là-bas, ah, cœur à cœur,
Comme mes baisers burent, étouffèrent tes baisers plus timides !
Pendant que le jet d'eau indifférent
Au murmure de notre amour exalté
Se réjouissait de son propre clapotis.
De loin, nous parvenaient les taquineries et les appels
Des voix amies, des flûtes et des violons.

Trop tôt pour mon désir, la chère tête si légère,
Reposa, fatiguée, sur mes genoux.
Me faisant un jeu d'appuyer mes yeux sur les siens,
Je sentis, un moment, les longs cils
Jusqu'à ce que le sommeil les arrêtât,
Battre comme les ailes d'un papillon.

Avant les premières lueurs de l'aube,
Avant que la première lampe ne s'éteignît dans la chambre nuptiale,
Je réveillai de son sommeil
Et conduisis dans ma maison l'étrange enfant.

III

Le trouble, un jour s'abattit sur les jardins illuminés de lune
D'un amour autrefois sacré.
Avec effroi, je découvris des années de tromperie,
Et les yeux pleins de larmes, mais sans pitié,
J'ordonnai à la jeune fille
Élancée dans sa beauté magique,
De s'en aller loin de moi.
Hélas, elle pencha son beau front,
Car elle m'aimait,
Mais elle s'en alla sans un mot,
Au loin,
Dans l'univers tout gris.

Malade depuis,
Blessé et navré est mon cœur ;
Jamais il ne guérira.
Comme si, d'elle à moi, un fil magique
Était tendu, aérien, lien angoissant
Qui me tire, me tire, pantelant, à sa suite !
— Eh quoi ? Si un jour sur le seuil de ma porte,
Je la trouvais assise, comme autrefois dans la lumière
Incertaine du matin, son ballot de voyageuse à côté d'elle,
Levant vers moi ses yeux candides, et disant :
Me voici revenue,
Revenue du bout du monde !

Poésies.

THÉODORE TUTCHEV
(1803-1873)

Cet aristocrate, haut fonctionnaire, grand dignitaire de la cour impériale russe a tout abandonné, vie de famille, situation et honneurs, pour l'amour de Mme Denissiova. Il avait alors plus de cinquante ans et cette jeune femme était la nièce de la directrice de la pension où était éduquée sa fille. Il l'a célébrée dans de nombreux poèmes qui sont considérés comme un des points culminants de la poésie russe.

J'ai connu des yeux, — ô ces yeux !
Comme je les aimais — Dieu le sait !
Je ne pouvais arracher mon âme
A leur nuit magique, passionnée.

Dans ce regard impénétrable
Qui dénude la vie jusqu'au fond,
On sentait une telle peine,
Une telle profondeur de passion !

Il respirait la tristesse, absorbé
Dans la profondeur de ses cils,
Las comme la volupté
Et fatal comme la souffrance.

Et dans ces instants miraculeux,
Il ne m'est pas une seule fois arrivé
De le rencontrer sans émotion
Ni de l'admirer sans larmes.

(Inédit.)
Traduction Emmanuel Rais.

JULIETTE DROUET
(1806-1883)

Au cours des cinquante ans que dura sa liaison avec Victor Hugo, Juliette Drouet ne lui a pas envoyé moins de dix-huit mille lettres. Souvent, elle lui écrivait matin et soir, qu'il l'eût visitée ou non. L'étendue même de cette correspondance fait de Juliette Drouet une des plus grandes figures de l'amour, d'une valeur quasi légendaire. Tout au long du millier de lettres publiées par M. Paul Souchon[1], sa passion ne faiblit pas un instant. On peut ainsi la suivre dans ses joies, ses angoisses, sa jalousie, ses souffrances. « Regardez dans mon cœur, dit-elle, vous m'y trouverez à genoux devant mon amour. » A cet amour, qui fut son unique pensée, elle a sacrifié toute sa vie. Elle s'est voulue une ombre frémissante de passion perdue dans l'ombre de Hugo. Pareil amour, amour d'une telle durée, reste un exemple éclatant et unique d'une passion, orageuse certes, mais finalement triomphante.

Lettres à Victor Hugo

[*1833*].

Monsieur Victor Hugo,
en ville,

Je t'ai quitté, mon ange, tu paraissais triste et mécontent. Mon Victor, me serais-je attachée à ta vie comme un scorpion venimeux pour la flétrir et l'épuiser ? Déjà ton sourire frais et libre devient chaque jour plus rare. Tu es malheureux, Victor, et mon amour est un obstacle à ta tranquillité.

Je voudrais fuir, je voudrais te déchirer de moi, de mon amour qui devrait couronner ta vie de roses et la parfumer de bonheur et semble la couvrir d'un crêpe.

Mais l'air que tu ne respires pas me ferait mourir, mon Victor. Ton regard m'est plus nécessaire que le soleil et j'ai besoin de tes baisers pour rafraîchir mon âme et lui donner des forces. Le lien qui existe entre nous est celui qui me tient

1. *Mille et une lettres d'amour de Juliette Drouet.* Gallimard édit., Paris, s. d.

JULIETTE DROUET. Portrait par Champmartin.

Photo Bulloz.

à la vie. Si je n'avais pas été ton *amante* j'aurais voulu être ton amie. Si tu m'avais refusé ton amitié, je t'aurais demandé à genoux d'être ton chien, ton esclave.

Mon âme est rongée par la pensée de ma situation. Mais je veux être seule à souffrir. Tu es trop faible, toi, pour supporter comme moi des nuits sans sommeil. Si tu mourais, voudrais-tu m'empêcher de mourir avec toi ? Fou, le pourrais-tu ? N'es-tu pas mon âme et ma vie ? Et le chagrin qui chaque jour grossit comme une avalanche, le chagrin qui creuse l'âme goutte à goutte, n'est-ce pas une longue mort ?

Je me suis donnée à toi tout entière, à toi, belle ou hideuse, riante ou sombre, poétique ou rampante dans la boue. Je n'ai rien voulu en retrancher de toi. Je veux la partie la plus précieuse de ton existence, ton amour, car je crois, et laisse-le-moi croire, que l'amour peut mettre du miel dans la coupe la plus amère.

Tu m'appelles ange et je suis un pauvre ange déchu. Mais l'amour élève si haut, mon Victor, tu verras repousser mes ailes et je t'enlèverai au ciel.

Mais... Mais, et ici je m'arrête. Je vais marcher sur un aspic qui va se retourner contre moi. Je vais mettre le pied sur un terrain mouvant. Écoute. Mais je ne veux pas que tu voies l'état de mon cœur en ce moment. Je ne veux pas que tu le regardes pour voir s'il saigne, que tu y portes le doigt pour voir si la blessure est large. Mes souffrances à moi je saurai les supporter. Je ne puis m'expliquer... Tâche de me comprendre.

Ils disent : « Il n'est pour elle qu'un moyen, un seul, de changer sa position. » Eh bien, Victor, ce moyen tu le repousses. L'idée t'en fait frissonner. Victor, j'ai à subir des conséquences de ma vie passée, de ma vie sans amour. Il y a une plaie, il faut la brûler avec un fer rouge, il faut une souffrance, après la souffrance, des angoisses, après les angoisses.

Je souffrirai car je t'aime. Je t'aime tant. J'éprouverai d'affreuses tortures, mon cœur sera mâché, haché, et toi, toi !

Mais il faut couper le membre gangrené, il faut, à tout prix, enterrer le cadavre qui se place, froid, entre nos baisers. Puis, comme les martyrs, nous trouverons une vie céleste, une nouvelle vie que nous recommencerons ensemble, une vie d'oubli, de bonheur, de bonheur pur comme mon âme, car mon âme est restée pure, quand mon corps a été profané, elle est montée au ciel, elle est restée pure et vierge. Nous vivrons ensemble, pauvres et heureux, riches d'amour et de poésie. Si dans cette lettre quelque chose froisse ton cœur, pardonne, je l'expie par les larmes que je verse en l'écrivant.

Samedi, quatre heures.

A ce soir, JULIETTE.

[*1833*].

Mercredi, 2 h. 1/2 après midi.

Je ne peux pas m'empêcher, mon cher bien-aimé, de revenir sur la profonde tristesse que tu as conservée encore ce matin, ainsi que sur les doutes que tu manifestes sans cesse et à propos de tout, sur la sincérité de mon amour.

Cette défiance, si injuste de ta part, me désespère et me décourage au-delà de toute expression ; elle m'intimide moi-même, auprès de toi, je crains de te confier tous les incidents que ma position amène : aujourd'hui, par exemple, j'ai eu la mauvaise pensée de te cacher la visite d'un créancier qui s'est présenté chez le portier et qui n'est pas monté. J'ai cherché dans mes ressources de quoi le payer à ton insu.

Ce que tu me dis tous les jours et à tous les moments, que je ne t'aime pas, me fait craindre que tu n'aies de moi et de mon caractère une opinion monstrueuse que les malheurs de ma position rendent peut-être croyable, mais qui n'en est pas moins fausse, injuste et cruelle.

Je t'aime parce que je t'aime, je t'aime parce qu'il me serait impossible de ne pas t'aimer. Je t'aime sans réflexion, sans arrière-pensée, sans raison aucune, bonne ou mauvaise. Je t'aime d'amour, je t'aime de cœur, je t'aime de l'âme, je t'aime de toutes mes facultés d'aimer, crois-le bien, car c'est bien vrai. Si tu ne veux pas le croire, je ferai une dernière tentative, un dernier effort pour te le prouver, j'aurai la triste satisfaction de me sacrifier entièrement à un doute absurde et fou.

En attendant, je te demande pardon pour la pensée coupable qui m'est venue tantôt et qui me reviendra peut-être encore, si tu continues à ne voir dans mon amour qu'une lâche complaisance et une infâme spéculation.

Voici une lettre bien longue et bien douloureuse pour moi, je désire de toute mon âme n'avoir jamais à la recommencer.

Je t'aime, oh ! je t'aime, crois-le bien.

JULIETTE.

[*1835*].

Mardi soir.

J'ai commencé ma journée par souffrir. Je l'achève en souffrant mille fois plus que ce matin, car j'ai maintenant la certitude que tout est fini entre nous.

Ce que j'ai fait, toute cette pénible journée, Dieu seul le sait. Car excepté mes souffrances, je ne me souviens de rien.

Ah ! si ! Je t'ai désobéi.

Pardonne-moi pour aujourd'hui, pardonne-moi pour toujours, car je ne pourrai pas faire autrement que de te désobéir toujours.

Cette désobéissance, tu la devines. Je suis allée chez toi. Il n'y avait de la lumière que dans la salle à manger. Je n'ai pas osé m'informer si tu étais chez toi. J'ai attendu une heure, puis je suis allée par la rue Saint-Antoine et les quais jusqu'à la rue de Seine. Là, j'ai encore attendu. Enfin, ne voyant pas ce que je cherchais avec tant de désespoir, je suis rentrée chez moi à minuit et demi.

Voici quelques minutes que je t'écris. Pendant que j'y suis, la mémoire des choses et du temps me revient. Voici encore ce que j'ai fait : j'ai fait un choix de toutes les lettres que tu m'avais laissées, j'ai pris celles qui me parlent le plus de toi, je les ai prises toutes. Ensuite, j'ai mis en paquet les draps de mon lit. Je les ai pliés à genoux et en prière et quand j'ai eu fini, j'ai écrit dessus : *Ceci est mon linceul.*

Je te dirai le reste demain. Les larmes m'étouffent. Je crois que je vais mourir...

Ne m'oublie pas...

Adieu... JULIETTE.

Mme Biard avait fait parvenir à Juliette Drouet, ce 28 juin 1851, un paquet de lettres d'amour que Victor Hugo lui avait adressées. En lisant cette correspondance, à laquelle la rivale de Juliette avait ajouté un mot pour affirmer que leur liaison durait encore, la malheureuse devint à demi folle. Toute la journée elle erra sans but dans Paris, décidée à se retirer à Brest, chez sa sœur, après un dernier entretien avec Hugo. Celui-ci lui jura qu'il était prêt à abandonner Mme Biard. C'est après cette entrevue que Juliette Drouet lui écrivit la lettre suivante :

Paris, 28 juin 1851.

Au nom de tout ce que tu as de plus sacré, au nom de ma suprême douleur, mon bien-aimé, ne fais pas de fausse générosité avec moi, ne déchire pas ton propre cœur en voulant épargner le mien. Ce sacrifice, quelque entier que tu le fasses, ne me ferait pas une longue illusion et je sens que je ne me pardonnerais pas d'en avoir été la dupe aux dépens de ton propre bonheur.

J'aime mieux pleurer ton amour mort pour moi que de te voir commettre le hideux sacrilège de faire faire à son cadavre le simulacre de la vie. Je ne t'en voudrai pas, mon pauvre adoré, pas plus que je n'en veux à mon enfant d'être morte, elle aussi.

Maintenant, mon Dieu, si vous trouvez que le crime d'être venue au monde à mon insu soit suffisamment expié, ayez pitié de moi, ayez pitié de moi, mon Dieu, épargnez-moi cette dernière goutte d'amertume de voir souffrir par ma faute l'homme que j'aime plus que la vie, plus que le bonheur, plus que vos saintes joies du Paradis, laissez-le être heureux avec une autre plutôt que malheureux avec moi, ô mon Dieu, je vous le demande à mains jointes, laissez-lui son libre arbitre, donnez-lui la vraie générosité, inspirez-lui le vrai devoir, accordez-lui le vrai bonheur, et je vous bénirai, et je me résignerai, sans me plaindre, à mon sort.

Je courbe la tête sous l'influence de ce mois fatal, je me soumets à toutes vos sévérités, mon Dieu, pourvu que vous fassiez un bonheur de tous mes maux à l'homme que j'adorerai jusque par-delà cette vie.

JULIETTE.

La dernière lettre de Juliette Drouet, couronnant une union de cinquante ans, se passe de commentaire. Alitée depuis plusieurs semaines, elle devait succomber le 11 mai 1883.

Lundi, 1er janvier 1883.

Cher adoré, je ne sais pas où je serai l'année prochaine à pareille époque, mais je suis heureuse et fière de te signer mon certificat de vie pour celle-ci par ce seul mot : JE T'AIME.

JULIETTE.

ÉLISABETH BARRETT
(1806-1861)

J'incline à penser avec Mlle Merlette[1], que l'esprit de ses ancêtres, riches planteurs de la Jamaïque, avares et cruels, se prolongeait chez le père d'Elisabeth Barrett qui tyrannisait femme et enfants. Fillette précoce, elle écrit, à dix ans, des tragédies en français et en anglais. A quinze ans, elle souffre les premières atteintes de la tuberculose qui l'emportera plus tard mais qui eût peut-être pu guérir si son père lui avait permis de quitter l'Angleterre pour un pays au climat plus clément. Elle reste couchée plusieurs années, et jusqu'à ce qu'elle épouse Robert Browning, elle ne se relèvera plus qu'à de brefs intervalles. Elle doit s'enfuir pour se marier clandestinement, son père lui refusant son consentement aussi bien qu'à ses frères et sœurs. Ils ne connurent qu'un seul sujet de mésentente, le spiritisme, auquel Elisabeth Barrett croyait fermement tandis que Robert Browning restait sceptique. Nul ne pensait qu'elle fût à l'agonie lorsque son mari lui demanda : « Comment allez-vous ? » Elle répondit simplement : « C'est beau. » Et elle expira.

ŒUVRES (traductions françaises). — *Sonnets de la Portugaise.*

Sonnets

XXI

Dis-le encore et puis une fois encore, que tu m'aimes. Bien que, répété, le mot selon toi s'apparente au chant du coucou.

Jamais à la colline ou la plaine, la forêt, la vallée ne s'épanouit la verdure au printemps, souviens-toi, sans la note redoublée du coucou.

Saluée dans la nuit par la voix mystérieuse d'un esprit, je souffre, Bien-aimé, la douleur du doute et m'écrie : « Prononce encore que tu m'aimes ! »

1. *La vie et l'œuvre d'Elisabeth Barrett.*

Qui peut craindre trop d'étoiles bien que chacune se meuve au ciel, trop de fleurs, bien que chaque fleur soit le joyau de l'année ?

Dis que tu m'aimes, tu m'aimes, tu m'aimes — fais sonner la claire redite ! Te souvenant, Cher, par-dessus tout, de m'aimer en silence, avec ton âme.

XXVII

Mon bien-aimé qui me soulevas de cette morne plaine terrestre où je fus jetée, toi qui dans mes boucles retombantes as soufflé un air de vie jusqu'à ce que mon front brille à nouveau d'espoir devant ton baiser rédempteur, en présence de tous les anges...

Mon aimé, mon aimé, tu vins à moi quand m'eut quitté le monde. Je cherchais Dieu seul, et c'est toi que j'ai trouvé !

Je te découvre : je suis heureuse, et forte, et sauve.

Je ressemble à celui qui, désormais debout dans les beaux champs d'asphodèles, se retourne vers le long ennui des jours humains, et le cœur dilaté, je témoigne ici, entre le bien et le mal, que l'amour puissant comme la mort est aussi généreux qu'elle.

Traduction Alliette Audra.

GÉRARD DE NERVAL
(1808-1855)

Non seulement il faut, — avec M. Jean Richer[1] — voir dans *Aurélia* « la somme de l'expérience nervalienne », mais aussi le testament du poète, puisque sa fin voulue et, semble-t-il, préméditée survient (26 janvier 1855) quelques semaines après qu'il a remis son manuscrit à la *Revue de Paris*. Rapprochant cette constatation de l'aveu qu'il fait au Dr Blanche, dans une lettre du 18 juillet 1854, « moi... qui ai de la peine à séparer la vie réelle de celle du rêve », on découvre le terrain sur lequel sera édifié *Aurélia*. L'objet d'amour paraît ici émerger d'un monde de ténèbres, comme éclairé d'en dessous et de ce monde même par une lumière noire, qui confère un éclat fluorescent au contenu latent de cette passion. A vrai dire, Aurélia est plus idéale que réelle, puisqu'on peut y découvrir des personnages féminins divers : Mme de Feuchères, Jenny Colon, l'archiduchesse Sophie, Marie Pleyel, sans parler de la Sophie gnostique. Cette multiplicité de visages montre assez que Nerval souffrait une véritable frustration de passion, sans laquelle *Aurélia* ne s'expliquerait pas. D'elle vient la quête que Nerval poursuit en se guidant sur un système de correspondances et de signes enchevêtrés impliquant un recours permanent à la vie onirique qui, dans la dernière phase de son existence, avait envahi l'état de veille.

ŒUVRES. — *Napoléon et la France guerrière*, élégies nationales, par Gérard L..., Ladvocat, Paris, 1826 ; *Napoléon et Talma*, élégies nationales nouvelles, par Gérard, Touquet, Paris, 1826 ; *L'Académie*, comédie satirique en vers, par Gérard, Touquet, Paris 1826 ; *Faust*, tragédie de Gœthe, traduction par Gérard, Dondey-Dupré, Paris, 1828 ; *Le Peuple*, ode, Paris, 1830 ; *Poésies allemandes de Klopstock, Gœthe, etc.*, Méquignon, Paris, 1830 ; *Nos adieux à la chambre des députés ou « Allez-vous-en, vieux mandataires »*, imprimerie David, Paris, 1831 ; *La main de gloire*, histoire macaronique, Cabinet de lectures, Paris, 1832 ; *Piquillo*, Marchant, Paris, 1837 ; *L'alchimiste*, Dumont, Paris, 1839 ; *Léo Burckart*, Barba Desessart, Paris, 1839 ; *Les Monténégrins*, Michel Lévy, Paris, 1849 ; *Le chariot d'enfant*, Giraud et Dagneau, Paris, 1850 ; *Scènes de la vie orientale : les femmes du Caire*, Souverain, Paris, 1850 ; *Scènes de la vie orientale : les femmes du Liban*, Souverain, Paris, 1850 ; *Voyage en Orient*, Charpentier, Paris, 1851 ; *L'imagier de Harlem*, Librairie théâtrale, Paris, 1851 ; *Lorély, souvenirs d'Allemagne*, Giraud et Dagneau,

1. *Gérard de Nerval*. Pierre Seghers, édit., Paris, s. d.

Paris, 1852 ; *Les illuminés*, V. Lecou, Paris, 1852 ; *Contes et facéties*, Giraud et Dagneau, Paris, 1852 ; *Petits châteaux de Bohême*, Didier, Paris, 1853 ; *Les filles du feu*, Giraud, Paris, 1854 ; *Le rêve et la vie : Aurélia*, V. Lecou, Paris, 1855 ; *Œuvres complètes*, Michel Lévy frères, Paris 1867-1877 (diverses éditions postérieures) ; *Pandora*, chez Mme Lesage, Paris, 1925.

Artémis

La Treizième revient... C'est toujours la première,
Et c'est toujours la seule, — ou le seul moment ;
Car es-tu reine, ô toi ! la première ou dernière ?
Es-tu roi, toi le seul ou le dernier amant ?...

Aimez qui vous aima du berceau dans la bière ;
Celle que j'aimai seul m'aime encor tendrement :
C'est la mort — ou la morte... O délice ! ô tourment !
La rose qu'elle tient, c'est la *Rose trémière.*

Sainte napolitaine aux mains pleines de feux,
Rose au cœur violet, fleur de Sainte Gudule :
As-tu trouvé ta croix dans le désert des cieux ?

Roses blanches, tombez ! vous insultez nos dieux,
Tombez, fantômes blancs, de votre ciel qui brûle ;
— La sainte de l'abîme est plus sainte à mes yeux.

Aurélia

J'allais coucher dans une auberge où j'étais connu. L'hôtelier me parla d'un de mes anciens amis, habitant de la ville qui, à la suite de spéculations malheureuses s'était tué d'un coup de pistolet... Le sommeil m'apporta des rêves terribles. Je n'en ai conservé qu'un souvenir confus. — Je me trouvais dans une salle inconnue et je causais avec quelqu'un du monde extérieur, — l'ami dont je viens de parler peut-être. Une glace très haute se trouvait derrière nous. En y jetant par hasard un coup d'œil, il me sembla reconnaître Aurélia. Elle semblait triste et pensive, et tout à coup, soit qu'elle sortît de la glace, soit que, passant dans la salle, elle se fût reflétée un instant auparavant, cette figure douce et chérie se trouva près de moi. Elle me tenait la main, laissa tomber sur moi un regard douloureux et me dit :

— Nous nous reverrons plus tard... à la maison de ton ami.

En un instant, je me représentai son mariage, la malédiction qui nous séparait... et je me dis :

— Est-ce possible ? reviendrait-elle à moi ?

— M'avez-vous pardonné ? demandai-je avec des larmes.

Mais tout avait disparu. Je me trouvais dans un lieu désert, une âpre montée semée de roches, au milieu des forêts. Une maison qu'il me semblait reconnaître, dominait ce pays désolé. J'allais et revenais par des détours inextricables. Fatigué de marcher entre les pierres et les ronces, je cherchais parfois une route plus douce par les sentes du bois.

— On m'attend là-bas ! pensais-je.

Une certaine heure sonna... Je me dis :

— Il est trop tard !

Des voix me répondirent :

— Elle est perdue !

Une nuit profonde m'entourait, la maison lointaine brillait comme éclairée pour une fête et pleine d'hôtes arrivés à temps.

— Elle est perdue ! m'écriais-je, et pourquoi ?... elle a fait un dernier effort pour me sauver ; j'ai manqué le moment suprême où le pardon était possible encore. Du haut du ciel elle pouvait prier pour moi l'Époux divin... Et qu'importe mon salut même ? L'abîme a reçu sa proie ! Elle est perdue pour moi et pour tous !

Il me sembla la voir comme à la lueur d'un éclair, pâle et mourante, entraînée par de sombres cavaliers...

Le cri de douleur et de rage que je poussai en ce moment me réveilla tout haletant.

— Mon Dieu ! mon Dieu ! pour elle et pour elle seule ! mon Dieu ! pardonnez ! m'écriai-je en me jetant à genoux.

Il faisait jour. Par un mouvement dont il m'est difficile de me rendre compte, je résolus de détruire les deux papiers que j'avais tirés la veille du coffret : la lettre, hélas ! que je relus en la mouillant de larmes et le papier funèbre qui portait le cachet du cimetière.

— Retrouver sa tombe maintenant, me dis-je, mais c'est

hier qu'il fallait y retourner, — et mon rêve fatal n'est que l'effet de ma fatale journée.

. . . .

Lettre V

Vous vous trompez, Madame, si vous pensez que je vous oublie ou que je me résigne à être oublié de vous. Je le voudrais, et ce serait un bonheur pour vous et pour moi sans doute ; mais ma volonté n'y peut rien. La mort d'un parent, des intérêts de ma famille ont exigé mon temps et mes soins, et j'ai essayé de me livrer à cette diversion inattendue, espérant retrouver quelque calme et pouvoir juger enfin plus froidement ma position à votre égard. Elle est inexplicable ; elle est triste et fatale de tout point ; elle est ridicule peut-être ; mais je me rassure en pensant que vous êtes la seule personne au monde qui n'ait pas le droit de la trouver telle. Vous auriez bien peu d'orgueil, si vous vous étonniez d'être aimée à ce point et si follement.

Oh ! si j'ai réussi à mêler quelque chose de mon existence dans la vôtre ; si toute une année je vous ai occupée de mes lettres et de ma présence ; s'il y a à moi, tout à moi, quelques journées de votre vie, et, malgré vous, quelques heures de vos pensées, n'était-ce pas une peine qui portait sa récompense avec elle ? Dans cette soirée où je compris toutes les chances de vous plaire et de vous obtenir, où ma seule fantaisie avait mis en jeu votre valeur et la livrait à des hasards, je tremblais plus que vous-même. Eh bien, alors même, tout le prix de mes efforts était dans votre sourire. Vos craintes m'arrachaient le cœur. Mais avec quel transport j'ai baisé vos mains glorieuses ! Ah ! ce n'était pas alors la femme, c'était l'artiste à qui je rendais hommage. Peut-être aurais-je dû toujours me contenter de ce rôle, et ne pas chercher à faire descendre de son piédestal cette belle idole que jusque là j'avais adorée de si loin.

Vous dirai-je pourtant que j'ai perdu quelques illusions en vous voyant de plus près ? Mais, en se prenant à la réalité, mon amour a changé de caractère. Ma volonté, jusque-là si nette et si précise, a éprouvé un mouvement de vertige. Je ne sentais pas tout mon bonheur d'être ainsi près de vous, ni tout le danger que je courais à risquer de ne pas vous plaire. Mes projets sont contrariés. J'ai voulu me montrer à la fois un homme timide, un homme utile et égayant, et je n'ai pas compris que les deux sentiments que je voulais exciter ensemble se froisseraient dans votre cœur. Plus jeune, je vous eusse touchée par une passion plus naïve et plus chaleureuse ; plus vieux, j'aurais mieux calculé et trouvé à la longue le chemin de votre cœur.

Si je vous fais un aveu si complet, c'est que je vous sais digne de comprendre un esprit . . . .

(La suite manque.)

LETTRE VII

Ah ! ma pauvre amie, je ne sais quels rêves vous avez faits ; mais non, je sors d'une nuit terrible ; je suis malheureux par ma faute peut-être et non par la vôtre, mais je le suis. Grand Dieu ! excusez mon désordre, pardonnez les combats de mon âme. Oui, c'est vrai, j'ai voulu vous le cacher en vain, je vous désire autant que je vous aime, mais je mourrais plutôt que d'exciter encore une fois votre mécontentement. Oh ! pardonnez, je ne suis pas volage, moi ; depuis trois mois, je vous suis fidèle, je le jure devant Dieu. Si vous tenez un peu à moi, voulez-vous m'abandonner encore à ces vaines ardeurs qui me tuent ? Je vous avoue tout cela pour que vous y songiez plus tard, car, je vous l'ai dit, quelque espoir que vous ayez bien voulu me donner, ce n'est pas à un jour fixe que je voudrais vous obtenir, mais arrangez les choses pour le mieux. Ah ! je le sais, les femmes aiment qu'on les force un peu ; elles ne veulent point paraître céder sans contrainte. Mais, songez-y, vous n'êtes point pour moi comme les autres femmes ; je suis plus peut-être pour vous que les autres hommes ; sortons donc des usages de la galanterie ordinaire. Que m'importe que vous ayez été à d'autres, que vous soyez à d'autres peut-être. Vous êtes la première femme que j'aime, et je suis peut-être le premier homme qui vous aime à ce point. Si ce n'est pas là une sorte d'hymen que le ciel bénisse, le mot amour n'est qu'un vain mot. Que ce soit donc un hymen véritable où l'épouse s'abandonne en disant : « C'est l'heure. » Il y a certaines formes de forcer une femme qui me répugnent. Vous le savez, mes idées sont singulières, ma passion s'entoure de beaucoup de poésie et d'originalité, j'arrange volontiers ma vie comme un roman ; les moindres désaccords me choquent, et les modernes manières que prennent les hommes avec les femmes qu'ils ont possédées ne seront jamais les miennes. Laissez-moi vous aimer ainsi ; cela aura peut-être quelques douceurs charmantes que vous ignorez. Ah ! ne redoutez rien d'ailleurs de la vivacité de mes transports. Vos craintes seront toujours les miennes, et, de même que je sacrifierais toute ma jeunesse et toute ma force au bonheur de vous posséder, de même aussi mon désir s'arrêterait devant votre réserve, comme il s'est arrêté si longtemps devant votre rigueur. Ah ! ma chère et véritable amie, j'ai peut-être tort de vous écrire ces choses qui ne se disent d'ordinaire qu'aux heures d'enivrement. Mais je vous sais si bonne et si sensible, que vous ne vous offenseriez pas d'aveux qui ne tendent qu'à vous faire lire plus complètement dans mon cœur. Je vous ai fait bien des concessions, faites-m'en quelques-unes aussi. La seule chose qui m'effraye serait de n'obtenir de vous qu'une complaisance froide qui ne partirait pas de l'attachement, mais peut-être de la pitié. Vous avez reproché à mon amour d'être matériel, il ne l'est pas du moins dans ce sens ; que je ne vous possède jamais si je dois avoir dans les bras une femme résignée plutôt que vaincue. Je renonce à la jalousie, je sacrifie mon amour-propre, mais je ne puis faire abstraction des droits secrets de mon cœur sur un autre. Vous m'aimez, oui, beaucoup moins que je ne vous aime, sans doute, mais vous m'aimez, et sans cela je n'aurais pas pénétré aussi avant dans votre intimité. Eh bien, vous comprendrez tout ce que je cherche à vous exprimer. Autant cela serait choquant pour une tête froide, autant cela doit toucher un cœur indulgent et tendre.

Un mouvement de vous m'a fait plaisir, c'est que vous avez paru craindre un instant que, depuis quelques jours, ma constance ne se fût démentie. Ah ! rassurez-vous. J'ai peu de mérite à la conserver ; il n'existe pour moi qu'une seule femme au monde.

JULES BARBEY D'AUREVILLY
(1808-1889)

M. Jean Canu[1] nous dit que Barbey d'Aurevilly adolescent contemplait un buste de Niobé dans la chambre de son père. « La poitrine opulente de l'infortunée héroïne l'émut à ce point qu'il se suça le pouce jusqu'au sang. » On mesure à cette scène — parallèle à une image de *l'Age d'or* — la violence des sensations du jeune Barbey d'Aurevilly qui, peu après, vouait un amour éperdu et platonique à une amie de sa mère « au regard bleu-sombre de faucon couronné ». C'est cependant une veuve de quarante ans qui devait bientôt lui révéler les mystères charnels. Mais ne cherchait-il pas déjà à s'approcher de la fille de cette veuve, Camille, qui avait son âge et dont il s'éprit ? Plus tard, il devait éprouver un grand amour pour la femme d'un de ses cousins, mais leurs parents réussirent à les séparer à jamais. Il conserva toute sa vie le secret de cet amour, dont l'objet n'apparaît, dans *Memoranda*, que sous le pronom « Elle », ou sous le nom de « l'Ange blanc ». Il montre ainsi, comme il l'affirme, qu'il « n'y a pas d'histoire en dehors de la femme aimée ».

Il est aisé de voir dans *Les Diaboliques*, l'influence de Sade ; mais n'est-ce pas autant la nature de Barbey qui se reconnaît dans l'œuvre du marquis ? En tout cas, *Le Bonheur dans le crime*, par exemple, montre que cette impétuosité reste parfaitement compatible avec l'amour.

ŒUVRES. — *L'ensorcelée, Le chevalier des Touches, Un prêtre marié, Les Diaboliques, L'amour impossible, La bague d'Annibal, Du dandysme et de G. Brummel, Ce qui ne meurt pas, Une histoire sans nom, Aux héros des Thermopyles, Dernières polémiques, Deux rythmes oubliés, Memoranda*, etc.

La vengeance d'une femme
(fragment)

« La solitude dans laquelle je vivais ne pesait point sur mon âme, tranquille comme les montagnes de marbre rouge qui entourent Sierra-Leone. Je ne soupçonnais pas que sous ces marbres dormait un volcan. J'étais dans les limbes d'avant la naissance, mais j'allais naître et recevoir d'un

1. *Barbey d'Aurevilly*, Laffont édit., Paris, 1945.

seul regard d'homme le baptême du feu. Don Esteban, marquis de Vasconcellos, de race portugaise, et cousin du duc, vint à Sierra-Leone, et l'amour, dont je n'avais eu l'idée que par quelques livres mystiques, me tomba sur le cœur comme un aigle tombe à pic sur un enfant qu'il enlève et qui crie... Je criai aussi. Je n'étais pas pour rien une Espagnole de vieille race. Mon orgueil s'insurgea contre ce que je sentais en présence de ce dangereux Esteban, qui s'emparait de moi avec cette révoltante puissance. Je dis au duc de le congédier sous un prétexte ou sous un autre, de lui faire au plus vite quitter le château,... que je m'apercevais qu'il avait pour moi un amour qui m'offensait comme une insolence. Mais don Christoval me répondit comme le duc de Guise à l'avertissement que Henri III l'assassinerait : « Il n'oserait ! » C'était le mépris du Destin, qui se vengea en s'accomplissant. Ce mot me jeta à Esteban... »

Elle s'arrêta un instant ; — et il l'écoutait parlant cette langue élevée qui, à elle seule, lui aurait affirmé, s'il avait pu en douter, qu'elle était bien ce qu'elle disait : la duchesse de Sierra-Leone. Ah ! la fille du boulevard était alors entièrement effacée. On eût juré d'un masque tombé, et que la vraie figure, la vraie personne, reparaissaient. L'attitude de ce corps effréné était devenue chaste. Tout en parlant, elle avait pris derrière elle un châle, oublié au dos du canapé, et elle s'en était enveloppée... Elle en avait ramené les plis sur ce sein *maudit*, — comme elle l'avait nommé, — mais auquel la prostitution n'avait pu enlever la perfection de sa rondeur et sa fermeté virginale. Sa voix même avait perdu la raucité qu'elle avait dans la rue... Était-ce une illusion produite par ce qu'elle disait ? mais il semblait à Tressignies que cette voix était d'un timbre plus pur, — qu'elle avait repris sa noblesse.

« Je ne sais, pas continua-t-elle, si les autres femmes sont comme moi. Mais cet orgueil incrédule de don Christoval, ce dédaigneux et tranquille : « Il n'oserait ! » en parlant de l'homme que j'aimais, m'insulta pour lui, qui, déjà, dans le fond de mon être, avait pris possession de moi comme un Dieu. « Prouve-lui que tu oseras ! », — lui dis-je, le soir même, en lui déclarant mon amour. Je n'avais pas besoin de le lui dire. Esteban m'adorait depuis le premier jour qu'il m'avait vue. Notre amour avait eu la simultanéité de deux coups de pistolet tirés en même temps, et qui tuent... J'avais fait mon devoir de femme espagnole en avertissant don Christoval. Je ne lui devais que ma vie, puisque j'étais sa femme, car le cœur n'est pas libre d'aimer ; et, ma vie, il l'aurait prise très certainement en mettant à la porte de son château don Esteban, comme je le voulais. Avec la folie de mon cœur déchaîné, je serais morte de ne plus le voir, et je m'étais exposée à cette terrible chance. Mais puisque lui, le duc, mon mari, ne m'avait pas comprise, puisqu'il se croyait si au-dessus de Vasconcellos qu'il lui paraissait impossible que celui-ci élevât les yeux et son hommage jusqu'à moi, je ne poussai pas plus loin mon héroïsme conjugal contre un amour qui était mon maître... Je n'essaierai pas de vous donner l'idée exacte de cet amour. Vous ne me croiriez peut-être pas, vous non plus... Mais qu'importe, après tout, ce que vous penserez ! Croyez-moi ou ne me croyez pas ! ce fut un amour tout à la fois brûlant et chaste, un amour chevaleresque, romanesque, presque idéal, presque mystique. Il est vrai que nous avions vingt ans à peine, et que nous étions du pays des Bivar, d'Ignace de Loyola et de sainte Thérèse. Ignace, ce chevalier de la Vierge, n'aimait pas plus purement la Reine des cieux que ne m'aimait Vasconcellos ; et moi, de mon côté, j'avais pour lui quelque chose de cet amour extatique que sainte Thérèse avait pour son Époux divin. L'adultère, fi donc ! Est-ce que nous pensions que nous pouvions être adultères ? Le cœur battait si haut dans nos poitrines, nous vivions dans une atmosphère de sentiments si transcendants et si élevés, que nous ne sentions en nous rien des mauvais désirs et des sensualités des amours vulgaires. Nous vivions en plein azur de ciel ; seulement ce ciel était africain, et cet azur était du feu. Un tel état d'âmes aurait-il duré ? Était-il bien possible qu'il durât ? Ne jouions-nous pas là, sans le savoir, sans nous en douter, le jeu le plus dangereux pour de faibles créatures, et ne devions-nous pas être précipités, dans un temps donné, de cette hauteur immaculée ?... Esteban était pieux comme un prêtre, comme un chevalier portugais du temps d'Albuquerque ; moi, je valais assurément moins que lui, mais j'avais en lui et dans la pureté de son amour une foi qui enflammait la pureté du mien. Il m'avait dans son cœur, comme une madone dans sa niche d'or, — avec une lampe à ses pieds, — une lampe inextinguible. Il aimait mon âme pour mon âme. Il était de ces rares amants qui veulent grande la femme qu'ils adorent. Il me voulait noble, dévouée, héroïque, une grande femme de ces temps où l'Espagne était grande. Il aurait mieux aimé me voir faire une belle action que de valser avec moi souffle à souffle ! Si les anges pouvaient s'aimer entre eux devant le trône de Dieu, ils devraient s'aimer comme nous nous aimions... Nous étions tellement fondus l'un dans l'autre, que nous passions de longues heures ensemble et seuls, la main dans la main, les yeux dans les yeux, pouvant tout, puisque nous étions seuls, mais tellement heureux que nous ne désirions pas davantage. Quelquefois, ce bonheur immense qui nous inondait nous faisait mal à force d'être intense, et nous désirions mourir, mais l'un avec l'autre ou l'un pour l'autre, et nous comprenions alors le mot de sainte Thérèse : *Je meurs de ne pouvoir mourir !* Ce désir de la créature finie succombant sous un amour infini, et croyant faire plus de place à ce torrent d'amour infini par le brisement des organes et la mort. Je suis maintenant la dernière des créatures souillées ; mais, dans ce temps-là, croiriez-vous que jamais les lèvres d'Esteban n'ont touché les miennes, et qu'un baiser déposé par lui sur une rose, et repris par moi, me faisait évanouir ? Du fond de l'abîme d'horreur où je me suis volontairement plongée, je me rappelle à chaque instant, pour mon supplice, ces délices divines de l'amour pur dans lesquelles nous vivions, perdus, éperdus, et si transparents, sans doute, dans l'innocence de cet amour sublime, que don Christoval n'eût pas grand'peine à voir que nous nous adorions. Nous vivions la tête dans le ciel. Comment nous apercevoir qu'il était jaloux, et de quelle jalousie ! De la seule dont il fût capable : de la jalousie de l'orgueil. Il ne nous surprit pas. On ne surprend que ceux qui se cachent. Nous ne nous cachions pas. Pourquoi nous serions-nous cachés ? Nous avions la candeur de la flamme en plein jour qu'on aperçoit dans le jour même, et, d'ailleurs, le bonheur débordait trop de nous pour qu'on ne le vît pas, et le duc le vit ! Cela creva enfin les yeux à son orgueil, cette splendeur d'amour ! Ah ! Esteban avait *osé !* Moi aussi ! Un soir, nous étions comme nous étions toujours, comme nous passions notre vie depuis que nous nous aimions, tête à tête, unis par le regard seul ; lui, à mes pieds, devant moi, comme devant la Vierge Marie, dans une contemplation si profonde que nous n'avions besoin d'aucune caresse. Tout à coup, le duc entra avec deux noirs qu'il avait ramenés des colonies espagnoles, dont il avait été longtemps gouverneur. Nous ne les aperçûmes pas, dans la contemplation céleste qui enlevait nos âmes en les unissant, quand la tête d'Esteban tomba lourdement sur mes genoux. Il était étranglé ! Les noirs lui avaient jeté autour du cou ce terrible lazo avec lequel on étrangle au Mexique les taureaux sauvages. Ce fut la foudre pour la rapidité ! Mais la foudre qui ne me tua pas. Nulle larme ne jaillit de mes yeux. Je restai muette et rigide, dans un état sans nom d'horreur, d'où je ne sortis que par un déchirement de tout mon être. Je sentis qu'on m'ouvrait la poitrine et qu'on m'en arrachait le cœur. Hélas ! ce n'était pas à moi qu'on l'arrachait : c'était à Esteban, à ce cadavre d'Esteban qui gisait à mes pieds, étranglé, la poitrine fendue, fouillée, comme un sac, par les mains de ces monstres ! J'avais ressenti, tant par l'amour j'étais devenue lui, ce qu'aurait ressenti Esteban s'il avait été vivant. J'avais ressenti la douleur que ne sentait pas son cadavre, et c'était cela qui m'avait tirée de l'horreur dans laquelle je m'étais figée quand ils me l'avaient étranglé. Je me jetai à eux : « A mon tour ! » leur criai-je. Je voulais mourir de la même mort, et je tendis ma tête à l'infâme lacet. Ils allaient la prendre. — « On ne *touche pas à la reine* », fit le duc, cet orgueilleux duc qui se croyait plus que le Roi, et il les fit reculer en les fouettant de son fouet de chasse. « Non, vous « vivrez, Madame, me dit-il pour *penser toujours* à ce que « vous allez voir... » Et il siffla. Deux énormes chiens sauvages accoururent. « Qu'on fasse manger, dit-il, le cœur « de ce traître à ces chiens ! » Oh ! à cela, je ne sais quoi se redressa en moi :

« — Allons donc, venge-toi mieux ! lui dis-je. C'est à « moi qu'il faut le faire manger ! »

« Il resta comme épouvanté de mon idée... « Tu l'aimes « donc furieusement ? », reprit-il. Ah ! je l'aimais d'un amour qu'il venait d'exaspérer. Je l'aimais à n'avoir ni peur ni dégoût de ce cœur saignant, plein de moi, chaud de moi encore, et j'aurais voulu le mettre dans le mien, ce cœur... Je le demandai à mains jointes ! Je voulais épargner, à ce noble cœur adoré, cette profanation impie, sacrilège... J'aurais communié avec ce cœur, comme avec une hostie. N'était-il pas mon Dieu ?... La pensée de Gabrielle de Vergy, dont nous avions lu, Esteban et moi, tant de fois l'histoire ensemble, avait surgi en moi. Je l'enviais !... Je la trouvais heureuse d'avoir fait de sa poitrine un tombeau vivant à l'homme qu'elle avait aimé. Mais la vue d'un amour pareil rendit le duc atrocement implacable. Ses chiens dévorèrent le cœur d'Esteban devant moi. Je le leur disputai ; je me battis avec ces chiens. Je ne pus le leur arracher. Ils me couvrirent d'affreuses morsures, et traînèrent et essuyèrent à mes vêtements leurs gueules sanglantes. »

Elle s'interrompit. Elle était devenue livide à ces souvenirs... et, haletante, elle se leva d'un mouvement forcené, et, tirant à elle un tiroir de commode par sa poignée de bronze, elle montra à Tressignies une robe en lambeaux, teinte de sang à plusieurs places :

« Tenez, dit-elle, c'est le sang du cœur de l'homme que j'aimais et que je n'ai pu arracher aux chiens ! Quand je me retrouve seule dans l'exécrable vie que je mène, quand le dégoût m'y prend, quand la boue m'en monte à la bouche et m'étouffe, quand le génie de la vengeance faiblit en moi, que l'ancienne duchesse revient et que la fille m'épouvante, je m'entortille dans cette robe, je vautre mon corps souillé dans ses plis rouges, toujours brûlants pour moi, et j'y réchauffe ma vengeance. C'est un talisman que ces haillons sanglants ! Quand je les ai autour du corps, la rage de le venger me reprend aux entrailles, et je me retrouve de la force, à ce qu'il me semble, pour une éternité ! »

Le bonheur dans le crime

(fragment)

— Eh ! eh ! panthère contre panthère ! fit le docteur à mon oreille ; mais le satin est plus fort que le velours.

Le satin, c'était la femme, qui avait une robe de cette étoffe miroitante — une longue robe à traîne. Et il avait vu juste, le docteur ! Noire, souple, d'articulation aussi puissante, aussi royale d'attitude, — dans son espèce, d'une beauté égale, et d'un charme encore plus inquiétant, — la femme, l'inconnue, était comme une panthère humaine, dressée devant la panthère animale qu'elle éclipsait ; et la bête venait de le sentir, sans doute, quand elle avait fermé les yeux. Mais la femme — si c'en était une — ne se contenta pas de ce triomphe. Elle manqua de générosité. Elle voulut que sa rivale vît qui l'humiliait, et rouvrît les yeux pour la voir. Aussi, défaisant sans mot dire les douze boutons du gant violet qui moulait son magnifique avant-bras, elle ôta ce gant, et, passant audacieusement sa main entre les barreaux de la cage, elle en fouetta le court museau de la panthère, qui ne fit qu'un mouvement... mais quel mouvement !.. et d'un coup de dents, rapide comme l'éclair !... Un cri partit du groupe où nous étions. Nous avions cru le poignet emporté : ce n'était que le gant. La panthère l'avait englouti. La formidable bête outragée avait rouvert des yeux affreusement dilatés, et ses naseaux froncés vibraient encore...

— Folle ! dit l'homme, en saisissant ce beau poignet, qui venait d'échapper à la plus coupante des morsures.

Vous savez comme parfois on dit : « Folle !... » Il le dit ainsi ; et il le baisa, ce poignet, avec emportement.

Et, comme il était de notre côté, elle se retourna de trois quarts pour le regarder baisant son poignet nu, et je vis ses yeux, à elle... ces yeux qui fascinaient des tigresses, et qui étaient à présent fascinés par un homme ; ses yeux, deux larges diamants noirs, taillés pour toutes les fiertés de la vie, et qui n'exprimaient plus en le regardant que toutes les adorations de l'amour !

Ces yeux-là étaient et disaient tout un poème. L'homme n'avait pas lâché le bras, qui avait dû sentir l'haleine fiévreuse de la panthère, et, le tenant replié sur son cœur, il entraîna la femme dans la grande allée du jardin, indifférent aux murmures et aux exclamations du groupe populaire, — encore ému du danger que l'imprudente venait de courir, — et qu'il retraversa tranquillement. Ils passèrent auprès de nous, le docteur et moi, mais leurs visages tournés l'un contre l'autre, se serrant flanc contre flanc, comme s'ils avaient voulu se pénétrer, entrer, lui dans elle, elle dans lui, et ne faire qu'un seul corps à eux deux, en ne regardant rien qu'eux-mêmes. C'étaient, aurait-on cru à les voir ainsi passer, des créatures supérieures, qui n'apercevaient pas même à leurs orteils la terre sur laquelle ils marchaient, et qui traversaient le monde dans leur nuage, comme, dans Homère, les Immortels !

De telles choses sont rares à Paris, et, pour cette raison, nous restâmes à le voir filer, ce maître-couple, — la femme étalant sa traîne noire dans la poussière du jardin, comme un paon, dédaigneux, jusque de son plumage.

Ils étaient superbes, en s'éloignant ainsi, sous les rayons du soleil de midi, dans la majesté de leur entrelacement, ces deux êtres... Et voilà comme ils regagnèrent l'entrée de la grille du jardin et remontèrent dans un coupé, étincelant de cuivres et d'attelage, qui les attendait.

— Ils oublient l'univers ! fis-je au docteur qui comprit ma pensée.

— Ah ! ils s'en soucient bien de l'univers ! répondit-il de sa voix mordante. Ils ne voient rien du tout dans la création, et, ce qui est bien plus fort, ils passent même auprès de leur médecin sans le voir.

EDGAR ALLAN POE
(1809-1849)

Bien qu'il ait eu de nombreuses aventures et se soit épris de plusieurs femmes dans les dernières années de sa vie, une seule a véritablement compté pour Edgar Poe, sa cousine Virginia Clemm, qu'il épousa en secret alors qu'elle venait d'atteindre sa treizième année. C'est pour elle, au moment où la tuberculose allait avoir raison de sa fragile existence, qu'il composa *Annabel Lee.* Elle était devenue pour lui, dit André Fontainas *(La vie d'Edgar Poe)*, sa « raison d'exister, la fête de son cœur, de ses yeux, de son esprit, de tout son être ». Dans une lettre du 4 janvier 1848, il parle de sa douleur lorsque la maladie fit son apparition chez elle : « Il y a six ans, ma femme que j'aimais comme aucun homme n'a aimé une femme, se rompit un vaisseau en chantant. Sa vie fut condamnée. Je lui dis adieu pour toujours et souffris toute l'agonie de sa mort... Je devins fou, avec de longs intervalles d'une horrible lucidité. Pendant mes accès de complète inconscience, je bus ! Dieu seul sait comment et combien ! »

A la mort de Virginia Clemm, son existence déjà cahotique et ses accès d'alcoolisme se multiplièrent. Trois ans plus tard, il succombait sur le lit d'un hôpital de Baltimore. Ses dernières paroles de délire sont : « ... Vaisseau de feu, mer de cuivre !... Le calme partout... plus de rives ! »

ŒUVRES (traductions françaises). — *Nouvelles choisies*, 1853 : *Histoires extraordinaires*, traduction Ch. Baudelaire, 1856 ; *Nouvelles histoires extraordinaires*, traduction Ch. Baudelaire, 1857 ; *Les aventures d'Arthur Gordon Pym*, traduction Ch. Baudelaire, 1858 ; *Contes inédits*, 1862 ; *Eureka*, traduction Ch. Baudelaire, 1863, *Histoires grotesques et sérieuses*, traduction Ch. Baudelaire, 1865 : *Le Corbeau*, traduction S. Mallarmé, 1875 ; *Nouvelles américaines*, Limoges, 1879 ; *Poèmes*, traduction S. Mallarmé, Bruxelles, 1888 ; *Poèmes complets*, 1889 ; *Poèmes complets*, suivis de scènes de *Politian*, *Le principe poétique*, *Marginalia*, 1908 ; *Marginalia*, 1914 ; *Politian*, 1926 ; *Lettres à John Allan*, 1930.

Annabel Lee

Il y a mainte et mainte année, dans un royaume près de la mer, vivait une jeune fille que vous pouvez connaître par son nom d'ANNABEL LEE : et cette jeune fille ne vivait avec aucune autre pensée que d'aimer et d'être aimée de moi.

J'étais un enfant, et *elle* était un enfant dans ce royaume près de la mer ; mais nous nous aimions d'un amour qui était plus que de l'amour, — moi et mon ANNABEL LEE ; d'un amour que les séraphins ailés des cieux convoitaient, à elle et à moi.

Et ce fut la raison que, il y a bien longtemps, — un vent souffla d'un nuage, glaçant ma belle ANNABEL LEE ; de sorte que ses proches de haute lignée vinrent, et me l'enlevèrent, pour l'enfermer dans un sépulcre, en ce royaume près de la mer.

Les anges, pas à moitié si heureux aux cieux, vinrent, nous enviant, elle et moi — Oui ! ce fut la raison (comme tous les hommes le savent dans ce royaume près de la mer) pourquoi le vent sortit du nuage la nuit, glaçant et tuant mon ANNABEL LEE.

Car la lune jamais ne rayonne sans m'apporter des songes de la belle ANNABEL LEE ; et les étoiles jamais ne se lèvent que je sente les brillants yeux de la belle ANNABEL LEE ; et ainsi, toute l'heure de la nuit, je repose à côté de ma chérie, — de ma chérie, — ma vie et mon épousée, dans ce sépulcre près de la mer, dans sa tombe près de la bruyante mer.

Mais pour notre amour, il était plus fort de tout un monde que l'amour de ceux plus âgés que nous ; — de plusieurs de tout un monde plus sages que nous, — et ni les anges là-haut dans les cieux, — ni les démons sous la mer ne peuvent jamais disjoindre mon âme de l'âme de la très-belle ANNABEL LEE.

Traduction Stéphane Mallarmé.

JULES SLOWACKI
(1809-1849)

Jules Slowacki est considéré comme un des principaux poètes romantiques de Pologne. Dès vingt et un ans, il publiait des poèmes et des drames. Envoyé, l'année suivante, pour représenter à Londres le gouvernement insurrectionnel de Pologne qui venait de se former dans son pays, il devait, après l'échec du mouvement, se fixer à Paris, où il mourut de tuberculose en 1849, sans avoir jamais pu revenir en Pologne. C'est au cours d'un voyage en Suisse qu'il connut celle qui lui a inspiré son plus célèbre poème et qui, très vite, succomba au mal dont il était lui-même atteint.

ŒUVRES (traductions françaises). — *Œuvres complètes*, Paris, 1870.

En Suisse
(fragments)

Depuis qu'elle a disparu tel un songe doré,
Je me fane de chagrin, je me pâme de langueur.
Et je ne sais pas pourquoi mon âme, de ses enveloppes charnelles,
Ne s'envole pas auprès d'elle, aux anges,
Pourquoi elle ne s'enlève pas vers la lice céleste,
Vers cette bienheureuse et vers cette bien-aimée ?

3

Je l'ai suivie à travers monts et vaux,
Et nous allions ensemble aux pieds de ce glacier
Qui, blanc et brillant, tel un dauphin immense,
Allonge ses nageoires froides aux pieds de l'homme.
La vapeur sourd de ses narines argentées
Et le Rhône s'enfuit de sa bouche violette.
Je me rappelle le jour, la matinée fut chaude.

Là de nos pas nous fîmes lever deux chamois.
Ceux-là, comme s'ils étaient conscients du bonheur humain,
S'arrêtèrent près, dorés, immobiles,
Et plongèrent les éclairs de leurs yeux
Dans les yeux bleus de ma bien-aimée.
Puis après nous avoir contemplés longtemps,
Ils mirent leurs têtes l'une sur l'autre, inondés de soleil.
Je dis : Ils sont épris de toi.
Je le dis : et pour cela, de ses lèvres chastes,
D'abord un sourire vola vers moi,
Vola vite vers moi et aussi vite rentra
Dans son nid serti de roses et de perles,
Et quand il vit que je ne fermais pas mes yeux,
Il recouvrit d'un rouge vermeil ses deux joues blanches.
Et, savez-vous, rien ne charme tant le cœur
Ni la pourpre d'une corolle qui s'épanouit,
Ni le blanc sommet de la montagne
Qui devant le voyageur rosit au soleil,
Rien ne saisit tellement et ne pénètre
Que ce vermeil sans tare ni péché
Qui sur le visage virginal naît d'un ris.

5

Une fois, je pensai pendant une demi-heure
Qu'elle ne devait pourtant pas être un ange céleste.
Je lui ai confessé ensuite ce péché.
Oyez plutôt ! Voici : devant la chapelle de Tell,
Elle sauta, agile, sur les pierres de la berge
Et déclara tout haut qu'elle m'aimait.
Puis elle me renvoya de nouveau sur le lac
En repoussant la barque de sa cheville blanche.
Moi, — je ne sais pas ce que je suis devenu !
Les anges — me dis-je — me prendront-ils au ciel ?
Les flots mugissants du lac m'engloutiront-ils ?
Mon cœur fondra-t-il tel la glace chauffée ?
Mon âme revêt-elle des ailes angéliques ?
Ou bien devient-elle le domicile d'un ange d'or ?
Est-elle pleine de sourires ou de nostalgies ?
Tous les sentiments avec un élan impétueux,
S'abattirent sur mon cœur comme une nuée de colombes

Pour y boire des larmes et y laver leurs plumes blanches,
Puis s'envoler toutes propres dans le ciel.
Alors, elle appela vers elle la barque avec moi.
La barque lui obéit et accourut,
Et arriva toute seule du lac bruyant.

14

A l'heure qu'il est, parles-tu, ma bien-aimée,
Aux anges du ciel où Dieu t'a appelée ?
Te plains-tu, là, toute éplorée
Que fut un orage rouge de coups de foudre,
Que fut un antre sombre et obscur
Et dans cet antre un rideau de cascade cristalline ;
Que fut la peur secrète dans l'obscurité
Et un oubli des commandements divins
Et une plainte douce, comme souterraine, des nymphes.
Que là le jour, demi-obscur nous quitta
Pour nous trouver demain, joue contre joue, en feu,
Que là le chant des oiseaux nous réveilla ?
En parles-tu là, t'en plains-tu là ?
Oh ! n'émeus pas les anges, mon adorée !
Car chacune de tes larmes, qui brillent comme des diamants,
Allumera un incendie dans l'âme d'un des célestes.
Moi aussi, si j'étais un séraphin
Au front baigné de lumières du firmament,
Si j'étais maître comme lui de l'espace,
Si je gouvernais toutes les étoiles,
Je ne voudrais pas luire à l'horizon.
Je quitterais l'azur et je descendrais
Pour n'avoir rien qu'une femme comme toi sur la terre.

18

Bosquets ! vallons ! prairies et torrents !
Oh ! ne demeurez pas tristes après elle.
Il y a des larmes qui défendent à jamais de parler.
Et quand je parle, je deviens rêveur.
Et je vois son regard clair
Qui commence à s'apitoyer sur moi
Et je vois les lèvres qui veulent m'embrasser

Et je tremble. Et de nouveau les flammes m'embrasent,
Je ne sais où me cacher, où tourner mes yeux,
Où dissimuler et où être seul.
Je m'arrête, pâle, et je dessine ses traits,
Ou j'écris son nom sur le sable humide,
Ou j'erre parmi les roses et les cyprès,
Comme un homme qui a perdu l'être le plus cher,
Qui est devenu fou de douleur et en tremblant s'assied
Là où l'on place des urnes sur le tertre tombal,
Pensant que la tombe lui en parlera.

ALFRED DE MUSSET

(1810-1857)

La célèbre liaison d'Alfred de Musset avec George Sand relève-t-elle de l'amour sublime ? Nul doute en ce qui le concerne, mais aucunement pour George Sand : plus encore que pour son amie Marie Dorval, sa sensualité était seule en cause. Lorsqu'elle réussit, par la ruse, à écarter Musset afin de rester à Venise seule avec le Dr Pagello, elle savait — elle le dit — qu'elle inclinait Musset à la débauche. Cette *Chanson* fut composée pendant la crise de Venise où, de concert avec son amant, George Sand tentait de faire admettre au poète qu'il côtoyait la folie. Revenue à Paris, où le Dr Pagello la suivit de peu, elle accorda ses faveurs tantôt à l'un, tantôt à l'autre, conduisant Musset aux dernières limites du désespoir. Le Dr Pagello retourné à Venise, elle renoua quelque temps avec le poète (lettre du 1er septembre 1834), mais la rupture était inévitable. Musset, qui n'aima jamais plus, évoqua plus tard le souvenir de son amour dans la *Nuit d'Octobre*.

ŒUVRES. — *Premières poésies* (1833), *Un spectacle dans un fauteuil* (1833), *Gamiani* (1835), *Confession d'un enfant du siècle* (1836), *Poésies nouvelles* (1840), *Le chandelier* (1848), *Un caprice* (1848), *L'habit vert* (1849), *Louison* (1849), *André del Sarto* (1850), *Il faut qu'une porte soit ouverte ou fermée* (1851), *Bettine* (1851), *Un caprice de Marianne* (1851), *Histoire d'un merle blanc* (1853), *Mademoiselle Mimi Pinson* (1853), *Comédies et Proverbes* (1853), *Il ne faut jurer de rien* (1853), *Contes* (1854), *On ne badine pas avec l'amour* (1861), *Carmosine* (1865), *Fantasio* (1866), *Mélanges de littérature et de critique* (1867), *Correspondance avec George Sand* (1904), *Correspondance* (1907).

Chanson

A Saint-Blaise, à la Zuecca,
Vous étiez bien aise
A Saint-Blaise.
A Saint-Blaise, à la Zuecca,
Nous étions bien là.

Mais de vous en souvenir
Prendrez-vous la peine ?
Mais de vous en souvenir
Et d'y revenir.

A Saint-Blaise, à la Zuecca,
Dans les prés fleuris cueillir la verveine,
A Saint-Blaise, à la Zuecca,
Vivre et mourir là.

Venise, 3 février 1834.

(Poésies nouvelles.)

La nuit d'octobre

(fragment)

La Muse

Poète, c'est assez. Auprès d'une infidèle,
Quand ton illusion n'aurait duré qu'un jour,
N'outrage pas ce jour lorsque tu parles d'elle ;
Si tu veux être aimé, respecte ton amour.
Si l'effort est trop grand pour la faiblesse humaine
De pardonner les maux qui nous viennent d'autrui,
Épargne-toi du moins le tourment de la haine ;
A défaut du pardon, laisse venir l'oubli.
Les morts dorment en paix dans le sein de la terre :
Ainsi doivent dormir nos sentiments éteints.
Ces reliques du cœur ont aussi leur poussière ;
Sur leurs restes sacrés ne portons pas les mains.
Pourquoi, dans ce récit d'une vive souffrance,
Ne veux-tu voir qu'un rêve et qu'un amour trompé ?
Est-ce donc sans motif qu'agit la Providence ?
Et crois-tu donc distrait le Dieu qui t'a frappé ?
Le coup dont tu te plains t'a préservé peut-être,
Enfant ; car c'est par là que ton cœur s'est ouvert.
L'homme est un apprenti, la douleur est son maître,
Et nul ne se connaît tant qu'il n'a pas souffert.
C'est une dure loi, mais une loi suprême,
Vieille comme le monde et la fatalité,

Qu'il nous faut du malheur recevoir le baptême,
Et qu'à ce triste prix tout doit être acheté.
Les moissons pour mûrir ont besoin de rosée ;
Pour vivre et pour sentir, l'homme a besoin des pleurs ;
La joie a pour symbole une plante brisée,
Humide encor de pluie et couverte de fleurs.
Ne te disais-tu pas guéri de ta folie ?
N'es-tu pas jeune, heureux, partout le bienvenu,
Et ces plaisirs légers qui font aimer la vie,
Si tu n'avais pleuré, quel cas en ferais-tu ?
Lorsqu'au déclin du jour, assis sur la bruyère,
Avec un vieil ami tu bois en liberté,
Dis-moi, d'aussi bon cœur lèverais-tu ton verre,
Si tu n'avais senti le prix de la gaîté ?
Aimerais-tu les fleurs, les prés et la verdure,
Les sonnets de Pétrarque et le chant des oiseaux,
Michel-Ange et les arts, Shakespeare et la nature,
Si tu n'y retrouvais quelques anciens sanglots ?
Comprendrais-tu des cieux l'ineffable harmonie,
Le silence des nuits, le murmure des flots,
Si quelque part là-bas la fièvre et l'insomnie
Ne t'avaient fait songer à l'éternel repos ?
N'as-tu pas maintenant une belle maîtresse ?
Et lorsqu'en t'endormant tu lui serres la main,
Le lointain souvenir des maux de ta jeunesse
Ne rend-il pas plus doux son sourire divin ?
N'allez-vous pas aussi vous promener ensemble
Au fond des bois fleuris, sur le sable argentin ?
Et, dans ce vert palais, le blanc spectre du tremble
Ne sait-il plus, le soir, vous montrer le chemin ?
Ne vois-tu pas alors, aux rayons de la lune,
Plier comme autrefois un beau corps dans tes bras ?
Et, si dans le sentier tu trouvais la Fortune,
Derrière elle, en chantant, ne marcherais-tu pas ?
De quoi te plains-tu donc ? L'immortelle espérance
S'est retrempée en toi sous la main du malheur.
Pourquoi veux-tu haïr ta jeune expérience,
Et détester un mal qui t'a rendu meilleur ?
O mon enfant ! plains-la, cette belle infidèle,
Qui fit couler jadis les larmes de tes yeux ;
Plains-la ! c'est une femme, et Dieu t'a fait, près d'elle,

Deviner, en souffrant, le secret des heureux.
Sa tâche fut pénible ; elle t'aimait peut-être ;
Mais le destin voulait qu'elle brisât ton cœur.
Elle savait la vie et te l'a fait connaître ;
Une autre a recueilli le fruit de ta douleur.
Plains-la ! son triste amour a passé comme un songe ;
Elle a vu ta blessure et n'a pu la fermer.
Dans ses larmes, crois-moi, tout n'était pas mensonge.
Quand tout l'aurait été, plains-la ! tu sais aimer.

(Poésies nouvelles.)

Baden, 1er septembre 1834.

Voilà huit jours que je suis parti et je ne t'ai pas encore écrit. J'attendais un moment de calme, il n'y en a plus. Je voulais t'écrire doucement, tranquillement par une belle matinée, te remercier de l'adieu que tu m'as envoyé, il est si bon, si triste, si doux ; ma chère âme, tu as un cœur d'ange. Je voudrais te parler seulement de mon amour, ah ! George, quel amour ! Jamais homme n'a aimé comme je t'aime. Je suis perdu, vois-tu, je suis noyé, inondé d'amour ; je ne sais plus si je vis, si je mange, si je marche, si je respire, si je parle ; je sais que je t'aime. Ah ! si tu as eu toute ta vie une soif de bonheur inextinguible, si c'est un bonheur d'être aimée, si tu ne l'as jamais demandé au ciel, oh ! toi, ma vie, mon bien, ma bien-aimée, regarde le soleil, les fleurs, la verdure, le monde ! Tu es aimée, dis-toi, cela autant que Dieu peut être aimé par ses lévites, par ses amants, par ses martyrs ! Je t'aime, ô ma chair et mon sang ! Je meurs d'amour, d'un amour sans fin, sans nom, insensé, désespéré, perdu ! Tu es aimée, adorée, idolâtrée jusqu'à en mourir ! Et non, je ne guérirai pas. Et non, je n'essaierai pas de vivre ; et j'aime mieux cela, et mourir en t'aimant vaut mieux que de vivre. Je me soucie bien de ce qu'ils en diront. Ils disent que tu as un autre amant. Je le sais bien, j'en meurs, mais j'aime, j'aime, j'aime. Qu'ils m'empêchent d'aimer !

Vois-tu, lorsque je suis parti, je n'ai pas pu souffrir ; il n'y avait pas de place dans mon cœur. Je t'avais tenue dans mes bras, ô mon corps adoré ! Je t'avais pressée sur cette blessure chérie ! Je suis parti sans savoir ce que je faisais ;

je ne sais si ma mère était triste, je crois que non, je l'ai embrassée, je suis parti ; je n'ai rien dit, j'avais le souffle de tes lèvres sur les miennes, je te respirais encore. Ah ! George, tu as été tranquille et heureuse là-bas. Tu n'avais rien perdu. Mais sais-tu ce que c'est que d'attendre un baiser cinq mois ! Sais-tu ce que c'est pour un pauvre cœur qui a senti pendant cinq mois, jour par jour, heure par heure, la vie l'abandonner, le froid de la tombe descendre lentement dans la solitude, la mort et l'oubli tomber goutte à goutte comme la neige, sais-tu ce que c'est pour un cœur serré jusqu'à cesser de battre, de se dilater un moment, de se rouvrir comme une pauvre fleur mourante, et de boire encore une goutte de rosée vivifiante ? Oh, mon Dieu, je le sentais bien, je le savais, il ne fallait pas nous revoir. Maintenant c'est fini ; je m'étais dit qu'il fallait revivre, qu'il fallait prendre un autre amour, oublier le tien, avoir du courage. J'essayais, je tentais du moins. Mais maintenant, écoute, j'aime mieux ma souffrance que la vie ; vois-tu, tu te rétracterais que cela ne servirait de rien ; tu veux bien que je t'aime ; ton cœur le veut, tu ne diras pas le contraire, et moi, je suis perdu. Vois-tu, je ne réponds plus de rien.

Qu'est-ce que je viens faire, dis-moi, là ou là ? Qu'est-ce que cela me fait tous ces arbres, toutes ces montagnes, tous ces Allemands qui passent sans me comprendre, avec leur galimathias *(sic)* ? Qu'est-ce que c'est que cette chambre d'auberge ? Ils disent que cela est beau, que la vue est charmante, la promenade agréable, que les femmes dansent, que les hommes fument, boivent, chantent, et les chevaux s'en vont en galopant. Ce n'est pas la vie, tout cela, c'est le bruit de la vie. Écoute, George, plus rien, pas un mot pour me dissuader, pas de consolation, pas de jeunesse, de gloire, d'avenir, d'espérance, pas de conseils, pas de reproches. Tout cela me fait penser que je suis jeune, que j'ai cru au bonheur, que j'ai une mère ; tout cela me donne envie de pleurer, et je n'ai plus de larmes. Je ne suis pas un fou, tu le sais, je lutterai tant que je pourrai. J'ai de la force encore : mais de la force, mon Dieu ! A quoi sert d'en avoir, quand elle se tourne elle-même contre l'homme ? Rien, rien, je t'en supplie, ne me fais pas souffrir, ne me rappelle pas à la vie. Je te promets, je te jure de lutter, si je le puis. Ne me dis pas que j'écris dans un moment de fièvre ou de délire, que

GEORGE SAND.

Portrait par A. Charpentier. 1838.

je me calmerai : voilà huit jours que j'attends un quart d'heure de calme, un seul moment pour t'écrire. Je le sais bien que je suis jeune, que j'ai fait naître des espérances dans quelques cœurs aimants, je sais bien qu'ils ont tous raison : n'ai-je pas fait ce que je devais ? Je suis parti, j'ai tout quitté. Qu'ont-ils à dire ? Le reste me regarde. Il serait trop cruel de venir dire à un malheureux qui meurt d'amour, qu'il a tort de mourir. Les taureaux blessés dans le cirque ont la permission d'aller se coucher dans un coin avec l'épée du matador dans l'épaule, et de finir en paix. Ainsi, je t'en supplie, pas un mot, écoute : tout cela ne fera pas que tu ne prennes ta robe de voyage, un cheval ou une petite voiture, et que tu viennes. J'aurai beau regarder, me voilà assis devant cette petite table au milieu de tes lettres, avec ton portrait que j'ai emporté ! Tu me dis que nous nous reverrons ; que tu ne mourras pas sans m'embrasser. Tu vois que je souffre, tu pleures avec moi, tu me laisses emporter de douces illusions ; tu me parles de nous retrouver ; tout cela est bon, mon ange, tout cela est doux, Dieu te le rendra. Mais j'aurai beau regarder ma porte, tu ne viendras pas y frapper, n'est-ce pas ? Tu ne prendras pas un morceau de papier grand comme la main, et tu n'écriras pas dessus : Viens ! — il y a entre nous je ne sais quelles phrases, je ne sais quels devoirs, je ne sais quels événements, il y a entre nous cent cinquante lieues. Eh bien, tout cela est parfait, il n'y en a pas si long à dire. Je ne peux pas vivre sans toi, voilà tout.

Combien tout cela durera encore, je n'en sais rien. J'aurais voulu faire ce livre, mais il aurait fallu que je connusse en détail, et par époques, l'histoire de ta vie ; je connais ton caractère, mais je ne connais ta vie que confusément ; je ne sais pas tout, et ce que je sais, je le sais mal. Il aurait fallu que je te visse, que tu me racontasses tout cela. Si tu avais voulu, j'aurais loué aux environs de Moulins ou de Châteauroux, un grenier, une table et un lit. Je m'y serais enfermé, tu serais venue m'y voir une fois ou deux, seule, à cheval ; moi, je n'aurais vu âme qui vive, j'aurais écrit, pleuré, on m'aurait cru en Allemagne. Il y aurait eu là quelques beaux moments. Tu n'aurais cru trahir personne, j'espère ; tu m'as vu mourant d'amour dans tes bras la dernière fois ; as-tu rien à te reprocher ? Mais tous les rêves que je peux faire, sont des chimères ; il n'y a de vrai que les phrases, les devoirs, et les choses ; tout est bien, tout est mieux ainsi.

O ma fiancée, je te demande encore pourtant quelque chose. Sors un beau soir, au soleil couchant, seule, va dans la campagne, assieds-toi sur l'herbe, sous quelque saule vert, regarde l'occident, et pense à ton enfant qui va mourir. Tâche d'oublier le reste, relis mes lettres, si tu les as, ou mon petit livre ; pense, laisse aller ton bon cœur, donne-moi une larme ; et puis rentre chez toi, doucement, allume ta lampe, prends ta plume, donne une heure à ton pauvre ami. Donne-moi tout ce qu'il y a pour moi dans ton cœur. Efforce-toi plutôt un peu ; ce n'est pas un crime, mon enfant. Tu peux m'en dire même plus que tu n'en sentiras, je n'en sais rien, ce ne peut pas être un crime ; je suis perdu. Mais qu'il n'y ait rien autre dans ta lettre que ton amitié pour moi, que ton amour, George, ne l'appelles-tu pas de l'amour ? Écris à *Baden (Grand-Duché) poste restante.* Affranchis jusqu'à la frontière et mets : *près Strasbourg.* C'est à douze lieues de Strasbourg ; je n'irai ni plus près ni plus loin. Mais que j'aie une lettre où il n'y ait rien que ton amour ; et dis-moi que tu me donnes tes lèvres, tes dents, tes cheveux, tout cela, cette tête que j'ai eue, et que tu m'embrasses, toi, moi ! ô Dieu, ô Dieu, quand j'y penses ma gorge se serre, mes yeux se troublent, mes genoux chancellent ; ah ! il est horrible de mourir, il est horrible d'aimer ainsi ! Quelle soif, mon George, ô quelle soif j'ai de toi ! je t'en prie, que j'aie cette lettre. Je me meurs, adieu.

A Baden (Grand-Duché) près Strasbourg, poste restante.

O ma vie, je te serre sur mon cœur, ô mon George, ma belle maîtresse ! mon premier, mon dernier amour !

XAVIER FORNERET
(1810-1885)

La passion n'a jamais atteint chez aucun poète romantique le paroxysme qu'elle connaît avec Xavier Forneret, que ce soit dans ce chef-d'œuvre, *Le diamant de l'herbe*, que je regrette de ne pouvoir donner en entier, ou dans cette merveille : *Et la lune donnait et la rosée tombait.*

On ne sait à peu près rien de la vie de Forneret, sinon qu'il vécut à Dijon dans une tour gothique où il jouait du violon toute la nuit et qu'il était l'objet de la méfiance de ses concitoyens parce qu'il s'obstinait à se vêtir de velours. « D'où vient, écrit André Breton[1], que l'auteur d'une vingtaine d'ouvrages aussi singuliers soit passé presque complètement inaperçu ? » De même que pour Lautréamont — qu'il annonce par plus d'un trait — on peut répondre qu'il en a été ainsi parce qu'il n'appartenait pas à son époque mais à un temps qui vient à peine de commencer, celui des voix de plus en plus tonnantes à mesure que s'écoulent les années.

ŒUVRES. — *L'homme noir*, blanc de visage (1834 ou 1835), *Deux destinées* (1834), *Vingt-trois, trente-cinq* (1835), *Et la lune donnait et la rosée tombait* (1836), *Rien*, au profit des pauvres (1836), *Vapeurs ni vers ni prose* (1838), *Sans titre*, par un homme noir, blanc de visage (1838), *Encore un an de Sans titre*, par un homme noir, blanc de visage (1839), *Pièce de vers, temps perdu* (1840), *A mon fils naturel* (1847), *Rêves* (1851), *Lettre à M. Victor Hugo* (1851), *Voyage d'agrément de Beaune à Autun*, fait pour la première fois le 8 septembre 1850 (1853), *Quarante-sept phrases à propos de 1852* (1853), *Lignes rimées* (1853), *Mère et fille* (1855), *Caressa* (1856), *Ombres de poésie* (1860), *Mon mot aussi* (1861), *Lettre à Dieu* (1870), *Broussailles de la pensée*, de la famille de Sans titre (1870), *Mort de Monseigneur l'archevêque de Paris* (3 janvier 1857) : un crime de l'Enfer.

Le diamant de l'herbe
(fragment)

Neuf heures sonnaient au moment où la lune donnait son regard, où l'araignée filait, où le ver luisait.

L'eau coulait comme le temps passe, — toujours.

1. *Anthologie de l'humour noir*. Éd. du Sagittaire, Paris.

Bientôt apparut dans la ligne de terre et de sable d'un sentier, une femme jeune. Sa robe était blanche et volait sous la bouche du vent. Ses cheveux s'agitaient comme des flots dorés, sur sa poitrine pâle comme sa robe, et haletante comme ses cheveux. Sa bouche, oh ! sa bouche, vous eussiez dit qu'elle se posait sur des lèvres, tant elle était frémissante, tant y était appliquée cette agitation voluptueuse qui n'existe que quand lèvres sont sur lèvres, que lorsque cœur est sur cœur. Dans tous ses traits, il y avait toute l'espérance ; dans le plus caché de ses regards, il y avait la mort que donne souvent un bonheur ; vous savez, cette mort qui vous arrive par un frisson qui vous gagne, par un serrement qui lie vos veines, par cette extase qui arrête votre vie et vous laisse la chaleur de votre sang ; vous savez ?

C'est que, voyez-vous, cette femme allait à un rendez-vous d'amour. Elle croyait bien à Dieu, allez ; à Dieu, aux saints, aux anges, à tout ; oh ! oui, elle croyait. Si vous aviez pu voir son cœur sauter dans sa poitrine au milieu de ses saintes croyances, vous vous seriez dit : « Qu'a donc cette femme ? oh ! mais, qu'a donc cette femme ? » Et si fort et si armé que vous eussiez été, si elle avait pu lire vos pensées à travers votre visage, elle vous aurait répondu : « Arrière ! arrière ! que je passe ! Je vais à mon rendez-vous d'amour, — et dussé-je en passant vous laisser une partie de mon corps sur votre épée, — plusieurs de mes os cassés, brisés, moulus, à cette partie de mon corps, — pourvu qu'il m'en reste assez pour pouvoir porter mon cœur sur celui de mon amant ; — pourvu que j'aie encore à donner un souffle à son baiser, un sourire à sa bouche, un regard à ses yeux, une larme à son âme ; — eh bien ! que mon sang coule après sous la pointe de votre arme ; — que ma chair se sépare et s'épande sous son tranchant, — peu m'importe, voyez-vous, peu m'importe ! Mais par grâce, mon Dieu ! mon Dieu ! que j'aille à mon rendez-vous d'amour, que j'aille au paradis du Ciel ! »

Et elle allait, elle allait, la jeune femme, caressant la terre de ses pieds, comme si elle l'eût baisée, parfumant, de son passage, les fleurs et l'air ; — laissant partout un peu de ses yeux, un peu de son souffle, un peu de son âme.

Elle disait : « Je vais donc le regarder, lui parler, l'entendre, le toucher ! Oh ! oui, j'aurai tout cela. Ma voix se mêlera à la sienne ; mais la sienne est plus douce mille fois. Oh ! si vous l'entendiez, vraiment il me fait mourir avec les mots de son cœur, vraiment. Vous ne pouvez pas penser comme il dit : « Je t'aime ! » Non, car il ne le dit jamais et je l'entends sans cesse. Le soleil échauffe les veines de la terre, — lui, calcine les miennes. Mon Dieu ! Comment veux-je donc raconter ce que j'éprouve ? Je suis bien embarrassée. Il y a quelque chose, quand il est là, de tout transparent, de tout illuminé, de tout suave, qui réjouit, qui étonne, qui accable. J'entends des sons qui mordent d'abord l'oreille, puis la caressent ensuite, — puis l'enveloppent de mélodie. J'entends des baisers, cet argent des lèvres, qui sonnent tout autour de moi ; — puis des cris qui commencent, suivent, s'enflent, ondulent et s'en vont en s'éteignant. Est-ce là ce que j'éprouve, ce que j'entends, ce que je vois ? Non, ce ne peut être encore cela. — Parfois, des images à minces feuilles d'or, semblent passer sur ma tête ; — des tourbillons d'esprits, avec des ailes qui ne font ombre nulle part, viennent effleurer mon visage ; — des rubans, à nuances d'un nombre infini, se déroulent, s'épanchent, se froissent, brillent et tombent je ne sais où ; — un Génie, que Dieu seul connaît et envoie, m'entoure d'une impulsion qui tantôt me heurte, me retient, me rend froide, me ranime, me fond. C'est comme si je recevais trois ou quatre fois la vie, trois ou quatre fois la mort. »

La jeune femme, regardait les pierres les buissons, les herbes, et leur murmurait ce qui s'agitait en elle.

Bientôt le sentier se perdit au lieu du pavillon, et amena la jeune femme. Elle écouta son eau, ressentit quelque chose de bien doux, bien doux, — et sourit à son petit ver qui venait de cacher la lune.

Elle entra.

Le petit ver devenait jaune.

Aussitôt elle tomba à genoux, se signa et parut béante devant une des places du fauteuil. Ses doigts se mêlaient doucement à des touffes de violette et de jasmin, et séparaient de leurs tiges leurs fleurs blanches et bleues ; puis elle les jetait sur le fauteuil comme un petit abbé encense pour la Fête-Dieu. — Une barrière pesait sur son souffle, et un voile de larmes était à ses yeux.

Cette adoration dura à peu près le temps qu'il faut pour dire cinq fois *Pater noster*, — quatre fois, *Ave Maria*...

Après quoi la jeune femme se leva, s'assit, n'alluma pas

la lampe, car déjà elle ne s'occupait plus de rien ; déjà elle ne ressemblait plus qu'à une machine encore un peu mobile. — Elle était inquiète, haletante, entourée de frissons, car elle attendait, et personne ne venait. A peine elle sortit de sa petite cachette le coffret d'ussasi, pour le baiser sur toutes ses faces, sur toutes ses parties, sur tous ses recoins.

Nous n'entreprendrons pas de dire ce qu'elle ressentit pendant une heure, en ne voyant rien entrer dans le pavillon ; ce serait aussi difficile à raconter, que le monde à refaire. — Nous croyons seulement qu'une lourde fumée l'étouffait, que des dents la rongeaient, que des cordes de feu serraient son cœur, qu'elle se débattait, languissait, se mourait sous quelque chose d'affreux.

Tout à coup la peur la prit quand elle aperçut, un peu au-dessus de la lampe obscure, des yeux qui la regardaient.

Quelque temps, elle resta fixée au fauteuil par ces deux clous mouvants ; mais un effort subit la tira par sa robe, et la fit fuir en semant de ses lèvres : « Oh ! s'il était mort ! oh ! s'il allait être mort. » Et elle courut, elle courut, et tomba sur son amant qui venait d'être assassiné.

Il y avait sur la lampe du pavillon, une chouette qui se balançait gravement, et qui, au moment de la sortie de la jeune femme, se mirait dans le petit ver.

Le lendemain à la même heure, ce ver, qui avait jauni pour l'homme, jaunissait pour la femme ; elle s'empoisonnait où elle était tombée.

Temps perdu.

Et la lune donnait et la rosée tombait
(fragment)

Le lendemain, par le même ciel, dans la même allée, à la même place que la veille, la Française et le Jeune Homme se rencontrèrent. L'Anglais et sa fille étaient encore absents.

Vous croyez que le Jeune Homme va persister dans ses idées de petite vengeance, en s'approchant *de la femme de la cour ;* —

Vous croyez qu'il va déclamer contre ces vices de galanterie qui sont la monnaie courante des salons ; —

Vous croyez qu'il se dispose à percer d'ironie les oreilles de celle qui l'écoute ; —

Vous croyez enfin qu'il a beaucoup de fiel à répandre, et qu'il en va dégorger son cœur ; —

Point. Il est plus fou que la veille ; il n'a pas dormi un seul instant ; il aime comme un furieux ; il n'a rien mangé ; il a les membres rompus, sa bouche sèche, l'haleine en feu ; les regards fixes, la tête lourde et rouge.

La Française, qui voit tout cela, ne rit plus, se trouble d'abord, se remet ensuite pour secourir le Jeune Homme qui se mourait. Elle lui prend la main ; — le Jeune Homme tombe à la renverse, — un boulet d'émotion venait de le frapper. — La Française alors, oublie le ciel, la terre et son enfant. Elle n'aperçoit plus qu'un être étendu à ses pieds, entr'ouvrant des yeux qui se miraient dans les siens avec une extase singulière. Elle n'a plus de voix qu'en ce souffle qui s'échappe de deux lèvres claquantes, et qui semblent avoir besoin du baume de sa bouche pour calmer leur délire.

Elle relève le Jeune Homme, le soutient, l'aide à marcher ; et cela, elle le fait dans un jardin où plusieurs personnes ont droit de circuler ; où l'Anglais peut d'un instant à l'autre se montrer terriblement. Mais elle se sent aimée comme on adore Dieu. Un visage, plus pâle que ses traits, lui fait face. Une espèce de délire la gagne aussi. Elle assied le Jeune Homme, se place à côté de lui. Ils se touchent ! —

Une scène muette d'amour, est tout ce qu'il y a de plus parlant au monde. — Oh ! combien alors le Jeune Homme et la Française ont d'éloquence ! Oh ! combien leurs mains, en se prenant, font froid et chaud à leur cœur ! Combien est insensé ce qu'ils pensent ! Comme leurs yeux, en se baisant du regard, ont l'air de fous en accès ! Comme leur haleine découle frémissante et entrecoupée ! Comme tous leurs mouvements ont la fièvre ! Et toute chose, pour eux, vacille en tournant ; ils ont le Ciel aux pieds, la Terre à la tête. Un vertige semble les saisir pour les décharner, car ils maigrissent à vue d'œil. Ils font peur, on dirait des Revenants ; — mais ils ont Dieu dans l'âme. Ils s'aiment !

Oh ! oui, ils ont Dieu dans l'âme, et ils le prient ; car l'amour, n'est-ce point une prière continuelle ? Prière de croyance à torrents ; prière qui illumine et centuple tout ; prière qui se jette, ruisselle, brise, brûle et caresse ! —

L'extase étrange des deux amants dura au moins dix

minutes, après lesquelles, la Française, moins mourante que le Jeune Homme, murmura passionnément des mots :

— Vous m'aimez donc bien !

— Non !

(La Française pâlit.)

— Inventez, ou cherchez et trouvez ; mais ce n'est pas de l'amour, ce que j'ai en moi pour vous ; — C'est quelque chose de si plein et de si chaste posé sur autre chose de si grand et de si saint, que toute pensée terrestre en s'y arrêtant y laisserait une souillure. Ame et vie, voyez-vous, corps et cœur ; à vous données, ces quatre choses, à vous données aussi vrai qu'il n'y aurait pas de jour sans soleil.

— Oh ! que je suis heureuse ! mon Dieu, grâce !

— Redoutez-vous la mort parée de délices ?

— Oh, non ! Qu'elle vienne ! je la baiserai comme je baise votre main.

— Et vous voulez que ce soit de l'amour, ce que j'éprouve pour vous ? Oh ! c'est je ne sais plus quoi, vraiment ! c'est comme une fureur angélique armée de félicité. Oh ! mais laissez ma main, vos lèvres ne sont faites que pour mes lèvres !

— Vous m'aimez donc bien !

— J'ai dit : Non !

— Oh ! c'est le plus grand oui de la terre !

L'extase recommença ; mais elle se fondit peu à peu, et le Jeune Homme tira de sa poche un billet qu'il devait remettre à la Française, s'il n'avait pu lui parler. Il le lut. Le voici :

Je ressens,
Une fièvre.
Je me souviens,
Qu'hier vous avez beaucoup ri, et m'avez regardé à peine.
Je crains,
Que vous ne m'ayez trouvé laid.
J'espère,
Que vous m'avez un peu compris.
Je désire,
Fondre mon cœur avec le vôtre.
Je veux,
Vous voir seule et vous brûler de quelques mots.

J'attends,
Une chose de vous.
Je suis,
Homme à commettre un crime (si cela peut convenir), lorsqu'on m'aimera (si c'est possible) ; homme à vengeance terrible, lorsqu'on aura VOULU tromper ma confiance et mes rêves.

Eh bien ! après cette lecture, qu'auriez-vous fait ?

— Je me serais élancée chez vous, en vous criant : — Oh ! je vous comprends ; oh ! je ne rirai plus ; oh ! je ne vous trompe pas ! — Auriez-vous été content ? Ma visite eût-elle valu votre billet ?

Le Jeune Homme ne répondit pas. — Il venait encore de s'évanouir.

En ce moment, la Française se crut en Enfer, l'Anglais l'appelait. Cependant elle ne se sépara pas de sa Vie, sans appliquer sur son front un de ces frémissements de bouche qui feraient revenir un mort.

Puis la Française disparut comme un squelette qui sortirait d'une tombe ;

Et un bouillon de sang quitta le cœur du Jeune Homme qui, tout étourdi, rentra dans sa chambre en se disant :

— Bien sûr, je viens du Ciel ? Il le pensa encore davantage, quand il reçut le lendemain ces mots :

« Je suis à vous comme Marie à son fils. Prenez-moi. »

Les choses en étaient là, lorsque les larmes de la Française tombaient sur la tête du Jeune Homme. Pleurait-elle de bonheur ou de remords ? car le Jeune Homme allait bientôt se trouver seul avec elle dans le jardin. — Quoi qu'il en pût être, les deux amants ne tardèrent pas à mêler leurs deux âmes au souffle de la nuit. —

Lorsque le Jeune Homme et la Française se firent face, le Jeune Homme qui vit, au clair de lune, le réseau larmoyant qui se balançait encore sur les regards de la Française, dit :

— Vous pleurez, vous pleurez, vous ! Oh ! oh ! vous ! Comme le Ciel est injuste ! Vous, répandre des larmes ! Mon Dieu, qu'est-il donc arrivé ? Laissez ma bouche se tourner vers la vôtre sans qu'elle la touche, pour que je puisse sucer vos paroles avant l'air. Oh ! non ! je ne veux pas la toucher, car je veux vivre, à présent que je vous connais. Je veux vivre pour être immobile d'adoration devant vous. Je veux vivre pour être à genoux, joindre mes mains, vous voir et vous prier. Oh ! voyez, je suis tendre aujourd'hui, en cette nuit, en cet instant. Voyez ! oh ! Je vous aime ! oh ! oui, je vous aime ! Oh ! aimez-moi aussi ! J'ai tant besoin qu'on m'aime ! Oui ! Allons, ne pleurez plus ! Voulez-vous tout mon sang pour arrêter une de vos larmes ? Parlez ! Que vous êtes belle ! que je vous voie ! que je vous sente ! Oh ! — Ces pleurs, ils cessent. Presque un sourire. Grâces à vous ! Merci ! Vous êtes donc heureuse par moi, avec moi, pour nous deux qui sommes UN. Je suis bien fier, allez ! je suis bien fier. Je ne peux plus vous dire aucune chose à présent. Mais regardez-moi, regardez ! Oh ! Qu'est-ce que j'ai donc, dites ?

— Mon Dieu, répondit la Française, il faut que vous sachiez aussi ce que j'ai le plus souvent dans l'âme. Eh bien donc ! ce que j'ai dans l'âme, c'est quelque chose de noir comme un drap de mort, et qui fait que je me sens mourir. Plusieurs fois, assise ou levée, je me dis : — Je vais donc mourir ! A l'heure qu'il est, j'ai encore envie de rendre mon cœur, mais d'amour. Voyez-vous, cette vie, la mienne, a été froissée ; elle s'est aigrie, fanée. J'ai bien des chagrins. Oh ! j'en ai. Je vous les dirai plus tard. Ne vous fâchez pas. Pardonnez-moi. Voulez-vous mes lèvres, mes yeux, mes cheveux, mon souffle entier ? Prenez tout. Tout cela est à vous. Vous savez me comprendre, vous ! Oh ! mais je prends aussi tout de vous, n'est-ce pas ! On donne tout à son Dieu. Et je suis le vôtre, n'est-ce pas mon bon dieu de sentiment ? Merci ! merci ! Oh ! maintenant j'oublie, et maintenant ce que j'ai dans l'âme, c'est une brise de parfums au soleil du Soir. C'est un bleu tendre mêlé d'or et d'argent qui caresse la vue. C'est une douceur mélancolique ou emportée comme un mot au Christ. C'est un enfant qui sourit à sa mère. C'est sa mère qui le regarde. Ce sont des cœurs qui dansent, s'entrechoquent en criant : Amour ! amour ! Et puis, vous l'entendez, c'est la folie qui me possède et ricane de mes paroles. Qu'est-ce que cela me fait. Aimez-moi ! oh ! oui, aimez-moi ! Mon Dieu, on dit ce qu'on a dans l'âme. Voilà tout.

ROBERT BROWNING
(1812-1889)

Robert Browning avait écrit (18 janvier 1845) à Elisabeth Barrett pour la remercier des éloges qu'elle lui avait décernés et lui faire part de son admiration pour ses œuvres. Il lui rendit visite le 20 mai de la même année et sans doute, lorsqu'il la quitta, était-il déjà épris d'elle. En tout cas, il lui écrivit quelques jours plus tard une lettre qui devait exprimer toute l'ardeur de ses sentiments puisqu'elle s'en effaroucha. Bientôt cependant, la résistance d'Elisabeth Barrett céda et elle l'épousa en secret (12 septembre 1846), en dépit de l'hostilité farouche de son père à toute idée de mariage, et elle s'enfuit avec lui. Ils vécurent à Florence jusqu'à la mort d'Elisabeth, en 1861. Robert Browning quitta alors cette ville où il ne revint jamais.

ŒUVRES (traductions françaises). — *Hommes et femmes*, Paris, 1938 ; *Pauline, Paracelse*, Aubier, 1952 ; *Sordello*, Revue universelle, Bruxelles, 1935, *Pippa*, 1954.

La vie dans l'amour

Me fuir ?
Jamais,
Ma bien-aimée.
Tant que je suis moi-même, et tant que tu seras,
    Aussi longtemps que ce monde nous contiendra tous deux,
    Moi l'amant, toi l'objet de mon amour,
Quand l'un se dérobe, à l'autre de poursuivre.
Ma vie, je le crains, a tout d'une faute :
    Elle ressemble trop à un destin, vraiment !
    Je me débats en vain, et n'ai point de succès.
Si j'allais échouer dans mon entreprise ?
Cela soumet les nerfs à rude épreuve,
    Sécher mes larmes, et rire à chaque chute,
Se relever confus, et puis recommencer :
    Et cela peut durer toute une existence.
Regarde cependant, de ton abri lointain.
Jette les yeux sur moi, obscur et poussiéreux.

Dès que sombre un ancien espoir,
    Un nouveau s'élance, à l'autre pareil,
Que je forme,
Jour après jour.

(Inédit.)

L'amour dans la vie

Une chambre après l'autre,
Je la pourchasse à travers la maison
Que nous habitons ensemble.
N'aie crainte, ô mon cœur, nous la retrouverons
Tout à l'heure : elle-même, et non pas cet émoi
Qu'elle sème au passage, sur les rideaux, et le moindre divan !
Elle fait encore fleurir les corniches,
Et les froufrous affolent les miroirs.

Le jour s'enfuit,
Une porte suit l'autre :
De part en part traverse la maison,
Sans résultat : elle sort lorsque j'entre.
La journée passe à cette quête, et puis ?
Voyez, le crépuscule ! Il favorise mes recherches.
Tant de placards, tant d'alcôves à importuner !

(Inédit.)

Traduction Robert Benayoun.

CHARLES BAUDELAIRE
(1821-1867)

« Vous êtes, pour moi, non seulement la plus attrayante des femmes, de toutes les femmes, mais encore la plus chère et la plus précieuse des superstitions. » Ainsi s'exprimait Charles Baudelaire dans un billet non signé qu'il adressait à Mme Sabatier, le lundi 8 mai 1854. Ces mots accompagnaient l'envoi d'*Hymne*, le chef-d'œuvre enchanté de l'amour sublime. Que pouvait-il y ajouter sans en amoindrir la vibration, qui, loin de s'atténuer avec le temps, s'amplifie jusqu'à nous ? Poème de l'amour par excellence, *Hymne* et l'ensemble des pièces de vers consacrées à Mme Sabatier, sont à mes yeux les poèmes qui ont donné à l'amour sublime un visage définitif. Tout y est évoqué dans la plus intense ferveur, du désir incendiant la chair à l'adoration sans limites. Il allie, comme nul autre, les deux éléments constitutifs de l'amour sublime et en obtient un or bouillonnant qui continue à circuler dans les veines de tout poète et à exalter les amants. Baudelaire a-t-il pu donner cette intensité à l'expression de son amour pour Mme Sabatier à cause de ses expériences antérieures avec Jeanne Duval et Marie Daubrun ? Cette dernière paraît avoir permis à Baudelaire le passage de la première à Mme Sabatier. Sans doute aspirait-il à l'amour sublime dès sa jeunesse, car il se refusait déjà à ces liaisons d'un jour qui satisfaisaient ses amis. Nadar en conclut même, très hâtivement, que Baudelaire était un « poète vierge ». Tout porte à croire qu'il a tenté, mais en vain, de faire du lien qui l'unissait à Jeanne Duval un amour sublime, puis de reporter cette aspiration sur Marie Daubrun, avant de reconnaître son idole dans Mme Sabatier.

ŒUVRES. — *Les Fleurs du mal* (1857), *Les épaves* (1866), *Curiosités esthétiques*, *L'art romantique*, *Petits poèmes en prose*, *Les paradis artificiels* traduction des *Œuvres d'Edgar Poe*, *Œuvres posthumes* et *Correspondance.*

La mort des amants

Nous aurons des lits pleins d'odeurs légères,
Des divans profonds comme des tombeaux,
Et d'étranges fleurs sur des étagères,
Écloses pour nous sous des cieux plus beaux.

Usant à l'envi leurs chaleurs dernières,
Nos deux cœurs seront deux vastes flambeaux,

Qui réfléchiront leurs doubles lumières
Dans nos esprits, ces miroirs jumeaux.

Un soir fait de rose et de bleu mystique,
Nous échangerons un éclair unique,
Comme un long sanglot, tout chargé d'adieux ;

Et plus tard un Ange, entr'ouvrant les portes,
Viendra ranimer, fidèle et joyeux,
Les miroirs ternis et les flammes mortes.

L'invitation au voyage

Mon enfant, ma sœur,
Songe à la douceur
D'aller là-bas vivre ensemble !
Aimer à loisir,
Aimer et mourir
Au pays qui te ressemble !
Les soleils mouillés
De ces ciels brouillés
Pour mon esprit ont les charmes
Si mystérieux
De tes traîtres yeux,
Brillant à travers leurs larmes.
Là, tout n'est qu'ordre et beauté,
Luxe, calme et volupté.

Des meubles luisants,
Polis par les ans,
Décoreraient notre chambre ;
Les plus rares fleurs
Mêlant leurs odeurs
Aux vagues senteurs de l'ambre,
Les riches plafonds,
Les miroirs profonds,
La splendeur orientale,
Tout y parlerait
A l'âme en secret
Sa douce langue natale.

Là, tout n'est qu'ordre et beauté,
Luxe, calme et volupté.

Vois sur ces canaux
Dormir ces vaisseaux
Dont l'humeur est vagabonde ;
C'est pour assouvir
Ton moindre désir
Qu'ils viennent du bout du monde.
— Les soleils couchants
Revêtent les champs,
Les canaux, la ville entière,
D'hyacinthe et d'or ;
Le monde s'endort
Dans une chaude lumière.

Là, tout n'est qu'ordre et beauté,
Luxe, calme et volupté.

★

Je te donne ces vers afin que si mon nom
Aborde heureusement aux époques lointaines,
Et fait rêver un soir les cervelles humaines,
Vaisseau favorisé par un grand aquilon,

Ta mémoire pareille aux fables incertaines,
Fatigue le lecteur ainsi qu'un tympanon,
Et par un fraternel et mystique chaînon
Reste comme pendue à mes rimes hautaines ;

Être maudit, à qui de l'abîme profond
Jusqu'au plus haut du ciel, rien, hors moi, ne répond !
— O toi qui, comme une ombre à la trace éphémère,

Foules d'un pied léger et d'un regard serein
Les stupides mortels qui t'ont jugée amère,
Statue aux yeux de jais, grand ange au front d'airain !

(Poème pour Jeanne Duval.)

Chanson d'après-midi

Quoique tes sourcils méchants
Te donnent un air étrange
Qui n'est pas celui d'un ange,
Sorcière aux yeux alléchants,

Je t'adore, ô ma frivole,
Ma terrible passion !
Avec la dévotion
Du prêtre pour son idole.

Le désert et la forêt
Embaument tes tresses rudes.
Ta tête a les attitudes
De l'énigme et du secret.

Sur ta chair le parfum rôde
Comme autour d'un encensoir ;
Tu charmes comme le soir,
Nymphe ténébreuse et chaude.

Ah ! les philtres les plus forts
Ne valent pas ta paresse,
Et tu connais la caresse
Qui fait revivre les morts !

Tes hanches sont amoureuses
De ton dos et de tes seins,
Et tu ravis les coussins
Par tes poses langoureuses.

Quelquefois, pour apaiser
Ta rage mystérieuse,
Tu prodigues, sérieuse,
La morsure et le baiser ;

Tu me déchires, ma brune,
Avec un rire moqueur,
Et puis tu mets sur mon cœur
Ton œil doux comme la lune.

MADAME SABATIER, par Clésinger. 1847.

Photo Archives Photographiques.

Sous tes souliers de satin,
Sous tes charmants pieds de soie,
Moi, je mets ma grande joie,
Mon génie et mon destin,

Mon âme par toi guérie,
Par toi, lumière et couleur !
Explosion de chaleur
Dans ma noire Sibérie !

(Poème pour Jeanne Duval.)

Le possédé

Le soleil s'est couvert d'un crêpe. Comme lui,
O lune de ma vie ! emmitoufle-toi d'ombre ;
Dors ou fume à ton gré ; sois muette, soie sombre,
Et plonge tout entière au gouffre de l'Ennui ;

Je t'aime ainsi ! Pourtant, si tu veux aujourd'hui,
Comme un astre éclipsé qui sort de la pénombre,
Te pavaner aux lieux que la Folie encombre,
C'est bien ! Charmant poignard, jaillis de ton étui !

Allume ta prunelle à la flamme des lustres !
Allume le désir dans le regard des rustres !
Tout de toi m'est plaisir morbide ou pétulant ;

Sois ce que tu voudras, nuit noire, rouge aurore ;
Il n'est pas une fibre en tout mon corps tremblant
Qui ne crie : *O mon cher Belzébuth, je t'adore !*

(Poème pour Jeanne Duval ?)

★

Avec ses vêtements ondoyants et nacrés,
Même quand elle marche, on croirait qu'elle danse,
Comme ces longs serpents que les jongleurs sacrés
Au bout de leurs bâtons agitent en cadence.

Comme le sable morne et l'azur des déserts,
Insensibles tous deux à l'humaine souffrance,
Comme les longs réseaux de la houle des mers,
Elle se développe avec indifférence.

Ses yeux polis sont faits de minéraux charmants,
Et dans cette nature étrange et symbolique
Où l'ange inviolé se mêle au sphinx antique,

Où tout n'est qu'or, lumière et diamants,
Resplendit à jamais, comme un astre inutile,
La froide majesté de la femme stérile.

(Poème pour Jeanne Duval ?)

★

Je t'adore à l'égal de la voûte nocturne,
O vase de tristesse, ô grande taciturne,
Et t'aime d'autant plus, belle, que tu me fuis,
Et que tu me parais, ornement de mes nuits,
Plus ironiquement accumuler les lieues
Qui séparent mes bras des immensités bleues.

Je m'avance à l'attaque, et je grimpe aux assauts,
Comme après un cadavre un chœur de vermisseaux,
Et je chéris, ô bête implacable et cruelle !
Jusqu'à cette froideur par où tu m'es plus belle !

(Poème pour Jeanne Duval ?)

A une madone

Ex-voto dans le goût espagnol.

Je veux bâtir pour toi, Madone, ma maîtresse,
Un autel souterrain au fond de ma détresse,
Et creuser dans le coin le plus noir de mon cœur,
Loin du désir mondain et du regard moqueur,
Une niche, d'azur et d'or tout émaillée,
Où tu te dresseras, statue émerveillée.
Avec mes Vers polis, treillis d'un pur métal
Savamment constellé de rimes de cristal,
Je ferai pour ta tête une énorme Couronne ;
Et dans ma Jalousie, ô mortelle Madone,
Je saurai te tailler un Manteau, de façon
Barbare, roide et lourd, et doublé de soupçon,
Qui, comme une guérite, enfermera tes charmes ;
Non de Perles brodé, mais de toutes mes Larmes !

Ta Robe, ce sera mon Désir, frémissant,
Onduleux, mon Désir qui monte et qui descend,
Aux pointes se balance, aux vallons se repose,
Et revêt d'un baiser tout ton corps blanc et rose.
Je te ferai de mon Respect de beaux Souliers
De satin, par tes pieds divins humiliés,
Qui, les emprisonnant dans une molle étreinte,
Comme un moule fidèle en garderont l'empreinte.
Si je ne puis, malgré tout mon art diligent,
Pour Marchepied, tailler une Lune d'argent,
Je mettrai le Serpent qui me mord les entrailles
Sous tes talons, afin que tu foules et railles,
Reine victorieuse et féconde en rachats,
Ce monstre tout gonflé de haine et de crachats.
Tu verras mes Pensers, rangés comme les Cierges
Devant l'autel fleuri de la Reine des Vierges,
Étoilant de reflets le plafond peint en bleu,
Te regarder toujours avec des yeux de feu ;
Et comme tout en moi te chérit et t'admire,
Tout se fera Benjoin, Encens, Oliban, Myrrhe,
Et sans cesse vers toi, sommet blanc et neigeux,
En Vapeurs montera mon Esprit orageux.

Enfin pour compléter ton rôle de Marie,
Et pour mêler l'amour avec la barbarie,
Volupté noire ! des sept Péchés capitaux,
Bourreau plein de remords, je ferai sept Couteaux
Bien affilés, et, comme un jongleur insensible,
Prenant le plus profond de ton amour pour cible,
Je les planterai tous dans ton Cœur pantelant,
Dans ton Cœur sanglotant, dans ton Cœur ruisselant !

(Poème consacré, selon MM. J. Crépet et G. Blin, à Marie Daubrun.)

★

9 décembre 1852.

La personne pour qui ces vers ont été faits, qu'ils lui plaisent ou qu'ils lui déplaisent, quand même ils lui paraîtraient tout à fait ridicules, est bien humblement suppliée *de ne les montrer à* personne. *Les sentiments profonds ont une pudeur qui ne veut pas être violée. L'absence de signature n'est-elle pas un symptôme de cette invincible pudeur ? Celui qui a fait ces vers, dans un de ces états de rêverie où le jette si souvent l'image de celle qui en est l'objet, l'a bien aimée et conservera* toujours *pour elle la plus tendre sympathie.*

A celle qui est trop gaie

Ta tête, ton geste, ton air
Sont beaux comme un beau paysage ;
Le rire joue en ton visage
Comme un vent frais dans un ciel clair.

Le passant chagrin que tu frôles
Est ébloui par la santé
Qui jaillit comme une clarté
De tes bras et de tes épaules.

Les retentissantes couleurs
Dont tu parsèmes tes toilettes
Jettent dans l'esprit des poëtes
L'image d'un ballet de fleurs.

Ces robes folles sont l'emblème
De ton esprit bariolé ;
Folle dont je suis affolé,
Je te hais autant que je t'aime !

Quelquefois dans un beau jardin
Où je traînais mon atonie,
J'ai senti comme une ironie
Le soleil déchirer mon sein ;

Et le printemps et la verdure
Ont tant humilié mon cœur,
Que j'ai puni sur une fleur
L'insolence de la Nature.

Ainsi, je voudrais une nuit,
Quand l'heure des voluptés sonne,
Vers les trésors de ta personne,
Comme un lâche, ramper sans bruit,

Pour châtier ta chair joyeuse,
Pour meurtrir ton sein pardonné,
Et faire à ton flanc étonné
Une blessure large et creuse,

Et, vertigineuse douceur !
A travers ces lèvres nouvelles,
Plus éclatantes et plus belles,
T'infuser mon venin, ma sœur !

Réversibilité[1]

Ange plein de gaîté, connaissez-vous l'angoisse,
La honte, les remords, les sanglots, les ennuis,
Et les vagues terreurs de ces affreuses nuits
Qui compriment le cœur comme un papier qu'on froisse ?
Ange plein de gaîté, connaissez-vous l'angoisse ?

Ange plein de bonté, connaissez-vous la haine,
Les poings crispés dans l'ombre et les larmes de fiel,
Quand la vengeance bat son infernal rappel,
Et de nos facultés se fait le capitaine ?
Ange plein de bonté, connaissez-vous la haine ?

Ange plein de santé, connaissez-vous les Fièvres,
Qui, le long des grands murs de l'hospice blafard,
Comme des exilés, s'en vont d'un pied traînard,
Cherchant le soleil rare et remuant les lèvres ?
Ange plein de santé, connaissez-vous les Fièvres ?

Ange plein de beauté, connaissez-vous les rides,
Et la peur de vieillir et ce hideux tourment
De lire la secrète horreur du dévouement
Dans des yeux où longtemps burent nos yeux avides ?
Ange plein de beauté, connaissez-vous les rides ?

1. Adressé sans billet, à Mme Sabatier, le 3 mai 1853.

Ange plein de bonheur, de joie et de lumières,
David mourant aurait demandé la santé
Aux émanations de ton corps enchanté !
Mais de toi je n'implore, ange, que tes prières,
Ange plein de bonheur, de joie et de lumières !

Lundi, 9 mai 1853.

Vraiment, Madame, je vous demande mille pardons pour cette imbécile rimaillerie anonyme, qui sent horriblement l'enfantillage, mais qu'y faire ? Je suis égoïste comme les enfants et les malades. Je pense aux personnes aimées, quand je souffre. Généralement, je pense à vous en vers, et, quand les vers sont faits, je ne sais pas résister à l'envie de les faire voir à la personne qui en est l'objet. — En même temps, je me cache comme quelqu'un qui a une peur extrême du ridicule. — N'y a-t-il pas quelque chose d'essentiellement comique dans l'amour — particulièrement pour ceux qui n'en sont pas atteints ?

Mais je vous jure bien que c'est la dernière fois que je m'expose ; et si mon ardente amitié pour vous dure aussi longtemps encore qu'elle a duré, avant que je vous aie dit un mot, nous serons vieux tous les deux.

Quelque absurde que cela vous paraisse, figurez-vous qu'il y a un cœur dont vous ne pourriez vous moquer sans cruauté et où votre image vit toujours[1].

★

... After a night of pleasure and desolation, all my soul belongs to you[2]*...*

Quand chez les débauchés l'aube blanche et vermeille
Entre en société de l'Idéal rongeur,
Par l'opération d'un mystère vengeur
Dans la brute assoupie un ange se réveille.

Des Cieux Spirituels l'inaccessible azur,
Pour l'homme terrassé qui rêve encore et souffre,
S'ouvre et s'enfonce avec l'attirance du gouffre.
Ainsi, chère Déesse, Être lucide et pur,

1. Suivait le poème intitulé , dans *Les Fleurs du mal*, « Confession ».
2. A Mme Sabatier. Dans *les Fleurs du Mal*, ce poème est intitulé *Aube spirituelle*.

Sur le débris fumeux des stupides orgies,
Ton souvenir plus clair, plus rose, plus charmant,
A mes yeux agrandis voltige incessamment.

Le soleil a noirci les flammes des bougies ;
Ainsi, toujours vainqueur, ton fantôme est pareil,
Ame resplendissante, à l'immortel soleil !

Jeudi, 16 février 1854.

J'ignore ce que les femmes pensent des adorations dont elles sont quelquefois l'objet. Certaines gens prétendent qu'elles doivent les trouver tout à fait naturelles, et d'autres qu'elles doivent en rire. Ils ne les supposent donc que vaniteuses ou cyniques. Pour moi, il me semble que les âmes bien faites ne peuvent être que fières et heureuses de leur action bienfaitrice. Je ne sais si jamais cette douceur suprême me sera accordée de vous entretenir moi-même de la puissance que vous avez acquise sur moi et de l'irradiation perpétuelle que votre image crée dans mon cerveau. Je suis simplement heureux, pour le moment présent, de vous jurer de nouveau que jamais amour ne fut plus désintéressé, plus idéal, plus pénétré de respect, que celui que je nourris secrètement pour vous, et que je cacherai toujours avec le soin que ce tendre respect me commande :

Que diras-tu ce soir, pauvre âme solitaire,
Que diras-tu mon cœur, cœur autrefois flétri,
A la très-belle, à la très-bonne, à la très-chère,
Dont le regard divin t'a soudain refleuri ?

— Nous mettrons notre orgueil à chanter ses louanges ;
Rien ne vaut la douceur de son autorité ;
Sa chair spirituelle a le parfum des Anges,
Et son œil nous revêt d'un habit de clarté.

Que ce soit dans la nuit et dans la solitude,
Que ce soit dans la rue et dans la multitude,
Son fantôme dans l'air danse comme un flambeau.

Parfois il parle et dit : « Je suis belle et j'ordonne
Que pour l'amour de moi vous n'aimiez que le Beau ;
Je suis l'Ange gardien, la Muse et la Madone ! »

Lundi, 8 mai 1854.

Il y a bien longtemps, Madame, bien longtemps que ces vers sont écrits. — Toujours la même déplorable habitude, la rêverie et l'anonyme. — Est-ce la honte de ce ridicule anonyme, est-ce la crainte que les vers ne soient mauvais et que l'habileté n'ait pas répondu à la hauteur des sentiments, qui m'ont rendu, cette fois, si hésitant et si timide ? — Je n'en sais rien du tout. — J'ai si peur de vous que je vous ai toujours caché mon nom, pensant qu'une adoration anonyme, — ridicule évidemment pour toutes les brutes matérielles mondaines que nous pourrions consulter à ce sujet, — était après tout innocente, — ne pourrait rien troubler, rien déranger et était infiniment supérieure en moralité à une poursuite niaise, vaniteuse, à une attaque directe contre une femme qui a ses affections placées — et peut-être ses devoirs. N'êtes-vous pas, — et je le dis avec un peu d'orgueil, — non seulement une des plus aimées, — mais aussi la plus profondément respectée de toutes les créatures ? — Je veux vous en donner une preuve. — Riez-en beaucoup, si cela vous amuse, — mais n'en parlez pas. — Ne trouvez-vous pas naturel, simple, humain, que l'homme bien épris haïsse l'amant heureux, le possesseur ? — Qu'il le trouve inférieur, choquant ? — Eh bien, il y a quelque temps, le hasard m'a fait rencontrer celui-là ; *— comment vous exprimerai-je, — sans comique, sans faire rire votre méchante figure, toujours pleine de gaieté, — combien j'ai été heureux de trouver un homme aimable, un homme qui pût vous plaire. — Mon Dieu ! tant de subtilités m'accusent-elles pas la déraison ? — Pour en finir, pour vous expliquer mes silences et mes ardeurs, ardeurs presque religieuses, je vous dirai que quand mon être est roulé dans le noir de sa méchanceté et de sa sottise naturelles, il rêve profondément de vous. De cette rêverie excitante et purifiante naît généralement un accident heureux. — Vous êtes pour moi non seulement la plus attrayante de toutes les femmes, mais encore la plus chère et la plus précieuse des superstitions. — Je suis un égoïste, je me sers de vous. — Voici mon malheureux torche-cul. — Combien je serais heureux si je pouvais être certain que ces hautes conceptions de l'amour ont quelque chance d'être bien accueillies dans un coin discret de votre adorable pensée. — Je ne le saurai jamais.*

Hymne

A la très-chère, à la très-belle
Qui remplit mon cœur de clarté,
A l'ange, à l'idole immortelle,
Salut en immortalité !

Elle se répand dans ma vie
Comme un air imprégné de sel,
Et dans mon âme inassouvie
Verse le goût de l'éternel.

Sachet toujours frais qui parfume
L'atmosphère d'un cher réduit,
Encensoir oublié qui fume
En secret à travers la nuit,

Comment, amour incorruptible,
T'exprimer avec vérité ?
Grain de musc qui gis, invisible,
Au fond de mon éternité !

A la très-bonne, à la très-belle,
Qui fait ma joie et ma santé,
A l'ange, à l'idole immortelle,
Salut en immortalité !

Pardonnez-moi, je ne vous en demande pas plus.

Tout entière

Le démon, dans ma chambre haute,
Ce matin est venu me voir,
Et, tâchant de me prendre en faute,
M'a dit : « Je voudrais bien savoir,

Parmi toutes les belles choses,
Dont est fait son enchantement,
Parmi les objets noirs ou roses
Qui composent son corps charmant,

Quel est le plus doux ? » — O mon âme,
Tu répondis à l'Abhorré :

Puisqu'en Elle tout est dictame,
Rien ne peut être préféré.

Lorsque tout me ravit, j'ignore
Si quelque chose me séduit.
Elle éblouit comme l'Aurore
Et console comme la Nuit ;

Et l'harmonie est trop exquise
Qui gouverne tout son beau corps,
Pour que l'impuissante analyse
En note les nombreux accords.

O métamorphose mystique
De tous mes sens fondus en un !
Son haleine fait la musique
Comme sa voix fait le parfum.

Mardi, 18 août 1857.

CHÈRE MADAME,

Vous n'avez pas cru un seul instant, n'est-ce pas ? que j'aie pu vous oublier. Je vous ai, dès la publication, réservé un exemplaire de choix, et s'il est revêtu d'un habit si indigne de vous, ce n'est pas de ma faute, c'est celle de mon relieur, à qui j'avais commandé quelque chose de beaucoup plus spirituel.

Croiriez-vous que les misérables (je parle du juge d'instruction, du procureur, etc.) ont osé incriminé, entre autres morceaux, deux pièces composées pour ma chère idole (Tout entière et A celle qui est trop gaie) ? *Cette dernière est celle que le vénérable Sainte-Beuve déclare la meilleure du volume.*

Voilà la première fois que je vous écris avec ma vraie écriture. Si je n'étais pas accablé d'affaires et de lettres (c'est après-demain l'audience), je profiterais de cette occasion pour vous demander pardon de tant de folies et d'enfantillages. Mais d'ailleurs ne vous en êtes-vous pas suffisamment vengée, surtout avec votre petite sœur ? Ah ! le petit monstre ! Elle m'a glacé, un jour que nous nous étions rencontrés, elle partit d'un éclat de rire à ma face et me dit : Êtes-vous toujours amoureux de ma sœur, et lui écrivez-vous toujours de superbes lettres ? — *J'ai compris d'abord que quand je voulais me cacher, je me cachais fort mal, ensuite que sous votre charmant visage vous déguisiez un esprit peu charitable. Les polissons sont* AMOUREUX, *mais les poètes sont* IDOLATRES, *et votre sœur est peu faite, je crois, pour comprendre les choses éternelles.*

Permettez-moi donc, au risque de vous divertir aussi, de renouveler ces protestations qui ont tant diverti cette petite folle. Supposez un amalgame de rêverie, de sympathie, de respect, avec mille enfantillages pleins de sérieux, vous aurez un à peu près de ce quelque chose très sincère, que je ne me sens pas capable de mieux définir.

Vous oublier n'est pas possible. On dit qu'il a existé des poètes qui ont vécu toute leur vie les yeux fixés sur une image chérie. Je crois en effet (mais j'y suis trop intéressé) que la fidélité est un des signes du génie.

Vous êtes plus qu'une image rêvée et chérie, vous êtes ma superstition. *Quand je fais quelque grosse sottise, je me dis :* Mon Dieu ! si elle le savait ! *Quand je fais quelque chose de bien, je me dis :* Voilà quelque chose qui me rapproche d'elle, — en esprit.

Et la dernière fois que j'ai eu le bonheur (bien malgré moi) de vous rencontrer, car vous ignorez avec quel soin je vous fuis ! je me disais : Il serait singulier que cette voiture l'attendît, je ferais peut-être mieux de prendre un autre chemin. — *Et puis :* Bonsoir, Monsieur ! *avec cette voix aimée dont le timbre enchante et déchire. Je m'en suis allé, répétant le long de mon chemin :* Bonsoir, Monsieur ! *en essayant de contrefaire votre voix.*

J'ai vu mes juges, jeudi dernier. Je ne dirai pas qu'ils ne sont pas beaux, ils sont abominablement laids, et leur âme doit ressembler à leur visage.

Flaubert avait pour lui l'Impératrice. Il me manque une femme. Et la pensée bizarre que peut-être vous pourriez, par des relations et des canaux peut-être compliqués, faire arriver un mot sensé à une de ces grosses cervelles s'est emparée de moi, il y a quelques jours.

L'audience est pour après-demain jeudi. Les monstres se nomment :

Président	DUPATY.
Procureur impérial ..	PINARD (redoutable).
Juges	DELESVAUX.
—	DE PONTON D'AMECOURT.
—	NACQUART.

Sixième Chambre Correctionnelle.

Je veux laisser toutes ces trivialités de côté.

Rappelez-vous que quelqu'un pense à vous, que sa pensée n'a jamais rien de trivial, et qu'il vous en veut un peu de votre malicieuse gaieté.

Je vous prie très ardemment de garder désormais pour vous tout ce que je pourrai vous confier. *Vous êtes ma compagnie ordinaire et mon secret. C'est cette intimité, où je me donne la réplique depuis si longtemps, qui m'a donné l'audace de ce ton familier.*

Adieu, chère Madame, je baise vos mains avec toute ma dévotion.

Tous les vers compris entre la page 84 et la page 105 vous appartiennent.

31 août 1857.

J'ai détruit ce torrent d'enfantillages amassé sur ma table. Je ne l'ai pas trouvé assez grave pour vous, chère bien-aimée. Je reprends vos deux lettres et j'y fais une nouvelle réponse. Il me faut pour cela un peu de courage : car j'ai abominablement mal aux nerfs, à en crier, et je me suis réveillé avec l'implacable malaise moral que j'ai emporté hier soir de chez vous.

... manque absolu de pudeur.

C'est pour cela que tu m'es encore plus chère.

... il me semble que je suis à toi depuis le premier jour où je t'ai vu. Tu en feras ce que tu voudras, mais je suis à toi, de corps, d'esprit et de cœur.

Je t'engage à bien cacher cette lettre, malheureuse ! — Sais-tu réellement ce que tu dis ? *Il y a des gens pour mettre en prison ceux qui ne paient pas leurs lettres de change, mais les serments de l'amitié et de l'amour, personne n'en punit la violation.*

Aussi je t'ai dit hier : Vous m'oublierez, vous me trahirez : celui qui vous amuse vous ennuiera. — *Et j'ajoute aujourd'hui :* Celui-là seul souffrira qui, comme un imbécile, prend au sérieux les choses de l'âme. — *Vous voyez, ma bien belle chérie, que j'ai d'*odieux *préjugés à l'endroit des femmes.* — *Bref, je n'ai pas la* foi. — *Vous avez l'âme belle, mais en somme, c'est une âme féminine.*

Voyez comme en peu de jours notre situation a été bouleversée. D'abord, nous sommes tous les deux possédés de la peur d'affliger un honnête homme qui a le bonheur d'être toujours amoureux. Ensuite, nous avons peur de notre propre orage, parce que nous savons (moi surtout) qu'il y a des nœuds difficiles à délier.

Et enfin, enfin, il y a quelques jours, tu étais une divinité, ce qui est si commode, ce qui est si beau, si inviolable. Te voilà femme maintenant. — Et si, par malheur pour moi, j'acquiers le droit d'être jaloux ! ah ! quelle horreur seulement d'y penser ! mais avec une personne telle que vous, dont les yeux sont pleins de sourires et de grâces pour tout le monde, on doit souffrir le martyre.

La seconde lettre porte le cachet d'une solennité qui me plairait, si j'étais bien sûr que vous la comprenez. Never meet or never part ! *Cela veut dire positivement qu'il vaudrait bien mieux ne s'être jamais connus, mais que quand on s'est connu on ne doit pas se quitter. Sur une lettre d'adieux ce cachet serait très plaisant.*

Enfin, arrive ce que pourra. Je suis un peu fataliste. Mais ce que je sais bien, c'est que j'ai horreur de la passion, — parce que je la connais, avec toutes ses ignominies ; — et voilà que l'image bien-aimée qui dominait toutes les aventures de la vie devient trop séduisante.

Je n'ose pas trop relire cette lettre ; je serais peut-être obligé de la modifier, car je crains bien de vous affliger, il me semble que j'ai dû laisser percer quelque chose de la vilaine partie de mon caractère.

Il me paraît impossible de vous faire aller ainsi dans cette sale rue Jean-Jacques-Rousseau. Car j'ai bien d'autres choses à vous dire. Il faut donc que vous m'écriviez pour m'indiquer un moyen.

Adieu, chère bien-aimée ; je vous en veux un peu d'être trop charmante. Songez donc que, quand j'emporte le parfum de vos bras et de vos cheveux, j'emporte aussi le désir d'y revenir. Et alors quelle insupportable obsession !

Décidément, je porte ceci moi-même rue Jean-Jacques-Rousseau, dans la crainte que vous n'y alliez aujourd'hui. — Cela y sera plus tôt.

Le marbre se fait chair, et tu redeviens femme,...

LÉON TOLSTOÏ
(1828-1910)

Léon Tolstoï, qui fut un des esprits les plus généreux de son temps, avait subi, très jeune, l'influence de Rousseau, à qui il vouait un culte si fervent qu'à l'âge de quinze ans il portait le portrait du philosophe dans un médaillon suspendu à son cou. Comme son guide, il avait une foi sans limite en la valeur contagieuse de son altruisme. Il pensait que son exemple pouvait gagner de proche en proche et déclencher un mouvement qui aurait permis de transformer les conditions de la vie en Russie. Celles-ci étaient alors si inhumaines que la détresse et le malheur rongeaient les esprits et les cœurs, la population tout entière vivant dans l'attente angoissée des tragédies imminentes. Les préjugés moraux de cette société courant à sa destruction condamnaient la passion au désespoir et à la mort. L'amour n'était pas de ce monde. C'est pourquoi Anna Karénine incarne le type de la sorcière qui, par sa seule existence, proteste avec véhémence contre un monde dont l'amour est exclu.

ŒUVRES (traductions françaises). — *La guerre et la paix, La sonate à Kreutzer, Le bonheur du mariage, Les cosaques, Anna Karénine, L'enfance et l'adolescence, Maître et serviteurs, La mort d'Ivan Ilitch, Résurrection, Contes,* etc.

Anna Karénine
(fragment)

Durant le dernier quadrille, elle se trouva tout à coup en vis-à-vis avec Vronsky et Anna. Elle ne l'avait pas perdu de vue durant la soirée, mais le nouvel aspect sous lequel, cette fois, elle s'offrait à elle, était absolument inattendu. Elle retrouvait en elle tous les symptômes de l'exaltation que procure le succès, et que Kitty connaissait si bien elle-même. Anna, visiblement, se grisait de l'admiration dont elle était l'objet. Ce scintillement des yeux, ce sourire de bonheur et de triomphe flottant à la commissure des lèvres, cette harmonie voulue des mouvements et leur souplesse, ne pouvaient tromper l'œil déjà expert de Kitty.

« Qui donc ? se demanda Kitty. Tous ou un seul ? » Lais-

sant le malheureux jeune homme auquel elle n'avait pu refuser cette danse, s'enferrer dans les dédales d'une conversation qu'elle ne suivait pas, se soumettant de bonne grâce, en apparence, au changement de figure annoncée d'une voix tonitruante par l'inlassable Korsunsky, elle continuait ses observations, et elle sentait son cœur se serrer de plus en plus. « Non ! il ne s'agit plus d'une ivresse occasionnée par l'admiration générale ! Admiration d'un seul ! Et cet élu... ce serait lui !... » Chaque fois que Vronsky la regardait, les prunelles d'Anna brillaient de bonheur, un sourire ineffable entr'ouvrait ses lèvres roses. Elle cherchait visiblement à comprimer ces élans qui se manifestaient malgré elle. « Et lui ? » Elle reporta sur lui ses regards. Elle en fut atterrée. Ce que Kitty avait lu dans les traits d'Anna, elle le retrouvait en lui. Qu'avait-il fait de son sang-froid ? Qu'était devenue l'énergique et imperturbable expression du visage ? Chaque fois qu'il s'adressait à elle, il inclinait un peu la tête, comme s'il était prêt à se prosterner à ses pieds. L'expression du regard était faite de soumission et de crainte. « Loin de moi la pensée de vous offenser, disait ce regard. Je suis perdu, venez à mon secours. » Jamais Kitty ne lui avait vu cette expression sur le visage.

. . . .

Pendant que Betsy servait le thé, Vronsky s'approchant d'Anna, lui demanda :

— Que vous écrit-on ?

— Souvent il m'arrive de songer que les hommes ne comprennent pas ce que c'est que l'honneur, et pourtant ils n'ont que cela dans la bouche, fit Anna, sans lui répondre. Il y a longtemps que je voulais vous le dire, continua-t-elle en se dirigeant vers un guéridon chargé d'albums.

— Je ne sais pas la portée de vos paroles, lui dit-il, en lui donnant sa tasse.

Elle tourna ses regards vers le sofa, et il prit aussitôt place près d'elle.

— Oui, je voulais vous dire, continua-t-elle sans le regarder, que vous avez très mal agi.

— Croyez-vous donc que je l'ignore ? Mais qui donc fut cause de cette conduite ?

— Pourquoi me dites-vous cela ? demanda-t-elle, l'air hautain.

— Vous le savez bien, lui répondit-il, supportant sans broncher, et avec un visible plaisir, le regard d'Anna.

Ce fut elle qui se troubla.

— Une preuve, tout simplement, que vous n'avez pas de cœur, dit-elle. Mais ses yeux affirmaient le contraire.

— Ce dont vous parliez tout à l'heure fut erreur et non de l'amour.

— Vous vous souvenez que je vous ai défendu de prononcer de mot, ce vilain mot, fit-elle en tressaillant. Mais elle se rendit compte aussitôt qu'elle affirmait ainsi ses droits sur lui, qu'en lui *défendant*, elle l'encourageait en réalité à lui parler d'amour. — J'avais cela depuis longtemps à vous dire, continua-t-elle d'un ton ferme, en le regardant dans les yeux, et toute brûlante de la rougeur qui empourprait son visage. Et si je suis ici ce soir, c'est que je savais vous y trouver. Je suis venue vous dire que cela doit cesser. Jamais je n'ai eu à rougir devant qui que ce fût. Et vous me forcez à me croire coupable.

Il la regardait, frappé de la noble expression de sa beauté.

— Qu'exigez-vous de moi ? fit-il simplement d'un air sérieux.

— Que vous retourniez à Moscou implorer le pardon de Kitty.

— Vous ne le voulez pas, dit-il.

Il voyait bien qu'elle s'imposait des paroles qu'elle ne pensait pas.

— Si vous m'aimez comme vous le dites, faites en sorte que je sois en paix.

Les traits de Vronsky s'illuminèrent.

— Ne savez-vous pas que vous êtes ma vie ? Mais la paix, je ne la connais pas et ne puis vous la procurer. Moi-même tout entier, mon amour... Je suis incapable de nous séparer dans ma pensée. Nous ne sommes qu'un à mes yeux. Je n'envisage point la paix dans l'avenir, ni pour moi, ni pour vous. En perspective, le malheur, le désespoir... ou bien le bonheur, quel bonheur ! Est-ce vraiment impossible ? murmura-t-il tout bas. Mais elle avait entendu. Elle faisait tous ses efforts pour lui répondre selon son devoir, mais au lieu de répondre, elle avait attaché sur lui un regard plein d'amour.

« Tiens, pensa-t-il. Alors que je croyais tout perdu, que

j'étais prêt au désespoir, voilà ! Elle m'aime. Elle en fait l'aveu. »

— Ainsi donc, faites-moi ce plaisir, restons bons amis, et qu'il n'en soit plus question, dit-elle, tandis que ses yeux protestaient outrageusement.

— Jamais nous ne serons amis, vous le savez bien ? C'est à vous de décider si nous serons les plus malheureux ou les plus heureux des êtres.

Elle allait parler ; il l'arrêta.

— Je ne demande que le droit de continuer à espérer et à souffrir. Si cela est impossible, ordonnez, je disparaîtrai. Si ma présence vous est importune, vous ne me reverrez plus.

— Je ne veux point vous chasser.

— Laissez seulement les choses aller comme elles vont, fit-il, la voix frémissante. Voici venir votre mari.

GEORGE DU MAURIER
(1834-1896)

D'ascendance française, George du Maurier fit de médiocres études en France, puis, revenu en Angleterre, y vint exercer la profession de chimiste jusqu'à la mort de son père. Il devint alors peintre, mais menacé de cécité, il dut abandonner la peinture. Vers 1860, il n'en collabora pas moins au *Punch*, comme dessinateur humoriste. C'est Henry James, à qui, dit-on, il racontait le sujet de *Peter Ibbetson*, qui l'engagea à écrire ce roman. Cet ouvrage, publié en 1891, a été connu en France, avant la guerre, par le film qui en avait été tiré et qui, à cette époque, n'a eu aucun succès.

Le lecteur de *Peter Ibbetson* se trouve d'emblée emporté au point vacillant où rêve et réalité s'interpénètrent ; mais ici le rêve ne tarde pas à commander la réalité et à l'ordonner selon le désir le plus impérieux. La passion amoureuse, à laquelle l'état de veille n'avait permis que de timides envolées, trouve soudain dans le rêve l'occasion de déployer ses ailes. Peter Ibbetson se meut avec une telle aisance dans la vie onirique qu'elle devient sa seule existence, celle où, malgré sa situation de détenu, il peut connaître toutes les joies de l'amour partagé.

ŒUVRES. — *Peter Ibbetson*, traduction Raymond Queneau, Gallimard, Paris, s. d.

Peter Ibbetson
(fragment)

« C'était moi le petit garçon français. Mais j'ai dû changer mon nom pour plaire à un parent et je suis devenu anglais — c'est-à-dire, en fait, je fus toujours anglais, vous savez.

— Grands dieux ! Quelle chose extraordinaire ! Quel était votre nom alors ?

— Pasquier — Jojo Pasquier ! », m'exclamai-je.

Les larmes me vinrent aux yeux et je détournai mon visage. La duchesse ne répondit pas et lorsque je la regardai de nouveau elle me regardait, très pâle, les lèvres toutes blanches, les mains étroitement serrées sur sa poitrine, toute tremblante.

Je lui dis :

« Vous étiez la petite Mimsey Seraskier, et je vous portais sur mon dos !

— Je vous en prie ! Je vous en prie ! » dit-elle, et elle se mit à pleurer.

Je me levai et marchai de long en large sous le frêne jusqu'à ce qu'elle eût séché ses pleurs. Les joueurs de croquet étaient absorbés par leur jeu.

Je m'assis de nouveau à côté d'elle ; elle avait séché ses pleurs et finalement elle dit :

« Quelle chose terrible que celle qui arriva à vos pauvres parents et à ma très chère mère ! Vous souvenez-vous d'elle ? Elle mourut une semaine après votre départ. J'allai en Russie avec papa — le docteur Seraskier. Quel terrible changement ce fut ! »

Puis nous en vînmes graduellement à parler tout naturellement du bon vieux temps et de nos chers morts. Elle ne cessa de me regarder les yeux dans les yeux. Après quelque temps, je lui dis :

« Je suis allé à Passy et j'ai trouvé tout changé et partout des maisons neuves. Cette vue me rendit presque fou. J'allai à Saint-Cloud et vous aperçus dans la même voiture que l'impératrice de France. Cette nuit-là j'eus un rêve extraordinaire ! Je rêvai que j'errais dans la rue de la Pompe et juste au moment où je parvenais à la grille de l'avenue, vous étiez là.

— Grands dieux ! » murmura-t-elle, et elle devint toute blanche de nouveau et tout son corps se mit à trembler. « Que voulez-vous dire ?

— Oui, dis-je, vous vîntes à mon secours, j'étais poursuivi par d'horribles gnomes... »

Elle. — Grands dieux ! par deux petits geôliers, un homme et sa femme, qui essayaient en dansant de vous enfermer...

Ce fut à mon tour de m'écrier : « Grands dieux ! » Nous nous mîmes tous deux à trembler.

Je lui dis : « Vous me donnâtes votre main et tout s'éclaira aussitôt. Mon ancienne école prit la place de la prison. »

Elle. — Ainsi qu'un omnibus jaune ? Avec des enfants allant faire leur *première communion ?*

Moi. — Oui ; il y avait foule — le père et la mère François et madame Liard, l'épicière, et Mimsey Seraskier, avec ses cheveux courts. Un orgue de Barbarie jouait un air que je connais très bien, mais dont je ne peux maintenant me souvenir...

ELLE. — N'était-ce pas :

Maman, les p'tits bateaux ?

MOI. — Oh, *bien sûr !*

Maman, les p'tits bateaux
Qui vont sur l'eau
Ont-ils des jambes ?

ELLE. — C'est cela !

Eh oui, petit bêta !
S'ils n'en avaient pas
Ils n' march'raient pas !

Elle se laissa aller sur sa chaise, pâle et prostrée. Après quelque temps :

ELLE. — Alors je vous donnai de bons conseils sur la façon de rêver vrai, et nous allâmes dans mon ancienne maison, et j'essayai de vous faire lire les lettres au-dessus de l'entrée, vous les lûtes mal et cela me fit rire.

MOI. — Oui, je lus : *Tête-Noire*, n'était-ce point stupide ?

ELLE. — Puis je vous touchai la main de nouveau et vous lûtes : *Parvis de Notre-Dame.*

MOI. — Oui ! Et vous me touchâtes la main de nouveau et je lus : *Parva sed Apta* — petite, mais qui convient.

ELLE. — Est-ce cela le sens ? Mais... lorsque vous étiez enfant, ne m'avez-vous pas dit que *sed apta* ne formaient qu'un seul mot qui voulait dire pavillon en latin. Je l'ai toujours cru et j'ai toujours pensé que *Parva sed Apta* voulait dire : « Petit Pavillon ».

MOI. — Je rougis de mon mauvais latin ! Après cela vous me donnâtes de nouveau le conseil de ne rien toucher et de ne pas cueillir de fleurs. Je ne l'ai jamais fait. Puis vous vous éloignâtes à travers le parc — toute lumière quittait ma vie, dans le sommeil comme dans la veille. Je n'ai jamais pu vous revoir en rêve depuis lors. Je ne pense pas que je vous rencontrerai jamais de nouveau.

Après cela nous demeurâmes silencieux pendant un long temps, quoique je proférasse de temps à autre quelques sons inarticulés dans de vaines tentatives pour m'exprimer. Le conflit de mes sentiments me rendait malade. Finalement elle me dit :

« Cher monsieur Ibbetson, tout ceci est si extraordinaire que je dois vous quitter et y réfléchir longuement. Je ne puis dire ce que cela a été pour moi de vous rencontrer de nouveau. Et ce double rêve que nous avons partagé ! Oh ! je suis confondue au-delà de toute expression. Il me semble que maintenant je rêve... mais tout ceci me semble si irréel et impossible, une telle illusion ! Nous ferions mieux de nous séparer. Je ne sais pas si je vous rencontrerai de nouveau. Vous serez souvent dans mes pensées, mais jamais de nouveau dans mes rêves — du moins selon ma volonté — ni vous dans les miens ; cela ne doit pas être. Mon pauvre père avant de mourir m'enseigna comment rêver, afin que je puisse trouver dans mes rêves l'innocente consolation des soucis de la vie éveillée, aussi nombreux et aussi lourds que les siens. S'il me semble qu'il puisse en résulter quelque bien, je vous écrirai — mais non — vous ne devez pas attendre cette lettre. Je vais maintenant vous dire adieu et vous quitter. Vous partez aujourd'hui, n'est-ce pas ? Cela vaut mieux. Je pense qu'il vaut mieux que ceci soit un adieu définitif. Je ne puis vous dire quel intérêt vous présentez et vous avez toujours présenté pour moi. Je pensais que vous étiez mort il y a longtemps. Nous penserons souvent l'un à l'autre — c'est inévitable — *mais ne rêvez jamais, jamais. Cela ne se peut !* »

. . . .

Finalement, vint une nuit terrible, inoubliable, où mes pressentiments s'accomplirent.

Je m'éveillai dans le petit débarras de *Parva sed Apta* où avait toujours été la porte qui menait à notre palais de délices ; mais il n'y avait plus de porte maintenant — rien d'autre qu'un mur tout blanc...

Je me réveillai aussitôt dans ma cellule, dans un état tel qu'il est impossible de le décrire. J'avais l'impression qu'il devait y avoir quelque erreur, et après bien du temps et bien des efforts je pus de nouveau plonger dans le sommeil, mais avec le même résultat : le mur blanc, la certitude que *Magna sed Apta* était fermé pour toujours, que Mary était morte ; et puis le terrible retour à ma vie de prisonnier.

Cela arriva plusieurs fois durant la nuit, et l'aube me trouva un fou délirant. Je pris le premier gardien qui vint (attiré par mes cris de « Mary » !) pour le colonel Ibbetson, et j'essayai de le tuer. Je l'aurais fait s'il n'avait été très grand, presque aussi fort et moitié moins âgé que moi.

D'autres gardiens vinrent à la rescousse. Je les pris tous pour Ibbetson, et je me battis avec eux comme un fou que j'étais.

Lorsque je revins à moi, après de longs cauchemars, une fièvre cérébrale et je ne sais quoi encore, je fus transféré de l'infirmerie de la prison en un autre lieu où je me trouve maintenant.

J'avais soudain recouvré la raison, et je m'éveillai en une agonie mentale telle que moi, qui avais été au banc d'infamie et condamné à une mort ignominieuse, n'en avais jamais rêvé de semblable.

J'eus bientôt confirmation de la perte que je soupçonnais et j'appris (tout le monde en avait parlé pendant plus de neuf jours) que la fameuse duchesse de Towers avait trouvé la mort dans une station de métropolitain. Une femme, portant un enfant, avait été bousculée par un homme ivre juste au moment où le train entrait en gare et avait laissé tomber l'enfant sur les rails. Elle avait essayé de sauter mais on l'avait retenue, et Mary, qui venait d'arriver, sauta à sa place, et par un miracle de force et d'agilité fut capable de saisir l'enfant et d'atteindre le refuge au moment où la rame passait près d'elle.

Elle put porter l'enfant le long de la rame et on l'aida à remonter sur le quai. C'était son train ; elle monta dans un wagon, mais elle était morte avant la station suivante. Son cœur (dont elle souffrait, semble-t-il, depuis quelque temps) s'était arrêté et tout était fini.

Ainsi mourut Mary Seraskier, à l'âge de cinquante-trois ans.

. . . .

« Jojo, vous n'avez aucune idée comme il m'a été difficile de revenir, même pendant quelques courtes heures, car je ne puis rester très longtemps. Je suis comme une personne, tombée d'une fenêtre, qui est suspendue dans le vide. Cette fois-ci, c'est Héro qui nage vers Léandre, Juliette qui va vers Roméo.

« Jamais personne jusqu'ici n'est revenu.

« Je ne suis que la pauvre écorce de mon ancien moi, rassemblée à grand'peine pour que vous puissiez me reconnaître à travers elle. Je n'ai pas pu me faire ce que j'ai toujours été pour vous. Je devais me contenter de cela, et vous devez vous en contenter aussi. Ce sont les vêtements que je portais quand je suis morte. Mais vous m'avez tout de suite reconnue, mon cher Jojo.

« J'ai fait un long chemin — un très long chemin — pour avoir un *abbocamento* avec vous. J'avais tant de choses à vous dire. Et maintenant que nous sommes tous les deux ici, la main dans la main comme nous avions l'habitude de le faire, je peux à peine comprendre ce qu'elles étaient ; et si je le pouvais, je ne pourrais *vous* les faire comprendre. Mais vous le saurez un jour, et il n'y a, de toute façon, point besoin de se presser.

« Toutes les pensées que vous avez eues depuis que je suis morte, je les connais déjà ; de *votre* côté, tout au moins, la communication n'est pas interrompue. Je sais maintenant pourquoi vous ramassiez ces pierres et les mettiez dans vos poches. Vous ne devez jamais repenser à cela — jamais ! De plus, cela ne servirait à rien, pauvre Jojo !

. . . .

A la fin, vint le moment de la séparation. Elle prévoyait que j'allais devoir me réveiller dans quelques minutes et dit en se levant :

« Et maintenant, le mieux aimé qui fut jamais sur terre, prends-moi encore une fois dans tes bras et embrasse-moi en souhaitant me revoir dans très bientôt — *auf Wiedersehen.* Viens ici te reposer, penser, te souvenir lorsque dormira ton corps. Mon esprit sera toujours ici avec toi. Je pourrai peut-être même revenir de nouveau — seulement cette pauvre écorce de mon moi — à peine plus qu'un tas de vieux vêtements ; et pourtant un monde fait d'amour pour *toi.* Adieu, adieu, mon très cher amour. Le temps n'est rien, mais je compterai les heures. Adieu... »

Au moment même où elle me serra contre sa poitrine, je m'éveillai.

Traduction Raymond Queneau.

GERMAIN NOUVEAU
(1852-1920)

Que Germain Nouveau soit en tout excessif, même dans l'amour, qui en doute ? Mais la passion s'accommode justement fort mal de la mesure et de la modération : elle les rejette et les abandonne au vulgaire. Que ce soit dans l'amour, la foi ou simplement la vie, Germain Nouveau n'est qu'un seul mouvement de passion. C'est elle qui donne à sa vie et à son œuvre son unité profonde, au-delà de la contradiction apparente qui le montre amant passionné, puis mystique, vivant, pendant les quinze dernières années de son existence, sous le porche de l'église Saint-Sauveur, à Aix, de l'obole que lui versent les fidèles. Pour Germain Nouveau, homme d'un seul bloc de diamant noir, il est en effet clair que renonçant à l'amour de la femme (mais n'y aurait-il pas aussi à l'origine de ce renoncement quelque grave déception amoureuse ?), son élan devait le rejeter vers l'amour de la divinité exprimé sous la forme la plus exaltée.

ŒUVRES. — *Savoir aimer*, Paris, 1904 ; *Les Poésies d'Humilis*, Paris, 1910 ; *Valentines et autres vers*, A. Messein édit., Paris, 1921 ; *Le Calepin du mendiant*, Paris, 1949.

L'amour de l'amour

I

Aimez bien vos amours ; aimez l'amour qui rêve,
Une rose à la lèvre et des fleurs dans les yeux ;
C'est lui que vous cherchez quand votre avril se lève,
Lui dont reste un parfum quand vos ans se font vieux.

Aimez l'amour qui joue au soleil des peintures,
Sous l'azur de la Grèce, autour de ses autels,
Et qui déroule au ciel la tresse et les ceintures,
Ou qui vide un carquois sur des cœurs immortels.

Aimez l'amour qui parle avec la lenteur basse
Des *Ave Maria* chuchotés sous l'arceau ;
C'est lui que vous priez quand votre tête est lasse,
Lui dont la voix vous rend le rythme du berceau.

Aimez l'amour que Dieu souffla sur notre fange,
Aimez l'amour aveugle allumant son flambeau,
Aimez l'amour rêvé qui ressemble à notre ange,
Aimez l'amour promis aux cendres du tombeau !

Aimez l'antique amour du règne de Saturne,
Aimez le dieu charmant, aimez le dieu caché,
Qui suspendait, ainsi qu'un papillon nocturne,
Un baiser invisible aux lèvres de Psyché !

Car c'est lui dont la terre appelle encore la flamme,
Lui dont la caravane humaine allait rêvant,
Et qui, triste d'errer, cherchant toujours une âme,
Gémissait dans la lyre et pleurait dans le vent.

Il revient ; le voici : son aurore éternelle
A frémi comme un monde au ventre de la nuit,
C'est le commencement des rumeurs de son aile ;
Il veille sur le sage, et la vierge le suit.

Le songe que le jour dissipe au cœur des femmes,
C'est ce Dieu. Le soupir qui traverse les bois,
C'est ce Dieu. C'est ce Dieu qui tord les oriflammes
Sur les mâts des vaisseaux et les faîtes des toits.

Il palpite toujours sous les tentes de toile.
Au fond de tous les cris et de tous les secrets,
C'est lui que les lions contemplaient dans l'étoile ;
L'oiseau le chante au loup qui le hurle aux forêts.

La source le pleurait, car il sera la mousse,
Et l'arbre le nommait, car il sera le fruit,
Et l'aube l'attendait, lui, l'épouvante douce
Qui fera reculer toute ombre et toute nuit.

Le voici qui retourne à nous, son règne est proche,
Aimez l'amour, riez ! aimez l'amour, chantez !
Et que l'écho des bois s'éveille dans la roche,
Amour dans les déserts, amour dans les cités !

Amour sur l'Océan, amour sur les collines !
Amour dans les grands lys qui montent des vallons !
Amour dans la parole et les brises câlines !
Amour dans la prière et sur tous les violons !

Amour dans tous les cœurs, et sur toutes les lèvres !
Amour dans tous les bras, amour dans tous les doigts !
Amour dans tous les seins et dans toutes les fièvres !
Amour dans tous les yeux et dans toutes les voix !

Amour dans chaque ville, ouvrez-vous, citadelles !
Amour dans les chantiers, travailleurs, à genoux !
Amour dans les couvents, anges, battez des ailes !
Amour dans les prisons, murs noirs écroulez-vous !

Poésies d'Humilis.

Supérieure

J'entendais parler tout à l'heure
D'une femme supérieure.
Ce n'est, ma Mignonne, pas Toi...
Car... que sais-tu faire en ce monde,
Petite reine toute ronde
Faite au tour pour le bal du roi ?

Oui, raconte-nous tes affaires ;
Ah ! voilà longtemps que les verres
De ta quenouille sont cassés !
Tu ne sais faire ni couture...
Les pommes au lard, par nature !
Soit ! mais, franchement, est-ce assez ?

Tu ne sais rien faire que lire ;
Cependant Tu pourrais écrire,
Sculpter, peindre... l'homme et les cieux ;
Mais on voit ta crainte profonde
De n'arriver que la seconde
Et surtout derrière un monsieur.

Si tu cultivais la Musique,
Ah !... quel enchantement physique !
Quels chefs-d'œuvre de Passion !
Mais Tu passes ton temps à lire
Tout, de l'excellent jusqu'au pire,
« A titre d'information ».

Tu ne sais rien faire qu'entendre,
Discerner, saisir et comprendre
Que tout est clair comme le jour.
Car la femme supérieure,
Tu vois bien que c'est la meilleure,
Celle qui fait le mieux l'amour.

Celle qui garde sous ses tresses
Le plus grand trésor de caresses,
Les baisers les plus triomphants,
Qui cherche à dépasser sa mère
Et fait tous ses efforts pour faire,
Pour faire les plus beaux enfants.

Car la femme qui peint les anges,
Qui signe des romans étranges,
Qui fait des vers, bien mieux que moi,
De la musique, et la meilleure,
Peut bien être supérieure
Aux autres femmes — pas à Toi.

Car la femme qui fait la femme
Avec son corps où brûle une âme,
Dans un lit, troublant, pour le roi,
Qui de baisers dévore l'heure,
Peut bien être supérieure
A tous les hommes — pas à Toi.

Valentines et autres vers.

Le baiser

N'êtes-vous pas toute petite
Dans votre vaste appartement,
Où comme un oiseau qui palpite
Voltige votre pied normand ?

N'est-elle pas toute mignonne,
Blanche dans l'ombre où tu souris,
Votre taille qui s'abandonne,
Parisienne de Paris ?

N'est-il pas à Vous, pleine d'âme,
Franc comme on doit l'être, à l'excès.
Votre cœur d'adorable femme,
Nu, comme votre corps français ?

Ne sont-ils pas à Vous si fière,
Les neiges sous la nuit qui dort
Dans leur silence et leur lumière,
Vos magnifiques seins du Nord ?

N'est-il pas doux, à Vous sans haine,
Frémissante aux bruits de l'airain,
Votre ventre d'Européenne,
Oui votre ventre européen ;

N'est-elle pas semblable au Monde,
Pareille au globe entouré d'air,
Ta croupe terrestre aussi ronde
Que la montagne et que la mer ?

N'est-il pas infini le râle
De bonheur pur comme le sel,
Dans ta matrice interastrale
Sous ton baiser universel ?

Et par la foi qui me fait vivre
Dans ton parfum et dans ton jour,
N'entre-t-elle pas dans mon âme ivre
En plein, au plein de ton amour ?

L'agonisant

Ce doit être bon de mourir,
D'expirer, oui, de rendre l'âme,
De voir enfin les cieux s'ouvrir ;
Oui, de rejeter sa flamme
Hors d'un corps las qui va pourrir ;
Oui, ce doit être bon, Madame,
Ce doit être bon de mourir !

Bon, comme de faire l'amour,
L'amour avec vous, ma Mignonne,
Oui, la nuit, au lever du jour,
Avec ton âme qui rayonne,
Ton corps royal comme une cour ;
Ce doit être bon, ma Mignonne,
Oui, bon comme de faire l'amour ;

Bon, comme alors que bat mon cœur,
Pareil au tambour qui défile,
Un tambour qui revient vainqueur,
D'arracher le voile inutile
Que retenait ton doigt moqueur,
De t'emporter comme une ville
Sous le feu roulant de mon cœur ;

De faire s'étendre ton corps,
Dont le soupirail s'entre-bâille,
Dans de délicieux efforts,
Ainsi qu'une rose défaille
Et va se fondre en parfums forts,
Et doux, comme un beau feu de paille ;
De faire s'étendre ton corps ;

De faire ton âme jouir,
Ton âme aussi belle à connaître,
Que tout ton corps à découvrir ;
De regarder par la fenêtre
De tes yeux ton amour fleurir,
Fleurir dans le fond de ton être
De faire ton âme jouir ;

D'être à deux une seule fleur,
Fleur hermaphrodite, homme et femme,
De sentir le pistil en pleur,
Sous l'étamine toute en flamme,
Oui, d'être à deux comme une fleur,
Une grande fleur qui se pâme,
Qui se pâme dans la chaleur.

Oui, bon, comme de voir tes yeux
Humides des pleurs de l'ivresse,
Quand le double jeu sérieux
Des langues que la bouche presse,
Fait se révulser jusqu'aux cieux,
Dans l'appétit de la caresse,
Les deux prunelles de tes yeux ;

De jouir des mots que ta voix
Me lance, comme des flammèches,
Qui me brûlant comme tes doigts,
M'entrent au cœur comme des flèches,
Tandis que tu mêles ta voix
Dans mon oreille que tu lèches,
A ton souffle chaud que je bois ;

Comme de mordre tes cheveux,
Ta toison brune qui ruisselle,
Où s'étale tes flancs nerveux,
Et d'empoigner les poils de celle
La plus secrète que je veux,
Avec les poils de ton aisselle,
Mordiller comme tes cheveux ;

D'étreindre délicatement
Tes flancs nus comme pour des luttes,
D'entendre ton gémissement
Rieur comme ce chant des flûtes,
Auquel un léger grincement
Des dents se mêle par minutes,
D'étreindre délicatement,

De presser ta croupe en fureur
Sous le désir qui la cravache
Comme une jument d'empereur,
Tes seins où ma tête se cache
Dans la délicieuse horreur
Des cris que je... que je t'arrache
Du fond de ta gorge en fureur ;

Ce doit être bon de mourir,
Puisque faire ce que l'on nomme
L'amour, impérieux plaisir
De la femme mêlée à l'homme,
C'est doux à l'instant de jouir,
C'est bon, dis-tu, c'est bon... oui... comme,
Comme si l'on allait mourir ?

Le baiser

Le baiser de ton rêve est celui de l'Amour !
Le jour, le jour se lève,
Clairons, voici le jour !

Le baiser de mon rêve est celui de l'Amour !
Enfin, le jour se lève !
Clairons, voici le jour !

La caresse royale est celle de l'Amour.
Battez la générale,
Battez, battez tambour !

Car l'Amour est horrible au gouffre de son jour !
Pour le tir à la cible
Battez, battez tambour.

Sa caresse est féline
Comme le point du jour :
Pour gravir la colline
Battez, battez tambour !

Sa caresse est câline
Comme le flot du jour :
Pour gravir la colline,
Battez, battez tambour !

Sa caresse est énorme
Comme l'éclat du jour :
Pour les rangs que l'on forme,
Battez, battez tambour !

Sa caresse vous touche
Comme l'onde et le feu ;
Pour tirer la cartouche,
Battez, battez un peu.

Son Baiser vous enlace
Comme l'onde et le feu :
Pour charger la culasse,
Battez, battez un peu.

Sa Caresse se joue
Comme l'onde et le feu :
Tambour, pour mettre en joue,
Battez, battez un peu.

Sa caresse est terrible
Comme l'onde et le feu :
Pour le cœur trop sensible
Battez, battez un peu.

Sa caresse est horrible,
Comme l'onde et le feu :
Pour ajuster la cible,
Restez, battez un peu.

Cette caresse efface
Tout, sacré nom de Dieu
Pour viser bien en face,
Battez, battez un peu.

Son approche vous glace
Comme ses feux passés :
Pour viser bien en face
Cessez.

Car l'Amour est plus belle
Que son plus bel amour :
Battez pour la gamelle,
Battez, battez tambour,

Toute horriblement belle au milieu de sa cour :
Sonnez la boute-selle,
Trompettes de l'Amour !

L'arme la plus habile est celle de l'Amour :
Pour ma belle, à la ville,
Battez, battez tambour !

Car elle est moins cruelle
Que la clarté du jour :
Sonnez le boute-selle,
Trompettes de l'Amour !

L'amour est plus docile
Que son plus tendre amour ;
Pour ma belle, à la ville,
Battez, battez tambour !

Elle est plus difficile
A plier que le jour :
Pour la mauvaise ville
Battez, battez tambour!

Nul n'est plus difficile
A payer de retour :
Pour la guerre civile,
Battez, battez tambour

Le Baiser le plus large est celui de l'Amour
Pour l'amour et la charge,
Battez, battez tambour.

Le Baiser le plus tendre est celui de l'Amour :
Battez pour vous défendre,
Battez, battez tambour.

Le Baiser le plus chaste est celui de l'Amour :
Amis la terre est vaste,
En avant, le tambour.

Le Baiser le plus grave est celui de l'Amour :
Battez, pour l'homme brave,
Battez, battez tambour.

Le Baiser qui se fâche est celui de l'Amour :
Battez pour l'homme lâche,
Battez, battez tambour.

Le Baiser le plus mâle est celui de l'Amour :
Pour le visage pâle,
Battez, battez tambour.

La Caresse en colère est celle de l'amour :
Car l'Amour, c'est la guerre,
Battez, battez tambour.

Le Baiser qu'on redoute est celui de l'Amour :
Pour écarter le doute,
Battez, battez tambour.

L'art de jouir ensemble est celui de l'Amour :
Or, mourir lui ressemble :
Battez, battez tambour.

L'art de mourir ensemble est celui de l'Amour :
Battez fort pour qui tremble,
Battez, battez tambour.

Le Baiser le plus calme est celui de l'Amour :
Car la paix, c'est sa palme,
Battez, battez tambour.

La souffrance la pire est d'être sans l'Amour :
Battez pour qu'elle expire,
Battez, battez tambour.

Le Baiser qui délivre est celui de l'Amour :
Battez pour qui veut vivre,
Battez, battez tambour.

La Caresse éternelle est celle de l'Amour :
Battez, la mort est belle,
Battez, battez tambour.

La guerre est la plus large
Des portes de l'Amour :
Pour l'assaut et la charge,
Battez, battez tambour.

La porte la plus sainte est celle de la mort :
Pour étouffer la plainte
Battez, battez plus fort.

L'atteinte la moins grave est celle de la mort :
L'amour est au plus brave,
La Victoire... au plus fort !

MAURICE MAETERLINCK
(1862-1949)

« Qui de nous n'a connu ces minutes qui séparaient les lèvres pour réunir les âmes ? » demande Maeterlinck, dont l'ambition semble avoir été, un temps, d'exprimer ces instants hantés par un bonheur sans mélange. Pour lui, l'amour se tient au centre de la vie qu'elle anime à l'état de veille, tandis qu'au pôle nocturne le rêve joue le même rôle. L'amour introduit le rêve dans la vie, le sommeil appelle le rêve à la vie, et les domaines de la veille et du sommeil s'interpénètrent. Un tel amour exige de toute évidence « la femme élue que le sort nous réserve à tous ». (On sait que, pour Maeterlinck, ce fut Georgette Leblanc.) Il enregistre ainsi les battements de cœur des amants et dévoile les sources cachées de l'amour.

ŒUVRES. — *Serres chaudes, La princesse Maleine, Les aveugles, L'intruse, Les sept princesses, Pelléas et Mélisande, Intérieur, Aglavaine et Selisette, Alladine et Palomidas, La mort de Tintagiles, Ariane et Barbe-Bleue, Sœur Béatrice, Le bourgmestre de Stilmonde, Monna Vanna, L'oiseau bleu, Le miracle de Saint-Antoine, Le trésor des humbles, Le double jardin, Les sentiers dans la montagne, La sagesse et la destinée, L'intelligence des fleurs, Le grand secret, La vie des termites, La vie des abeilles*, etc.

Aglavaine et Selisette
(fragment)

ACTE II, scène I

Un berceau de feuillage dans le parc.
Entrent Aglavaine et Méléandre.

MÉLÉANDRE. — Il n'y a pas huit jours que nous vivons ensemble sous ce toit, et déjà je ne puis plus m'imaginer que nous ne soyons pas nés dans le même berceau. Il semble que nous n'ayons jamais été séparés et que je t'ai connue avant de me connaître. Tu me parais antérieure à tout ce que je suis, je sens ton âme mieux que je ne sens la mienne, tu es plus près de moi que tout moi-même ; et si l'on me disait « il vous faut sauver votre vie », c'est ta vie qu'il me faudrait sauver pour que je puisse vivre... Je ne me verrais plus si tu n'étais pas là, je ne puis plus me retrouver, je ne puis plus me sourire, je ne puis plus m'aimer qu'en toi seule. Il me semble souvent que mon âme et mon être et tout ce qu'ils possèdent ont changé de demeure et que c'est la partie de moi-même qui n'est pas de ce monde que j'embrasse en pleurant quand je t'embrasse ainsi.

AGLAVAINE. — Je dis de même, Méléandre. Lorsque je t'embrasse à mon tour, il me semble que c'est moi-même que j'embrasse quand je serai plus belle... Je ne suis belle que lorsque tu es là ; et je n'entends mon âme qu'à côté de la tienne. Je me cherche hors de moi et c'est en toi que je me trouve, je te cherche hors de moi et c'est en moi que je te trouve... je ne distingue plus nos mains, nos âmes ni nos lèvres... Je ne sais déjà plus si tu es ma clarté ou si je deviens ta lumière... Tout se mêle tellement en nos êtres, qu'il n'est plus possible de dire où l'un de nous commence et où l'autre finit... Le moindre de tes gestes me révèle à moi-même ; chacun de tes sourires, chacun de tes silences et chacun de tes mots m'enchaîne à une beauté nouvelle... Je sens que je fleuris en toi comme tu fleuris en moi ; et nous naissons sans cesse l'un en l'autre...

MÉLÉANDRE. — Il n'y a qu'une chose qui nous sépare encore, c'est notre étonnement...

AGLAVAINE. — C'est vrai ; je m'étonne jour et nuit qu'un être tel que toi existe réellement...

MÉLÉANDRE. — Moi aussi, Aglavaine... Mes yeux, mes mains et mes oreilles ne me suffisent plus... je crois rêver quand je te vois, je crois rêver quand je t'entends, je crois avoir rêvé quand je ne te vois plus, je crois m'être trompé quand je ne t'entends plus. Je reviens près de toi et je crois que je me trompe encore... Je te vois, je t'entends, je t'embrasse, et dans ce moment même je voudrais fuir encore pour retrouver mon autre certitude...

AGLAVAINE. — Moi aussi... Quand je suis près de toi, je voudrais m'éloigner pour te voir de plus près ; et lorsque je suis toute seule, je viens te rechercher parce que je sais bien que ton âme m'attend mille fois plus profonde que je ne puis l'imaginer... Je ne sais plus ce qu'il faut faire au milieu d'un bonheur comme le nôtre ; et l'on dirait parfois que je suis malheureuse à force d'être heureuse...

MÉLÉANDRE. — Où donc te trouvais-tu durant toutes les années que nous avons vécues sans soupçonner que nous vivions tous deux ?...

AGLAVAINE. — J'y songeais aussi, Méléandre, car déjà nos deux âmes se parlent bien avant que notre bouche s'ouvre...

MÉLÉANDRE. — Et cependant, quand tu me parles, c'est la propre voix de mon âme que j'entends pour la première fois...

AGLAVAINE. — Moi aussi, Méléandre, quand tu parles, c'est mon cœur que j'écoute ; et lorsque je me tais, c'est ton âme que j'entends... je ne peux plus trouver la mienne sans rencontrer la tienne. Je ne puis plus chercher la tienne sans retrouver la mienne...

MÉLÉANDRE. — Nous avons en nous le même monde, Aglavaine... Dieu s'est trompé sans doute quand il a fait ainsi deux âmes de notre âme...

AGLAVAINE. — Où donc te trouvais-tu, toi aussi, durant toutes ces années où j'attendais si seule ?...

MÉLÉANDRE. — J'attendais seul aussi et je n'espérais plus...

AGLAVAINE. — J'attendais seule aussi et j'espérais toujours...

MÉLÉANDRE. — Mais qui donc t'avait dit que quelqu'un t'attendait de la sorte ?...

AGLAVAINE. — Personne ne m'avait rien dit ; et je ne savais rien ; si ce n'est qu'on sait peut-être sans savoir ; et je te connaissais sans t'avoir jamais vu...

MÉLÉANDRE. — Mais pouvais-tu m'aimer autant que je t'aimais avant de m'avoir vu ?...

AGLAVAINE. — Et toi, mon Méléandre, m'avais-tu vue, comme je t'avais vu avant de t'avoir retrouvé ?...

MÉLÉANDRE. — Je ne crois pas que ce qui nous arrive soit jamais arrivé à personne ; et qu'il y ait d'autres vies pareilles à notre vie...

AGLAVAINE. — Oh ! je songe parfois que ce n'est pas possible !...

MÉLÉANDRE. — Moi aussi, et j'ai peur...

Pelléas et Mélisande

ACTE IV, scène III
(fragment)

MÉLISANDE. — Nous sommes venus ici il y a bien longtemps... Je me rappelle...

PELLÉAS. — Oui... Il y a de longs mois. — Alors, je ne savais pas... Sais-tu pourquoi je t'ai demandé de venir ce soir ?

MÉLISANDE. — Non.

PELLÉAS. — C'est peut-être la dernière fois que je te vois... Il faut que je m'en aille pour toujours...

MÉLISANDE. — Pourquoi dis-tu toujours que tu t'en vas ?...

PELLÉAS. — Je dois te dire ce que tu sais déjà ? — Tu ne sais pas ce que je vais te dire ?

MÉLISANDE. — Mais non, mais non, je ne sais rien.

PELLÉAS. — Tu ne sais pas pourquoi il faut que je m'éloigne... *(Il l'embrasse brusquement.)* Tu ne sais pas que c'est parce que je t'aime...

MÉLISANDE, *à voix basse.* — Je t'aime aussi...

PELLÉAS. — Oh ! Qu'as-tu dit, Mélisande !... je ne l'ai presque pas entendu ! On a brisé la glace avec des fers rougis !... Tu dis cela d'une voix qui vient du bout du monde !... Je ne t'ai presque pas entendue... Tu m'aimes ? — Tu m'aimes aussi ? ... Depuis quand m'aimes-tu ?

MÉLISANDE. — Depuis toujours... Depuis que je t'ai vu...

PELLÉAS. — Oh ! comme tu dis cela !... On dirait que ta voix a passé sur la mer au printemps !... je ne l'ai jamais entendue jusqu'ici... on dirait qu'il a plu sur mon cœur ! Tu dis cela si franchement !... Comme un ange qu'on interroge !... je ne puis pas le croire, Mélisande !... Pourquoi m'aimerais-tu ? — Mais pourquoi m'aimes-tu ? — Est-ce vrai que ce tu dis ? — Tu ne me trompes pas ? — Tu ne mens pas un peu, pour me faire sourire ?

MÉLISANDE. — Non ; je ne mens jamais ; je ne mens qu'à ton frère...

PELLÉAS. — Oh ! comme tu dis cela !... Ta voix ! ta voix !... Elle est plus fraîche et plus franche que l'eau !... On dirait de l'eau pure sur mes lèvres !... On dirait de l'eau pure sur mes mains... Donne-moi, donne-moi tes mains... Oh ! tes mains sont petites !... Je ne savais pas que tu étais si belle !... Je n'avais jamais rien vu d'aussi beau, avant toi... j'étais inquiet, je cherchais partout dans la maison... Je cherchais partout dans la campagne... Et je ne trouvais pas la beauté... Et maintenant je t'ai trouvée !... Je t'ai trouvée !... Je ne crois pas qu'il y ait sur la terre une femme plus belle !... Où es-tu ? — Je ne t'entends plus respirer...

MÉLISANDE. — C'est que je te regarde...

PELLÉAS. — Pourquoi me regardes-tu si gravement ? — Nous sommes déjà dans l'ombre. — Il fait trop noir sous cet arbre. Viens dans la lumière. Nous ne pouvons pas voir combien nous sommes heureux. Viens, viens ; il nous reste si peu de temps...

MÉLISANDE. — Non, non ; restons ici... Je suis plus près de toi dans l'obscurité...

PELLÉAS. — Où sont tes yeux ? — Tu ne vas pas me fuir ? — Tu ne songes pas à moi en ce moment.

MÉLISANDE. — Mais si, mais si, je ne songe qu'à toi...

PELLÉAS. — Tu regardais ailleurs...

MÉLISANDE. — Je te voyais ailleurs...

PELLÉAS. — Tu es distraite... Qu'as-tu donc ? — Tu ne sembles pas heureuse...

MÉLISANDE. — Si, si ; je suis heureuse, mais je suis triste...

PELLÉAS. — On est triste souvent, quand on s'aime...

MÉLISANDE. — Je pleure toujours lorsque je songe à toi...

PELLÉAS. — Moi aussi... moi aussi Mélisande... Je suis tout près de toi ; je pleure de joie et cependant... *(Il l'embrasse encore.)* Tu es étrange quand je t'embrasse ainsi... Tu es si belle qu'on dirait que tu vas mourir...

MÉLISANDE. — Toi aussi...

PELLÉAS. — Voilà, voilà... Nous ne faisons pas ce que nous voulons... Je ne t'aimais pas la première fois que je t'ai vue...

MÉLISANDE. — Moi non plus... J'avais peur...

PELLÉAS. — Je ne voulais pas regarder tes yeux... Je voulais m'en aller tout de suite... et puis...

MÉLISANDE. — Moi, je ne voulais pas venir... Je ne sais pas encore pourquoi, j'avais peur de venir...

PELLÉAS. — Il y a tant de choses qu'on ne saura jamais...

Nous attendons toujours ; et puis... Quel est ce bruit ? — On ferme les portes !...

MÉLISANDE. — Oui, on a fermé les portes...

PELLÉAS. — Nous ne pouvons plus rentrer ! — Entends-tu les verrous ! — Écoute ! écoute !... les grandes chaînes !... Il est trop tard, il est trop tard !...

MÉLISANDE. — Tant mieux ! tant mieux ! tant mieux !

PELLÉAS. — Tu ?... Voilà, voilà !... Ce n'est plus nous qui le voulons !... Tout est perdu, tout est sauvé ! tout est sauvé, ce soir ! — Viens ! viens... Mon cœur bat comme un fou jusqu'au fond de ma gorge... *(Il l'embrasse.)* Écoute ! écoute ! mon cœur est sur le point de m'étrangler... Viens ! viens !... Ah ! qu'il fait beau dans les ténèbres !...

MÉLISANDE. — Il y a quelqu'un derrière nous !...

PELLÉAS. — Je ne vois personne...

MÉLISANDE. — J'ai entendu un bruit...

PELLÉAS. — Je n'entends que ton cœur dans l'obscurité...

MÉLISANDE. — J'ai entendu craquer les feuilles mortes...

PELLÉAS. — C'est le vent qui s'est tu tout à coup... Il est tombé pendant que nous nous embrassions...

MÉLISANDE. — Comme nos ombres sont grandes ce soir !...

PELLÉAS. — Elles s'enlacent jusqu'au fond du jardin... Oh ! qu'elles s'embrassent loin de nous !... Regarde ! regarde !...

MÉLISANDE, *d'une voix étouffée.* — A-a-h ! — Il est derrière un arbre !

PELLÉAS. — Qui ?

MÉLISANDE. — Golaud !

PELLÉAS. — Golaud ? — où donc ? — je ne vois rien...

MÉLISANDE. — Là, au bout de nos ombres...

PELLÉAS. — Oui, oui ; je l'ai vu... Ne nous retournons pas brusquement...

MÉLISANDE. — Il a son épée.

PELLÉAS. — Je n'ai pas la mienne...

MÉLISANDE. — Il a vu que nous nous embrassions.

PELLÉAS. — Il ne sait pas que nous l'avons vu... Ne bouge pas ; ne tourne pas la tête... Il se précipiterait... Il restera là tant qu'il croira que nous ne savons pas... Il nous observe... Il est encore immobile... Va-t'en, va-t'en tout de suite, par ici... Je l'attendrai... Je l'arrêterai...

MÉLISANDE. — Non, non, non !...

PELLÉAS. — Va-t'en ! va-t'en ! Il a tout vu !... Il nous tuera !...

MÉLISANDE. — Tant mieux ! tant mieux ! tant mieux !...

PELLÉAS. — Il vient ! il vient !... Ta bouche !... Ta bouche !...

MÉLISANDE. — Oui !... oui !... oui !... *(Ils s'embrassent éperdument.)*

PELLÉAS. — Oh ! Oh ! Toutes les étoiles tombent !...

MÉLISANDE. — Sur moi aussi !... sur moi aussi !...

PELLÉAS. — Encore ! Encore !... donne ! donne !...

MÉLISANDE. — Toute ! toute ! toute !...

Golaud se précipite sur eux l'épée à la main, et frappe Pelléas, qui tombe au bord de la fontaine. Mélisande fuit épouvantée.

MÉLISANDE, *fuyant.* — Oh ! oh ! Je n'ai pas de courage !... Je n'ai pas de courage !...

Golaud la poursuit à travers bois, en silence.

MARCEL SCHWOB
(1867-1905)

C'est Marguerite Moreno qui fit découvrir l'amour sublime au poète du *Livre de Monelle.* On ne sait pas grand chose de la part qu'elle prit à cet amour, mais les lettres que Marcel Schwob lui a adressées autorisent à penser qu'elle était loin de partager l'exaltation de son amant. On ne pourrait pas comprendre autrement la profonde dépression qu'expriment ses lettres et le désespoir dont elles sont imprégnées. On admettrait difficilement aussi qu'elle eût pu autoriser leur publication, même longtemps après la mort de Marcel Schwob.

ŒUVRES. — *Le cœur double* (1891), *Le roi au masque d'or* (1892), *Mimes* (1893), *La livre de Monelle* (1894), *R. L. Stevenson : le dynamiteur* (1894), *Annabella et Giovanni* (1895), *La croisade des enfants* (1896), *Les vies imaginaires* (1896), *Spicilège* (1896), *La porte des rêves* (1899), *La légende de Serlon de Willon, abbé de l'Aumône* (1899), *La lampe de Psyché* (1903), *Les mœurs des Diurnales* (1903).

Lettres de Marcel Schwob à Marguerite Moreno

Je m'ennuie, je m'ennuie, Marguerite, sitôt que je ne suis plus avec toi. Que faire — c'est affreux — je sens que je ne dormirai pas cette nuit. J'ai *ta* fièvre. Je te parle pendant que je ne dors pas : je te dis que je t'aime, que je t'aime. Oui, je t'aime éperdument. J'ai parlé de l'amour avant toi, mais je ne savais pas ce que c'est. Je sens que je pourrais être assassin, voleur et incendiaire. Et j'ai peur, j'ai peur, parce que je ne me sens pas digne de toi. Tu es si jolie. Tous les jours tu es plus jolie, et autrement. Voilà ce qui me fait peur. Je suis toujours le même et je voudrais inventer de nouveaux mots pour te plaire, des mots transparents de cristal, chérie, des mots sanglants, *words of spring, words with like stones.*

Je vois tes lèvres qui buvaient hier soir (pour moi, chérie) — j'entends ta voix qui dit doucement (tu sais être si douce sous ta pluie de cheveux). *I am so thirsty this afternoon...*

Et aujourd'hui j'étais si fier et si jaloux d'être avec toi

dans la rue — et, j'aurais voulu rester si longtemps agenouillé devant ton tiroir avec toi, pendant que tu me donnais à becqueter des miettes de ta vie. Je t'aime tant, beaucoup à cause de cela... Je voudrais t'entourer d'amour pour que tu reposes mollement. Mon adorée, je ne sais pas ce que je t'écris, j'ai la fièvre d'amour. Pardonne-moi si ce que je te dis est mal. Je te jure que je ne sais pas ce que je fais. Je voudrais être plus intelligent pour mieux te comprendre, pour savoir tout. Et je voudrais que tu m'emmènes loin, très loin, dans le Midi que tu aimes, pour voir s'épanouir ta jolie bouche rouge, pour te voir te dorer.

A Venise, chérie — un peu fiévreux ; il me semble que je te vois là. Tu serais comme la Renée de George Meredith, *like a delicate cup of crystal brimming full of the beauty of the place.* S'il y a encore là des palais obscurs qui tremblent dans l'eau immobile, je veux te voir contre leurs murailles. Laisse-moi te regarder là. Et puis, mourir de toi, car je ne veux plus rien. *I shall drain beauty out of my fair cup of crystal, out of the trembling curve of the red mouth of my love, I am yours unto death.* MARCEL.

*

Marguerite, je suis fou de toi. C'est affreux, je suis égaré, je tremble et je ne pense qu'à toi, qu'à ton nom. Sitôt que tu n'es plus là, je t'écris. Et tes lettres sont si courtes, elles me font si peu vivre avec toi pendant que tu n'es pas là. Ma petite Marguerite chérie, je t'en supplie, aie pitié de moi. Crois que je suis dans un état qui ne paraît pas possible. Tu sais que Sappho disait à celle qu'elle aimait : « Quand je te vois, mes yeux se couvrent de nuit, ma langue se glace, je tremble. » Chérie, comment faire, j'éprouve tout cela quand je suis seul de toi. Ma vie est en toi ; je t'aime, je t'aime. Je ne peux pas te dire ce que c'est que cet amour. Il me tient partout, et au cœur et à la pensée. Je t'admire, ma chérie, et je t'appartiens. C'est si extraordinaire que tu veuilles me prendre... O, chérie, je pense que je suis sous tes cheveux, et que ta bouche est près de mon oreille, et que tu me dis tout ce que tu veux. Jamais je ne me guérirai de toi ; ne me force jamais à me guérir de toi, je n'y résisterai pas... Dieu que tu étais jolie ! moi qui n'avais pas envie de vivre, comme j'ai peur d'être malade et de ne pas te voir. — Crois-tu qu'on aime vraiment ? — Que tout ce qui est dans les livres que nous faisons est faux, vilain et bête ! Ma chérie, il n'y a que toi, que toi. Je ne sais pas ce que je t'écris ; il me semble que je te parle. Si tu savais comme il faut que je t'aime, Marguerite pour t'écrire tout ce qui me vient au cœur. Aime-moi, je t'en supplie. Ma chérie, je t'en conjure, aie pitié de moi ; je t'appartiens, fais de moi ce que tu voudras.

*

Je tremble encore en t'écrivant. Tu te rends compte de ce que tu as fait ? Tu m'as tué ; je n'existe plus qu'en toi. Ah, chérie, que tu es terrible ! C'est ton âme qui m'a parlé à l'oreille, et elle est différente de toi. Je ne peux l'entendre qu'en fermant les yeux et elle me fera toujours pleurer. C'est la mort qui m'a parlé aussi. Maintenant, je sais assurément que je mourrai de toi. Je ris de toutes les grandes amantes et des femmes dangereuses ; tu es la seule. Quelle puissance as-tu pour avoir deviné l'irréel de ma vie et ce qui m'a fait sangloter de joie ? Comment sais-tu être divinement douce pour entraîner vers ce qui n'est pas ? Promets-moi que tu me donneras la plus haute volupté qui puisse exister, que tu me tueras dans notre rêve. Notre rêve — toi au soleil, avec ta bouche rouge sous une voilette blanche, toi dans les bois neigeux, près de l'étang qui ne reflète pas le ciel, marchant sur des feuilles mortes qui sont de petites ailes rousses d'oiseau. Pitié ! pitié ! Car je ne sais plus dire avec des mots comment tu m'as fait frissonner. J'ai le cœur vide : toute ma tendresse est en toi — et j'en avais tant ! Je ne pourrai plus avoir pitié de personne au monde. Ne me laisse pas ainsi seul. Tu as vu mon âme, vraiment mon âme, celle que personne ne connaissait, celle dont j'avais honte et qui ne coulait même pas sous les larmes.

Crois que je ne suis pas faible — mais tu es trop forte pour moi — tu m'as terrassé. Que ce ne soit pas un jeu, ou que toi-même, tu me joues contre la mort. Entends-tu ? Tes petites paroles sous tes cheveux sont les degrés tendres de l'escalier par où je descendrai sous la terre. Je ne peux pas te dire que je t'aime. — Ce n'est pas assez fort ; je meurs de toi, et tu me fais mourir de toi. Écrase-moi sous tes pieds. MARCEL.

Pierre CHAMPION, *Marcel Schwob et son temps.*

PIERRE LOUŸS
(1870-1925)

Pierre Louÿs a vécu avant tout pour l'amour et son œuvre lui est consacrée, mais il a surtout recherché l'amour sensuel. Il a même cultivé l'érotisme. Il s'est d'ailleurs exprimé d'une manière fort libre sur le chapitre de l'amour. Cependant *Psyché*, poème de la chair et de l'esprit harmonieusement réconciliés, révèle que cette sensualité ne lui a pas interdit de connaître, peut-être fugitivement, la ferveur de l'amour sublime.

ŒUVRES. — *Aphrodite* (1890), *Les chansons de Bilitis* (1895), *La femme et le pantin* (1898), *Léda* (1898), *Une volupté nouvelle* (1899), *Les aventures du roi Pausole* (1901), *Byblis* (1901), *L'homme de pourpre* (1901), *Une énigme d'histoire littéraire* (1903), *Archipel* (1906), *Les trois roses de Marie-Anne* (1909), *La crépuscule des nymphes* (1925), *Journal inédit* (1925), *Poésies* (1926), *Poétique* (1927), *Quatorze images* (1926), *Psyché* (1927), *Maddalou* (1927), *Poésies nouvelles* (1928), *Contes antiques* (1929).

Psyché

Psyché, ma sœur, écoute immobile, et frissonne...
Le bonheur vient, nous touche et nous parle à genoux.
Pressons nos mains. Sois grave. Écoute encor... Personne
N'est plus heureux ce soir, n'est plus divin que nous.

Une immense tendresse attire à travers l'ombre
Nos yeux presque fermés. Que reste-t-il encor
Du baiser qui s'apaise et du soupir qui sombre ?
La vie a retourné notre sablier d'or.

C'est notre heure éternelle, éternellement grande,
L'heure qui va survivre à l'éphémère amour
Comme un voile embaumé de rose et de lavande
Conserve après cent ans la jeunesse d'un jour.

Plus tard, ô ma beauté, quand des nuits étrangères
Auront passé sur vous qui ne m'attendrez plus,
Quand d'autres s'il se peut, amie aux mains légères,
Jaloux de mon prénom, toucheront vos pieds nus,

Rappelez-vous qu'un soir nous vécûmes ensemble
L'heure unique où les dieux accordent, un instant,
A la tête qui penche, à l'épaule qui tremble,
L'esprit pur de la vie en fuite avec le temps.

Rappelez-vous qu'un soir couchés sur notre couche,
En caressant nos doigts frémissants de s'unir,
Nous avons échangé de la bouche à la bouche
La perle impérissable où dort le souvenir.

Poésies.

ALEXANDRE KOUPRINE
(1870-1938)

L'œuvre de Kouprine est presque inconnue en France et, assure-t-on, très inégale. Ce *Bracelet de Grenats*, réputé comme un de ses meilleurs contes, révèle que Kouprine n'était, en tout cas, pas indifférent à la sollicitation de l'amour sublime.

ŒUVRES (traductions françaises). — *Une petite garnison russe*, Paris, 1905 ; *Et Salomon aima*, Paris, 1910 ; *La sulamite*, Paris, 1922 ; *Le duel*, Paris, 1922.

Le bracelet de grenats
(fragment)

Le petit fonctionnaire G. S. Jeltkov est amoureux depuis de longues années de la princesse Vera Nicolaïevna à laquelle il a écrit de nombreuses lettres d'amour. A l'occasion de sa fête, il lui a envoyé un bracelet de grenats. Le mari et le frère de la princesse sont allés représenter à Jeltkov la nécessité d'abandonner ses assiduités. Jeltkov s'y engage, après avoir obtenu de lui envoyer une dernière lettre :

« Ce n'est pas ma faute, Vera Nicolaïevna, si Dieu a voulu m'envoyer l'immense bonheur de vous aimer. Le hasard a voulu que rien ne m'intéresse dans la vie : ni la politique, ni la science, ni la philosophie, ni le souci du bonheur futur de l'humanité ; pour moi, toute la vie se résume en votre personne. Je sens maintenant que je me suis enfoncé dans votre vie comme un coin incommode. Si vous le pouvez, pardonnez-le-moi. Aujourd'hui, je pars et jamais je ne reviendrai et rien ne vous rappellera mon existence.

« Je vous suis infiniment reconnaissant du seul fait de votre existence. Je me suis contrôlé — ce n'est ni une maladie, ni une manie — c'est l'amour que Dieu a bien voulu m'envoyer pour me récompenser de je ne sais quoi.

« Soit ! Admettons que j'ai été ridicule à vos yeux et à

ceux de votre frère Nicolas Nicolaïevitch. En partant je dis, extasié : « Que ton nom soit sanctifié ! »

« Il y a huit ans que je vous ai vue au cirque, dans une loge et c'est alors que, dès la première seconde, je me suis dit : Je l'aime parce que, dans le monde, rien ne lui ressemble, il n'y a rien de meilleur qu'elle. Il n'y a ni animal, ni plante, ni étoile, ni être humain plus beau et plus tendre que vous. C'est comme si toute la beauté de la terre était incarnée en vous...

« Songez donc. Que devais-je faire ? Fuir dans une autre ville ? Mais, de toutes façons mon cœur était toujours près de vous, à vos pieds, chaque instant du jour était rempli de vous, de votre pensée, de votre rêve... doux délire ! J'ai bien honte et je rougis en mon for intérieur à cause de mon bracelet stupide — pourtant, qu'est-ce ? Rien qu'une faute. Je m'imagine l'impression qu'il a faite sur vos invités.

« D'ici dix minutes, je partirai, je n'aurai que le temps de coller le timbre et de déposer la lettre dans la boîte pour n'en charger personne. Brûlez cette lettre. Je viens justement d'allumer mon poêle et j'y brûle tout ce qui m'était le plus cher dans la vie : votre mouchoir que j'avais, je l'avoue, volé. Vous l'aviez oublié sur une chaise à un bal au club de la noblesse. Votre billet — oh, comme je l'avais embrassé ! — par lequel vous m'aviez interdit de vous écrire. Le programme de l'exposition que vous avez tenu dans votre main et que vous aviez oublié sur une chaise, près de la sortie... c'est fini ! J'ai tout coupé, néanmoins je crois et je suis même certain que vous vous souviendrez de moi, alors... je sais que vous êtes très musicienne — je vous voyais surtout aux quatuors de Beethoven — donc, si vous vous souvenez de moi, jouez la sonate *D-dur N° 2, Op. 2.*

« Je ne sais pas comment terminer cette lettre. Des profondeurs de mon âme, je vous remercie pour avoir été la seule joie de ma vie, ma seule consolation, ma seule pensée. Que Dieu vous donne le bonheur et que rien de passager et de quotidien ne vienne inquiéter votre belle âme. Je baise vos mains.

« G. S. JELTKOV. »

(Inédit.)
Traduction Emmanuel Rais.

JOHN MILLINGTON SYNGE
(1871-1909)

On sait qu'à l'époque (1907) où il fut représenté à Dublin, *Le baladin du monde occidental* fut accueilli par des protestations si véhémentes que les acteurs « avaient l'air de jouer une pantomime », tant leur voix était couverte par les hurlements et les sifflets du public. Des désordres semblables se répétèrent en Angleterre comme aux États-Unis, où la troupe fut même arrêtée par la police. Les puritains étaient déchaînés. Le prétexte immédiat de ces manifestations d'hostilité résidait dans le parricide de Christy Mahon, mais était-ce la seule raison ? Ne faut-il pas voir aussi dans cette explosion de fanatisme une réprobation implicite de l'amour, considéré comme un péché par les esprits bornés ?

ŒUVRES (traductions françaises). — *Le baladin du monde occidental*, traduction Maurice Bourgeois, La Sirène, Paris, 1922 ; *Deirdre des Douleurs*, Lieutier, Paris, 1946 ; Théâtre *(L'ombre de la ravine, A cheval vers la mer, La fontaine aux saints, Le baladin du monde occidental)*, Gallimard, Paris, 1942.

Le baladin du monde occidental

ACTE III
(fragment)

PEGEEN, *rayonnante, s'essuyant la figure avec son fichu.* — Eh bien, vous êtes un gars comme pas un, et vous allez avoir du bon temps à partir de maintenant, que vous avez su gagner tout ce lot de récompenses, à suer au soleil de midi.

CHRISTY, *la regardant avec ravissement.* — J'aurai du bon temps si je gagne la récompense suprême que je cherche à présent, et ça, c'est votre promesse de m'épouser dans une quinzaine, quand nos bans seront publiés.

PEGEEN, *s'écartant de lui.* — Vous avez joliment de l'aplomb de venir me demander ça, quand tout le monde sait que vous vous en irez voir quelque fille de votre propre canton quand votre père sera en pourriture, dans quatre ou cinq mois.

CHRISTY, *indigné.* — M'en aller loin de vous, que vous dites ? *(Il la suit.)* Ah, non alors ! et quand il fera plus chaud, dans quatre ou cinq mois ce sera le moment pour que vous et moi parcourions le Neifin[1] dans la rosée de la nuit, à l'époque où de suaves odeurs montent de la terre et qu'on peut voir une petite lune brillante s'enfoncer derrière les collines.

PEGEEN, *le regardant avec enjouement.* — Et c'est cette espèce d'amour de braconnier que vous feriez, Christy Mahon, sur les versants du Neifin une fois la nuit tombée ?

CHRISTY. — Vous ne vous demanderez guère si mon amour est celui d'un braconnier ou même d'un comte, quand vous sentirez mes deux mains allongées autour de votre taille, tandis que j'écraserai des baisers sur vos lèvres froncées, si bien que j'aurai quasiment pitié du Seigneur Dieu qui pendant tous les siècles s'ennuie tout seul assis sur son trône d'or.

PEGEEN. — Ce sera joliment amusant, Christy Mahon, et n'importe quelle fille marcherait jusqu'à en avoir mal au cœur avant de rencontrer un jeune homme qui soit votre pareil pour l'éloquence, ou qui sache seulement si bien causer.

CHRISTY, *encouragé.* — Attendez, pour m'entendre causer, que nous soyons égarés en Erris, à l'époque du Vendredi Saint, et que nous buvions une gorgée à une fontaine, en nous donnant de gros baisers sur nos lèvres mouillées ou en folâtrant dans une trouée ensoleillée, avec vous étendue jusqu'à votre collier parmi les fleurs de la terre.

PEGEEN, *bas, émue du ton qu'il prend.* — Je serais gentille comme ça, dites ?

CHRISTY, *transporté d'enthousiasme.* — Si les évêques mitrés vous voyaient à ce moment-là, m'est avis qu'ils seraient comme les saints prophètes qui forcent les grilles du Paradis pour contempler Dame Hélène de Troie[2] quand elle va et vient sur la route avec un bouquet dans son fichu d'or.

PEGEEN, *avec une réelle tendresse.* — Et qu'est-ce que j'ai, Christy Mahon, qui me rende capable de charmer un homme comme vous, qui cause comme un poète et a le cœur si brave ?

CHRISTY, *à voix basse.* — Est-ce qu'il n'y a pas la lumière

1. Montagne voisine de la ville de Castlebar. *(Note du traducteur).*
2. Peut-être y a-t-il là une réminiscence du sonnet de Ronsard. *(N. d. T.).*

de sept firmaments rien que dans votre cœur, si bien que vous serez pour moi comme la lampe d'un ange à partir de ce jour, quand je serai en route à harponner le saumon dans l'Owen ou le Carrowmore[1] ?

PEGEEN. — Si j'étais votre femme, je m'en irais avec vous ces nuits-là, Christy Mahon, et vous verriez que je m'y entends à amadouer les intendants ou à inventer de drôles de surnoms pour les étoiles de la nuit.

CHRISTY. — Vous ? Attraper la mort au milieu des grêlons ou des brouillards de l'aube ?

PEGEEN. — Vous et moi trouverions facilement un abri dans un petit buisson. *(Le cœur serré de frayeur) ;* mais peut-être ce ne sont là que des paroles, car cette maison-ci serait un toit de chaume bien pauvre pour recevoir un beau gars comme vous.

CHRISTY, *lui passant le bras autour de la taille.* — Si je n'étais pas un bon chrétien, c'est sur mes genoux nus que je dirais mes prières et mes paters à chaque brin de paille du toit qui vous abrite la tête et à chaque caillou qui empierre l'allée qui mène à votre porte.

PEGEEN, *rayonnante.* — Si c'est la vérité, je brûlerai désormais des cierges aux miracles de Dieu qui vous ont amené du Sud aujourd'hui — et voilà-t-y pas que j'ai acheté mes robes toutes confectionnées, de sorte que je peux vous épouser sans attendre le moins du monde.

CHRISTY. — Ce sont des miracles, et c'est la vérité. Et moi qui ai passé tant de temps à trimer, tant de temps à marcher, sans savoir le moins du monde que je m'approchais sans cesse de ce jour béni...

PEGEEN. — Et moi qui suis une fille, j'ai souvent été tentée d'aller faire voile sur les mers jusqu'à ce que j'épouse un juif qui aurait dix caques d'or, sans savoir le moins du monde qu'il y avait un gars comme vous qui s'approchait, telles les étoiles de Dieu...

CHRISTY. — Et dire que voilà de longues années que j'entends les femmes débiter ce boniment-là à tous les crétins du diable, et que c'est la première fois que j'ai entendu une voix comme la vôtre me parler d'une façon charmante pour mon propre ravissement.

1. Rivières du Comté de Sligo. *(N. d. T.).*

PEGEEN. — Et dire que c'est moi qui parle d'une façon charmante, Christy Mahon, moi dont la langue mordante fait la terreur de sept cantons. C'est égal, le cœur est étonnant ; et m'est avis qu'en fait de galants amoureux nous n'aurons pas nos pareils en Mayo à partir du jour d'aujourd'hui. *(On entend un ivrogne chanter à la cantonade.)* Voilà mon père qui revient de la veillée, et quand il aura fait son somme nous le mettrons au courant, parce que c'est à ce moment-là qu'il est calme.

Ils se séparent.

MICHEL, *chantant à la cantonade :*

Le garde-chiourme et le porte-clefs
Ils nous ont vite rattrapés
Et nous ont ramenés prisonniers
Derechef à la ville de Cavan

Il entre soutenu par Shawn.

Nous étions là à nous lamenter
Tous enfermés dans une prison...

Il aperçoit Christy, va vers lui et lui donne une poignée de mains d'ivrogne, tandis que Pegeen et Shawn se parlent à gauche.

MICHEL, *à Christy.* — La bénédiction de Dieu et des saints anges sur votre tête, jeune homme. J'entends dire que vous venez de tout gagner aux jeux là en bas ; et c'est-il pas une honte que je ne vous aie pas emmené avec moi à la veillée de Catherine Cassidy, un beau gars robuste comme vous, car vous n'auriez jamais rien vu de pareil en fait de flots de boisson, à tel point que quand nous avons, à midi, descendu ses os dans sa tombe étroite, il y avait cinq hommes, oui-da, et même six hommes, étendus tout de leur long sur les pierres bénites, à roter sans pouvoir dire un mot.

CHRISTY, *mal à l'aise, observant Pegeen.* — C'est-il vrai ?

MICHEL. — Ah oui, alors ; et faut-il que vous soyez un petit intrigant maladroit pour aller enterrer votre pauvre père en cachette, quand vous deviez le jeter sur la croupe d'une mule de Kerry et l'emporter vers l'Ouest, tel le pieux Joseph au temps jadis, de façon que nous aurions pu lui donner un enterrement convenable et ne pas le laisser là-bas tomber en pourriture, sans un chrétien pour boire un riche coup à la gloire de son âme ?

CHRISTY, *bourru.* — Il est assez bien comme il est, un pareil.

MICHEL, *lui tapant dans le dos.* — C'est égal, faut-il que vous soyez endurci au meurtre ! Ce sera triste pour le maître de la maison où vous irez renâcler une femelle ; et *(montrant Shawn du doigt)* regardez là-bas ce timide et honnête chrétien que j'ai choisi pour la main de ma fille, tandis que je viens d'obtenir à prix d'or aujourd'hui la dispense pour les marier tantôt.

CHRISTY. — Vous allez les marier aujourd'hui, que vous dites ?

MICHEL, *se redressant.* — Oui-da. Croyez-vous, même que je suis si soûl, que je laisserais ma fille vivre dans le célibat avec un petit fripon folâtre comme vous ?

PEGEEN, *s'écartant de Shawn.* — C'est-il vrai que la dispense est arrivée ?

MICHEL, *triomphalement.* — L'abbé Reilly vient de la lire dans son latin de pendard : « Elle est arrivée au bon moment », qu'il dit, « comme ça je vas me dépêcher de les marier, par crainte de ce jeune compère qui fait chavirer les étoiles ».

PEGEEN, *farouche.* — Il l'a manqué, son bon moment, parce que c'est ce gars-là, Christy Mahon, que j'épouse à présent.

MICHEL, *élevant la voix, avec horreur.* — Tu en ferais mon fils, quand le voilà encore tout mouillé des caillots du sang de son père ?

PEGEEN. — Oui-da. Ça serait-il pas pénible pour une fille d'aller épouser un gars comme Shaneen, cette espèce de demi-épouvantail qui n'a en lui ni sauvagerie ni beau parler ?

MICHEL, *à bout de souffle, s'affaissant sur une chaise.* — Oh ! faut-il que tu sois une païenne de fille pour me remuer comme ça la graisse du cœur, quand me voilà submergé, noyé sous le poids de la boisson ! Veux-tu qu'ils se tournent contre moi et que j'en braille jusqu'au petit jour avec le vent en plein cœur ? N'as-tu rien à dire pour m'aider, Shaneen ? N'es-tu donc pas jaloux ?

SHAWN, *très malheureux.* — Moi, j'aurais peur d'être jaloux d'un homme qui a occis son pé ?

PEGEEN. — C'est égal, ce serait triste d'aller épouser un gars comme toi. Je m'aperçois qu'il y a tout un monde de dangers pour une orpheline, et c'est-il pas un grand bonheur que je ne t'aie pas épousé avant que lui ne s'amène de l'Ouest ou du Midi ?

SHAWN. — C'est une drôle d'histoire que tu ailles ramasser un sale chemineau sur les grands chemins du monde !

PEGEEN, *avec enjouement.* — Et tu trouves que tu es un amoureux de bonne mine avec qui on puisse aller vagabonder les dimanches ensoleillés de l'année qui commence, quand c'est plutôt au foie d'un jeune taureau que tu ferais penser une pauvre fille qu'au lis ou à la rose ?

SHAWN. — Tu n'as donc pas égard à la force de ma passion, à la sainte dispense, au troupeau de génisses que je donne, et à la bague d'or ?

PEGEEN. — M'est avis que vous êtes trop bien pour une fille comme moi, Shawn Keogh de Killakeen, et allez-vous-en chercher une grande dame resplendissante avec des troupeaux de jeunes taureaux dans les plaines de Meath, qui soit elle-même toute parée des diamants de la maman de Pharaon. Ce serait la femme qu'il vous faut, Shaneen. Ainsi Dieu vous sauve maintenant !

Elle se réfugie derrière Christy.

SHAWN. — Ne veux-tu pas m'entendre quand je te dis...

CHRISTY, *féroce.* — Allez-vous-en d'ici, jeune homme, ou peut-être que je vas ajouter un meurtre à mes exploits d'aujourd'hui.

MICHEL, *bondissant en poussant un cri.* — Un meurtre, que vous dites ? C'est-il fou que vous êtes ? Vous iriez commettre un meurtre dans cette maison, quand la voilà bourrée de whisky de contrebande pour notre beuverie de ce soir ? Allez-vous-en sur le devant de la plage si c'est pour vous battre que vous voulez ; là, la marée montante lavera toute trace de la mémoire des hommes.

Il pousse Shawn vers Christy.

SHAWN, *se dégageant et se cachant derrière Michel.* — Je ne veux pas me battre avec lui, Michel-Jacques. J'aimerais mieux rester garçon et ruminer mes passions jusqu'à la fin des siècles que d'affronter l'assaut d'un sauvage comme lui, qui descend Dieu sait d'où. Cogne-lui dessus toi-même, Michel-Jacques, sans ça tu n'auras pas mon troupeau de génisses ni mon taureau bleu de Sneem.

MICHEL. — Moi me battre avec lui maintenant qu'il a le parricide dans le sang ? *(Poussant Shawn.)* Vas-y, imbécile, bats-toi tout de suite avec lui.

SHAWN, *s'avançant un peu.* — Je vas-t-y lui cogner dessus avec la main ?

MICHEL. — Prends la bêche qui est derrière toi.

SHAWN. — J'aurais peur de la potence si je tapais avec ça.

CHRISTY, *saisissant la bêche.* — Alors c'est moi qui vas te forcer à braver la potence ou à déguerpir d'ici. *(Shawn s'enfuit par la porte.)* Eh bien, le beau temps l'accompagne ! *(Allant vers Michel d'un air conciliant.)* Et m'est avis que vous ne voudriez pas du tout avoir dans votre maison ce sacripant qui a toujours la tremblote. Donnez-nous votre bénédiction et écoutez Pegeen me jurer sa foi, car me voilà monté sur la grande marée des étoiles de la veine, à tel point que ça portera bonheur à n'importe qui de m'avoir dans la maison.

PEGEEN, *de l'autre côté de Michel.* — Bénis-nous tout de suite car je jure devant Dieu que c'est lui que j'épouserai et je ne serai point renégate.

MICHEL, *debout au milieu de la scène, s'appuyant sur chacun d'eux.* — M'est avis que c'est la volonté de Dieu que tout le monde doit faire une fin douce ou cruelle, et que c'est la volonté de Dieu que tout le monde doit élever une grande famille pour la nourriture de la terre. Qu'est-ce qu'un célibataire, je vous demande un peu, qui mange un morceau dans une maison et boit une gorgée dans une autre, sans foyer qui soit le sien, tel un vieux bourriquet qui brait, égaré sur les rochers ? *(A Christy.)* Il y en a beaucoup que ça effraierait de faire entrer un gars comme vous dans leur maison, pour, peut-être bien, les faire mourir d'une mort soudaine ; mais je suis un honnête homme d'Irlande, et j'aimerais mieux affronter la tombe avant l'heure et voir grandir une vingtaine de petits-fils qui jurent bravement par le nom de Dieu, que d'aller peupler mon chevet de chétives mauvaises herbes comme celles qu'on ferait pousser, m'est avis, avec un Shaneen Keogh. *(Il leur joint les mains.)* Un gars qui n'a pas froid aux yeux est le joyau du monde entier, et un homme qui d'un seul coup a fendu son père en deux doit être brave comme dix ; ainsi que Dieu, Marie et saint Patrice vous bénissent et vous fassent profiter à partir du jour d'aujourd'hui.

CHRISTY et PEGEEN. — Amen, ô Seigneur !

Traduction Maurice Bourgeois.

MIRRA LOHVITSKAIA
(1871-1905)

L'œuvre de cette poétesse, tout entière animée par l'amour, n'est pas dépourvue, parfois, dit-on, d'un romantisme un peu facile. Elle reste cependant très authentique, comme il apparaît dans le poème suivant où se fait jour une exaltation profonde. Ses ouvrages n'ont pas été traduits en français.

Je t'aime comme la mer aime le soleil,
Comme le narcisse penché vers l'onde aime l'éclat et le froid des eaux dormantes,
Je t'aime comme les étoiles aiment la lune d'or,
Comme le poète, sa création que projette le rêve.
Je t'aime comme les éphémères aiment la flamme,
En languissant d'amour, en s'épuisant de nostalgie.
Je t'aime comme le vent sonore aime les roseaux,
Je t'aime de toute ma volonté, de toutes les fibres de mon âme.
Je t'aime comme on aime les rêves restés mystérieux :
Plus que le soleil, plus que le bonheur, plus que la vie et le printemps.

(Inédit.)
Traduction Emmanuel Rais.

HENRY BATAILLE

(1872-1922)

A l'inverse de certains poètes qui, pour sublimer leur amour, doivent en projeter très haut l'objet, afin qu'entre eux et lui palpite une immense aurore boréale d'autant plus lumineuse qu'une plus grande distance les sépare, Henry Bataille tient à conserver la femme aimée comme à portée de la main. Il l'éclaire ainsi d'une lumière intime, frissonnante comme le long baiser qui court tout au long de son œuvre poétique et théâtrale. Le ton sentimental de celle-ci n'est pas sans en réduire la portée, mais lui a assuré par contrecoup une audience étendue. Son registre s'étend de la prière au sanglot et comprend toute la gamme des plaintes.

ŒUVRES. — *Le beau voyage* (1904), *Maman Colibri* (1904), *La marche nuptiale* (1905), *Résurrection* (1905), *Poliche* (1907), *Le masque* (1908), *La femme nue* (1908), *Le scandale* (1909), *Le songe d'un soir d'amour* (1910), *Le feu du voisin* (1910), *La vierge folle* (1910), *L'enfant de l'amour* (1911), *Le règne intérieur* (1912), *La lépreuse* (1912), *Les flambeaux* (1913), *Le Phalène* (1913), *La divine* (1916), *L'amazone* (1917), *Écrits sur le théâtre* (1917), *Les sœurs d'amour* (1919), *L'animateur* (1920), *La quadrature de l'amour* (1920), *L'homme à la rose* (1921), *Tendresse* (1921), *La possession* (1922), *La chair humaine* (1922), *Vers préférés* (1923), *Jeanne d'Arc à Vaucouleurs* (1929), *L'enfance éternelle* (1930), *Théâtre complet* (1922-1929).

Déjà !

Hé quoi ?... Déjà ?... Amour léger comme tu passes !
A peine avons-nous eu le temps de les croiser
Que nous sentons déjà nos mains qui se délacent.
Je songe à la bonté que n'a plus le baiser.

Un jour partira donc ta main apprivoisée !
Tes yeux ne seront plus les yeux dont on s'approche.
D'autres auront ton cœur et ta tête posée.
Je ne serai plus là pour t'en faire un reproche.

Quoi ? sans moi, quelque part, ton front continuera !
Ton geste volera, ton rire aura sonné,
Le mal et les chagrins renaîtront sous tes pas ;
Je ne serai plus là pour te le pardonner.

Sera-t-il donc possible au jour qui nous éclaire,
A la nuit qui nous berce, à l'aube qui nous rit,
De me continuer leur aumône éphémère,
Sans que tu sois du jour, de l'aube ou de la nuit ?

Sera-t-il donc possible, hélas, qu'on te ravisse,
Chaleur de mon repos qui ne me vient que d'elle !
Tandis que, loin de moi, son sang avec délice
Continuera son bruit à sa tempe fidèle.

La voilà donc finie alors la course folle ?
Et tu n'appuieras plus jamais, sur ma poitrine,
Ton front inconsolé à mon cœur qui console,
Rosine, ma Rosine, ah ! Rosine, Rosine !

Voici venir, rampant vers moi comme une mer,
Le silence, le grand silence sans pardon.
Il a gagné mon seuil, il va gagner ma chair.
D'un cœur inanimé, hélas, que fera-t-on ?

Eh bien, respire ailleurs, visage évanoui !
J'accepte. A ce signal, séparons-nous ensemble...
Me voici seul ; l'hiver là... c'est bien... Nuit.
Froid. Solitude... Amour léger comme tu trembles !

(Le beau voyage.)

ANDRÉ ADY
(1877-1919)

Une femme a traversé la vie d'André Ady, Léda, anagramme d'Adel, qui, de la petite ville de Nagyvarad, l'emmena à Paris en 1902. Armand Robin dans son *Introduction* au choix de poèmes qu'il a publiés, dit que, même séparé de Léda, elle « ne quittera jamais tout à fait la pensée du poète », car « il la bénit et la maudit, se fait chasser et la chasse, l'adore et la hait, l'exalte et l'insulte ». Le lumineux amour de Berta Boncza qui, de son pensionnat suisse, écrivit à Ady, vint trop tard. Il était irrémédiablement usé par les excès de toutes sortes, l'alcool et les stupéfiants, au point qu'il avait déjà dû séjourner à plusieurs reprises dans des maisons de santé. Il l'épousa cependant ; mais à la veille de la première guerre mondiale, il était déjà entré dans une lente agonie qui devait s'achever dans une clinique de Budapest, le 27 janvier 1919.

ŒUVRES. — *Choix de poèmes*, traduits et préfacés par Armand Robin, Éd. du Seuil, Paris.

Plaie de braise et d'orties

Plaie de braise et d'orties, je suis, et brasier,
Je suis torturé par la clarté, par la rosée,
Il faut que je t'aie, je viens te posséder,
Je veux plus de torture : il faut que je t'aie,

Que ta flamme brandille, brasille, blanchoie,
Les baisers supplicient, les désirs supplicient,
C'est toi ma torture, ma géhenne à moi,
Mes entrailles vers toi sont un cri, un tel cri !

Le désir m'a haché, le baiser m'a saigné,
Je suis plaie, braise, faim de neuves tortures,
Donne-moi des tortures, à moi l'affamé,
Je suis plaie, baise-moi, brûle-moi, sois brûlure.

Poèmes neufs.

Ma fiancée

Que m'importe qu'elle soit le rebut des coins de rues,
Pourvu qu'elle me soit jusqu'à ma tombe assidue !

Qu'elle se plante devant moi dans l'été brûlant, bouillant :
« Toi, je t'aime, c'est toi celui que j'attends. »

Oui, reniée, chassée à coups de pieds, débauchée !
Seulement, ô dans son cœur de temps en temps regarder !

Si de brutes bourrasques nous surprennent blasphémant,
Qu'ensemble nos pieds aillent croulant, s'écrasant.

Si telle ou telle heure nos âmes sont des comblées,
Ne trouvons que sur nos lèvres nos saluts et voluptés.

Si je me vautre dans la poussière de la rue, là, en bas,
Qu'elle se penche sur moi, me protège de ses bras.

De part en part si me purifie un saint brasier,
Survolons l'univers à coups d'aile mêlés.

Qu'à jamais elle me baise, amante jamais changée,
Dans les larmes, l'ordure, la souffrance, la saleté.

Que tout règne où mes songes se sont anéantis
Me soit rendu par Elle : que soit Elle la Vie.

Je vois en visage d'ange son visage fardé :
Mon âme y gît, avec mes jours de vivant, de décédé.

Fracassant jusqu'au dernier décalogues, enchaînements,
Mortellement nous raillerions le monde grouillant.

Ensemble nous raillerions en signe d'ultime adieu ;
Nous péririons ensemble, l'un pour l'autre restant dieu.

Nous péririons avec ce cri :
« Crime et infamie est la vie,
Nous deux nous étions, seuls, propreté, neige blanche. »

Poésies, traduction A. Robin.

SAINT-JOHN-PERSE (ALEXIS LÉGER)
(né en 1887)

Alexis Léger est né le 31 mai 1887, à Saint-Léger-les-Feuilles, îlot proche de La Guadeloupe. Ce lieu devait lui suggérer son premier pseudonyme, Saint-Léger-Léger, appelé à se transformer en Saint-John-Perse.

Tandis qu'il poursuivait ses études au lycée de Pau, Alexis Léger fait connaissance de Francis Jammes et, par lui, de Claudel et de Jacques Rivière. Avait-il déjà le goût des voyages imaginaires dont certains le soupçonnent ? Rivière raconte que, se trouvant un jour dans les Pyrénées sur le bord d'un gave aux eaux vertes, en compagnie de Jammes et de Léger, ce dernier, à peine âgé de vingt ans, déclara que le Pacifique, avait, autour d'une certaine île, la même couleur verte que le torrent pyrénéen.

On lui prête un souvenir d'enfance qui, ayant laissé en son esprit une impression indélébile, peut être à l'origine de son inclination poétique. Un cyclone avait ravagé son île antillaise, jetant un petit voilier à la côte. Revenu un an plus tard sur le lieu du naufrage, le jeune Léger devait trouver l'embarcation emprisonnée par des fleurs tropicales de la quille à la pointe du mât.

Pendant la première guerre, on le voit secrétaire d'ambassade à Pékin (1916-1921), puis, à cette dernière date, secrétaire à la conférence de Washington, qui devait décider de son avenir. Un diplomate conseillait à Briand d'écrire ses mémoires. Tous se taisaient, attendant la réponse du ministre. Dans le silence, la voix d'Alexis Léger s'éleva : « Un livre, c'est la mort d'un arbre ! » Frappé par la singularité de cette remarque, Briand appela son auteur à collaborer étroitement avec lui et ne cessa plus de le protéger. Il succéda à Philippe Berthelot au secrétariat du ministère des Affaires étrangères (1933). Il devait conserver ce poste jusqu'en 1940. A la veille de l'offensive allemande, Paul Reynaud le chassa brutalement, lui offrant en compensation l'ambassade de France à Washington, qu'il refusa. Il gagna cependant les États-Unis peu de jours avant que les nazis entrés à Paris ne lui détruisissent cinq volumes de poèmes inédits. Dans son exil, il assuma, jusqu'en 1950, la charge de bibliothécaire à la Bibliothèque du Congrès, à Washington.

A travers le peu qu'on sait de la vie de Saint-John-Perse, Alexis Léger n'apparaît jamais. Il a voulu s'entourer de mystère et a réussi à se dérober aux regards. Cependant, dès *Éloges* (1911), on peut discerner quel intérêt il porte à la femme et ce n'est certainement pas par hasard si, pour couronner son œuvre, il publie aujourd'hui dans la *N.N.R.F.* (juillet 1956), ce grand éloge de l'amour sublime : *Étroits sont les vaisseaux...*

ŒUVRES. — *Éloges*, N.R.F., 1911, *Anabase*, N.R.F., 1925 ; *Exil*, Cahiers du Sud, 1942 ; *Quatre poèmes*, Gallimard, 1946 ; *Vents*, Gallimard, 1946, et des poèmes, repris ou non, dans les revues *Pan*, 1908, *N.R.F.*, 1910, 1922, 1924, *Cahiers du Sud*, 1942, *Lettres françaises* (Buenos-Aires), 1944, *Cahiers de la Pléiade*, 1948, 1950.

Étroits sont les vaisseaux...

(fragment)

III

2. —

« ... Amant, je n'élèverai point de toiture pour l'Amante. L'Été chasse à l'épieu sur les labours de mer. Le désir siffle sur son aire. Et moi, comme l'épervier des grèves qui règne sur sa proie, j'ai couvert de mon ombre tout l'éclat de ton corps. Décret du ciel qui nous lie ! Et l'heure n'est plus, ô corps offert, d'élever dans mes mains l'offrande de tes seins. Un lieu de foudre et d'or nous comble de sa gloire ! Salaire de braises, non de roses... Et nulle province maritime fut-elle, sous les roses, plus savamment pillée ?

Ton corps, ô chair royale, mûrit les signes de l'Été de mer : taché de lunes, de lunules, ponctué de fauve et de vin pourpre et passé comme sable au crible des laveurs d'or — émaillé d'or et pris aux rets des grandes sennes lumineuses qui traînent en eau claire. Chair royale et signée de signature divine !... De la nuque à l'aisselle, à la saignée des jambes, et de la cuisse interne à l'ocre des chevilles, je chercherai, front bas, le chiffre occulte de ta naissance, parmi les sigles assemblés de ton ordre natal — comme ces numérations stellaires qui montent, chaque soir, des tables sous-marines pour s'en aller, avec lenteur, s'inscrire en Ouest dans les panégyries du Ciel.

L'Été, brûleur d'écorces, de résines, mêle à l'ambre de femme le parfum des pins noirs. Hâle de femme et rousseur d'ambre sont de juillet le flair et la morsure. Ainsi les dieux, gagnés d'un mal qui n'est point nôtre, tournent à l'or de laque dans leur gaine de filles. Et toi, vêtue d'un tel lichen, tu cesses d'être nue : la hanche parée d'or et les cuisses polies comme cuisses d'hoplite... Loué sois-tu, grand corps voilé de son éclat, poinçonné comme l'or à fleur de coin des Rois ! (Et qui donc n'a rêvé de mettre à nu ces grands lingots d'or pâle, vêtus de daim très souple, qui vers les Cours voyagent, dans les soutes, sous leurs bandelettes de gros chanvre et leurs grands liens croisés de sparterie ?)

Ah ! comme Celle qui a bu le sang d'une personne royale ! jaune du jaune de prêtresse et rose du rose des grandes jarres ! Tu nais marquée de l'Étalon divin. Et nulle chair hâvie au feu de pampres des terrasses a-t-elle porté plus haut le témoignage ? Nuque brûlée d'amour, chevelure où fut l'ardente saison, et l'aisselle enfiévrée comme salaison de roses dans les jattes d'argile... Tu es comme le pain d'offrande sur l'autel, et portes l'incision rituelle rehaussée du trait rouge... Tu es l'idole de cuivre vierge, en forme de poisson, que l'on enduit au miel de roche ou de falaise... Tu es la mer elle-même dans son lustre, lorsque midi, ruptile et fort, renverse l'huile de ses lampes.

Tu es aussi l'âme nubile et l'impatience du feu rose dans l'évasement des sables ; tu es l'arome, et la chaleur, et la faveur même du sable, son haleine, aux fêtes d'ombre de la flamme. Tu sens les dunes immortelles et toutes rives indivises où tremble le songe, pavot pâle. Tu es l'exclamation du sel et la divination du sel, lorsque la mer au loin s'est retirée sur ses tables poreuses. Tu es l'écaille, et le feu vert, et la couleuvre de feu vert, au bas des schistes feuilletés, là où les myrtes et l'yeuse naine et le cirier des grèves descendent au feu de mer chercher leurs taches de rousseur...

O femme et fièvre faite femme ! lèvres qui t'ont flairée ne fleurent point la mort. Vivante — et qui plus vive ? — tu sens l'eau verte et le récif, tu sens la vierge et le varech, et tes flancs sont lavés au bienfait de nos jours. Tu sens la pierre pailletée d'astres et sens le cuivre qui s'échauffe dans la lubricité des eaux. Tu es la pierre laurée d'algues au revers de la houle, et sais l'envers des plus grands thalles incrustés de calcaire. Tu es la face baignée d'ombre et la bonté du grès. Tu bouges avec l'avoine sauvage et le millet des sables et le gramen des grèves inondées ; et ton haleine est dans l'exhalaison des pailles vers la mer, et tu te meus avec la migration des sables vers la mer...

Ivre, très ivre, cœur royal, d'héberger tant de houle, et la chair plus sensible qu'aux tuniques de l'œil... Tu suis la mer inéluctable et forte dans son œuvre. Et tu ressens l'étreinte incoercible, et t'ouvres — libre, non libre — à la dilatation des eaux ; et la mer rétractile exerce en toi ses bagues, ses pupilles, et le jour rétrécit, et la nuit élargit cet œil immense qui t'occupe... Hommage ! hommage à la complicité des eaux. Il n'est point là d'offense pour ton âme ! Comme l'esprit violent du dieu qui se saisit de l'homme à naître dans la femme, et foule la femme dans son linge et ses membranes divisées, ah ! comme la mer elle-même mangeuse d'algues et d'embryons, et qui rejette à l'assemblée des Juges et des Mères ses grandes poches placentaires et ses grandes algues laminaires, ses très grands tabliers de cuir pour Accoucheuses et Sacrificateurs, plaise au plaisir sacré de joindre sa victime, et que l'Amante renversée dans ses enveloppes florales livre à la nuit de mer sa chair froissée de grande labiée ! Il n'est point là d'offense pour son âme...

Submersion ! soumission ! Que le plaisir sacré t'inonde, sa demeure ! Et la jubilation très forte est dans la chair, et de la chair dans l'âme est l'aiguillon. J'ai vu briller entre tes dents le pavot rouge de la déesse. L'amour en mer brûle ses vaisseaux. Et toi, tu te complais dans la vivacité divine, comme l'on voit les dieux agiles sous l'eau claire, où vont les ombres dénouant leurs ceintures légères... Hommage, hommage à la diversité divine ! Une même vague par le monde, une même vague notre course... Étroite la mesure, étroite la césure, qui rompt en son milieu le corps de femme comme le mètre antique... Tu grandiras, licence ! La mer lubrique nous exhorte, et l'odeur de ses vasques erre dans notre lit... Rouge d'oursin les chambres du plaisir. »

IV

1. —

« ... Plaintes de femme sur l'arène, râles de femme dans la nuit ne sont que roucoulements d'orage en fuite sur les eaux. Ramiers d'orage et de falaises, et cœur qui brise sur les sables, qu'il est de mer encore dans le bonheur en larmes de l'Amante !... Toi l'Oppresseur et qui nous foules, comme couvées de cailles et coulées d'ailes migratrices, nous diras-tu qui nous assemble ?

Mer à ma voix mêlée et mer en moi toujours mêlée, amour, amour, qui parle haut sur les brisants et les coraux, laisserez-vous mesure et grâce au corps de femme trop aimante ?... Plainte de femme et pressurée, plainte de femme et non blessée... étends, ô Maître, mon supplice ; étire, ô Maître, mon délice ! Quelle tendre bête harponnée fut, plus aimante, châtiée ?

Femme suis et mortelle en toute chair où n'est l'Amant. Pour nous le dur attelage en marche sur les eaux. Qu'il nous piétine du sabot, et nous meurtrisse du rostre, et du timon bosselé de bronze qu'il nous heurte !... Et l'Amante tient l'Amant comme un peuple de rustres, et l'Amant tient l'Amante comme une mêlée d'astres. Et mon corps s'ouvre sans décence à l'Étalon du sacre, comme la mer elle-même aux saillies de la foudre.

O Mer levée contre la mort ! Qu'il est d'amour en marche par le monde à la rencontre de ta horde ! Une seule vague sur son cric !... Et toi le Maître, et qui commandes, tu sais l'usage de nos armes. Et l'amour seul tient en arrêt, tient sur sa tige menaçante, la haute vague courbe et lisse à gorge peinte de naja.

Nulle flûte d'Asie, enflant l'ampoule de sa courge, n'apaiserait le monstre dilaté. Mais langue à langue, et souffle à souffle, haletante, la face ruisselante et l'œil rongé d'acide, celle qui soutient seule l'ardente controverse, l'Amante hérissée, et qui recule et s'arque et qui fait front, émet son sifflement d'amante et de prêtresse...

Frapperas-tu, hampe divine ? — Faveur du monstre, mon sursis ! et plus stridente, l'impatience !... La mort à tête biseautée, l'amour à tête carénée, darde sa langue très fréquente. L'Incessante est son nom ; l'innocence est son heure. Entends vivre la mort et son cri de cigale...

Tu frapperas, promesse ! — Plus prompte, ô Maître, ta réponse, et ton intimation plus forte ! Parle plus haut, despote ! et plus assidûment m'assaille : l'irritation est à son comble. Quête plus loin, Congre royal : ainsi l'éclair en mer cherche la gaine du navire...

Tu as frappé, foudre divine ! — Qui pousse en moi ce très grand cri de femme non sevrée ?... O splendeur ! ô tristesse ! et très haut peigne d'Immortelle coiffant l'écume radieuse ! et tout ce comble, et qui s'écroule, herse d'or !... J'ai cru hanter la fable même et l'interdit.

Toi, dieu mon hôte, qui fus là, garde vivante en moi l'hélice de ton viol. Et nous ravisse aussi ce très long cri de l'âme non criée !... La Mort éblouissante et vaine s'en va, du pas des mimes, honorer d'autres lits. Et la Mer étrangère, ensemencée d'écume, engendre au loin sur d'autres rives ses chevaux de parade...

Ces larmes, mon amour, n'étaient point larmes de mortelle. »

SERGE ESSENINE
(1895-1925)

Il n'est pas très original de mourir,
Mais vivre, non plus, n'est pas une chose très neuve,

écrivait avant de se suicider à trente ans Serge Essenine, le plus grand poète russe des temps modernes. Ce fils de paysan avait cependant été choyé par la vie, bien que son lyrisme rebelle à toutes conventions s'exprimât parfois d'une manière incongrue, voire violente. De ce fait, il eut avec la Tcheka des démêlés retentissants qui lui valurent d'être traité de « voyou », de « bourgeois » et de « contre-révolutionnaire » par la presse soviétique. Pourquoi ? Il saluait très bas les têtes de veau à l'étal des bouchers de Moscou et, sur les murs d'un couvent, avait enjoint à la divinité : « Seigneur, vêle. » Les dirigeants de la révolution n'en reconnaissaient pas moins sa valeur et Lénine lui-même riait de ses incartades. A la mort d'Essenine, Trotzky écrivit : « Son inspiration n'aurait pu se donner libre cours que s'il avait vécu dans une société harmonieuse qui, au lieu d'être condamnée à la lutte violente, aurait connu l'amitié, l'amour et un esprit fraternel entre les hommes. » Mais n'en est-il pas de même pour la plupart des poètes ? N'est-ce pas plutôt la dictature stalinienne, alors à ses débuts, qui annonce à Essenine l'avènement d'un monde de haine où la poésie et l'amour n'ont plus de place ? Le fait est que Maïakowsky résiste encore quelques années et se suicide à son tour parce que « la barque de l'amour s'est brisée contre la vie courante », la vie courante dominée par la terreur policière.

ŒUVRES (traductions françaises). — Voir *Quatre poètes russes*, traduction Armand Robin, Éd. du Seuil (1955).

Tu es aussi simple que tout le monde
Comme cent mille autres en Russie.
Tu connais l'aube solitaire,
Tu connais le froid bleu de l'automne.

Mon cœur, c'est comique, s'est englué,
Mes pensées ont été bêtement occupées.
Ton sévère visage d'icône
A été suspendu dans des chapelles au fond de la campagne.

Sur ces icônes, je crachais.
Je me plaisais dans ma grossièreté et mes cris de mauvais
Or maintenant, soudain, ont commencé à croître [sujet,
Les paroles des chansons les plus tendres et les plus douces.

Je ne veux plus m'envoler au zénith.
Le corps a besoin de trop de choses.
Comment se fait-il que ton nom résonne
Comme la fraîcheur en août ?

Je ne suis ni mendiant, ni pitoyable, ni petit,
Et je sais écouter derrière mon ardeur :
Dès mon enfance, je m'y entendais à plaire
Aux chiens et aux juments de la steppe.

A cause de cela je ne me suis pas épargné
Pour toi, ni à cause de celle-ci ni à cause d'une autre.
Ce cœur fou de poète
T'assure un bonheur qui n'a rien de gai.

C'est pourquoi je suis triste, affaissé
Dans tes yeux obliques, comme dans des tas de feuilles...
Tu es aussi simple que tout le monde,
Comme cent mille autres en Russie.

(Inédit.)
Traduction Emmanuel Rais.

★

Un incendie bleu a commencé à s'agiter :
Les horizons de l'enfance se sont fait oublier.
Pour la première fois je chante l'amour,
Pour la première fois, je renonce au scandale.

J'étais tout entier comme un jardin abandonné,
J'étais avide de femmes et de boisson.
Je n'ai plus de plaisir à boire ni à danser
Ni à gâcher ma vie sans retourner la tête.

Pourvu que je puisse te regarder,
Voir, de tes yeux, l'abîme noir et or,
Et pourvu que tu ne puisses plus
Me considérer au passé et aller à un autre !

Démarche tendre, taille légère :
Si ton cœur têtu savait
Comme le voyou sait aimer,
Comme il sait être soumis.

Pour toujours j'aurais oublié les bistrots
Et j'aurais abandonné la poésie,
Pourvu que je puisse toucher ton bras menu
Et tes cheveux couleur d'automne.

Pour l'éternité, je t'aurais suivie,
Que ce soit jusqu'à mes horizons ou jusqu'au bout du monde.
Pour la première fois, je chante l'amour,
Pour la première fois, je renonce au scandale.

(Inédit.)
Traduction Emmanuel Rais.

ANDRÉ BRETON
(18 février 1896)

Je suis, à coup sûr, moins qualifié que quiconque pour parler d'André Breton parce que je ne pourrai jamais disposer du recul nécessaire pour apprécier une œuvre et surtout une vie qui m'est si amicalement proche depuis près de quarante ans. Il n'en est pas moins certain que nul n'a su comme lui, dégager l'amour sublime des ronces qui le dissimulaient et lui restituer un éclat d'autant plus vif qu'il le soumet à l'éclairage d'une lucidité exceptionnelle. De *Nadja* à *Arcane 17*, il ne cesse de s'insurger contre l'état des rapports entre l'homme et la femme dans les conditions sociales d'aujourd'hui. A juste titre, il découvre le principal obstacle au triomphe de l'amour sublime dans les restrictions apportées aux possibilités de choix d'un objet d'amour par le cloisonnement auquel les hommes sont soumis. C'est sa révolte initiale qui lui a permis de poursuivre une quête qui, d'espoir en désespoir, l'a conduit à la passion partagée, à « posséder la vérité dans une âme et un corps ».

ŒUVRES. — *Mont-de-piété*, Sans Pareil, Paris, 1919 ; *Les champs magnétiques*, Sans Pareil, Paris, 1921 ; *Clair de terre*, Collection Littérature, Paris, 1923 ; *Les Pas perdus*, N. R. F., 1924 ; *Manifeste du surréalisme, Poisson soluble*, Kra, 1924 ; *Introduction au discours sur le peu de réalité*, N. R. F., Paris, 1927 ; *Le surréalisme et la peinture*, N. R. F., Paris, 1928 ; *Nadja*, N. R. F., Paris, 1928 ; *Ralentir travaux*, en collaboration avec René Char et Paul Éluard, Éditions Surréalistes, Paris, 1930 ; *Second manifeste du surréalisme*, Kra, Paris, 1930 ; *L'Immaculée Conception*, en collaboration avec Paul Éluard, Paris, 1930 ; *L'Union libre*, Paris, 1931 ; *Les vases communicants*, Cahiers libres, Paris, 1932 ; *Point du jour*, N. R. F., Paris, 1934 ; *L'air de l'eau*, Cahiers d'Art, Paris, 1934 ; *Position politique du surréalisme*, Sagittaire, Paris, 1935 ; *L'amour fou*, N. R. F., Paris, 1937 ; *Dictionnaire abrégé du surréalisme*, en collaboration avec Paul Éluard, Beaux-Arts, Paris, 1938 ; *Situation du surréalisme entre les deux guerres*, Fontaine, Paris, 1945 ; *Arcane 17*, Brentano's, New-York, 1945 ; *Ode à Fourier*, Fontaine, Paris, 1946 ; *Martinique, charmeuse de serpents*, Sagittaire, Paris, 1948 ; *La lampe dans l'horloge*, Marin, Paris, 1948 ; *Poèmes*, Gallimard, Paris, 1949 ; *Flagrant délit*, Thésée, Paris, 1949 ; *Anthologie de l'humour noir*, Sagittaire, Paris, 1950 ; *Entretiens*, Point du jour, Paris, 1952 ; *La clef des champs*, Gallimard, Paris, 1953 ; *Les manifestes du surréalisme*, Sagittaire, Paris, 1955.

L'air de l'eau

Au beau demi-jour de 1934
L'air était une splendide rose couleur de rouget

Et la forêt quand je me préparais à y entrer
Commençait par un arbre à feuilles de papier à cigarettes
Parce que je t'attendais
Et que si tu te promènes avec moi
N'importe où
Ta bouche est volontiers la nielle
D'où repart sans cesse la roue bleue diffuse et brisée qui monte
Blêmir dans l'ornière
Tous les prestiges se hâtaient à ma rencontre
Un écureuil était venu appliquer son ventre blanc sur mon cœur
Je ne sais comment il se tenait
Mais la terre était pleine de reflets plus profonds que ceux de l'eau
Comme si le métal eût enfin secoué sa coque
Et toi couchée sur l'effroyable mer de pierreries
Tu tournais
Nue
Dans un grand soleil de feu d'artifice
Je te voyais descendre lentement des radiolaires
Les coquilles même de l'oursin j'y étais
Pardon je n'y étais déjà plus
J'avais levé la tête car le vivant écrin de velours blanc m'avait quitté
Et j'étais triste
Le ciel entre les feuilles luisait hagard et dur comme une libellule
J'allais fermer les yeux
Quand les deux pans du bois qui s'étaient brusquement écartés s'abattirent
Sans bruit
Comme les deux feuilles centrales d'un muguet immense
D'une fleur capable de contenir toute la nuit
J'étais où tu me vois
Dans le parfum sonné à toute volée
Avant qu'elles ne revinssent comme chaque jour à la vie changeante
J'eus le temps de poser mes lèvres
Sur tes cuisses de verre

L'amour fou
(fragment)

Il n'est pas de sophisme plus redoutable que celui qui consiste à présenter l'accomplissement de l'acte sexuel comme s'accompagnant nécessairement d'une chute de potentiel amoureux entre deux êtres, chute dont le retour les entraînerait progressivement à ne plus se suffire. Ainsi l'amour s'exposerait à se ruiner dans la mesure où il poursuit sa réalisation même. Une ombre descendrait plus dense sur la vie par blocs proportionnés à chaque nouvelle explosion de lumière. L'être, ici, serait appelé à perdre peu à peu son caractère électif pour un autre, il serait ramené contre son gré à l'essence. Il s'éteindrait un jour, victime de son seul rayonnement. Le grand vol nuptial provoquerait la combustion plus ou moins lente d'un être aux yeux de l'autre, combustion au terme de laquelle, d'autres créatures pour chacun d'eux se parant de mystère et de charme, revenus à terre ils seraient libres d'un nouveau choix. Rien de plus insensible, de plus désolant que cette conception. Je n'en sais pas de plus répandue et, par là même, de plus capable de donner idée de la grande pitié du monde actuel. Ainsi Juliette continuant à vivre ne serait pas toujours *plus* Juliette pour Roméo ! Il est aisé de démêler les deux erreurs fondamentales qui président à une telle manière de voir : l'une de cause sociale, l'autre de cause morale. L'erreur sociale, à laquelle il ne peut être remédié que par la destruction des bases économiques mêmes de la société actuelle, tient au fait que le choix initial en amour n'est pas *réellement* permis, que, dans la mesure même où il tend exceptionnellement à s'imposer, il se produit dans une atmosphère de non-choix des plus hostiles à son triomphe. Les sordides considérations qu'on lui oppose, la guerre sournoise qu'on lui fait, plus encore les représentations violemment antagonistes toujours prêtes à l'assaillir qui abondent autour de lui sont, il faut bien l'avouer, trop souvent de nature à le confondre. Mais cet amour, *porteur des plus grandes espérances qui se soient traduites dans l'art depuis vingt siècles*, je vois mal ce qui l'empêcherait de vaincre dans des conditions de vie renouvelées. L'erreur morale qui, concurremment à la précédente, conduit à se représenter l'amour, dans la durée, comme un phénomène déclinant, réside dans l'incapacité où sont le plus grand nombre des hommes de se libérer dans l'amour de toute préoccupation étrangère à l'amour, de toute crainte comme de tout doute, de s'exposer sans défense au regard foudroyant du dieu. L'expérience artistique aussi bien que scientifique est encore ici d'un grand secours, elle qui montre que tout ce qui s'édifie et demeure a d'abord exigé pour *être* cet abandon. On ne peut s'appliquer à rien de mieux qu'à faire perdre à l'amour cet arrière-goût amer, que n'a pas la poésie, par exemple. Une telle entreprise ne pourra être menée entièrement à bien tant qu'à l'échelle universelle on n'aura pas fait justice de l'infâme idée chrétienne de péché. Il n'y a jamais eu de fruit défendu. La tentation seule est divine. Éprouver le besoin de varier l'objet de cette tentation, de le remplacer par d'autres, c'est témoigner qu'on est prêt à démériter, qu'on a sans doute déjà démérité de l'*innocence*. De l'innocence au sens de non-culpabilité absolue. Si vraiment le choix a été libre, ce ne peut être à qui l'a fait, sous aucun prétexte, de le contester. La culpabilité part de là et non d'ailleurs. Je repousse ici l'excuse d'accoutumance, de lassitude. L'amour réciproque, tel que je l'envisage, est un dispositif de miroirs qui me renvoient, sous les mille angles que peut prendre pour moi l'inconnu, l'image fidèle de celle que j'aime, toujours plus surprenante de divination de mon propre désir et plus dorée de vie.

Arcane 17

(fragment)

Une main de femme, ta main dans sa pâleur d'étoile seulement pour t'aider à descendre, réfracte son rayon dans la mienne. Son moindre contact s'arborise en moi et va décrire un instant au-dessus de nous ces voûtes légères où aux vapeurs du tremble ou du saule le ciel renversé mêle ses feuilles bleues. A quoi puis-je bien devoir, pour ma part, cette rémission d'une peine que tant d'autres endurent sans se sentir plus coupables que je ne le suis aujourd'hui ? Avant de te connaître j'avais rencontré le malheur, le désespoir. Avant de te connaître, allons donc, ces mots n'ont pas de sens. Tu sais bien qu'en te voyant la première fois, c'est sans la moindre hésitation que je t'ai reconnue. Et de quels confins plus terriblement gardés ne venais-tu pas, quelle initiation à laquelle nul ou presque n'est admis ne t'avait pas sacrée ce que tu es. Quand je t'ai vue, il y avait encore tout le brouillard, d'une espèce indicible, dans tes yeux. Comment peut-on, et surtout *qui* peut-on renaître de la perte d'un être, d'un enfant qui est tout ce qu'on aime, à plus forte raison quand sa mort est accidentelle et qu'en cet enfant, presque une jeune fille, s'incarnaient objectivement (ce n'est pas toi seule qui me l'as dit) toute la grâce, tous les dons de l'esprit, toute l'avidité de savoir et d'éprouver qui renvoient de la vie une image enchanteresse et toujours mouvante à travers un jeu tout neuf, follement complexe et délicat, de tamis et de prismes ? Ce drame, je l'ignorais : je te voyais seulement parée d'une ombre bleue comme celle qui baigne les joncs au petit matin et je ne pouvais me douter que tu venais de plus loin encore, que de l'écroulement de ces perspectives qui t'étaient chères jusqu'à se soumettre les tiennes, tu n'avais pu t'empêcher de vouloir faire en toi la nuit pure et que tu l'avais presque faite, qu'il ne s'en était fallu que d'une seule faille par laquelle on t'avait inespérément rappelée. Chaque fois que tu te remémores ces atroces circonstances, je n'ai dans mon amour d'autre ressource que d'épier à la dérobée au fond de tes yeux le signal qui a voulu que le terrible passage à niveau fît brusquement volte-face, alors que tu y étais si loin engagée. Lui seul m'est garant de ta toute-présence près de moi et du recul graduel, absolument nécessaire, des zones dont la contemplation à faible distance ne fait que rouvrir les paupières de Méduse. Lui seul s'est rendu maître de tout l'appel de l'ombre. L'arrêt qu'il t'apportait était imprescriptible et sans appel : que tu le voulusses ou non, tu étais *quitte*.

Puisque la vie a voulu de toi contre toi-même, tu n'es pas celle qui peut ne se donner qu'à demi. La douleur et le rêve même d'y succomber n'auront été pour toi que des portes, ouvertes sur le besoin toujours renaissant de fléchir, de sensibiliser, d'embellir cette vie cruelle. Tu sais comme je la vois par toi, des plumes de rossignol dans ta chevelure de page. Son frémissement te tient, je ne sais rien de plus bouleversant que l'idée qu'il t'a reprise tout entière. L'offense était si grande que seul pouvait être à sa mesure un tel pouvoir de pardon. *Plus belle*, la solution de l'énigme entre toutes redoutable était d'être plus belle que tu n'as jamais été. Plus belle d'avoir mis de ton côté les Dominations. Plus belle de savoir encore consentir au jour heure par heure, à l'herbe par brins. Plus belle d'avoir dû reprendre le philtre et d'être assez bien née pour l'avoir sans réserves porté à tes lèvres, passant outre à ce qu'il pouvait avoir de terriblement amer. Il n'a fallu rien moins que l'assistance de toutes les puissances qui se manifestent dans les contes pour que de la cendre surgisse la fleur-qui-embaume, bondisse la bête blanche dont le long œil dévoile les mystères des bois.

Grandes orgues de l'amour humain par la mer, de son mouvement tout abstrait s'engouffrant dans la ville, par le soleil de minuit ouvrant, fût-ce dans un taudis, les fenêtres des châteaux de glace, par les vertiges qui se lissent les ailes pour se préparer à prendre en écharpe, qui toute la boucle d'un soir de printemps, qui l'écho sans fin embusqué dans un vers ou dans tel membre de phrase d'un livre, qui la plainte de cette étoile de cuivre de plusieurs tonnes, qu'à des centaines de mètres un vœu de caractère insolite a suspendue à une chaîne reliant deux pics au-dessus d'un village des Basses-Alpes : Moustiers-Sainte-Marie. Cet amour, rien ne m'empêchera de persister à y voir la vraie panacée, pour combattue qu'elle soit, décriée et moquée à des fins religieuses et autres. Toutes idées fallacieuses, insoutenables de rédemption mises à part, c'est précisément par l'amour et par lui seul que se réalise au plus haut degré la fusion de l'existence et de l'essence, c'est lui seul qui parvient à concilier d'emblée, en pleine harmonie et sans équivoque, ces deux notions, alors qu'elles demeurent hors de lui toujours inquiètes et hostiles. Je parle naturellement de l'amour qui prend *tout le pouvoir*, qui s'accorde toute la durée de la vie, qui ne consent bien sûr à reconnaître son objet que dans un seul être. A cet égard l'expérience, fût-elle adverse, ne m'a rien appris. De ma part cette instance est toujours aussi forte et j'ai conscience que je n'y renoncerais qu'en sacrifiant tout ce qui me fait vivre. Un mythe des plus puissants continue ici à me lier, sur lequel nul apparent déni dans le cadre de mon aventure antérieure ne saurait prévaloir. « Trouver le lieu et la formule » se confond avec « posséder la vérité dans une âme et un corps » ; cette aspiration suprême suffit à dérouler devant elle le champ allégorique qui veut que tout être humain ait été jeté dans la vie à la recherche d'un être de l'autre sexe et d'un seul qui lui soit sous tous rapports apparié, au point que l'un sans l'autre apparaisse comme le produit de dissociation, de dislocation d'un seul bloc de lumière. Ce bloc, heureux entre tous ceux qui parviennent à le reconstituer. L'attraction, à elle seule, ne saurait être un guide sûr. L'amour, même celui dont je parle, doit, hélas, pouvoir se jouer aussi. Dans la jungle de la solitude, un beau geste d'éventail peut faire croire à un paradis. Mais être le premier à dénoncer l'amour, c'est avouer qu'on n'a pas su se mettre à la hauteur de ses prémisses. Il ne saurait être question de difficulté pour s'y maintenir : le bloc une fois reformé déjoue tout facteur de division de par sa structure même ; il se caractérise par cette propriété qu'entre ses parties composantes existe une adhérence physique et mentale à toute épreuve. Une telle conception, si elle peut paraître osée, préside plus ou moins explicitement aux lettres d'Héloïse, au théâtre de Shakespeare et de Ford, aux lettres de la Religieuse portugaise, à toute l'œuvre de Novalis, elle illumine le beau livre de Thomas Hardy : *Jude l'obscur*. Au sens plus général l'amour ne vit que de réciprocité, ce qui n'entraîne point qu'il soit nécessairement réciproque, un sentiment bien moindre pouvant, en passant, prendre plaisir à s'y mirer, voire à s'y exalter quelque peu. Mais l'amour réciproque est le seul qui conditionne l'aimantation totale, sur quoi rien ne peut avoir prise, qui fait que la chair est soleil et empreinte splendide à la chair, que l'esprit est source à jamais jaillissante, inaltérable et toujours vive, dont l'eau s'oriente une fois pour toutes entre le souci et le serpolet.

LÉO FERRÉ
(né en 1916)

Lorsqu'il jouait sur les remparts de Monte-Carlo où il est né, le jeune Léo Ferré ne semblait pas destiné à devenir musicien puisque ses ambitions oscillaient modestement entre les métiers de cocher de fiacre et receveur de tramway. Plus tard on le retrouve « interné » — selon son expression — pendant sept ans chez les frères des écoles chrétiennes de Bordigherra (Italie), d'où il sort bachelier. Il conquiert ensuite une licence de droit et un diplôme de l'école des Sciences Politiques. Là se terminent ses succès universitaires, car le goût de la poésie et de la musique a grandi en lui au point de lui faire abandonner toute autre activité. En 1946, le voici à Paris où il chante dans divers cabarets *Le temps des roses rouges*, l'*Esprit de famille*, l'*Opéra du ciel*, l'*Inconnue de Londres*, etc. Il « suscite un intérêt partagé ». La misère continue et un amour malheureux l'inclinant à la misanthropie, le voilà qui songe à se transformer en fermier. Il s'apprêtait à quitter Paris lorsque, le 6 janvier 1950, il naît, dit-il, « une seconde fois en rencontrant Madeleine », qui deviendra sa femme. De fait, il suffit de les avoir vus un soir pour comprendre quel bonheur s'attache à un haut amour partagé.

Depuis sa rencontre avec Madeleine, il a composé en collaboration avec elle un opéra resté inédit, plusieurs symphonies et un oratorio scénique sur la *Chanson du mal aimé*, de Guillaume Apollinaire, qui a été représenté à l'Opéra de Monte-Carlo, le 29 avril 1954. Il continue à composer des chansons. Celle-ci pourrait être le chant de l'amour sublime :

L'Amour

Quand y'a la mer et puis les ch'vaux
Qui font des tours comme au ciné
Mais qu'dans tes bras c'est bien plus beau
Quand y'a la mer et puis les ch'vaux

Quand la raison n'a plus raison
Et qu'nos yeux jouent à s'renverser
Et qu'on n'sait plus qui est l'patron
Quand la raison n'a plus raison

Quand on rat'rait la fin du monde
Et qu'on vendrait l'éternité
Pour cette éternelle seconde
Quand on raterait la fin du monde

Quand le diable nous voit pâlir
Quand y'a plus moyen d'dessiner
La fleur d'amour qui va s'ouvrir

Quand la machine a démarré
Quand on n'sait plus bien où l'on est
Et qu'on attend c'qui va s'passer
... JE T'AIME

TABLE

La reproduction photomécanique,
l'impression et le brochage
de cet ouvrage ont été réalisés
par l'imprimerie Pollina à Luçon
pour les Éditions Albin Michel

N° d'édition 10116. N° d'impression 9723
Dépôt légal février 1988

(P)

IMPRIMÉ EN FRANCE